江西省哲学社会科学成果文库
JIANGXISHENG ZHEXUE SHEHUI KEXUE
CHENGGUO WENKU

主体伸张的文论建构

ON SUBJECT-EXPANDING ISSUE
IN THE CONSTRUCTION OF LITERARY THEORY

詹艾斌　著

社会科学文献出版社
SOCIAL SCIENCES ACADEMIC PRESS (CHINA)

总　序

　　作为人类探索世界和改造世界的精神成果，社会科学承载着"认识世界、传承文明、创新理论、资政育人、服务社会"的特殊使命，在中国进入全面建成小康社会的关键时期，以创新的社会科学成果引领全民共同开创中国特色社会主义事业新局面，为经济、政治、社会、文化和生态的全面协调发展提供强有力的思想保证、精神动力、理论支撑和智力支持，这是时代发展对社会科学的基本要求，也是社会科学进一步繁荣发展的内在要求。

　　江西素有"物华天宝，人杰地灵"之美称。千百年来，勤劳、勇敢、智慧的江西人民，在这片富饶美丽的大地上，创造了灿烂的历史文化，在中华民族文明史上书写了辉煌的篇章。在这片自古就有"文章节义之邦"盛誉的赣鄱大地上，文化昌盛，人文荟萃，名人辈出，群星璀璨，他们创造的灿若星辰的文化经典，承载着中华文明成果，汇入了中华民族的不朽史册。作为当代江西人，作为当代江西社会科学工作者，我们有责任继往开来，不断推出新的成果。今天，我们已经站在了新的历史起点上，面临许多新情况、新问题，需要我们给出科学的答案。汲取历史文明的精华，适应新形势、新变化、新任务的要求，创造出今日江西的辉煌，是每一个社会科学工作者的愿望和孜孜以求的目标。

社会科学推动历史发展的主要价值在于推动社会进步、提升文明水平、提高人的素质。然而，社会科学的自身特性又决定了它只有得到民众的认同并为其所掌握，才会变成认识和改造自然与社会的巨大物质力量。因此，社会科学的繁荣发展和其作用的发挥，离不开其成果的运用、交流与广泛传播。

为充分发挥哲学社会科学研究优秀成果和优秀人才的示范带动作用，促进江西省哲学社会科学繁荣发展，我们设立了江西省哲学社会科学成果出版资助项目，全力打造《江西省哲学社会科学成果文库》。

《江西省哲学社会科学成果文库》由江西省社会科学界联合会设立，资助江西省哲学社会科学工作者的优秀著作出版。该文库每年评审一次，通过作者申报和同行专家严格评审的程序，每年资助出版30部左右代表江西现阶段社会科学研究前沿水平、体现江西社会科学界学术创造力的优秀著作。

《江西省哲学社会科学成果文库》涵盖整个社会科学领域，收入文库的都是具有较高价值的学术著作和具有思想性、科学性、艺术性的社会科学普及和成果转化推广著作，并按照"统一标识、统一封面、统一版式、统一标准"的总体要求组织出版。希望通过持之以恒地组织出版，持续推出江西社会科学研究的最新优秀成果，不断提升江西社会科学的影响力，逐步形成学术品牌，展示江西社会科学工作者的群体气势，为增强江西的综合实力发挥积极作用。

祝黄河

2013 年 6 月

摘　要

　　文学理论建设对当前中国文艺学界来说是一个迫切而又有着重大现实意义的问题。本书把 20 世纪 80 年代中期刘再复提出的文学主体性理论和近年杨春时提出的主体间性文学理论这两种知识形态纳入同一个问题论域作为研究对象，以此介入当代文艺学的建设问题的思考，并展开由之而产生的相关文学基础理论问题的直接探讨。

　　文学主体性理论和主体间性文学理论的确立遵循着同一条文论建构的理路：以文学活动中的主体问题为思考原点并力图使主体的自由得以伸张。这也就是说，主体性文论和主体间性文论表现出对于主体自由问题的共同的学术关注，主体的自由是刘再复和杨春时二人文学思想的最高主题。为了表述的方便，著者径直称这一理路为主体伸张的文论建构理路。它构成了一个问题。文学主体性理论和主体间性文学理论的提出是在这一理路之下出现的相当突出的文论建构现象。

　　在当代中国文学理论领域，从主体性到主体间性的理论建构，是对文学活动中的主体和主体性问题讨论深化的结果。对这一文论发展的状况进行总体描述，可以用"三"、"二"、"一"来指称。"三"是三个环节：反映论文论和意识形态文论、文学主体性理论、主体间性文学理论。这三个环节中的第一、第二种文论样态分别构成了第二、第三种文论样态提出的直接知识前提。"二"是二度否定。文学主体论对反映论文论和意识形态文论的否定、主体间性文学理论对文学主体论的否定。"否定"阐释在此被赋予了一种特定的方法论意义。"一"是一条主体伸张的文论建构理路、一种根本性的"焦虑"。在主体伸张的文论建构理路之下确立起来的文学主体性理论和主体间性文学理论共同体现出一种对于现代性价值祈求的焦虑,并且后者还体现出相较于前者——文学主体性理论诉求的是中国状况下的"年轻"的现代性价值——的对于现代性价值诉求的一定程度上的深化特征。坚持现代性价值诉求的发展方向是当下中国文学理论建设的根本选择。当然,建构中的文论应该体现出对于健全而又充分的现代性价值观念的诉求。

主体性理论和主体间性理论都不足以对文学理论中的全部问题作出解答,对文学的本质也无法作出完整的阐释。这样,"主体间性文学理论"的提法就和"主体论文艺学"的命名相似,显得很有问题有待于慎重讨论,尤其是与文学主体性理论一样不可作为一种"元文学理论"来看待。鉴于主体间性文论和主体性文论存有重大理论局限尤其是在主体性问题上存在根本性的理论欠缺,当下学界的着力点并不在于如同杨春时所说的要以主体间性理论为建构力量完成从主体性文论到主体间性文论的转向,而是应该对于文学活动和文学思想中的主体性问题予以足够的深度关注。这才是从文学活动中的主体出发考察文学问题的具有充分合理性的努力方向。马克思不仅把辩证法和实践观,而且还把历史唯物论引入了其主体思想,这是我们在当下中国语境中致力于探究主体的新质形态与主体性的新形式的最为直接的理论依据。人的主体性的历史建构应该遵循和符合人的自由与全面发展这一最高目的;在此目的论视野下,才能更为合理地进行流动的、多样的同时也是时代性的主体性的建构。文学活动作为一种精神生产,在人的主体性的建构与实现方面起着重大作用。

目　录

导　言

一　研究问题的确定

　　文学理论的建设对当前中国文艺学界的学人来说是一个迫切而又有着重大现实意义的问题，很多学者为此进行了积极而卓有成效的探讨。同时，伴随着"文学理论学科性质"、"文学理论的边界"、"文学理论现代性"、"全球化语境下文论何为"、"反本质主义文艺学"、"后理论时代"等问题在近时的提出，学界在这一探讨过程中也产生了一些不可避免的争论和困惑，可以说，文论建设相应地出现了一定程度上的"焦灼"与"胶着"局面。限于学养，笔者无力对如何建构现代中国文艺学这一宏大问题作出整体性思考；但是，笔者也认识到，个人的学习与研究是无法回避它的潜在的根本要求的。因而，笔者倾向于找出某个"点"而又能通过这个"点"与当代文艺学建设问题相联结的选题思路。在这个总的运思背景下，笔者选择了把20世纪80年代中期刘再复提出的文学主体性理论和近年杨春时提出的主体间性文学理论这两种知识形态纳入同一个问题论域——在笔者看来，它们构成了一种文论建构现象——作为本书的研究对象。它们的相继提出在其倡导者看来，显然都是基于对各自所面对的文学理论现状的思考，因而也就毫无疑义地具有较为鲜明的现实性品格。

　　由此往深处开掘，把当代文学理论领域里近20年间出现的文学主体性理论与主体间性文学理论这两种知识形态纳入同一个问题论域而作为本书的研究对象，根本的依据在于笔者以为它们之间存在着深层的内在关联，这不仅表现在主体间性文学理论的提出在很大程度上直接体现为是对20世纪80年代中后期以来的关于文学主体性理论批判的延续和深化——杨春时提出文学理论由主体性到主体间性转向的前提性思考就在于指出主体性理论的缺陷①，而且，更为关键的是，在笔者看来，这两种理论形态的确立遵循着同一条文论建构理路并且表现出在这一理路之下的共同的现代性价值诉求的文论建设方向，当然，它们所追求的现代性价值在特征方面是存在一定程度上的差异的。由此，笔者在这里还需要顺便提及的是，在本书的第三章将会谈到余英时针对清代思想史研究而提出的"内在理路"说，笔者以为，关注具体的文学理论形态建设的内在理路问题是深化文学理论学术史研究的一条有效途径，而且，它也应该成为"文学理论学"②的基本研究内容。

明确地说，文学主体性理论与主体间性文学理论的确立所遵循的建构理路是一条以文学活动中的主体问题为思考原点并力图使主体的自由得以伸张的文论建构理路。在这个方面，文学主体性理论自是不必说了，主体间性文学理论也是力图寻找一个在其提出者看来相对于文学主体性理论更为合理的言说视域以进一步使得主体自由的伸张成为可能或说进一步强化主体自由的伸张。关于这一点，随着本研究论述的展开，它将会得到充分的论证和说明。这一理路与20世纪80年代以前的文论建构路向形成了根本性差别；我们知道，文学主体性理论的提出在当代中国文艺学自身发展的脉络中就是直接对于机械反映论的忽视甚至可以说是抹杀主体的文论建构路向的反拨。为了表述的方便，笔者径直称这一条理路为主体伸张的文论建构理路。它构成了一个问题，一个现象，文学主体性理论和主体间性文学理论的提出是在这一理路之下文论建构的相当突出——尤其是前者——的两个环节。因此，对主体伸张的文论建构问题这一研究对象的探讨，首先就直接表现为对文学主体性理论与主体间性文学理论这两种知识

---

① 关于这一方面的问题，请参见本书第四章第二节和第五章第一节相关部分的论述。
② 董学文先生近年致力于"文学理论学"研究，其专著《文学理论学导论》于2004年由北京大学出版社出版；但在该书中，论者并没有谈及具体的文学理论形态建设的内在理路问题。

形态相关方面的有针对性和选择性的研究，进而更需要在对它们存在的主要理论局限作出分析与把握的基础上进行探索性的深入思考和反思。

有论者指出，对象问题被认为是一门学科的最基本问题，它是一切理论观点与方法论的出发点，所有重要的分歧、转变与进步等，无不源于并最终归结为对对象问题的确认与理解。① 这样的看法很有道理，尽管它是针对于一门学科而言的，但对于笔者在这里确定本研究的选题也不无间接启发，至少它使笔者更加意识到研究对象合理确立的重要性。如上所说，笔者把主体伸张的文论建构问题作为本书的研究对象是存在着一个总体的运思背景的，笔者期望以这样的一个研究对象介入当前文艺学建设的思考以及与此密切相关的哲学问题和文学基础理论问题——在本书中其集中表现为人的主体性与文学活动中的主体性问题——的进一步探讨；并且，笔者认识到，由此而进行的具体研究能否得以充分展开和尽可能地作出一些深入性的考察在一定程度上也是有赖于研究对象的合理确立的。

当然，笔者把主体伸张的文论建构问题作为本书的研究对象，除了上面提到的总的运思背景之外，具体来说，还有以下几个方面的缘由和依据。

第一，出于关注文论现实乃至社会现实的需要。笔者以为，立足现实无疑是深化相关文学基础理论问题研究的重要支撑，甚至是理论建构的一个强劲生长点。作为哲学用语，“现实”一词具有两层基本含义：首先，现实，指一切实际存在的东西，亦即自然现象、社会历史现象和思想的总和，与“可能性”相对；其次，它又是指现有事物在发展过程中表现为必然性的东西，即作为合乎规律的存在，它与虽然存在但已失去必然性的事物和现象相对。这样，要达到对于现实的正确理解，就内在地要求不仅要清醒地估计现实的全部复杂性，而且要认识到它的必然发展趋势。② 在文论研究和建构中的立足“现实”，既有社会现实，也包括文论现实。文论的提出从总体上说应该符合社会现实发展的要求，而这也就必须达到对于“现实”的如上所说的完整而正确的理解；事实上，这也是使得建设

---

① 参见阎国忠《关于审美活动——评实践美学与生命美学的论争》，《文艺研究》1997年第1期，第18页。

② 参见冯契主编《哲学大辞典》，上海辞书出版社，2001，第1633页。

中的文论具有现实性品格的一个根本保证。文论的开掘自然更需要直接面对文论现实本身，因而，对于文论现实给予更为切实的关注也就成为文学基础理论研究的一个潜在要求。文学主体性理论是 20 世纪 80 年代中国的重要文论形态之一，它的提出具有很强的现实针对性。在本书中笔者将会谈到，它在提出之后遭到了几种重要学术力量的批判，而如以上所提及的，近年主体间性文学理论的提出在很大程度上也就是直接体现为对 80 年代中后期以来的关于文学主体性理论批判的延续和深化。正因为主体伸张的文论建构问题内在地包含着这一当代文论的知识与思想线索，笔者认为，选择它作为研究对象也就在一个特定的维度上有效地把握住了文论现实的某些层面，进而通过它可以洞察到当代中国社会现实的若干内容。

第二，与个人的学术"兴奋点"的确立存在密切关联。在较长一个时期以来的学习与思考过程中，笔者倾向于甚至是有些刻意地关注人本身以及与其相关的问题，期望从现实的人的问题出发进入社会总体发展问题的审视与思考。马克思和恩格斯指出，"符合现实生活的考察方法"是"从现实的、有生命的个人本身出发"，又说，"我们的出发点是从事实际活动的人"①。这给笔者以深刻的启示；由此，笔者也就更加认识到，关注当代社会现实中的人是一个重大的现代课题。刘小枫认为，德国哲学家马克斯·舍勒（M. Scheler）的学术重心在于关注世界价值秩序、社会精神特质和主体的体验结构，他有着明确的现代学的根本性问题意识。② 这一论断是合理的，是基于对舍勒的学术思想进行总体而又深入的研究之后得出的正确判断。确实，对于舍勒而言，从其哲学意识开始觉醒的时候起，他就认为诸如"人是什么？他在由存在物组成的宇宙中处于怎样的地位？"这样一些问题，要比其他任何哲学问题都更为重要和深刻。③ 在笔者看来，关注了社会中的人的问题，也就更加关注了社会现实，并进而有利于省察其必然的发展和变化趋势。在本书中，笔者会谈到，人的主体

---

① 〔德〕马克思、恩格斯：《德意志意识形态》。见《马克思恩格斯选集》第 1 卷，人民出版社，1995，第 73 页。

② 参见〔德〕马克斯·舍勒《资本主义的未来》，罗悌伦等译，生活·读书·新知三联书店，1997，中译本导言（刘小枫撰）第 3～16 页。

③ 参见〔美〕赫伯特·施皮尔伯格《现象学运动》，王炳文、张金言译，商务印书馆，1995，第 391 页。

性是一个哲学概念。文学的主体性、艺术的主体性，其实根本上就是针对文学艺术活动的过程和结果来研究这些活动的主体——人的主体性。刘再复的文学主体性命题包含着双重理论指向，即对个体主体性与文学的独立性、自主性的呼唤、确证和伸张，其中，前一指向更为直接和显豁；因而，我们也就可以认为，刘再复的文学主体性思想旨在对人的问题进行现实思考，是在进行一种人的设计；这也就是说，文学主体性理论的提出是与刘再复对人的现代化问题的思考扭结在一起的。此外，说到底，主体间性文学理论在很大程度上也是一种关于人的存在和发展的可能性的设计。它的最根本诉求同样是主体的自由，也就是人的主体性的实现。这样，对由文学主体性理论和主体间性文学理论这两种知识形态构成的主体伸张的文论建构问题进行批判性研究也就与笔者个人的学术"兴奋点""接续"起来，同时也有利于在这一过程中清理自己的相关思想立场。由是，进一步说，笔者把主体伸张的文论建构问题作为本书的研究对象，也就是笔者在力图对人的问题、对中国社会现代化问题进行较为整体的思考之后于自身学术探讨领域里的一种自觉、理性的选择；当然，这也只是笔者的求学道路中的一种初步尝试。

第三，本书研究对象的确定，更为直接的原因当然是在于对主体伸张的文论建构问题的研究现状的关注。目前，国内学界对笔者以上所提出的主体伸张的文论建构问题的研究还是相当缺乏的。学者们大多集中于单一的文学主体性理论的批判性研究和学术反思，或者单向地进行主体间性文学理论与美学的建构，而未曾把文学主体性理论与主体间性文学理论纳入到同一论域亦即同一文论建构理路之下来加以审视和考察，因此，这一研究问题的提出应该说有一定的探索性。笔者本书的思考与写作就是对于这一问题的集中性探讨。

二　论题展开的处理方式

通过前文的相关简要讨论，我们完全可以认识到，在中国当代文学理论领域，由 20 世纪 80 年代产生的文学主体性理论到近年有学者提出的主体间性文学理论构成了一段具有密切内在关联的问题史、学术史。但本书对主体伸张的文论建构问题的研究，却不采用完全是学术史的做法。在笔者的考虑中，学术史的描述和分析应尽可能地把针对研究对象的考察详尽化，从而在完全史实——当然，这只能是相对的——的基础上作出判断或学术性批判反思。在这里，不采用完全是学术史的做法，意味着笔者对研究对象的探讨是力图在一般性的学术史考察的基础上，而又同时尽可能地把它问题化；这里的着重点显然是后者。具体来说，本研究首先是把20世纪80年代中后期以来相继产生的文学主体性理论与主体间性文学理论这两种知识形态置于时间线性的历时的构架之下分别进行相关方面问题的考察，进而，在此基础上突出因它们而出现的几个方面问题的直接探讨，通过对这几个方面问题中的一些内容的集中揭示，我们也就可以明确地看出在主体伸张的文论建构理路之下的这两种知识形态之间存在着的内在逻辑关联。由此需要进一步说明的是，对文学主体性理论与主体间性文学理论进行"相关"方面问题的考察，这也就意味着对这两种知识形态的探讨尤其是对它们所存在的问题的探讨是不全面的。本书关于文学主体性理论的研究在这个方面的考虑和设置极为明显，即使是在第四章中笔者对杨春时提出的主体间性文学理论的面貌进行了自我理解之下的相对完整的呈示，但这也只能是视为随后对其作出几点根本性的简要评析的前提要求，这也就是说，笔者以为，倘若不这样处理，第五章针对其而作出的简要评析将无法顺利地合理展开。一句话，在具体的探讨过程中针对文学主体性理论与主体间性文学理论相关方面问题而展开的考察完全是出于本研究中心问题的确立的需要。

在以上处理的基础上，本书期望突出的主要问题表现为以下几个方面。

其一，揭示出文学主体性理论与主体间性文学理论这两种在当代文学理论领域里相继产生的知识形态之间的内在理路，并把它表述为主体伸张的文论建构理路。如上所述，这是本研究选题之所以能够确立起来的一个根本性支撑。文学主体性理论和主体间性文学理论是在主体伸张的文论建构理路之下存在着密切关联的两个环节的理论书写。

其二，引入现代性理论视角，把"现代性"概念理解为主要涉及现代时期的主导性价值观念。作为现代社会的价值体系，它体现为一些主导性价值。由此，对文学主体性理论和主体间性文学理论体现出的现代性价

值诉求的倾向进行判断和确认。在这一过程中，提出"中国状况下的
'年轻'的现代性"命题，明确文学主体性理论诉求的价值具有中国状况
下的"年轻"的现代性特征，据此，进一步分析指出，主体间性文学理
论体现出了相较于文学主体性理论的对于现代性价值诉求的一定程度上的
深化特征。

其三，在此基础上，特别强调，确立文学理论的价值诉求方向是文学
理论建设中的一个极为重要的问题，坚持现代性价值诉求的发展方向是当
下中国文学理论建设的根本选择。如是，才能让文学理论的建设同当前中
国社会文化的整体推动保持总体发展方向上的一致性，因而，事实上这也
是使得建设中的文学理论具有现实性品格的基本保证。基于现代性问题是
一种双重现象，我们需要全面地看待它，建构中的文论应该体现出对健全
而又充分的现代性价值观念的诉求。

其四，强调关于文学主体性理论现象形成的研究方法的重要性。文学
主体性理论现象在当代中国的形成，从特定角度来看，完全可以说是一个
知识社会学事件。因此，我们有必要运用知识社会学方法对这一理论现象
的形成进行针对性考察。这不仅是开阔研究思路以使得在"内在理路"
研究法和社会历史研究法之下某些被遮蔽了的问题得以突出和彰显的需
要，也更为有利于进一步拓展和加深对文学主体性理论现代性价值诉求相
关方面问题的讨论与确定。

其五，重视文学主体性理论中的"主体性"概念、主体间性文学理
论中的"主体间性"概念基本蕴涵的考察与阐发。突出在主体性理论与
主体间性理论视野之下的对于文学性质的不同理解。概括指出，文学理论
史上不同文论思想的提出，其实在很大程度上就来源于研究者站在各自的
哲学基点上对于文学本质的差异性理解，对文学本质问题的考察是提出新
的文论思想的一个关节点。

其六，肯定学界早已提出的文学具有多本质性的文学观念，认为主体
性理论和主体间性理论都不足以对文学理论中的全部问题作出解答，对文
学的本质也无法作出完整的阐释。这样，"主体间性文学理论"的提法就
和"主体论文艺学"的提法相似，显得很有问题有待于慎重讨论，尤其
是与文学主体性理论一样不可作为一种"元文学理论"来看待。然而，

我们认识到，对于文学主体性理论和主体间性文学理论的倡导者来说，却正是潜在地存在着这样的理论倾向的。

其七，概括指出20世纪80年代中后期以来学界相继出现的几种重要学术力量对于文学主体性理论的批判，强调主体间性文学理论的提出是对于这一批判的延续和深化。但是，基于主体间性文学理论和文学主体性理论各自存在的主要局限尤其是在主体性问题上的重大理论欠缺，当下我们的着力点并不在于如同杨春时所说的要以主体间性理论为根本性建构力量完成从主体性文论到主体间性文论——如上所已经直接而简明地指出了的，在其倡导者的理论阐释中，它被赋予了一种元文学理论性质——的转向，而是应该对于文学活动和文学思想中的主体性问题予以足够的深度关注，亦即重视和深化文学活动中的主体和主体性问题的当下中国语境中的思考。这才是我们从文学活动中的主体出发考察文学问题的具有充分合理性的努力方向。

其八，回应后现代主义哲学对主体性的批判。在此过程中，力求较为全面地看待西方后现代主义哲学对于主体性问题的态度和立场，以克服学界对后现代主义文化思想的否定性维度投入更多的关注而相对忽视其丰富性的偏颇。由是并特别基于在此前提之下的对于人的主体性事实上存在着不同的发展阶段的认识而提出，问题的根本其实并不在于对主体和主体性命题是否需要确认这样的问题进行无谓的纠缠和争论，而是必须在当前中国的一般历史状况和特定的社会情势下对主体的新质形态和主体性的新形式作出探索性的研究。

其九，突出在马克思哲学视点之下的对于人的主体性问题的探讨，以马克思的关于人的主体性思想为理论基础，对文学活动中的主体性问题进行当下思考。

以上是对本研究论题展开处理方式的一些大致设想，笔者期望能把其具体地贯彻在对于主体伸张文论建构问题的批判性反思研究之中。这也就是说，总体而言，批判性反思是本书的一种潜在的基调，也是对于它的一种基本的"品质"要求。当然，笔者也清醒地意识到，受制于个人学术与思想的有限积累，采用这样的研究方式对自己来说是相当不容易的，笔者更多地把其看成是对于自身知识与能力的一种挑战，而应对这种挑战在一定程度上也就体现为一个思考者的自我塑造过程。

笔者十分欣赏和感佩法国哲学家米歇尔·福柯所说的这样一段话：

    ……对知识的热情，如果仅仅导致某种程度的学识增长，而不是以这样那样的方式或在可能的程度上使求知者偏离他的自我，那么它归根到底能有什么价值可言？在人的一生中，如果要不断观察与思考，有时候关于了解自己能否采取与自己思维不同的思维方法去思考，能否看到与自己的所见不同的事物这样的问题便会变得绝对必要。或许有人会说，这种跟自我玩的游戏最好留在后台；不然，至多也只能让它们成为那些预备训练的一个部分，一旦目的达到，就应该彻底忘却。然而，今天的哲学——这里是指哲学活动——如果不是思想用以向它自己施加压力的批评工作，那它又是什么？它要不是在于努力弄清如何以及在何种程度上才能以不同的方式思维，而是去为早已知道的东西寻找理由，那么，它的意义究竟何在？……①

笔者曾期望把福柯的如是思考作为自己的一种根本性的学术和思想旨趣；然而，笔者又明白，自己离这样的要求还很远很远，也许它真的永远只是一种渴望。因而，笔者也就只能是虔诚地尝试着把自身遭遇到的这种显豁的尴尬与同时不可摆脱的浓烈的属于一个知识者的愿望强制性地混合在自己所热爱的思考、写作与生活之中。

---

① 〔法〕米歇尔·福柯：《性史》（第1、2卷），张廷琛等译，上海科学技术文献出版社，1989，第163页。

第一章　文学主体性思想的双重指向与理论突围

文学主体性理论的提出以及围绕着它而展开的文学问题论争是 20 世纪 80 年代中国一种颇为复杂的思想现象。本章不拟对它进行整体上的描述与探讨，而是结合本研究中心问题的确立的需要有选择性地讨论相关的几个方面的问题。

第一节　文学主体性思想的双重理论指向及其人学向度评价

一　文学主体论中的"主体性"概念

1986 年 5 月，刘再复在为其即将于香港出版的论文选集而写的"自序"中说，在当时的中国文坛，文学理论与文学创作严重分离，这种现象逼使从事文学理论与批评的人不得不进行反省和追求变动；两三年来，他不知不觉地也走上了这条反省与变动的荆棘之路。"我开始是提出人物性格二重组合原理，先以论文发表于报刊，接下去就写成《性格组合论》①。这之前，我曾从政治上对'三突出'、'高大完美'这一套危害我

---

① 刘再复从 1983 年初开始动笔写作《性格组合论》，1986 年该著作出版。其间，1984 年第 3 期的《文学评论》杂志曾先行发表了刘再复的《论人物性格的二重组 （转下页注）

国文学的观念进行批判，而《性格组合论》，则是从审美角度，也就是从文学自身的特性这种角度去对那些错误的观念进行反省，并从正面建设自己的理论系统。《性格组合论》完成之后，我又进入'文学主体性'的研究，这是在前书的基础上，进一步深化对人的研究，呼吁按照人和文学的特点从事文学活动，试图以人本观念取代神本观念和物本观念，并激发作家更自觉地调动自己的主体力量，扩大心灵的自由度，从事更大气魄的艺术创造。在探究上述这两个课题的同时，我又与一些中青年朋友一起，提倡文学研究和文学研究方法的变革"①。刘再复的如上表述使我们认识到，他在 20 世纪 80 年代中期倡导文学主体论具有明显的对于文学现状的反思性特征；同时，文学主体性理论在刘再复的思想中也并不孤立，而是以它为中心和其倡导者的其他一系列相关文学观念一道组成了一个相对的刘氏思想整体，或者也可以说，文学主体论是刘再复这一时期文学思想的阶段性总体归宿，挖掘出了文学主体性理论的根本性蕴涵，也就进入了 80 年代的刘再复的文学学术思想的核心。②

事实上，更明确地说，刘再复文学研究的重心从文艺批评转到文学理论，并且把注意点放到"人"的研究上，是在其《鲁迅美学思想论稿》③完成以后就开始了的。把着重点放到"人"的研究上，也就是"把文学的本质与人的本质结合起来考察，把文学作品的结构、创作的动态过程与人类自身的建构结合起来思索"④。以此为理论立足点，刘再复注重对 20世纪 80 年代以来中国文学和文学研究发展情况的考察与审视。在 1984 年12 月撰写的《文学研究思维空间的拓展》这一对当时文学变革现状进行

（接上页注①）合原理》一文。"二重组合原理"是《性格组合论》一书的中心概念。刘再复说，他对性格的二重组合的探讨，根本上是希望通过典型性格运动的内在机制的揭示，来恢复人作为精神主体的地位；因而，在刘再复的理论中，人物性格的二重组合原理也是一个主体性原理。他要以《性格组合论》"为恢复人在文学中的主体性地位而努力"（刘再复：《性格组合论》，上海文艺出版社，1986，第 3 页）。

① 刘再复：《刘再复论文选》，香港大地图书公司，1986，"自序"第 I ~ II 页。
② 需要说明的是，笔者在这里强调刘再复学术思想的"阶段性"特征，意味着在笔者看来，20 世纪 90 年代以后刘再复的学术思想出现了变化。关于这个问题，具体可参阅他在 90 年代以来所出版的各类著述，此不详论。
③ 刘再复的《鲁迅美学思想论稿》一书由中国社会科学出版社在 1981 年出版。
④ 刘再复：《刘再复集——寻找·呼唤》，黑龙江教育出版社，1988，"代自序"第 4 页。

粗略描述的文章中，刘再复认为，几年来我国文学研究的趋向除了总体上的从"破"到"立"之外，还有四个方面的引人注目的表现，即研究重心从文学外部规律转到内部规律，从单向思维方法转到多向思维方法，从微观研究变化到宏观研究，从封闭式研究变化到开放式研究。① 随后，在题名为《文学研究应以人为思维中心》的文章中，刘再复指出，文学研究中的这些变化是很重要的；并主张应当在这些变化的基础上进一步开拓文学研究的思维空间，这种开拓就是指需要在文学研究中构筑一个以人为思维中心的文学理论与文学史研究系统，这就意味着应当把人的主体性的思考作为文学研究的中心问题。② 刘再复在 80 年代倡导以人为思维中心构筑文学理论与文学史研究系统，确实是对国内在此之前的习惯性文学研究观念甚至可以说是一种研究程式的突破；但问题在于，仅限于此又是远远不够的，这其中内在地要求着对人的问题、人的主体性问题进行深入、合理的思考，而又正是在这一根本点上，刘再复的学术思想出现了不小的理论偏颇，详见后论。他的长篇论文《论文学的主体性》是其以上思想主张的拓展；在该文中，刘再复就文学中的主体性问题，纲要性地集中阐发了他的观点。

刘再复认为，在文学研究领域，主体性的问题无法回避，需要深入研究。他持论，主体是在实践中建立起来的概念，"主体是存在的范畴，它不仅是意识对存在的积极关系，而且是存在本身，即人的本体存在。这就是说，主体性问题首先是本体论的问题，然后才是认识论、价值论问题。只有当人作为存在面对世界时，它才表现出主体性"③。主体性价值观在刘再复看来具体而言包含这样三层含义：其一，人是作为主体性而存在的，他的自主性只能属于他自己；其二，主体性意味着人对自我本质的占有和掌握，意味着发挥个人的独创性和能动性，因而人的精神个性应当得

---

① 参见刘再复《文学的反思》，人民文学出版社，1986，第 3~4 页。刘再复的《文学研究思维空间的拓展——近年来我国文学研究的若干发展动态》这篇文章最初连载于《读书》1985 年第 2 期、第 3 期。

② 刘再复：《文学研究应以人为思维中心》，《刘再复论文选》，第 233 页。刘再复的这篇文章原载于 1985 年 7 月 8 日《文汇报》。

③ 李泽厚、刘再复：《告别革命——回望二十世纪中国》，香港天地图书有限公司，1995，第 190 页。

到尊重和保护；其三，主体性还意味着对个人人格的尊重，因而也就意味着人的尊严和人格平等，在这个意义上，主体性与最彻底的人道主义相通。① 在 90 年代，他对"主体性原则"还曾经做过如是概括："主体性原则是一种选择原则、超越原则和原创原则，它的要点包括：（一）我选择，不是我被选择。即'我愿意'，不是'我必须'。（二）我不是在有限的范围内选择，而是在无限的范围内选择——我超越现实的限制。（三）我做他人还没有做过的事，而不是重复他人做过的事——我超越他人的限制。（四）我做自我还没有做过的事，而不是重复自己做过的事——我超越自身。（五）不是我去保留传统，而是要求传统保留我。我是我的最后目的"②。由上可以清楚地看出，刘再复对人的主体性的理解带有一种浓厚的浪漫情绪——稍后我们会谈到，这主要缘于刘再复持有一种西方早期的人文主义的文化态度——以及对于康德在西方哲学传统中确立起来的"人是目的"③ 这一观念的非批判性的直接接纳甚至是坚执，而人的主体性的历史性存在问题则完全没有进入其理论视野之内。在刘再复的思想体系中，简单、明确地说，"主体，就是指人，指人类。主体性是指主体当中那些真正属于人的特性。用更科学的语言表述，主体性是指主体自身所拥有的，并且体现于对象世界的人的本质力量"④。可以认为，这是刘再复对其理论中"主体"、"主体性"概念核心内容的扼要表述。因而，强调主体性，对于刘再复而言，根本上就是强调人的能动性、创造性，肯定人的力量，确认主体结构在历史运动中的地位和价值。总体而言，这与主体性原则在西方古典哲学发展过程中确立起来的核心蕴涵是基

---

① 参见刘再复、林岗《论中国文化对人的设计》，湖南人民出版社，1988，第97～98页。

② 刘再复：《独语天涯——1001夜不连贯的思索》，上海文艺出版社，2001，第310页。

③ 康德说："我认为：人，一般说来，每个有理性的东西，都自在地作为目的而实存着，他不单纯是这个或那个意志所随意使用的工具。在他的一切行为中，不论对于自己还是对其他有理性的东西，任何时候都必须被当作目的"（〔德〕康德：《道德形而上学原理》，苗力田译，上海人民出版社，2002，第46页）。又说："在目的的秩序里，人（以及每一个理性存在者）就是目的本身，亦即他决不能为任何人（甚至上帝）单单用作手段，若非在这种情形下他自身同时就是目的"（〔德〕康德：《实践理性批判》，韩水法译，商务印书馆，1999，第144页）。我们需要注意到，康德在这里所说的"人"更多地只是一个纯粹概念，而不是具体的处在社会关系中从事实际活动的人。

④ 刘再复：《生命精神与文学道路》，台北风云时代出版公司，1989，第162页。

本一致的①。

　　刘再复持论，人的主体性包括实践主体性与精神主体性。文艺创作强调主体性，包括两层基本内涵：一是把人放到历史运动中的实践主体的地位上，即把实践的人看作历史运动的轴心，把人看作人。二是要特别注意人的精神主体性，注意人的精神世界的能动性、自主性和创造性。历史是客观世界的外宇宙和人的精神主体的内宇宙互相结合的运动过程。而且，他尤为强调人的内宇宙，"文学主体性理论，只是为了提醒自己：不要忘记有一个精彩的内宇宙就在你的身上，你自己就是这宇宙的旗手"②。强调内宇宙，也就是突出"自我"。刘再复认为，在文学艺术领域，所谓主体，包括作为对象主体的人物形象、作为创造主体的作家和作为接受主体的读者和批评家。总体上看，文学中的主体性原则，就是要求在文学活动中不能仅仅把人（包括作家、描写对象和读者）看作客体，而更要尊重人的主体价值，发挥人的主体力量，在文学活动的各个环节中，恢复人的主体地位，以人为中心，为目的。具体说来就是：作家的创作应当充分地发挥自己的主体力量，实现主体价值，而不是从某种外加的概念出发；文学作品要以人为中心，赋予人物以主体形象，而不是把人写成玩物与偶像；文学创作要尊重读者的审美个性和创造性，把人（读者）还原为充分的人。③ 如果全面而正确地理解了人的主体性问题，那么刘再复在这里对文学中的主体性原则的认识和强调还是具有较为充分的合理性的；但是，如前面已经提到的，他正是在对人的主体性的理解上出现了不小的理论偏颇，从而他对文学中的主体性原则的这一阐述就有待于深入讨论了。这关涉到刘再复文学主体性思想中的人学向度问题，对此，本节后面部分将会集中进行探讨。

---

① 对主体性原则在西方古典哲学发展过程中确立起来的核心蕴涵的理解和确定请参见本书附论三。需要指出的是，笔者在这里只是说刘再复文学主体论中"主体性"概念的实质与西方古典哲学中主体性原则的核心蕴涵是基本一致的，而非同一。事实上，我们可以较为明白地看出，在刘再复那里，"主体"和"主体性"被赋予了一些新的含义，他尤为强调和突出的是建基于实践主体性之上的精神主体性。详见本章后面相关部分所论。

② 刘再复：《独语天涯——1001 夜不连贯的思索》，第 113～114 页。

③ 参见刘再复《论文学的主体性》，《文学评论》1985 年第 6 期，第 11～26 页；1986 年第1 期，第 3～19 页。

二　主体性理论对文学的"重新"解释

文学主体论建立在主体性哲学的基点上。刘再复认为，主体性哲学是本体论、认识论和价值论的整合。本体论研究存在的意义——存在被理解为解释性的创造世界的活动而不是纯粹的客体，认识论和价值论则是本体论的展开，它们分别从客观方面和主观方面把握存在的意义。建立在主体性哲学基点上，新的文学理论就把文学活动看成是一种存在方式，即自由精神的存在方式，而不是视为现实世界的反映。显然，这与反映论的文学观念是截然不同的。由此，文学主体性理论又认为：文学存在，不是现实存在，而是超越现实的自由存在，是对存在意义（超越现实意义）的领悟。这样，主体性理论便强调文学的超越性，强调文学创造主体不是现实主体而是审美主体，文学对象不是现实对象而是艺术对象（主体性与对象性同一），文学活动不是处于现实时空中的对现实的反映活动，而是处于自由时空中的审美认识活动和审美价值创造活动，文学语言不是现实意识的符号表现形式，而是审美意识的符号表现形式，审美意识不是现实意识，而是自由意识，它超越政治意识形态的局限和独断。刘再复强调，文学主体性理论对文学本质作出新的阐述是与克服了原有文学理论的两个根本性盲点——忽视个体主体价值（价值论范围内的盲点）和忽视潜意识的创造功能（认识论范围内的盲点）——联系在一起的，它强调作家的个体活动和精神世界（包括非自觉意识）在文学活动各个环节中的价值和功能。① 在今天看来，于 20 世纪 80 年代的中国社会文化语境里重视和强调文学活动中个体主体的价值及其潜意识的创造功能确实是具有较为重大的理论和现实意义的，它直接指向了人（个体）本身，并隐含着一种尊重人、肯定人尤其是塑造人和发展人的内在要求。在此前提下，个体的丰富性生命体验与经验等也就被毫无疑问地、学理性地确认为有意义的事件或进入意义的领域。我们知道，在为了完成对宏伟叙事的历史构造、人

① 刘再复：《告别诸神——中国当代文学理论"世纪末"的挣扎》，《论高行健状态》，香港明报出版社有限公司，2000，第 218～219 页。需要注意到的是，刘再复在这里对文学的超越性的强调是其主体性理论思想的发展，而在 80 年代中期刚提出文学主体论时他未曾对这个问题作出充分透彻的分析。对此，笔者在第四章第一节中还将谈及。

们的日常生活一度成为现代社会矢志不渝的改造对象的 20 世纪中国的特定的历史阶段里，这种确认是不可想象的。由是，我们认识到，这种确认事实上也可以说就是在 80 年代的中国由于社会结构的整体性深刻变动而产生出来的必须重新认识和审视人及其生活世界的历史性要求的必然结果。①

从主体性哲学基点出发，刘再复认为文学活动是一种自由精神的存在方式。对这一在当时不是把文学看成是现实世界的反映的关于文学的重新解释，刘再复在其真正提出文学主体性思想之后还曾多次强调过。比如，在与李泽厚以"主体论学案的回顾"为主题而展开的对话中，刘再复说，按照主体性哲学的观点，可以把文学"看成是一种人的自由精神的存在形式，它以自己独特的方式解释世界，揭示人类世界的审美意义"②；1998 年谈到冰心当年以"我爱，我沉思"对他的散文作出这一"知心之论"时，刘再复也说："我研究文学理论多年，最终把文学视为自由生命的存在形式，也可以说是爱的存在形式"③；在 2002 年初与杨春时展开的关于"文学的主体间性"问题的对话中，刘再复还说，文学事实上可定义为自由情感的存在形式，所以，必须把自由还给文学，使主体性获得充分的解放④。由此，我们也就可以看出，近 20 年来，刘再复对文学性质的如上理解是一以贯之的；但同时我们更要认识到，刘再复的这一从主体性哲学基点出发对于文学的重新解释显然并不足于对文学的本质作出完整的界定和概括，当然，这也是从某种单一的理论视角出发对文学性质作出的任何阐释都会不可避免地遭遇到的问题。关于这一点，笔者在本书后面的相关部分还将着重谈到。

主体性理论对文学的如上重新解释，直接产生于刘再复自认为的其对"文学是人学"这个原有文学命题的"反思"和"深化"⑤。在刘再复看

① 参见詹艾斌、陈海艳《论新写实小说的现代性价值诉求》，《当代文坛》2005 年第 1 期，第 62 页。
② 李泽厚、刘再复：《告别革命——回望二十世纪中国》，第 185 页。
③ 刘再复：《读沧海——刘再复散文（1979～1989）》，安徽文艺出版社，1999，第 12 页。
④ 参见刘再复、杨春时《关于文学的主体间性的对话》，《南方文坛》2002 年第 6 期，第 14 页。
⑤ 在夏中义看来，刘再复并没有"深化""文学是人学"命题，而是对它进行了通俗性理解（参见夏中义《新潮学案——新时期文论重估》，上海三联书店，1996，第 7 页）。这是一个需要另外加以探讨的问题，此不论。

来，"文学是人学"命题的重要性和正确性几乎是无须论证的。其深刻性在于，它在文学领域中恢复了人作为实践主体的地位。但这还不够，因为这个命题并没有肯定人作为精神主体的地位。因此，"文学是人学"的含义必定要向内宇宙延伸，即不仅一般地承认文学是人学，而且要承认文学是人的灵魂学，人的性格学，人的精神主体学。考虑到精神主体是以表层与深层的双重结构形式而存在，"文学是人学"命题的进一步深化，就不仅要承认文学是精神主体学，而且要承认文学是深层的精神主体学，是具有人性深度和丰富情感的精神主体学。同时，"文学是人学"命题的深化，不仅要尊重某一种精神主体，而且要充分尊重和肯定不同类型的精神主体。由是，文学就不仅是某种个体的精神主体学，而且是以不同个性为基础的人类精神主体学。正因为如此，文学才无法摆脱最普遍的人道精神。① 换句话说，在刘再复看来，普遍的人道精神正是文学所拥抱和所要着意加以表现的。但也正是由于这种刻意的强调，文学主体性理论中所说的人和主体，实际上就不再是社会的、实践的人和主体，而成为一种精神主体了；它所说的人的主体性也成为一种完全脱离了实践的主观能动性；如是，文学问题也就近乎于成为纯粹的精神现象问题了。

刘再复持论，主体性理论对文学的重新解释，关涉到打破建国前后几十年间被中国当代文学理论普遍接受的心物二元对立的世界图式的哲学描述。在他看来，这种描述以物为中心，而不是以人为中心，所以它不把主体（人）划入存在的范畴，而把主体视为意识的载体。这样，人就处于被决定的地位。在这种哲学图式中，所谓主观能动性，也仅仅是指意识的功能。持心物二元对立世界图式的论者看不到主体性本身也是一种结构，是存在本身，故而，他们只承认意识活动的认识论意义，而不承认其本体论的意义，也不承认其价值论意义；其实，主体本身就是价值之源。这样，在刘再复的理论思想中，"主体"，也就是"人"本身的地位、功能及其存在意义等问题被显著地突出。他强调，主体性命题的提出，就是

---

① 参见刘再复《论文学的主体性》，《文学评论》1985 年第 6 期，第 13～14 页。后来，刘再复又谈到，他在《论文学的主体性》一文中实际上是指出，"文学不仅是人学，而且是'心'学，只是这一心学与王阳明那种思辨式的心学不同，它是情感式、形象式的心学"（刘再复、刘剑梅：《父女两地书》，上海文艺出版社，2001，第 63 页）。

"着意要打破这种心物二元对立的哲学图式，力图改变物与人被区分为第一性和第二性的不平等关系，而确立平等关系，即确认人是作为一个存在整体和世界（物）平等地进行信息交换和能量交换的一个系统。因此，对于这个问题的争论就超出文学理论的范畴之外，它直接构成对哲学的基本命题（我们以往理解的心物何者为第一性的问题）的挑战，而提出了另一种哲学的基本问题，即人的命运和存在的意义问题。正因为这样，关于文学主体性的争论，就超出了文学论的范围"[1]。

三　文学"主体性"思想的双重理论指向

从以上对刘再复的文学"主体性"概念和主体性理论关于文学的重新解释的阐发中，我们可以明确地认识到，刘再复文学"主体性"理论的一个根本性指向是对于人本身，即作为社会个体的人的主体性的呼唤、确证和伸张。正如刘再复自己所说的，文学主体论以及关于它的争论，溢出了文学论的范围；对于个体主体性的确证和伸张才是其文学主体性思想的根本性蕴涵。与20世纪80年代在哲学领域中讲主体性一样，文学主体论也主要是着眼于主体在人类历史上的地位、功能，是在主客体对立范畴中去定义主体性和探索如何实现主体性。由此，我们看到，在刘再复的理论中产生了从美学到人学的思维偏移。事实上，刘再复的这种从美学向人学的思维偏移倾向是一贯的，在《性格组合论》中这一倾向就体现得极为明显[2]；当然，我们没有足够的理由认为这一"偏移"是他的一种自觉的理论选择。但是，笔者注意到，刘再复也曾经这样明确说过，"在中国具体的语境中讲主体性，自然更多地强调个体主体性"；他赞赏五四启蒙运动，原因就在于："五四的启蒙，很重要的一点，是启个人之蒙，启个体主体性之蒙"[3]。

---

[1]　刘再复：《告别诸神——中国当代文学理论"世纪末"的挣扎》，《论高行健状态》，第220页。

[2]　夏中义对刘再复在《性格组合论》中产生这种思维偏移的"根子"作了颇为精彩的探究，并对刘再复没有注意到历史人与文学"人"之间的异质界限而是径直将二者等同起来的理论欠缺进行了充分的讨论。参见夏中义《新潮学案——新时期文论重估》，第4～7页。

[3]　李泽厚、刘再复：《告别革命——回望二十世纪中国》，第159页。

　　刘再复阐述其文学主体性思想尽管讲到了作家、接受者和人物形象的主体性，并说探讨文学主体性的实现，首先应当探讨对象主体性的实现，但是在根本上，他更为关注的是强调作家的主体性，并期望主要通过对作家的主体性的强调进而达到对个体主体性的肯定和张扬。关于这一点，我们可以从其对文学主体论的相关解说中看得十分明白。在《文学研究应以人为思维中心》一文中，刘再复说："给人以主体性地位，首先必须给作家以充分的内在自由。创作自由和评论自由，就是给作家以主体性的地位"①。后来，他对文学主体论主要是强调作家的主体性说得更为直接。"我讲文学主体性，在实践上也有一点直接意义，就是强调作家参与文学活动，应当以一个独立的人的资格，一个独立的艺术家的资格"②。又说："生性不喜欢理论却偏偏以从事理论为职业，因此，我的文学理论总是在告诉自己和告诉他人：作为作家，你只执行你内心的绝对命令，不必执行他人的命令"③。在前面提到的他与杨春时的对话中，刘再复说，在各种禁忌束缚文学的历史条件下，他张扬文学的主体性正是帮助作者获得内在自由，这是非常必要的，也是非常有意义的；中国当代文学的发展已经证明了这一点。又说，他讲文学的主体性就是强调文学是生命感受，强调作家的个体生命活力、个体灵魂的活力。④ 而且，我们更注意到，刘再复讲人的主体性包括实践主体性和精神主体性，其实这也仅仅是针对创作主体而言的；因为，在他的理论中，只有创作主体才区分为"实践主体"和"精神主体"两种形态。这使我们意识到，他讲文学作品中人物形象和文学接受者的主体性固然可以达到对文学"人"与历史人的主体性地位的强化作用，但更主要的似乎可以说他只是以此来满足其理论得以"完善"或整体化阐述的需要。

　　行文至此，我们现在需要追问的是：刘再复在其文学主体论中为什么要呼唤、确证和伸张人的主体性？或者说，他呼唤、确证和伸张个体主体

---

① 刘再复：《文学研究应以人为思维中心》，《刘再复论文选》，第 235 页。

② 李泽厚、刘再复：《告别革命——回望二十世纪中国》，第 184 页。

③ 刘再复：《独语天涯——1001 夜不连贯的思索》，第 313 页。

④ 参见刘再复、杨春时《关于文学的主体间性的对话》，《南方文坛》2002 年第 6 期，第 14 页。

性的内在缘由主要表现在哪里？关于这个问题，笔者以为至少可以从两个方面来说明。其一，它萌生于刘再复对当代中国文学总体发展的某一特定判断以及由此产生的自我理论目的的明确确立。刘再复认为，在20世纪下半叶前面的将近30年的时间里，在中国虽然也有好作品，但总的说来，中国文学在这个时期经历了一个集体亢奋而又集体失望的时代，究其原因就在于它缺少强大的艺术个性，每一个创作个体都摆脱不了集体的政治氛围。① 同时，他又敏锐地认识到，"文革"结束之后近10年间中国文学的最根本成就是，一些作家和批评家通过不屈不挠的努力，终于打破了数十年来自己手造和心造的创作模式和理论模式，从而赢得了个性创造力的初步解放。② 他肯定这种个性创造并希望通过自己的理论努力进一步推动这一个性创造潮流。刘再复说，他撰著《论文学的主体性》就是"在自我被压抑的历史环境下发出的。当时文学理论的哲学基点是反映论，我以主体论的哲学基点取而代之，从而推动作家实现个性与原创性，也推动作家自我进一步觉醒"③。其二，和其一相关联，刘再复在其文学主体论中强调个体的主体性是充分考虑到了现实社会对于它的迫切需要的，从中我们可以看出他对于人的价值与尊严的学术关注：

　　西方文艺复兴时代人文主义的崛起，作家都在讲人的精彩，而二十世纪之后现代主义勃兴，作家则注重人的荒谬。我是一个多元论者，对两个时期的文学都喜欢。有些年轻朋友批评我落后，没有进入二十世纪，从某一层面说，这种批评是对的。但因我感受到东西方文化需求的时代落差，所以仍然不得不用很大的气力去证明"人等于人"的公式，重复一些人的尊严、价值、风骨的话，这可以说是一面追随先进的二十世纪，一面又坚持落后的十九世纪，甚至是更落后的十四、十五世纪。

　　一坚持，就想到人的精彩，并进而想到可以欣赏人的精彩。④

---

① 参见刘再复《远游岁月——漂流手记之二》，香港天地图书有限公司，1994，第80页。
② 刘再复：《近十年中国的文学精神和文学道路——为即将在法国出版的〈中国当代作家作品选〉所作的序言》，《论中国文学》，作家出版社，1988，第279页。
③ 刘再复：《论高行健状态》，《论高行健状态》，第30页。
④ 刘再复：《漂流手记——域外散文集》，香港天地图书有限公司，1992，第77页。

看得出来，刘再复的内心深处有一种呼唤、确证和伸张个体主体性的强烈渴望。他持论："在二十世纪的中国，无论是在政治思想领域，还是文学领域，都有一个重大的但是完全错误的观念，这就是不把人看作'个体'，不看作'一个人'，而是把人看作群体当然的一员、一角、一部分，即所谓群体大厦的一块砖石。与此对应，也就不是'一个人'独立地去面对世界和面对历史，而是合群地面对世界和历史"①。这一看法对 20 世纪中国的整体判断固然有些偏激，但它对个体理应独立地去面对世界和历史的强调却也是对个体发展的可能性提出了一种期待和要求，其意义甚为显明。

在呼唤、确证和伸张个体主体性的同时，刘再复的文学主体性思想也内在地指向对文学自主性的诉求。在"文学是阶级斗争的工具"的思想观念的制约下，文学只能作为一种附庸从属于政治，从而丧失了自身的独立品格和审美特性。为求得新形势下文学的健康发展，人们的文学观念必须尽快从"工具论"的束缚中摆脱出来，追求文学的独立性、自主性。为此，学界在 20 世纪 70 年代末就发出了"为文艺正名"的呼吁②并进而引发了一场关于文艺与政治之间关系问题的学术论争。在此背景下，刘再复强调文学的主体性，自然内在地涉及对文学的自主性品格的诉求和确立。在《论文学的主体性》一文中，刘再复并没有就文学的自主性问题展开具体探讨，但其关于文学主体性的总体思想的合理展开显然包含着这一理论向度。在这个问题上，不少学者也持类似的看法。比如，有论者直接指出，刘再复的《论人物性格的二重组合原理》和《论文学的主体性》"可以说既是呼唤人的主体性也是在伸张文学的独立的价值"③；而赖大仁的观点——文学主体性理论的提出及其所引发的主体性文学思潮，"从外

①　刘再复：《论高行健状态》，《论高行健状态》，第 13 页。
②　上海《戏剧艺术》杂志 1979 年第 1 期发表了陈恭如题名为《工具论还是反映论——关于文艺与政治的关系》的文章，率先对在中国文艺学界流行了几十年的"工具论"发难，在肯定反映论的前提下，批判工具论。随后，《上海文学》杂志 1979 年 4 月号又发表了署名为"本刊评论员"的文章《为文艺正名——驳"文艺是阶级斗争的工具"说》，该文严正批驳"工具论"，提出了"为了繁荣社会主义文艺"而必须"为文艺正名"的主张。
③　韩毓海主编《20 世纪的中国：学术与社会·文学卷》，山东人民出版社，2001，第 407 页。

向方面来说，它要求社会尊重文学主体的个体人格，尊重文学的独立品格；从内向方面来说则是要求文学主体自身抱有清醒的自我意识和自我的人格、个性，使文学活动具有充分的自觉性。"① ——和尹昌龙的说法——"刘再复从'文学是人学'这一命题出发阐明文学的主体性，实际上就表明了他的理论努力，即把文学和人联系起来考察，把文学的主体性与人的主体性加以贯通，这也可以看作是前此的人道主义思想的继续。既然文学的主体性与人的主体性具有内在的一致性，那么要论证文学的主体性必须首先确立人的主体性。"② ——实际上也暗含了这种论断。当然，我们知道，学界对文学自主性的确认、对艺术独立价值的张扬是在稍后于《论文学的主体性》发表的 1986 年的"观念年"里全面地展现出来的。正如孙绍振所说："'观念年'的要害，就是要寻找艺术本身的价值，也就是从工具论到目的论，即不再把文学艺术当工具，而认为艺术有它本身的目的，因而才有它独立的价值"；"'观念年'的最大意义就在于提出了艺术本身的目的。……把文学作为一种独立的心灵创造，独立的审美体验，不一定要依附于功利，这便是'观念年'给中国文坛带来的共识"③。这是一种深刻之论。在回顾、检视"观念年"问题的同时，我们自然会注意到刘再复的文学主体性理论对其产生形成了一定程度上的积极推动作用；而且，正如上所论，它本身就蕴含了这样的"观念"变革维度。

四 文学主体论的思想源起与刘再复对李泽厚主体论的"改造"

恩格斯在 1890 年 10 月 27 日致康·施米特的信中指出："每一个时代的哲学作为分工的一个特定的领域，都具有由它的先驱传给它而它便由此出发的思想材料作为前提"④。从思想关联上讲，刘再复的具有以上双重

---

① 赖大仁：《关于文学主体论的思考》，原载《中国人民大学学报》1990 年第 1 期。见赖大仁著《当代文艺学论稿》，江西高校出版社，1999，第 47 页。
② 尹昌龙：《一九八五：延伸与转折》，山东教育出版社，1998，第 111~112 页。
③ 孙绍振、夏中义：《从工具论到目的论》，《文艺理论研究》1997 年第 6 期，第 10~11 页。
④ 〔德〕恩格斯：《恩格斯致康·施米特》，《马克思恩格斯选集》第 4 卷，人民出版社，1995，第 703~704 页。

理论指向（第一种指向尤为显豁和突出）的文学主体性命题同样存在其内在的哲学渊源。在前面，我们已经提到，文学主体论是建立在主体性哲学的基点之上的；而更直接地说，这一哲学基点的确立就来自于李泽厚的人类学本体论，换言之，李泽厚的主体性实践哲学对刘再复的文学主体性理论的形成产生了直接而重大的影响。在当代中国，李泽厚通过对康德哲学的专门研究以及对马克思的主体理论的创造性阐述与发挥首先提出了主体性思想①。刘再复说，自己和李泽厚是好朋友，并一直把后者视为师长，"我的《论文学的主体性》就是在他的影响下形成的。当我读到他的《康德主体性哲学论纲》② 之后，我禁不住内心的激动，并隐约地感到，我将要在文学理论领域中进行一次颠覆性和建设性的变革，令机械反映论作雾散雪崩，而《论纲》就是我的起始之点。所以我一再说，大陆主体性理论的始作俑者是李泽厚"③。在同一篇文章的这段陈述之后，刘再复随即表明，当年身为《文学评论》主编的他对陈燕谷和靳大成的《刘再复现象批判》一文表示赞赏，其中的一个重要原因就在于他认为这两位年轻学人对李泽厚在中国思想界的位置和作用进行了恰当的评价，也正确地揭示了他与李泽厚在主体性问题上的思想渊源关系。正是在李泽厚"主体论"的启发下，刘再复使用了"主体性"这个概念，并用以说明文学的本质。

　　出于对刘再复与李泽厚二人在主体性问题上存在着思想渊源关系的认识，二十几年前，有论者认为，与其说刘再复的主体论是 20 世纪 40 年代末由胡风支持的舒芜撰写的《论主观》一文的 80 年代版，不如说是李泽厚在当代哲学、美学领域中提出的"主体性"的文学版。④ 近年，陶东风也持论，80 年代的主体性话语集法国自由解放叙事与德国思辨理性叙事于一身，其主要的思想资源无疑是由李泽厚提供的。在陶东风看来，李泽

---

① 对李泽厚主体性实践哲学的总体认识请参见本书附论二《李泽厚的主体性思想要论》。

② 刘再复在这里是指李泽厚的《康德哲学与建立主体性论纲》一文，这篇文章原载于《论康德黑格尔哲学》（中国社会科学院哲学研究所编，上海人民出版社，1981）一书第1～15页。

③ 李泽厚、刘再复：《告别革命——回望二十世纪中国》，全书"序"（《用理性的眼睛看中国——李泽厚和他对中国的思考》，刘再复作）第6页。

④ 参见林化《大争鸣：李泽厚、刘晓波论争及其他》，《文艺争鸣》1989年第1期，第27页。

厚的《批判哲学的批判——康德述评》一书，尤其是他的《康德哲学与建立主体性论纲》这篇文章对于因刘再复而引发的文学主体性讨论具有支配性影响，后者的《论文学的主体性》一文可以说就是对李泽厚思想的阐发。① 以上两种相似说法大体上固然不错，但是，这一笼统性的带有模糊特征的判断显然也忽视了李泽厚与刘再复在主体性思想上存在着的重大差异。在这个问题上，杨春时从一己的理论理解出发曾经作出过简要的讨论。他认为，刘再复建立文学主体性理论，虽然以李泽厚的主体性实践哲学为基础，但前者与后者又是不同的，相比之下，李泽厚更偏重于主体性的理性、群体性、物质性内涵；而刘再复则更偏重于主体性的非理性、个体性、精神性内涵。杨春时说，这是由于刘再复更多地受到现代文学创作思潮影响，较少拘泥于实践哲学的缘故。② 而在杨春时之前，夏中义在其著述中对李、刘二人在主体性思想上的差异问题更是有过详细的分析。在他看来，刘再复的"主体论"与李泽厚的"主体论"存在着明显的亲和性关系，但同时，刘再复又对李泽厚的"主体论"进行了简化乃至走了味。总体而言，李泽厚是从人性发生学，从群体角度，从外在方面来解说"主体性"的，而刘再复则是从人性形态学，从个体角度，从内在方面来对"主体"进行阐释。③ 应该说，这一区分来自于对李泽厚和刘再复二人"主体论"的深刻理解。在批判分析刘晓波的"感性—个体本位"论时，夏中义对李、刘在主体性思想上的差异也予以了间接阐述；而且，这一解说也使得以上所论及的"差异"更为明朗化。夏中义认为，刘晓波批评李泽厚的"积淀说"实为"社会—理性本位"而高举"感性—个体本位"的旗帜与之抗衡，这其中是有深层原因的。在李泽厚的思想体系中，"积淀说"并非纯粹美学，而是包括美学在内的，重在系统阐释人性的历史

---

① 参见洪子诚、孟繁华主编《当代文学关键词》，广西师范大学出版社，2002，第163页注释①。
② 参见杨春时《百年文心——20世纪中国文学思想史》，黑龙江教育出版社，2001，第168～169页。此外，在与刘再复展开的关于"文学的主体间性"问题的对话中，杨春时再次谈到了李、刘二人在主体性思想上的差异问题。其两次表述的思想实质是一致的，故在此不再多说。可参阅刘再复、杨春时《关于文学的主体间性的对话》，《南方文坛》2002年第6期，第15页。
③ 参见夏中义《新潮学案——新时期文论重估》，第24～28页。

生成的艺术—文化学。"积淀"的本义是内化；内化也就是将受制于历史具体的给定价值模式（理性）消溶于人的生理机制（感性），使之转化为"主体性"心理结构。当李泽厚把"主体性"界定为人性的内在形态，亦即看作是某一占统治地位的社会"理性"的人格表征时，他显然主要是从类或群体角度，通过人与动物的分野来规定人的属性的，至于该社会"理性"是否真正尊重每个人的生存权益和个性追求的问题则不在李泽厚的理论视野之内。这样，李泽厚的思想也就不免被刘晓波看作是要"以整体主体性来取代和否定个体主体性"①。李泽厚的"主体性"是其"积淀说"的重要命题之一，对它的解说当然不能脱离"积淀说"的理论框架。由此，夏中义指出：在李泽厚那里，"主体性"结果"被界定为与独立个体无缘的'社会本位'之内化形态，其思路之拘谨，连刘再复也难以全盘师承，刘再复日后撰《论文学的主体性》，但刘再复'主体性'只沿袭李泽厚'主体性'这一术语，含义则大变，居然只字不提'主体性'受制于'社会本位'，甚至干脆甩掉历史具体而纵情夸饰作家心理机能的无限创造性。正是在这点上，刘晓波可充当刘再复的同路人，因为当刘晓波聪明地将'主体性'分为'整体（即群体）主体性'与'个体主体性'之余，还为'个体本位'冠以'感性'一词，这就使他在如下两方面与刘再复携起手来了：一是皆无顾忌地抛开了李泽厚'主体性'的'社会本位'旨义；二是皆对非历史的'主体'或'个体本位'作煽情性发挥，且后来居上"②。夏中义对李泽厚与刘再复（包括刘晓波）在主体性问题上的差异作出如此的揭示，表明其是甚具理论洞察力的。③

---

① 刘晓波：《选择的批判——与李泽厚对话》，上海人民出版社，1988，第42页。其实，李泽厚对个体主体性问题还是做出了一些积极思考的。当然，他对个体的独立性、主体性的强调由于受到其总体思想的制约而显得不够突出和缺乏力度。对此的论述可参阅本书附论二《李泽厚的主体性思想要论》一文的第二部分。

② 夏中义：《新潮学案——新时期文论重估》，第143～144页。

③ 对李泽厚与刘再复二人在主体性思想上存在的差异问题，高建平先生也有过简明的阐述，可资参考。他说："刘再复在文章中首先区分实践主体与精神主体。与李泽厚强调人物质性的活动不同，他表示要特别重视精神主体性。这种主体性，用他的话说，即指人在历史运动中的能动性、自主性和创造性。因此，他的思想是以李泽厚的思想为哲学基础而做出的独立的发展，其中有些因素，大概李泽厚不能完全同意。"见高建平《现代文艺学几个关键词的翻译和接受》，《陕西师范大学学报》（哲学社会科学版）2004年第4期，第22页。

其实，对自己与李泽厚在主体性问题上的思想差异，刘再复本人也不只一次地强调过。比如，在前面我们已经提及的他和李泽厚以"主体论学案的回顾"为主题而展开的对话中，刘再复说："你讲的主体性首先是讲人类主体性，就是讲人类本体论，这就和自然本体论区别开来。我讲文学主体性则只顾强调个体主体性"①。二人的立论点的差别在这里表述得很是清楚。在和杨春时关于"文学的主体间性"问题的对话中，刘再复又说，李泽厚强调的是人类的主体性，人类实践的主体性，他强调的则是个体主体性，个体精神的自由性。他认为，主体性有三个层面，首先是人类的主体性，其次是民族的主体性，最后是个体主体性。在当时提出文学"主体性"命题时，刘再复没有讲民族主体性，而只讲了人类主体性和个体主体性，同时他又特别强调了个体主体性，在他看来，主体性的本质是个体性而不是群体性。刘再复持论，个体性是一种生命主权，是人的不可剥夺的基本特性；在当时的历史语境下，强调这一点很重要。② 正因为刘再复对自己与李泽厚在主体性问题上存在的差异具有如此明确的认识，我们也就有理由认为相比之下刘再复的关于主体性观点的"变调"③ 在一定程度上说其实也是其结合自身基于现实的理论建构的需要有意识地对李泽厚的主体论进行"为我所用"的"改造"的结果；尽管"改造"后的文学"主体论"相比于李泽厚的主体论而言在哲学根基的牢固方面存在着很大的差距。

五　关于文学主体论人学向度的总体评价

从以上对刘再复自认为其理论是对"文学是人学"命题的"深化"、文学主体论的第一种理论指向以及由此而展开的关于刘再复对李泽厚主体性思想的特别"改造"等方面的阐述来看，文学主体性理论的建构蕴含

---

① 李泽厚、刘再复：《告别革命——回望二十世纪中国》，第186页。

② 参见刘再复、杨春时《关于文学的主体间性的对话》，《南方文坛》2002年第6期，第15页。

③ 杜书瀛、张婷婷说，"主体性"在刘再复那里减弱了李泽厚思想中的理论深度和科学准确性，某些地方甚至有些"走调"（参见杜书瀛、张婷婷《文学主体论的超越与局限》，《文艺研究》2001年第1期，第16页）。前面提到的夏中义的"简化"、"走味"说表明其也是持一种"变调"论。

着鲜明的人学向度的思考；从特定层面上说，文学主体论体现的就是刘再复的人学思想观。因而，对文学主体论人学向度的总体评价直接关涉到甚至在很大程度上就是对刘再复人学观念的理解和价值判断。

在这个问题上学界多有讨论。本节第四部分谈到的夏中义对刘再复与李泽厚在主体性思想上的差异的探讨事实上就是他由此而对刘再复的人学观念或者说文学主体论的人学向度进行一种概说和评价。而杜书瀛和张婷婷在《文学主体论的超越和局限》一文中分析"'文学主体性'的局限"时，也从肯定夏中义的关于从李泽厚到刘再复的主体论发生了着力点的重大转移①这一判断出发进而就文学主体论所蕴含的人学问题阐发了自己的批评性意见和观点。总体而言，笔者赞同这一评价，为结合本文的需要即对刘再复文学主体论的人学向度进行整体探讨，下面对他们的看法作一些概括性的表述。杜、张二人指出，刘再复是径直从李泽厚思想中的人类主体性的内化形态或称精神主体性的论题入手而衍生出自己的文学主体性理论的。由是，刘再复就抛开了李泽厚主体论的丰富性和深刻性；同时，这也决定着他们的主体性思想必然会产生差异。具体来说，在李泽厚那里，"主体性"是指受制于历史具体性的人类的实践力量和心理结构，它虽然更侧重于主体和知、情、意的心理结构，但它最终仍是以物质生产为前导的"全部世界史的成果"，是在社会物质生产方式的终极制约中发生的。这也就是说，"主体性"作为某种超生物性不仅受制于自然律，而且受制于人类社会所衍生的历史律。因此，在李泽厚的人性发生学论述中，主体性与客观历史性的关系极为重要，主体与包括物质前提在内的社会文化背景的精神血缘无法割裂。然而，在刘再复的文学主体论中，他以人性形态学视角的论述替代了李泽厚的人性发生学角度的探究，以强调个体心灵内在诗化形态置换了李泽厚的对于人类群体外在结构的重视，而文学主体与特定社会历史条件的血缘关系也就在这种替代和置换中被一笔勾销，变成了一个游离于历史客观制约之外的精神主体。刘再复虽然也谈到人的"受客观历史条件的制约"的"受动性"，但他在其行文的具体论述中，

①　杜书瀛和张婷婷在文章中把夏中义所区分出来的在主体性问题上从李泽厚到刘再复的侧重点的变化概述为二人的理论着力点发生了重大的转移，即由李泽厚的人性发生学的外在群体性研究转向刘再复的人性形态学的内在个体性研究。

却实际上撇开了这一点，而只注意人的"主观能动性"一面。于是，主体性就被等同于人的主观能动性①，文学的主体便超越历史及其文化背景的制约而成为一种自由的精神主体。这样，从李泽厚的人类实践主体论到刘再复的文学主体性理论，原本是受制于历史现实关系的有限能动的"主体"就变成了一个超越现实关系的无限能动的"主体"，那个立足于一定物质前提的历史关联中的人类群体，变成了天马行空、自由往来的精神个体。这就如同夏中义所批评的，刘再复是"将人文主义本体化"了；"人文主义本体化"的哲学观移植到刘再复的理论中即表现为"文学主体"无限创造力的弘扬。杜书瀛和张婷婷持论，造成"主体论"蕴涵从李泽厚的哲学命题到刘再复的文学命题的"走调"的原因，除了在于两人的思维特质呈现出差异——刘再复的感性诗化思维显著，李泽厚则擅长理性思辨——之外，更主要的在于刘再复在 80 年代特定社会思潮下促生的源于西方早期人文主义的文化态度②。由是，他们认同陈燕谷和靳大成在《刘再复现象批判》一文中表达的关于文学主体论是建立在 15 世纪文艺复兴以来的古典人道主义及其主体性理论的基石上的看法以及由此而产生的对于刘再复理论实质的判断："刘再复的主体性理论同古典人道主义及主体性理论的血缘关系是一望即知的。虽然他也曾参考了一些现代思想家的著作，比较注重个体存在的意义，但他的理论实质上仍然属于古典人道主义的范畴。这一方面表现在他完全没有意识到古典人道主义理论中所包含的自我消解的因素，另一方面表现为他完全没有意识到人道主义或主体性自身的局限性"③。他们指出，虽然在当时的中国，"主体性"的提出即意味着它是当代的一个时代命题，但是，无论是李泽厚还是刘再复都没有赋予它更具体的当代规定性，以至于这个命题在他们那里显得比较空泛，没有充分体现出 20 世纪 80 年代中国的气息和内涵。确实，我们必须

---

① 对于这一点也可参见本节前面部分的相关论述。
② 这一评价是切实的，在本节第三部分笔者就引述了刘再复关于自己在 20 世纪 80 年代的文化态度选择的一段文字，可资参考和证明。
③ 陈燕谷、靳大成：《刘再复现象批判——兼论当代中国文化思潮中的浮士德精神》，《文学评论》1988 年第 2 期，第 28 页。论述至此，我们也就可以更为明确地得出一个基本结论，本节第四部分说到的李泽厚的主体性实践哲学是刘再复文学主体论的直接理论源起，而西方古典人道主义及其主体性理论则是它得以提出的更为长远的人类思想资源。

认识到，"主体性"是历史地生成的；然而，刘再复的"主体性"却如同在康德那里的一样也是先验的、给定的，"主体性"本身所固有的"生成性"、永不停止的"历史发展性"尤其是它的"当代性"却不在他的理论视野之内。正因为存在这样的理论盲区，也就致使他无法认识到人道主义及其主体性理论本身的历史和时代局限。刘再复"浪漫主义"地赋予人道主义和主体性超时代、超历史的无限性而无视它的限度①。这充分地体现出了刘再复主体性理论中人学观的形而上学性质和乌托邦色彩。

但同时我们也要看到，作为一个人文知识分子，刘再复从人学向度入手阐述其文学主体性理论，其中表现出了他在当时的社会文化状况中对于人的发展的可能性的执著思考；就这一思考本身来说，它显然是必要的，也是积极。致力于中国社会现代化以及包含在此之中的"人的现代化"问题的思考是刘再复在80年代的重要理论目标。以此而论，并结合这一时期刘再复的整体思想，与其说他提出文学主体论是在以"深化""文学是人学"这一命题而展开文学理论的建构，不如更直接地说他是期望在文学领域里通过对于人的主体性理论的阐释而为人达到"现代化"这一终极目的所进行的一种人格"设计"。刘再复不乏深刻地注意到，世界上的变革都表现为三个层次，一是生产工具和生活器具（包括军事工具）的变革，二是体制的变革，三是价值观念和思维方式的变革。这三个层次的变革内容互为关联，但各自也有其独立的意义。第一、二个层次的变革是困难的，第三个层次的变革则更为艰辛。② 在20世纪80年代中国社会结构正在发生重大的历史性变革之际，于文学领域中提出主体性理论，刘再复期望以此推动和强化人们价值观念与思维方式的变革进而走向"现代化"的意图是明显的。这一意图与他在那个年代作为一个启蒙者、作为一个公共知识

---

① 陈燕谷、靳大成在《刘再复现象批判》一文中指出，在高扬人的主体性价值的同时，不能无视或忽视它的限度。他们认同潘诺夫斯基的以下观点：就历史的意义而言，"人道"有两个截然不同的含义。第一个含义基于"人道"和"非人道"之间的差别，在此情况下，"人道"意味着一种价值；第二个含义来自"人道"与"超人道"之间的差别，由是，"人道"也就是意味着一种"限度"。笔者认为，这一对"人道"含义的相对区分是必要的，也是合理的。

② 刘再复：《文学研究应以人为思维中心》，《刘再复论文选》，第230页。

分子的身份和思想选择立场①甚为吻合。刘再复和他的同道者认识到：五四时代对国民性的反省和批判明确地昭示着，中国文化中存在某些与现代化格格不入的素质，或者说传统文化的某些基本素质是与现代化背离的。因此，在传统文化对人的设计下，是根本不可能实现人的现代化的。他们主张，"要实现人的现代化，就需要经过主体性价值观的洗礼，以新的人的观念代替旧的人的观念，以对人的新的设计代替旧的设计"②。由此，我们有理由认为，刘再复在其理论中从人学角度出发强调文学的主体性尤其是呼唤、确证和伸张个体的主体性分明是一种关于"人的现代化"的设计的积极性方案；③ 或者说，文学主体性理论对个体主体性的强调是其总体的关于人的现代发展方案特质的一种鲜明体现。历史地看，这一方案的时代性价值是明显的；至少，关于这一方案的思考接续了澎湃于 20 世纪初的以鲁迅为代表的知识者在文化上的"以反省民族性弱点为思维中心的忧国思潮"④，尽管刘再复在这个问题的思考上还远远没有走过鲁迅——这其中的重要原因之一就在于他受制于其坚执的西方早期人文主义的文化态度。

第二节　文学主体性思想的理论突围

一　文学理论哲学基点的置换：从反映论到主体论

从特定意义上说，刘再复文学主体性思想的提出是其在中国文坛于 80 年代初开始的整体性的文学反思浪潮中自觉地进行"文学的反思"的直接结果。在 1985 年 8 月 20 日撰写的《文学的反思和自我的超越》一文中，刘再复说："近年来，文学上的反思热情显然从文学创作领域涌入了

---

① 请参见本书第三章第二节中关于这个问题的简要的针对性讨论。

② 刘再复、林岗：《论中国文化对人的设计》，第 108 页。

③ 也有论者这样说："在马克思主义人道主义者那里，和李泽厚的文章里，是从一个哲学的角度构想'应当如此'的人，到了刘再复这里，他试图把文学变成一种人的现代性的总体策划，以文学承担了哲学和社会学的功能，与其说他表达了文学的冲动，不如说表达了对人的设计"（韩毓海主编《20 世纪的中国：学术与社会·文学卷》，第 411 页）。看得出来，这一观点与笔者的上述看法在总体蕴涵上是颇为一致的。

④ 刘再复、林岗：《传统与中国人——关于"五四"新文化运动若干基本问题的再反省与再批评》，生活·读书·新知三联书店，1988，第 12 页。

文学研究领域，特别是文学批评和文学理论领域，并逐步形成文学研究者对文学自身的反思，即对几十年以来我们的文学基本理论、基本观念和基本思维方式进行重新审视。这种反思目前正在不断深化。如果说，'反思的文学'是对昔日的历史现象进行反思，那么，'文学的反思'则是对已往的文学现象的反思。从'反思的文学'到'文学的反思'，说明我们的文学不安于现状，不断地进取着，求索着"①。任何反思都带有批判的性质②；那么，具体来说，刘再复提出文学主体性思想批判的对象又是什么样的文学观念呢？这就涉及对刘再复在 80 年代进行"文学的反思"中提出文学主体论的在文学观念上的针对性思考了。在《论文学的主体性》一文中，他说："我们全面地探讨主体性的目的，就是要使我们的文学观念摆脱机械反映论的束缚，踏上更广阔、更自由的健康发展的道路"③。众所周知，在文学领域里，经过长时期的发展和强化，文学反映论在建国前后很长的一段时间内成为了主导性的文学观念而处于绝对统治地位；与此相对应的是，在特定的背景下它也就一度被人为地机械化理解和应用。刘再复当时的理论意图是明确的，那就是要突破已然发展成为以君临天下姿态而存在从而带有明显的独断论色彩的机械反映论的文学观念重围；当然，正如刘再复自己所说的，当时他这样做并不是要彻底否定文学反映论，而是希望在文学理论的建设④上突破反映论的单一维度而出现主体论

①　刘再复：《文学的反思》，"代前言"第 1 页。

②　正如刘再复所说，80 年代文学理论界和批评界对文学的反思事实上就是对旧的文学观念和文学方法的批判，但是，这种批判也并不是简单地否定，而是带有鲜明的建设性；大多数反思性的文章都力求有正面的学术建树，有自己的理论构想（参见刘再复《文学的反思》，"代前言"第 3 页）。他在反思中提出文学主体性思想正表明其理论具有显著的建设性特征。后来，刘再复说："80 年代的文学主体性论争不仅是'主义'的论争，而且是理论的建设，留下了学术的成果，这是值得欣慰的"（刘再复、杨春时：《关于文学的主体间性的对话》，《南方文坛》2002 年第 6 期，第 15 页）。这不仅是对一种事实的描述，也是对在文学反思中确立起来的文学主体性理论及其论争所体现出来的批判性和建设性的一种肯定。

③　刘再复：《论文学的主体性》，《文学评论》1986 年第 1 期，第 15 页。在本章第一节的有关阐述中行文已然间接涉及刘再复的这一"目的"性思考，只是考虑到讨论问题的针对性要求而没有点明它。为了加深对文学主体性理论的认识，并结合本研究整体性思考的需要，本节集中讨论这个问题。

④　刘再复很是注重学术建设问题，并提倡一种尤其是对于人本身而言所必须具有的发展自己的自觉精神，或者说，是对自身进行再生产、再建设的文化精神。参见刘再复《生命精神与文学道路》，第 147～151 页。

和反映论的双向构架局面。

对于这一点，刘再复在其行文中有过多次说明。在《文学研究应以人为思维中心》一文中，他说："我们提出给人以主体性的地位，就是要在文学领域中把人从被动存在物的地位转变到主动存在物的地位，克服只从客体和直观的形式去理解现实和理解文学的机械决定论。这样提出问题不是否认过去我们文学理论和文学研究的积极成果，也不是否认从客体出发的必要性，只是说，在过去我们的文艺科学中，发生了客体绝对化的倾斜，而为了保持科学研究场上必要的张力，我们必须在一定的时间范围内纠正这种倾斜，加强主体的研究，使研究重心从外向内移动，从客体向主体移动"①。这样，在刘再复的思想中，于文学领域里重视和强化对于主体问题的研究就成为了一种原则性的要求；而为了达致这一目的就必须对反映论文学观尤其是文学领域内的机械反映论作出批判性的反思。在随后发表的《论文学的主体性》中，刘再复认为：即使以当时的眼光来看，现实主义文学观念的理论内核仍然具有其相当的合理性，以反映论作为哲学基础的文学理论体系将继续焕发出生命的活力。但问题是，我们不能因为反映论哲学观的历史合理性和理论合理性，便把建立在其上的现实主义文学理论凝固化和片面化。它应该随着人类文化观念的不断演进而逐步更新，在注意现时代文学领域内外日新月异的种种变化的同时，纠正自身历史上的偏颇和不足。很显然，刘再复的这些认识是具有较为充分的合理性的，它反映出论者在考察问题时持有一种甚为明朗的历史性态度。他强调："如果说，过去的反映概念侧重于说明认识与客体的相符性，同一性，那么新的思维科学则更突出地揭示了人们能动地认识现实的机制，侧重阐明人的认识的选择性和创造性。这种从反映论向主体论的转移，不是要根本抛弃反映论的原则，而是对它的超越和补充"②。即使是在其正式提出文学主体性思想之后，刘再复也还曾多次阐述过他的这一理论意图，并且说得更为明确和坚决，但同时也有一种把机械反映论直接等同于反映论的思维态势。1988 年 3 月 15 日他在一段文字中这样说：《论文学的主

① 刘再复：《文学研究应以人为思维中心》，《刘再复论文选》，第 234 页。
② 刘再复：《论文学的主体性》，《文学评论》1986 年第 1 期，第 18 页。

体性》是"企图对已有的文学理论系统作一重要补充，即在肯定反映论的前提下，引入一种新的逻辑思路——价值论的思路。这就是不仅肯定文学艺术是社会生活的一种反映，而且又肯定文学是基于主体需求的一种价值形态。我希望新的文学理论构架应当是以反映论与价值论为哲学基础的双向构架。这种意图使我不得不重新寻找人在文学中的主体性地位，把主体中那些真正属于人的东西重新呼唤出来，而纠正那些堵塞作家心灵自由的神本主义和物本主义"①。在《告别诸神》这篇文章里，刘再复说："为了走出独断论，八十年代中期便有'文学主体性'命题的产生。原来流行于大陆的文学理论，以反映论为哲学基点。文学主体论的提出，正是为了提供新的哲学基点"②。提供新的哲学基点，也就是诉诸文学理论哲学基点的置换。正如本章第一节所已经阐明了的，这种新的哲学基点就是主体性哲学；在他看来，主体性哲学是本体论、认识论与价值论的整合。在前面已然多次提到的他与杨春时关于"文学的主体间性"问题而展开的对话中刘再复也还说：回顾20世纪80年代，文学主体性问题针对的是反映论的文学理论，它是在苏联的反映论文学理论在中国文坛长期占统治地位的历史场合下提出的。③ 由上可以明显看出的是，在刘再复的思想发展过程中，他已经渐渐地不再对反映论作出特别的区分了；由于这种认识上的不小变化，更由于他对马克思主义反映论的误解和曲解，直接导致了其理论思想在反映论问题上出现了重大的偏颇。详见本节后面所论。

二　文学主体论与反映论之间的对立

应该指出，在20世纪80年代中期，刘再复提出文学主体论这种具有深刻目的性的思想主张是存在着明确的现实针对性的，从而其理论也就体现出明显的历史合理性和正当性。刘再复说，他撰著《论文学的主体性》，与写《性格组合论》一样都是"逼"出来的。被"逼"，自然也就有其深层

① 刘再复：《刘再复集——寻找·呼唤》，"代自序"第5页。
② 刘再复：《告别诸神——中国当代文学理论"世纪末"的挣扎》，《论高行健状态》，第218页。
③ 参见刘再复、杨春时《关于文学的主体间性的对话》，《南方文坛》2002年第6期，第14页。

的现实原因。在他看来，当时的"文学理论和文学史写作，思想贫乏到令人难以容忍，已经重复一百遍、一千遍的老话题还在继续重复，还在继续编造冗长的教科书，智力完全失去深度与新鲜感，在这种困境下，我才不得不出来'解构'一下当时覆盖一切的'形而上学'。……我的挑战其实不是对政治权力和知识权力的挑战，而是对思想贫乏和知识包装的挑战"①。不仅是在文学理论与文学史写作领域存在显豁的思想贫乏状况，在艺术评论领域同样如此。刘再复的散文诗《艺术评论者的自白》对"我"作为一个艺术评论者的自身思想的贫乏进行剖析和批判；其实，它更可以被视为是对当时整个文艺评论领域中思想贫乏面貌的一种间接抒写：

　　我终于承认自己的灵魂在杰作中冒险，捏了一把汗，但不是惧怕自己坠入深渊。

　　评论歌者，本该让美妙的歌声在天上与地上更嘹亮地飞扬；但在无意中却用自己的偏见堵住了歌喉，让流动着生命的音乐死于自己的笔管。笔，沾上了曲谱的眼泪，成了歌子的坟墓。不会唱，还扼死了歌；不会弹，还扼断了琴。滔滔评说，只断送了人们的欢乐，制造了寂寞与干净。

　　评论画者，本该让白纸展示更绚丽的世界，但在无意中却拽住了画笔，在白纸上撒泼了一堆墨迹，让花朵失去了鲜艳，让狮虎失去了威武，让维纳斯失去了情韵。呵，不会画，还污染了美；不懂美，还埋葬了颜色。②

　　艺术评论、文学理论与文学史领域的写作存在显豁的思想贫乏状况显然与当时文学理论的发展态势和精神创造者无法得到创作自由的局面密切相关。刘再复持论，在20世纪80年代之前大约50年的中国文学理论陷入了困境。它有三个致命的弱点：其一，缺乏自己独创的、非"偷窃"的基本命题；其二，缺乏自己独创的、非借贷的范畴概念系统；其三，缺乏自己独创的、非移植的哲学立场（即缺乏自己的哲学支撑点）。总之，是缺少对外来理论的创造性转化，缺少使用自己的语言进行独立性解构的

---

① 刘再复：《独语天涯——1001夜不连贯的思索》，第344～345页。
② 刘再复：《刘再复散文诗合集》，华夏出版社，1988，第29页。

理论努力，缺少属于自己的命题和理论故事。这也就是说，在刘再复看来，那几十年的中国文学理论常常生活在他人的阴影之下，它必须从他人的地狱的阴影中走出来。刘再复认为，鉴于这种认识，大陆不少文学论者在80年代实际上经历了一种"告别诸神"的心灵仪式。所谓"告别诸神"，也就是告别在20世纪中流行过的，并且被自己的心灵接受过的基本思维模式和行为模式。① 结合上文的论述，我们明白，刘再复提出文学主体性思想，其意即在"告别"机械反映论这一在特定背景下一直在中国文坛占据主导性地位的文学观念。突破了机械反映论，突破了扼杀创造者的固有哲学框架，创造者才有获得创作自由的可能②，从而改变文艺领域里的思想贫乏状况。

　　文学主体论既然是直接从机械反映论一统天下的局面中突围出来的，这也就意味着，在刘再复看来，文学主体论和文学反映论尤其是机械反映论之间存在着根本的对立性因素。刘再复认为，这一根本的对立就存在于二者对个体主体价值或个体主体性的强调与否上。在文学主体性思想提出之后，他曾这样谈到中国当代文学理论中的反映论问题："大陆占中心地位（课堂使用的教材）的当代文学理论系统，主要来自俄国（苏联），也接受西方美学理论传统中的'再现'说或'认识'说。综合苏联和西方这一方面的思维成果，我国当代文学理论便以'文学是现实的形象反映'为基本观点，也就是说，中国当代文学理论是以'反映论'为哲学基点形成的构架。这一构架在接受苏联和西方文学理论影响的时候，也引入我国传统文学理论中的价值论，也讲'表现说'（主要是表情达意），然而，却对价值论作了片面的解释：一方面把文学从审美价值层面降低到政治意识形态的价值层面，片面地强调作家的立场、世界观这种现实价值表现；另一方面又把表情达意的内涵规定为阶级群体之志（集体事功）而不容许表现个体之情志，这样，就在价值论中排除了个体主体价值"③；又说，

---

① 参见刘再复《告别诸神——中国当代文学理论"世纪末"的挣扎》，《论高行健状态》，第210～211页。

② 这一表述参考了李泽厚的说法（见李泽厚、刘再复《告别革命——回望二十世纪中国》，第188页），但有改动。

③ 刘再复：《告别诸神——中国当代文学理论"世纪末"的挣扎》，《论高行健状态》，第217～218页。

"反映论是苏联文学理论的哲学基点，它的弱点是文学主体性的阙如"①。正像我们在前面已经提到并论证过的，刘再复倡导文学主体论是要开拓一条新的价值论思路，从根本上说，它意在对个体主体性的呼唤、确证和伸张，也指向对文学自主性品格的诉求。在刘再复看来，反映论，尤其是在当时被人为地机械化理解和应用的文学反映论却抹杀了文学的深广的人性内容，也就是个体主体性。

此外，我们需要注意到的问题是，文学主体性思想从文学反映论的理论重围中突破出来，同时也是直接对单纯地强调文学的党性和政治意识形态性质的固有文学观念的"反拨"。在 20 世纪的中国文学理论史上，文学反映论和意识形态论的文学观之间的关系一度十分密切。80 年代以前的文学理论一方面强调文学是对现实的反映，同时又强调文学的党性和意识形态性。对此，刘再复持论，作家不是机械地复制现实，而应当以主体的眼光来看待它；作家应该以一个文学家的身份进行文学创作，他不是通过自己的文学创作演绎意识形态，而是以之表达个体的生命体验。紧接着刘再复的以上说法，杨春时也认为，文学主体论提出之前，统治中国文坛的是从苏联传入的文学理论，它是一个二元论的体系，即一方面讲反映论，认为文学是现实的形象反映；另一方面又讲意识形态论，认为文学是社会意识形态，具有阶级性和党性。由此，他分析说，反映论强调了文学的客观性，而意识形态论则强调了文学的主观性，二者是有矛盾的，不能并存的。② 苏联的文学理论利用语言和逻辑的含混，掩盖了这种矛盾。而

---

① 刘再复、杨春时：《关于文学的主体间性的对话》，《南方文坛》2002 年第 6 期，第 14 页。

② 参见刘再复、杨春时《关于文学的主体间性的对话》，《南方文坛》2002 年第 6 期，第 14 页。对此，朱立元也有类似的看法。他认识到，反映论文艺观在 20 世纪中国文学发展的过程中确立了其采取以意识形态论（主要是政治倾向论）为价值取向、以反映论为内容来源的双层结构的理论形态。但是，由此，反映论文艺观在理论上也就隐含着一个根本性的内在矛盾，即强调文艺主观（政治）倾向性的意识形态论与强调文艺客观真实性的反映论之间存在实质性的对立（朱立元：《对反映论艺术观的历史反思》，载刘纲纪主编《马克思主义美学研究》第 2 辑，广西师范大学出版社，1999，第 43、50 ~ 54 页）。而王元骧则认为，朱立元的"矛盾"说是"值得考虑"的（王元骧：《我所理解的反映论文艺观——读朱立元先生〈对反映论文艺观的历史反思〉所引发的一些思考》，原载刘纲纪主编《马克思主义美学研究》第 3 辑，广西师范大学出版社，2000。见王元骧著《探寻综合创造之路》，陕西师范大学出版社，2000，第 309 页）。此不论。

且，反映论与意识形态论有一个共同点，就是都抹杀文学的个体主体性。具体来说，反映论从客体出发，它排除了主体，人成为反映现实的工具；意识形态论同样把个体主体排除在外，因为意识形态是集体的价值规范，个体要受到它的制约和支配。因而，苏联文学理论是非主体性的。80 年代文学理论领域对反映论的批判也连带着对意识形态论的批判；正是出于批判反映论和意识形态论的需要，才提出了文学主体性理论。杨春时强调，主体性文学理论的建立，推翻了反映论和意识形态论，这个历史功绩不能抹杀。① 如果把这里的"反映论"和"意识形态"分别理解为"机械反映论"和"政治意识形态"，那么应该说，杨春时的这一强调还是较为适当的。

三 文学主体论思想"突围"的意义及其理论偏颇

把 20 世纪中国文学理论作为一个思想整体进行纵向考察，笔者发现，一个耐人寻味的文学和思想事实是：刘再复确立其文学主体论是以试图突破文学反映论的理论重围为立足点的，而 20 世纪 30 至 40 年代以来文学反映论兴起并渐次成为一统天下的文学观念却又是以 20 世纪初发展起来的处于草创阶段而又颇为蓬勃的文学主体性思想逐渐淡出历史舞台为背景的。② 这似乎明白无误地告诉我们，文学主体论与文学反映论在 20 世纪中国文学理论史上存在着深层的冲突性关联。这种文学与思想现象的产生和存在是值得进一步深入研究的；限于论题所指，在此，我们不作过多的讨论。

在历史中形成的文学主体论与文学反映论之间深层的冲突性关联并没有随着刘再复提出文学主体性思想而结束，相反，它甚至加剧了这种文学

---

① 参见刘再复、杨春时《关于文学的主体间性的对话》，《南方文坛》2002 年第 6 期，第 14 页。

② 此不详论。关于对在 20 世纪初"主体"概念从政治思想领域向文学领域转移扩散、五四时期主体性思想主潮形成以及 30 至 40 年代以后"主体"概念大溃退的现象的描述可参见刘小新《论 20 世纪中国文论主体性思想的形成与演变》[载《华侨大学学报》(哲学社会科学版) 2003 年第 1 期] 一文，这篇文章对以上三个方面问题的探讨较为详细；另外也可以参看南帆主编的《二十世纪中国文学批评 99 个词》(浙江文艺出版社，2003) 一书第 99 ~ 100 页中"主体"词条 (刘小新撰写) 的有关内容。

观念上的冲突。在刘再复发表了《论文学的主体性》这篇表明其从反映论向主体论转移的文学观念的代表性文章之后，陈涌以其《文艺学方法论问题》① 一文率先对刘再复的观点进行批判，由此引发了一场文艺领域内的主体论与反映论之间异常激烈的大论争。在这场论争中，形成了坚持和取代反映论的鲜明对立的局面，同时也有学者站在二者之间提出了一些"补充"、"修正"或"统一"的主张。其中，批评刘再复的观点从而坚持反映论的代表性文章除了上面提到的陈涌一文之外，还有程代熙的《再评刘再复的"文学主体性"理论——关于反映论问题》② 等；而赞成刘再复的观点从而主张以主体论取代反映论的代表性文章则有杨春时的《论文艺的充分主体性和超越性——兼评〈文艺学方法论问题〉》、林兴宅的《我们时代的文艺理论——评刘再复近著兼与陈涌商榷》③ 等。1988年下半年，这场原本渐趋平静的讨论又起波澜。以哲学为研究专业的王若水在 7 月 12 日和 8 月 9 日的《文汇报》上发表了题名为《现实主义与反映论问题》的文章，该文点名批评列宁的反映论；并认为，"反映论"的提法可以研究，但用"主体论"来取代它却未必合适，进而主张以"实践论"代替"反映论"。这使得原本的讨论在方向上出现了一个较大的转折。

刘再复本人没有参与这场"冲突"以及由于文学主体性思想的提出而引起的在文学领域里其他方面的争论④。这确实是一个值得注意的现象。就笔者阅读所见，他有两次或间接或直接地说到了这一问题。在文学主体性理论提出之后不久的与刘绪源的一次对话中，刘再复谈到，他

---

① 陈涌的这篇文章最初刊发于《红旗》杂志 1986 年第 8 期。
② 程代熙的这篇文章刊载在中国艺术研究院马克思主义文艺理论研究所《马克思主义文艺理论研究》编辑委员会编《马克思主义文艺理论研究》第 9 卷（文化艺术出版社，1987，第 24 ~ 40 页）。
③ 这里提及的两篇文章分别原载于《文学评论》1986 年第 4 期和《读书》1986 年第 12 期、1987 年第 1 期。后被节选或全文收入陆梅林、盛同主编的《新时期文艺论争辑要》（共上下两册，重庆出版社，1991）。
④ 文学主体性问题是文学的本质问题之一，因而，关于文学主体性问题的论争不只是涉及反映论问题，而是必然会总体性地囊括以往文学论争中的一系列问题，比如陈涌在《文艺学方法论问题》这篇直接针对文学主体性理论的文章中就提出了文学的哲学基础问题、文学的本质问题、文学的外部规律和内部规律、文学与政治的关系问题、文学与现实的关系问题，等等。

"不准备和姚雪垠先生展开争论，因为这样的争论不会有什么学术价值"①。刘再复关于文学论争的这一表态尽管有具体所指，但大概还是可以被视为是在对自己不参与诸如文学主体论与文学反映论之间争论的原因的间接解说。此外，他在出国后所写的《独语天涯》一书中又谈到："在故国时，我所以避免与论敌争论，是担心在争论中自己也会与争论对象差不多。而现在更是悟到：争论往往是多余的。许多道理与明白人说，一说就通；与不明白人说，说一辈子也不通"②。这样的说法不免给人一种孤傲和自视甚高之感。然而，不管怎样，一个有目共睹的事实是，由文学主体论而引发的文艺论争引起了国内学界的广泛关注，有论者说，它"以至于几乎发展成要捍卫一点什么的'战斗'"③。如果这种说法成立的话，那么，论争的双方力图要为自己"捍卫"什么呢？这是一个不小而且似乎又有点敏感的话题；但其实，说到底，他们都是站在各自的哲学基点上"捍卫"自身的文学观念以及从中体现出来的存在明显差异和冲突的价值立场。而且，从文艺学学术史的角度来考虑，我们尤为需要加以肯定的是，正是在主体论者与反映论者以及其他文学论者的争鸣中，文学主体论渐次确立了其在80年代中国文论中的重要地位，它对长期以来形成的反映论的文学观念的冲击是极为明显和强烈的。

　　文学主体性思想从文学反映论尤其是机械反映论的笼罩下"突围"出来，这一"突围"本身是卓具理论和现实意义的；更因其建设性的主张和富于力量的实践建构，从而为中国当代文学理论的发展开拓出了多向的生长空间。以"人"为本的文学观念的确立、新的价值论思路的引入以及随之而来的对于文学研究方法论问题的更加重视和强化等，也酝酿甚至是催生90年代中国文论建设革新局面的到来。

　　然而，必须同时指出的是，正如笔者在前面已经提到的，在刘再复的思想发展过程中，存在一种把机械反映论等同于反映论甚至就看成是马克思主义反映论的思维态势，或者干脆说，存在一种从否定机械反映论到全盘否定反映论甚至是否定辩证唯物论的思想倾向。他说："通过主体论，

①　刘再复：《生命精神与文学道路》，第151页。
②　刘再复：《独语天涯——1001夜不连贯的思索》，第107～108页。
③　丘建：《寻找与呼唤》，载刘再复著《刘再复集——寻找·呼唤》，第462页。

我要走出第一哲学框架而进入第二哲学框架，所谓第一哲学框架，就是辩证唯物论框架；所谓第二框架，就是主体性实践哲学框架。这是从物本到人本的转移"①。对反映论，尤其是对马克思主义反映论的片面理解，不能不说是刘再复的一个重大理论缺陷。马克思主义创始人和经典作家倡导的反映论是能动的而非机械的。机械反映论者，如 18 世纪以来欧洲的旧唯物主义哲学家，局限于探究意识对现实的依存性问题，他们把反映看成是人的感官对于外界刺激的消极、被动的接受，从而把主体的作用完全排除在了反映的活动之外。马克思主义创始人和经典作家在建立自己的反映论的过程中对这种机械反映论是持明确的批判态度的。马克思认为，"社会生活本质上是实践的"，因而，反映也总是通过人的实践来完成的，而"从前的一切唯物主义（包括费尔巴哈的唯物主义）的主要缺点是：对对象、现实、感性，只是从**客体**的**或者直观**的形式去理解，而不是把它们当作**感性的人的活动**，当作**实践**去理解，不是从主体方面去理解。因此，和唯物主义相反，**能动的**方面却被唯心主义抽象地发展了"②。列宁也指出：反映"不是简单的、直接的、照镜子那样死板的行为，而是复杂的、二重化的、曲折的、有可能使幻想脱离生活的行为"③。针对形而上学的唯物主义的缺陷，列宁批评说，根本而言就是它"不能把辩证法应用于反映论，应用于认识的过程和发展"④。由此，笔者赞同王元骧先生对我国的一些理论工作者（包括刘再复）长期以来对马克思主义反映论的误解和曲解的分析。他说，这主要表现为两点：第一，看不到反映是通过人的活动来进行的，因而也就不理解马克思主义认识论（反映论）与辩证法、历史观的统一的原则，往往只强调意识对存在的依存性，而没有真正或充分认识在反映过程中人的主观能动性和反映内容的社会历史性，在对反映的理解上很大程度上带有严重的直观和抽象的性质；第二，把反映的内容片面化、狭隘化，即把反映等同于认识，从而把反映的成果只局限于知识

---

① 李泽厚、刘再复：《告别革命——回望二十世纪中国》，第 307 页。
② 〔德〕马克思：《关于费尔巴哈的提纲》，《马克思恩格斯选集》第 1 卷，第 54 页。
③ 〔俄〕列宁：《哲学笔记·亚里士多德〈形而上学〉一书摘要》，《列宁全集》第 55 卷，人民出版社，1990，第 317 页。
④ 〔俄〕列宁：《谈谈辩证法问题》，《列宁选集》第 2 卷，人民出版社，1995，第 559 ~ 560 页。

的形式，这样，就把意义和价值的问题完全排除在反映的内容之外，使反映论科学化、实证化了。①

事实上，除了上面已经提及的问题之外，我们看待刘再复的否定反映论的思想主张至少还可以从以下两个方面来理解：其一，文学反映论在当时呈现出明显的机械性之弊——这是在特定时代对反映论的僵化理解，它与马克思主义的能动的反映论存在着重大差异，在某些方面甚至是对立的——确实必须"突破"，这体现出刘再复思想主张产生的无可置疑的必要性和合理性；其二，它也是刘再复试图以主体和客体的关系来取代意识与存在的关系这一哲学基本问题——在第一节第二部分的最后我们就曾谈到刘再复视人的命运和存在的意义问题为哲学的基本问题——从而把主客体的关系问题当作文学理论的根本问题②以开展其主体性理论建构的逻辑前提。这样看来，刘再复否定文学反映论是学理分析与策略选择（由文论建构的逻辑要求所导引）同时并举的，但由于其在学理分析上存在对马克思主义能动反映论的理论盲点，就使得后一层面的积极意义似乎更为彰显。

笔者以为，20 世纪以来的中国文学理论发展史本身证明，反映论文学观尽管不足于对"文学的多本质性"③ 作出全面合理的解释——事实上这也是任何一种文学观念都无法做到的，但它至少为对文学的本质问题的理解提供了一个可行而且在今天也依然具有一定理论价值的阐释向度；近来学界围绕着文学性质问题而展开的关于审美意识形态命题的争论就仍然表现出对于反映论文学观的坚持。

---

① 王元骧：《我所理解的反映论文艺观——读朱立元先生〈对反映论文艺观的历史反思〉所引发的一些思考》，《探寻综合创造之路》，第 295 页。

② 马克思主义认为，存在与意识的关系是哲学的基本问题；因此，从哲学的观点看，文学理论的最基本问题自然就是文学与现实的关系问题了，它显然不等同于主体与客体的关系问题。王元骧分析说，要正确地回答主客体关系的问题，还是要把它们放到存在与意识这个哲学基本问题的框架中来加以论证。如果否定了意识是存在的反映这个前提，否定了存在与意识这个哲学上的基本命题对于我们正确认识主客体关系问题的制约作用，就必然会导致把精神主体与实践主体割裂开来，甚至对立起来，使人们对主体的理解趋向抽象化和"人本主义"化。（参见王元骧《反映论原理与文学本质问题》，原载《文艺理论与批评》1988 年第 1 期。见王元骧著《探寻综合创造之路》，第 2～3 页。）王元骧在这里的批评所指显然是刘再复的文学主体论。

③ 钱中文：《文学原理——发展论》，社会科学文献出版社，1989，第 93～96 页。另亦可参见钱中文《文学发展论》，经济科学出版社，1998，第 105～108 页。

第二章　文学主体性理论的
价值诉求问题

　　历史地看，价值作为一个科学的范畴最初出现于政治经济学。经国际权威哲学史著作和哲学社会科学的百科全书确认，德国哲学家洛采（Rudolf Hermann Lotze）第一个将价值范畴从政治经济学引进哲学。① 到尼采，文化价值问题被置于哲学思考的中心。他揭示了价值研究的重要性。在尼采看来，"价值"是人类生存的基本特征，也是文化的真髓。他说："任何民族不判断价值，便不能生存"，"估价，然后有价值；没有估价，生存之核桃只是一个空壳"，而人之所以为人乃是因为他们是"估价者"。② 在整体的文化领域中都需要关注价值问题；自然地，我们也不能忽视对文学主体性理论的价值诉求的判断。

一　文学主体论价值诉求问题的考察依据与"现代性"概念的界定

　　笔者对文学主体性理论的价值诉求问题进行考察，直接来源于以下几个方面的关于文学主体论的认识：其一，在第一章第一节里笔者着重分析指出，文学主体性命题包含着双重理论指向，即对个体主体性与文学的独

---

① 参见赵修义、童世骏《马克思恩格斯同时代的西方哲学——以问题为中心的断代哲学史》，华东师范大学出版社，1994，第562页。
② 〔德〕尼采：《查拉斯图拉如是说》，尹溟译，文化艺术出版社，1987，第66~67页。笔者认为，"估价"在此宜译为"评价"。

立性、自主性的呼唤、确证和伸张。其二，在第一章第二节中我们又谈到，刘再复自述其文学主体论从文学反映论中突围出来，是为了引入一种新的有别于认识论的价值论路向，这也就是说，刘再复在建构文学主体性理论时其价值论意识是显豁的；尽管在这一思路下建构起来的文学主体论其价值追求是否合理还是一个需要另外讨论的问题。应该特别指出的是，刘再复在当时价值论哲学研究还远未蔚然成风的社会状况中提出文学理论的价值论建构思路确实是颇具理论洞察力和理论勇气的。其三，于此，我们可以看出刘再复在其文学主体性理论建构中存在一种通过"否定"文学反映论观念力图摆脱政治意识形态的制约而追求理论自性品格的"隐性"目的。① 其四，文学主体论呼唤、确证和伸张人的主体性与文学的独立自主性，可以说是在为人与文学争取"权利"。权利是启蒙时代的创制，它是启蒙的命脉、现代性的根基。在这个意义上，文学主体性理论的提出可以说是一种追求文化民主的行为。笔者认为，这种针对个体主体性、文学的独立性、理论自性品格以及文化民主观念等方面的强调和追求反映出文学主体性理论建构中存在着较为明显的对于现代性价值观念的肯定和强化趋势；或者说，文学主体性理论的建构体现出了现代性价值诉求的倾向。

　　笔者的这一看法直接关涉到对于"现代性"概念的基本理解。为了本研究论述的合理展开，在此，有必要针对"现代性"概念做一番界定的工作。在"附论"中，笔者列有《"现代性"概念的哲学阐释》一文，对"现代性"概念进行了专门而较详细的讨论，笔者自己在本书中对"现代性"一词的理解和运用就是循此而确定的。为保证讨论问题的集中性和有效避免一些不必要的重复，以下仅为本章行文的需要对"现代性"

---

　　① 从文学观念史的角度入手，可以得出一个基本结论，即，任何新的文学观念的确立都存在着对以往文学观念的"否定"倾向，这种"否定"既表现为直接的，也表现为间接的。正如第一章第二节已经阐述的，刘再复文学主体性理论的建立，其"否定"的直接对象是文学反映论。但同时我们也看到，在对文学反映论的"否定"态度上，刘再复出现了从在基本肯定文学反映论的前提下建构文学主体论到全盘"否定"文学反映论的思想变化态势。这种变化了的极端否定观显然是不足取的。此外，在前面我们已经提到了文学反映论与意识形态论的文学观之间曾经一度存在的密切关系。当时，文学反映论尤其是机械反映论文论明显地受到政治意识形态的制约。刘再复倡导文学主体性理论，祈望摆脱政治意识形态的制约而确立文学理论本身独立性、自主性品格的意图是内在的。

概念作一些简要说明。"现代性"是一个从西方移植过来的词。西方学者在长期的"现代性"问题研究中形成了几种有代表性的关于这一概念的差异性理解：第一，把"现代性"视为一个特定的历史时期；① 第二，正是要与第一种观点相区别，米歇尔·福柯将"现代性"理解为一种"态度"；② 第三，安东尼·吉登斯认为"现代性"是一种独特的"社会生活或组织模式"；③ 第四，让－弗朗索瓦·利奥塔将"现代性"理解为一种特殊的叙事方式；④ 第五，尤尔根·哈贝马斯称"现代性"是一项自启蒙运动以来未竟的方案（规划）；⑤ 等等。为了使对已趋复杂化的"现代性"概念的理解更为明朗，国内一些学者近年来也作出了各自的阐释努力。相比之下，笔者更同意俞吾金先生的观点。受吉登斯的启发，他提出了"现代性现象学"的概念。俞吾金持论，现代性现象学也就是运用现象学的理念和方法，尤其是海德格尔的此在现象学的理念和方法，对现代性现象进行全面的考察。在阐述了现代性现象学的基本立场、观念和方法之后，从现代性现象的总体视域出发，并在对西方思想家现代性研究的几种有代表性的观点进行批判性考察的基础上，俞吾金分析指出：当我们把现代性现象课题化时，在我们的视域中呈现出来的是一组现象，即"现代化"（modernization）、"前现代"（pre-modern）、"现代"（modern）、"后现代"（post-modern）、"前现代性"（pre-modernity）、"现代性"（modernity）、"后现代性"（post-modernity）、"现代主义"（modernism）和"后现代主义"（post-modernism）；而且，当我们对这九个现象中的任何一个进行考察时，其他八个现象都会以共现的方式呈现在我们的视域之

---

① Steven Best and Douglas Kellner, *Postmodern Theory: Critical Interrogations*, The Guilford Press, 1991. p. 2.

② Michel Foucault, *The Foucault Reader*, edited by Paul Rabinow, Pantheon Books, 1984. pp. 37 –39.

③ Anthony Giddens, *The Consequences of Modernity*, Polity Press, 1990. p. 1.

④ 参见 Jean-Francois Lyotard, *The Postmodern Condition: A Report on Knowledge*, University of Minnesota Press, 1984. "Introduction"。

⑤ 尤尔根·哈贝马斯 1980 年 9 月在获得由法兰克福市颁发的阿多尔诺奖时发表了题为《现代性——一项未竟的方案》的受奖学术演讲，表明了他的这种看法。该演讲的第一次完整的英文译文见 *Habermas and the Unfinished Project of Modernity: Critical Essays on The Philosophical Discourse of Modernity*, edited by Maurizio Passerin d'Entrèves and Seyla Benhabib, Polity Press, 1996. pp. 38 – 55。

中。因此，必须在这一总体视域中来界定"现代性"的内涵。按照现代性现象学的阐释，"前现代性"、"现代性"和"后现代性"主要涉及前现代、现代和后现代三个不同历史时期的主导性价值观念。相对于"前现代性"和"后现代性"而言，"作为现代社会的价值体系，'现代性'体现为以下的主导性价值：独立、自由、民主、平等、正义、个人本位、主体意识、总体性、认同感、中心主义、崇尚理性、追求真理、征服自然等"①。显然，这样来理解"现代性"问题，我们对文学主体性理论体现出了对现代性价值诉求的倾向的判断就有了充足的学理依据了。

二　中国状况下的"年轻"的现代性：文学主体论诉求的价值的特征

然而，我们还要明白，考虑到中国问题的特殊性，在研究现代性课题时，单一的西方视角是不足取的。最近几年来，国外越来越多的研究者开始提到"多元的现代性"（multiple modernities，有论者又将其译为"多种的现代性"）② 这一新的概念，依据刘小枫的论述，对于它的"一种朴素的理解"是：当前"所谓'现代性'已经被西方国家的'现代性论述'占据了，非西方国家并非一定要甚至不应该唯西方的'现代性'方案马首是瞻。比如说，中国、印度或者东亚应该有自己的'现代性'。'现代性'是多元的，意思是说，不同的民族国家及其文化传统应该有自己民族特色的'现代性'或者'现代化'"③。这一概念的提出以及围绕着它而展开的讨论显然大大推进了现代性问题的研究。在我国，以欧洲文明之外的视野来考察，同时也内在地针对国内学界关于现代性研究的习惯性的单一西方视角，汪晖气势颇为磅礴地发出了"'谁'的'现代性的方案'？"的质问，十余年来致力于"中国的现代性"问题的探讨，站在中

---

① 俞吾金等：《现代性现象学——与西方马克思主义者的对话》，上海社会科学院出版社，2002，"导论"第36页。
② 2000年底，美国杂志出版了"多元现代性"问题讨论专号，其中有多篇文章依据伊斯兰、印度、东亚、拉美等国家和地区独特的历史经验，质疑源于欧洲单一的、普适的"现代性文化方案"是否成立。参见《二十一世纪》（香港）2001年8月号"编后语"。
③ 刘小枫：《多元的抑或政治的现代性》，《二十一世纪》（香港），2001年8月号，第33页。

国现代性立场之上批判西方现代性。① 吴冠军说，根据他个人的理解，汪晖致力于的"中国的现代性"问题研究的学术工作可概括为四个重要环节：其一，论证现代性（包括自由主义以及社会主义等不同"现代性方案"在内）起源于欧洲文明，因此是一种"西方特殊主义"；其二，从经济史角度揭示现代性是伴随着殖民主义在地理上的扩张而得到世界性的强制传播与规划；其三，从思想史角度梳理自近代以来中国的传统天理观在西方现代性挑战下的瓦解过程，在文化衰败的同时"现代个人认同"呈现严重危机；其四，回到晚清甚至更早的思想语境重新探究"现代中国思想的兴起"，并试图整合数代中国知识分子（包括晚清以前的士大夫）应对现代性挑战的思想遗产，进而建构出完全不同于西方现代性的"中国的现代性"，以此拯救当代中国的种种现代性困境与危机。这四个研究方面环环相扣，前一环分别为后一环的研究前提。② 由此，我们看到，汪晖的主题探讨与"multiple modernities"题中所指是存在颇多契合之处的。但是，吴冠军同时也指出，他对汪晖研究工作的第一环——质疑"谁的现代性"——就存有不同的看法。他认为汪晖论证"谁的现代性"的学理依据事实上就在"西方中心主义"的视野之内。在特定意义上，他实在无法认同汪晖建构在启蒙废墟上的所谓"中国的现代性"论说。出于对汪晖理论的这些判断以及随之而来的关于其他方面问题的思考，吴冠军提出了康

---

① 参见汪晖《汪晖自选集》，广西师范大学出版社，1997；汪晖：《死火重温》，人民文学出版社，2000；汪晖：《反抗绝望——鲁迅及其文学世界》，河北教育出版社，2000；汪晖：《现代中国思想的兴起》（上下两卷，共4部），生活·读书·新知三联书店，2004；等等。汪晖在《韦伯与中国的现代性问题》（该文原载于江苏文艺出版社1994年9月出版的《学人》第6辑，后收入《汪晖自选集》）这篇长文里提出了"谁的现代性"的问题并说"从欧洲文明之外的视野来提问，哈贝马斯没有提及的问题恰好构成了一个既新又旧的问题，这就是：在检讨'现代性'本身的得失之前，先要问：这是'谁'的'现代性的方案'?"；他这样理解和界定"现代性"："实际上，从19世纪前期直至20世纪，现代性概念一直是一个分裂的概念，其主要表现是作为资本主义政治、经济过程的现代性概念与现代主义前卫艺术的美学的现代性概念的尖锐对立。如果说前者体现为对于进步的时间观念的信仰、对于科学技术的信心、对于理性力量的崇拜、对于主体的自由的承诺、对于市场和行政体制的信任等世俗的资产阶级价值观，那么，现代主义的美学现代性却具有激烈的反资本主义世俗化的倾向，虽然这种反叛本身也隐含着与资产阶级现代性的依赖关系"（汪晖：《汪晖自选集》，第2、9、5页）。
② 参见吴冠军《多元的现代性——从"9·11"灾难到汪晖"中国的现代性"论说》，上海三联书店，2002，第154～155页。

德主义的"多元现代性"（multi-modernities，这个词是吴冠军"生造"的）观点来回应汪晖的"中国的现代性"论说。在他看来，从规范层面上讲，康德主义的"多元现代性"包含着两层内容：第一，以基本权利为核心地基的诸项启蒙理想；第二，在文明交往与互动中通过文化民主而形成的多元的"现代性"方案。其中，基本权利与文化民主构成了多元现代性中的一对核心词。而且，多元现代性的以上两层内涵互为前提，缺一不可。① 无可置疑的是，这些问题和观点的提出以及由此而展开的关于现代性问题的讨论，对于中国语境下的"现代性"研究起到了明显的深化作用。然而，在由他人的研究而构成的思想资源的基础上，面对由传统背景而延续下来的中国国情，基于不能根据现代性的"特殊主义"起源——"现代性起源于西方"是学界普遍认可的观念——来否定部分的现代性要素业已取得的"普遍主义"影响的立场，并直接依据于对文学主体性理论价值诉求问题的思考，笔者在此更提出"中国状况下的'年轻'的现代性"一说，认为文学主体性理论诉求的价值具有中国状况下的"年轻"的现代性特征。

在具体讨论文学主体性理论价值诉求的这一特点之前，必须加以说明的是，以上在汪晖与吴冠军之间关于现代性问题的不同理解本身显然并不在本文的详细而特别的论述之列，而且，笔者在此也并不简单而片面地倾向于二者的任何一方所持的思想立场；但有一点却又是显明的，那就是他们的某些看法一起构成了笔者立论的思想资源，这也是在上文需要对他们的"现代性"问题研究略加申说的唯一原因。受他们思想的共同影响，讨论"中国状况下的'年轻'的现代性"问题意味着笔者认同现代性是一种多元存在的观点，也意味着笔者强调中国现代性问题的特殊性，这也就是说，我们要深刻认识到中国现代性与西方现代性之间的差异。笔者以为，清醒地认识到二者之间的差异并通过突出这种差异来加深对现代性问题的探讨是一种可行的研究态度和路向。

同时，"'年轻'的现代性"的提法表明笔者认为，现代性对于中国而言有着深层的背景性蕴涵，它是伴随着相比于西方显得明显"后发"的中

---

① 参见吴冠军《多元的现代性——从"9·11"灾难到汪晖"中国的现代性"论说》，第155、163、104页，"导言"第1~2页。

国社会现代化进程而逐步产生的价值观念，现代性价值诉求是晚清以来中国社会和文化总体实践的集体性合理"行为"；而且，现代性价值是一个较长时期内的阶段性追求，它也必将随着中国社会和文化总体实践的深入而渐次由"年轻"走向"成熟"。"成熟"不仅意味着现代性主导价值历史性的充分展开，它还意味着人们对现代性的负面影响持有清醒的认识并加以合理的规避。这既是一个历史的判断，其中也还有一份坚执和向往①。此外，需要特别指出的是，"'年轻'的现代性"的提法直接受启发于美国哈佛大学法律教授亨利·J. 斯坦纳（Henry J. Steiner）关于"年轻的权利"的思想。在《年轻的权利》这篇为美国哥伦比亚大学教授、宪法学家路易斯·亨金（L. Henkin）出版的《权利的时代》而写的书评中，他提出了这一看法。②

---

① 在对于"权利"的特有意义的理解上，吴冠军认为，"权利将是人类实践的一项永恒主题，并将伴随着人类一步一个脚印地走向'成熟'（康德将'成熟'视为启蒙的最终状态）"，他说，"这既是一个历史的判断，同时更是一个理想的信念"（吴冠军：《多元的现代性——从"9·11"灾难到汪晖"中国的现代性"论说》，第 95 页）。吴冠军对于"权利"的如是看法与笔者在这里关于"年轻的现代性"提法的相应表述具有一定的相似性，但显然也存在重大的差异。

② 路易斯·亨金在其著作《权利的时代》中将《世界人权宣言》诞生（1948 年）后的第四个十年在一个广泛的国际领域中命名为"权利的时代"。他以大胆的语言提出了一个大胆的观点："人权是我们时代的观念，是已经得到普遍接受的唯一的政治与道德观念"（〔美〕路易斯·亨金：《权利的时代》，信春鹰、吴玉章、李林译，知识出版社，1997，"前言"第 1 页）。在该书的结尾，路易斯·亨金这样描述当前的一个"一致的意见"："每个男人和女人，在出生到死亡之间，都有权享有不可侵犯的完整与尊严。根据这一同意，在我们所在的这个世界上，在我们正在建设的这个世界上，人权观念是基本的观念"（同上，第 259 页）。斯坦纳认为，这一段话表达了路易斯·亨金在近 20 年中写成的《权利的时代》这部论文集的高昂的精神与理想。他持论，亨金的这种对世界人权运动所描绘出的乐观图画表明作者在人权与政治秩序的关系以及人权内部的相互关系方面存在着认为世界是和谐的思想倾向。斯坦纳对此持批评态度；当然，这一批评态度并不代表他否定人权运动在世界范围内所已经取得的重大成就，也不表明他不同意亨金教授的研究方向。只是他着重强调，人们不应该仅仅着眼于人权运动的光明性一面，而还要注意到与此相对的另一面。为此，斯坦纳不完全赞成一些人针对人权运动而持有的"宁肯看见一个装满了（在此，"装满了"宜译为"装了"、"盛了"、"装着"等，下同。——引者注）一半的水杯，而不愿看见一个空着一半的水杯"的立场。他说："人权运动最为深远的主题，也就是我将之称为'乌托邦'的层面，在任何严肃的意义上来说，都没有得到普遍的承认"；当前对于权利的实践而言，"水杯确实已经装满了一半水。亨金确实成功地赞美了这一运动的光明面。它为乐观态度提供了基础。我对此持有同样的观点……但是，在我们估价已经取得的进步和前进的障碍时，黑暗的一面，杯子空着的那一半也在呼唤持续的评论。将这一黑暗面视为事实，视为一个重要的清醒剂并不使我们失去信念。我认为，今日的世界尚不是权利的时代，年轻的权利正处在一个产生持续而广泛邪恶的时代之中，承认这一点，我并不由此而否认人权运动的力量和前景。"（〔美〕亨利·J·斯坦纳：《年轻的权利》。见〔美〕路易斯·亨金：《权利的时代》，第 282 页。）

笔者认为，斯坦纳的观点是明确的，那就是，考虑到在当前世界的一般社会文化状况中依然存在着严峻的违反人权规范的现象以及人权与权力之间的不可缓和的对立等事实，权利还正在生长之中，世界并没有进入路易斯·亨金所称谓的并加以肯定的"权利的时代"。在这里，笔者无意对斯坦纳所提出的"年轻的权利"这一看法进行专门的评论，而是特别赞赏他对于权利的"生长"性质的强调，并认为"现代性"价值对于当代中国尤其是刚从"文革"中走出来的 80 年代的中国而言也正是处在一个生长的过程之中从而具有鲜明的"年轻"的特性。

从价值层面上说，文学主体性理论诉求的是中国状况下的"年轻"的现代性。笔者得出这一结论，除了前面必要的说明之外，主要出于以下两个方面的理由。

第一，是考虑到在文学主体性理论提出的 20 世纪 80 年代中期的中国，真正的社会现代化进程还相对短暂[1]，一些主导性的现代性价值理念还远远没有完全地普遍确立或实现得很不彻底，而更多的只是处于酝酿和初步"生长"之中[2]。这也就是说，现代性价值还没有成为人们共同的自觉追求，还没有成为人们日常生活中的习惯性拥有，不像在 20 世纪的西方现代主义的文化倾向[3]已然广泛地植根于西方人的日常生活之中。一种

---

[1]　一般认为中国的现代化进程是从晚清开始的；这一点笔者在前面已经间接提到。罗荣渠持："中国的现代化是被延误了的现代化（the delayed modernization）"；鸦片战争"引出中国与近世西方资本主义势力的全面冲突。这些冲突打开了中国长期封闭性发展的格局，是中国通向现代世界的纪元。此后这一个半世纪中国的沧桑巨变，也就是中国走向现代化的举世罕见的漫长而崎岖的历程"（罗荣渠：《现代化新论——世界与中国的现代化进程》增订版，商务印书馆，2004，第 249 页）。更有论者认为：在 20 世纪的前 50 年里，中国由于饱受战争的痛苦，现代化只是星星点点；全面的现代化建设只是 20 世纪 50 年代以来的事情（参见中国现代化战略研究课题组、中国科学院中国现代化研究中心《2003 中国现代化报告——现代化理论、进程与发展》，北京大学出版社，2003，第 58 页）。

[2]　当然，笔者这样说，也并不否认现代性价值及其诉求在前现代化社会进程中存在的可能（详见本书附论一《"现代性"概念的哲学阐释》一文中的相关论述）；但是，晚清以来的思想史应该能够雄辩地印证：在中国，对于现代性价值的肯定及其整体性的诉求是随着现代化社会进程的全面推动而逐步赢得其合法性的。

[3]　丹尼尔·贝尔在其出版于 20 世纪 70 年代的《资本主义文化矛盾》一书中说："有一种文化倾向、文化情绪或称文化运动（其杂乱、多变的性质难以用单一覆盖性术语来概括）已经持续了一又四分之一世纪，它不停地向社会结构发动进攻。对于这一文化倾向而言，最能总括的术语是'现代主义'，这是一种为长期处于'先进意识'（转下页注）

历史中的相对独立的知识形态的价值诉求自然脱离不了它的大环境，历史的"给定性"制约是巨大的。由此，文学主体性理论的价值诉求似乎只能被看作是一种对现代性价值的青春性"吁请"，尽管在笔者看来刘再复在其理论中表现出了较为严肃的学理性建构的努力。

第二，也是更为根本的，依据于对文学主体性理论本身表现出来的一些特征的具体考察和判断，而这又至少可以从两个方面来说明。

首先，文学主体论的意志主义哲学倾向一定程度上削弱了和"主体性"一道构成现代性观念核心的"理性"① 的价值。文学主体论尽管讲到

（接上页注③）前列而在风格和感觉方面进行的不懈努力。……现代主义渗入了各种艺术。不过，从具体例子来看，它似乎没有单纯的、统一的原则"（〔美〕丹尼尔·贝尔：《资本主义文化矛盾》，赵一凡、蒲隆、任晓晋译，生活·读书·新知三联书店，1989，第92~93 页。另可参见 Daniel Bell, *The Cultural Contradictions of Capitalism*, Basic Books, 1976. p. 46.）。笔者认为，这种"总括"是可行的，并且在此采纳了他的观点和做法。这与笔者在本书"附论一"中谈到的对"现代主义"的理解和阐释显然并不冲突；相反，二者可以作为相互的补充。

① 对于"理性"概念的界定不是一件容易的事情，在西方哲学史上对于它的理解就聚讼不已，而且长期以来它还遭到了不少反对者的批判和否定，当代美国哲学家保罗·费耶阿本德甚至提出了自我理解意义下的"告别理性"的主张（参见〔美〕保罗·费耶阿本德著《告别理性》，陈健、柯哲、陆明译，江苏人民出版社，2002）。其实，像"理性"这样的任何一个有生命力的概念，都具有十分复杂的内涵，不大可能用一两句话概括得清楚。对它的任何一项定义都只是一种知性的认识，即将其某一组特征与性质抽象和概括出来；显然，这样做是无法涵盖它的全部内蕴的。相对而言，笔者更为重视理查德·罗蒂对"理性"概念的理解。他区分了"理性"一词的三种不同意义。理性 I 是一种能力的名称，这种能力乌贼鱼比阿米巴要多，使用语言的人类比不使用语言的类人猿要多，以现代技术武装起来的人要比没有这种武装的人更多地具有这种能力。这是一种以更为复杂和精致的方式来调整其对环境刺激的各种反应，从而顺应环境的能力。它有时被称为"技术理性"，有时则被唤作"生存技巧"。理性 II 是人类有而野兽无的一种特别的、附加的成分的名称。这一成分体现在我们的身上，使得我们可以用不同于描述非人有机体的术语来描述我们自己。这种不同不能够被还原为我们在拥有理性 I 的意义上的那种差异。这种理性是独特的，因为它并非仅仅设定生存的种种目标。诉诸理性 II 会建立起一种评价的等级体系，而不是简单地用各种手段去适应各种理所当然的目的。理性 III 大体上说来与宽容意义相同，即不会因为别人与自己的差异而过分窘迫、不对这样的差异做出侵略性的反应。这种能力伴随着乐意改变自己的种种习惯——不仅是为了要获得更多先前想要的东西，而且是为了要把自己重新塑造成一种不同类型的人、一个想拥有不同于他先前所拥有的东西的人。它也伴随着更依赖于说服力而不是武力，依赖说服力改变事物而不是靠斗争、焚烧或者流放等等来达到目的。它是一种能够使个人和群体与其他的个人和群体和平共处、自己活也让别人活，并汇集各种新的、融合的、妥协包容的生活方式的美德。所以有时理性在这种意义上，正如它被黑格尔认为的那样，与自由几乎同义。在罗蒂看来，关于理性和文化差异的种种问题都可以归 （转下页注）

人的主体性包括实践主体性和精神主体性并把创作主体区分为实践主体和精神主体两个层面，但正如前文已经阐明的，它无限夸大精神主体的理论偏移倾向相当明显，甚至它径直把主体性等同于人的主观能动性；这种对精神主体的作用、对人的主观能动性的无限夸大或者说对人的主观意识的极度张扬就使其存有一种意志主义的哲学倾向。本来，文学主体性理论的提出有着70年代末80年代初开始的思想解放运动和知识界新启蒙主义运动的思想背景①，其本身也具有较为显豁的启蒙性质，理性精神应该成为它的内在追求，因为启蒙主义的本质可以说就是理性主义。诚如康德所论："启蒙运动就是人类脱离自己所加之于自己的不成熟状态。……Sapere aude！要有勇气运用你自己的理智！这就是启蒙运动的口号"；启蒙运动需要的"就是在一切事情上都有公开运用自己理性的自由"②。但是，刘再复在其理论建构中似乎存在一种极为浓重的以理想和信仰为合法性，以浪漫激情为动力，以实现最大化的自我为目标而弥漫开来的文化情绪，从根本上说它就是通过文学主体论的意志主义哲学倾向而表现出来的。这种对于人的主观能动性针对客观规律、目的论等"反抗"的不证自明的有效性的过分强调就使其理论一定程度上丧失了理性的特质而滑入了非理性主义。我们知道，意志主义是反抗理性主义秩序的，从而，它也

（接上页注①）结为理性Ⅰ和理性Ⅲ之间关系的各种问题。他主张放弃理性Ⅱ的观念。考虑到问题的复杂性，此处不对罗蒂的关于"理性"的观点作展开论述。详见〔美〕理查德·罗蒂《一种关于理性和文化差异的实用主义》，蒋劲松译，《哲学译丛》1994年第6期，第50~54页；原载美国《东西方哲学》1992年第42卷第4号。

① 这一点是不争的事实。杜书瀛先生以下所论显然就为笔者持这样的看法提供了依据："新启蒙"是作为中国当代最具影响力的现代化意识形态而出现于中华民族现代性追求的历史行进中的；在80年代的中国思想界，作为一个文化实践的功能范畴，新启蒙主义构设了新时期中国文化的一个背景和一种语境，它涵盖着当代中国思想解放运动及现代化追求的精神特质和历史脉动，显现着丰富的多元可能性和动态的历史发展性；同时，作为推动当代中国社会发展的强有力的思想能量，它也向新时期文论昭示出重大的历史期待；"新启蒙"为文艺学美学带来了前所未有的热闹局面，外来学术思想的大量引进，对传统的重新审视，尤其是急剧发展变化的现实的迫切要求，促进了反思型文艺学美学理论研究的深入和发展；其中，最能代表反思型文艺学美学特点、在整个80年代影响最大、引起了激烈论争的是主体性命题的提出。参见张婷婷、杜书瀛《新时期文艺学反思录》，山东文艺出版社，2001，第12、17~18页。另可参见杜书瀛《反正—反思—反叛——二十年文艺学美学历程》，《南方文坛》1998年第6期；杜书瀛、张婷婷：《新启蒙：理性精神下的文论话语》，《文艺理论研究》1999年第4期。

② 〔德〕康德：《历史理性批判文集》，何兆武译，商务印书馆，1990，第22、24页。

就成为一种侵蚀、消解现代性价值的力量。

其次，正如第一章第一节所已经指出了的，文学主体性理论的思想基础与西方早期人文主义哲学存在着明显的"亲缘"关系，而历史地看，早期人文主义态度正是西方现代性价值初步生长时期所特有的性质。为了对文学主体性理论的早期人文主义的思想基础有一个更为明确的认识，在此我们不妨在"人文主义"这个问题上多说几句。

尽管对"人文主义"一词，诚如英国牛津大学阿伦·布洛克（Alan Bullock）教授在其名著《西方人文主义传统》中所说，没有人能够成功地作出让自己同时也使他人感到满意的定义①，但西方人文主义显然还是历史地存在着其阶段性的发展特征或说品格；事实上，阿伦·布洛克就在其著作中视"人文主义"为"一种宽泛的倾向，一个思想和信仰的维度，一场持续不断的辩论"②而把西方人文主义传统的发展分为了文艺复兴时期、启蒙运动时期、19世纪和20世纪（至30年代）四个阶段并接着探讨了人文主义的"前途"问题。而且，即使是在"文艺复兴"这一时期，人文主义的发展也还有"早期"和"后期"之分，并呈现出明显的差异。美国哈佛大学文学教授欧文·白璧德（Irving Babbitt）就曾持有这样的观点。他说，人文主义在文艺复兴时期存在着从早期的自由扩张的人文主义到后期的有纪律与有选择的人文主义的转向③。明白了这一点，我们关注的焦点问题就是：早期的人文主义态度主要体现为一些怎样的思想倾向？

---

① 参见〔英〕阿伦·布洛克《西方人文主义传统》，董乐山译，生活·读书·新知三联书店，1997，第2页。
② 〔英〕阿伦·布洛克：《西方人文主义传统》，第3页。
③ 白璧德认为，对意大利早期人文主义者中的很多人来说，人文主义远不是某种信条与纪律，而是对一切纪律的反抗，是一种从中世纪的极端到与其相对立的放纵的狂野反拨。文艺复兴第一个时期占据主流的是一种解放运动——对感官的解放，对才智的解放，在北方国家里还是对良知的解放。这是第一个伟大的扩张时期，是对个人主义的第一次促进。扩张时期之后跟着就是集中时期（era of concentration）。而后期文艺复兴的主要趋势则显然抛开了早期的那种支持自由扩张的人文主义，转向了纪律与选择程度最高的人文主义。当然，在文艺复兴早期和后期的人文主义之间尽管存在着这样的鲜明对比，但它们的目标还是潜在地统一的，这两个时期的人都把古代人文主义者看作自己的领路人，他们的目的都在于造就完善的人（totus, teres atque rotundus）。参见〔美〕欧文·白璧德《什么是人文主义？》，载美国《人文》杂志社、三联书店编辑部编《人文主义：全盘反思》，王琛等译，生活·读书·新知三联书店，2003，第9~12页。

这可以通过对几位早期人文主义者的若干论说进行简要梳理来做一个大致的把握。意大利学者欧金尼奥·加林（Eugenio Garin）就为我们做好了这一工作。在其被誉为战后研究文艺复兴的影响最大的一部著作《意大利人文主义》中，加林把人文主义的起源追溯到弗朗切斯科·彼得拉克（Francesco Petrarca，1304－1374）和科卢乔·萨卢塔蒂（Coluccio Salutati，1330－1406）。加林认为，爱他人，是激励彼得拉克研究人文主义的动机，也是其研究的目的；从彼得拉克那里，可以看到人文主义的两个明显的特征：通过文学来表现人的价值和人性的真实社会性。[①] 加林谈到，1392 年 2 月 1 日，萨卢塔蒂给朱安费尔南迪·德赫里迪亚写了一封信，这封信成为了一座有名的思想纪念碑。在信中，萨卢塔蒂认为，历史才是人的教育者和塑造者，历史是比所有哲学和神学的精深造诣更为具体的知识。因为人性就是人在世界上行动的记录，就是"泛爱"，或者说就是人与人之间进行的会晤和交往。[②] 和彼得拉克一样，皮科·德拉·米朗多拉（Pico Della Mirandola，1463－1494）也主张"爱人"。他说："你爱人的时候，而不是你被人认识的时候更为人所爱，因为被你爱的人也会爱你"[③]。加林还谈到皮科的一个很有名的观点：任何动物的活动都受到它本性的限制，比如狗只能像狗那样生活；可是人却相反，人没有强制自己应该如何生活的本性，人没有使自身受限制的本质，人只有从事活动时才成其为人，人是自己的主人，人的唯一限制就是要消除限制，就是要获得自由，人奋斗的目标就是要使自己成为自由人，自己能选择自己的命运，用自己的双手编织光荣的桂冠或是耻辱的锁链。皮科认为，人类生存的条件就是消除限制他的条件，人是原始的动因，是自由的"现实"。人就是一切，因为人可以成为一切。人和上帝的形象有相似之处正是在于：人是动因、是自由、是行动，也是自身行为的结果。对此，加林评论说：这种思想的深刻在于要从存在中寻求本质，要把自身的自由选择作为唯一的条件，因此也就不能不在人与人之间和"伟人"之前

---

① 参见〔意〕欧金尼奥·加林《意大利人文主义》，李玉成译，生活·读书·新知三联书店，1998，第 18~20 页。

② 参见〔意〕欧金尼奥·加林《意大利人文主义》，第 7~8 页。

③ 〔意〕欧金尼奥·加林《意大利人文主义》，第 103 页。

确定人——个人的地位，也就必然导致人的意志和爱优于抽象知识的结论。这就是皮科的基本思想。[1] 由上，从刘再复在文学主体论中对作家有赖于通过"爱他人"、"爱人类"即"爱的推移"得以自我实现的强调、对人的主体性地位的热情弘扬、对精神个体价值的过于突出等方面，我们不难看出其理论的早期人文主义的思想背景；或者说，其理论的建构是以早期人文主义哲学作为基本思想资源的。与西方早期的一些人文主义者一样，刘再复在其文学主体性思想中对人的力量抱有一种绝对的信心，对在人道主义背景下确立起来的人的主体性从道德上给予完全肯定的评价。对此，笔者在第一章第一节已然阐明，刘再复自己也是承认、肯定了这一点的。

三 "中国状况下的'年轻'的现代性"命题的学理意义

提出"中国状况下的'年轻'的现代性"论题，意味着既认同正像上文所指出的现代性是一种多元存在从而也就是复数性存在[2]的观点，而更重要的在于还认为作为价值的现代性在中西不同的空间范围内无可否定地存在着实现程度的历史性差异。针对哈贝马斯所持的"现代性是一项未竟的方案"的看法，有论者说："他的这个观点，用通俗的说法，不过是指现代性乃是一个处于动态的过程。同时，现代性从其产生到现在，它都体现在人类生活的各个方面，或者说，它是现代以来人类生活已经发生、正在发生和将要发生的基本规定或特征。就此而言，现代性是人类社

---

① 参见〔意〕欧金尼奥·加林《意大利人文主义》，第102页。

② 在知识界，大多数批判西方现代性的研究者已经形成了一种理论共识：现代性可以是复数的。吴冠军认为："必须指出的是，在'复数现代性'的'共识'下仍是包含着观点相反的分歧。一种理论框架是现代性必须无条件地'承认'多元文化的'文化的现代性'（泰勒语），而另一种观点则是多元文化必须不伤害基本启蒙理想（自由、平等、权利等）的'多元的现代性'的视角。显然，汪晖是站在泰勒意义上的'文化的现代性'角度来谈论所谓'中国的现代性'问题，而我则坚定地站在后一立场"（吴冠军：《多元的现代性——从"9·11"灾难到汪晖"中国的现代性"论说》，第264～265页）。这和前面提到的在吴冠军和汪晖之间在现代性论题上存在的其他差异一样都是需要另外探讨的问题，它超出了本研究的题域，此不论。在这里对"现代性是一种复数性存在"的观点略作述说是为了间接而适度地说明这一问题本身的复杂性。

会发展的一种必然，一种不可逃避的命运"①。笔者赞同这种把现代性看成是处于动态发展中的事物的观点，并认为，现代性价值实践的这一动态过程在晚清以来尤其是 20 世纪下半叶以来的中国体现得甚是明显。就 80 年代的中国社会而言，现代性的价值追求正处在由一个新的时期的历史性到来所引发而持续的艰难同时又充满焦灼和希望的进程之中。由此，我们可以认识到，文学主体性理论的现代性价值诉求无疑是在当时的总体背景下所进行的一种需要认真对待并值得肯定的文学（文化）领域内的重要实践。它是 80 年代中国社会整体性的现代性"焦虑"的对应物，明显地表现出对于现代性价值追求的"焦虑"。在当下的中国语境里，追求现代性价值的实践显然还在进行之中，并且是一种必须进行同时又必须不断地开拓的历史性实践。这也就是说，基于当下中国从总体上看尚处在从前现代而现代的社会转型期之中，人们必须从以下两个方面来看待现代性价值追求的问题。首先，我们需要现代性价值观念。在这个方面，俞吾金的看法是很值得借鉴的。他对金耀基先生在下面这段话中所表达的见解深表赞同并认为它已经成为当代中国人的共识："中国现代化的目的，简单地说，有二，一是使中国能跻身于世界之林，使古典的中国能够成功地参与到现代世界社会中去；二是使中国古典文化彻底更新，使中国古典文化能

---

① 王树人：《中西现代性论纲》，《江苏行政学院学报》2003 年第 2 期，第 5 页。当然，我们也要注意到，哈贝马斯所说的"现代性方案"是有其特定所指的，它也并不是随着"现代"一词的出现而旋即进入了西方世界社会运动的中心。这就正如戴维·哈维所持论的："虽然'现代'这个词语有相当久远的历史，但哈贝马斯所称的现代性的'规划'却在 18 世纪期间才进入到焦点之中。就启蒙运动的思想家们自身而言，这种规划就是一种非凡的知识上的努力，'根据它们的内在逻辑去发展客观的科学、普遍的道德和法律，自主的艺术。'"（〔美〕戴维·哈维：《后现代的状况——对文化变迁之缘起的探究》，阎嘉译，商务印书馆，2003，第 20 页。另可参见 David Harvey, *The Condition of Postmodernity: An Enquiry into the Origins of Cultural Change*, Blackwell Publishers Inc., 1990. p. 12.）。哈贝马斯本人把"主体的自由"（subjective freedom）视为这个"方案"的标志。"主体的自由"在不同的领域自然有着不同的表现：在社会领域，它的实现就是作为由民法保障的对个人自己利益进行合理性追求的空间；在国家领域，它在原理上表现为参与政治意志形成过程的平等权利；在私人领域，它是伦理的自主和自我实现；最后，在与这个私人领域相关的公共领域，则是使社会的和政治的权力实现合理化的过程，这一过程是经由已然自我反思的文化的转化而产生的。（Jürgen Habermas, *The Philosophical Discourse of Modernity: Twelve Lectures*, trans. by Frederick Lawrence, Polity Press, 1987. p. 83.）此处借鉴了汪晖的译文。参见汪晖《韦伯与中国的现代性问题》，《汪晖自选集》，第 8 页。

在未来世界文化中扮演一重要的角色。……中国的出路有而且只有一条，就是中国的现代化。现代化是世界的潮流，中国不能违逆这个潮流，而一相情愿地回归到'传统的孤立'中去；在这一点上说，我们没有选择，我们只有顺着潮流走"①。俞吾金持论，金耀基先生这段话的意思，直白地说，也就是：中华民族为了能够在当今世界上生存和发展下去，必须追求现代化和现代性。事实上，当代中国社会的改革开放以及从计划经济模式向市场经济模式的转型，表明中国人已经义无反顾地选择了这一条道路。作为当代中国人，我们在探索现代性现象之前，必须深刻地领会自己的生存结构和历史处境。基于这样的领会，他认为，与当代西方把"现代性"与"后现代性"之间的关系课题化不同，在当代中国被课题化的主要是"前现代性"与"现代性"之间的关系；20世纪80年代以来，"中国传统文化与现代化（或现代性）"的问题一直成为中国学术界的主导性话题，其原因不是偶然的，而是因为这个话题的实质就是前现代性和现代性之间的关系问题，它植根于中国人的生存结构之中。"前现代性"和"现代性"这两套价值体系是相互冲突的，当代中国人显然不应该站在"前现代性"的立场上指责"现代性"，而是与此相反，我们必须站在"现代性"的立场上，对"前现代性"的价值体系做出批判性的考察和创造性的转化。实际上，在中国这样的后发国家中，现代性的全套价值体系还没有获得一个充分展现的机会。在这个意义上，我们也可以像哈贝马斯那样，把"现代性"作为当代中国人的未竟的事业。当代中国有些学者之所以倡导"新启蒙"，是因为近代中国人在外族入侵和民族危亡的威胁下，从来就没有经历过完整的启蒙思想的熏陶，也从来没有完整地接受过现代性的价值的洗礼，所以，在一个相当长的阶段上，认识、认同并维护"现代性"的全幅内涵，对于当代中国人来说，仍然是必要的。② 其次，我们还要发展现代性价值观念。"发展"，主要意味着在坚持和维护"现代性"主导价值的同时又必须对其本身所蕴涵的负面因素有着足够而清醒的认识，我们必须充分吸纳西方现代性批评者的合理思想有效遏制

---

① 金耀基：《从传统到现代》，中国人民大学出版社，1999，第153~154页。

② 参见俞吾金等《现代性现象学——与西方马克思主义者的对话》，"导论"第38~39页；另见俞吾金《现代性现象学》，《江海学刊》2003年第2期，第12~13页。

"现代性"中的负面因素的蔓延，以便使得对于"现代性"价值的整体诉求行进在具有历史合理性的无限敞开的实践路途中。

此外，在这里还须由上进一步简要指出的是，笔者认为，打破现代性的单一西方视角，确立中国状况下的现代性追求——从"年轻"到"成熟"——的理论架构，不仅是对文学主体性理论——通过前文的论述，我们知道，概括地说，这是一种以文学活动中的主体问题为思考原点并力图使主体的自由得以伸张的文论形态——的价值诉求进行判断和认定的需要；同时，在更为阔大的视域内它也表现出谋求、塑造与营构中国现代思想主体性身份——相对于只是单纯地作为西方思想的一种"他者"镜像而确立自我的独立性、自主性——的理论努力①，尽管中国现代思想主体性身份的建设可能是一个艰难而长远的过程。文学主体性理论的提出，无疑参与了而且在一定程度上还可以说它与80年代哲学领域里的主体性问题讨论一道重新开启了一度中断了的20世纪中国思想的这一进程。

---

① 这一问题在此不作具体讨论，可参阅景海峰的《中国哲学面临的挑战和身份重建》［载《深圳大学学报》（人文社会科学版）2003年第5期］等文所表达的相关见解。

第三章 文学主体性理论现象的
形成与研究方法

　　文学主体性理论在被提出之后不久，它即在与当时的社会、文化构成深刻的互动关系中而逐步生长为一种理论现象。在此，问题的关键是，我们首先需要确认文学主体论由一种单纯的知识形态而生长为一种理论现象的事实；同时，我们还必须认识到，文学主体性理论现象的形成并不突兀，除了其倡导者以及承继者的主观理论努力之外，它也有赖于 20 世纪 80 年代中国知识界和思想界的带有集体意味的主体论氛围乃至广阔的主体论的社会心理的滋生和凝结①。这是"后文革时期"② 中国的一种特有

---

①　在 80 年代的中国思想界，李泽厚率先提出主体论，于是就有了哲学领域里的主体性问题讨论，稍后刘再复倡导"文学的主体性"，在此基础上，畅广元等又开始了建构主体论文艺学的努力（参见九歌著、畅广元审订《主体论文艺学》，中国社会科学出版社，1989），与此同时，还有学者提出了主体论伦理学的创建主张（参见肖雪慧・韩东屏、王磊、涂秋生《主体的沉沦与觉醒——伦理学的一个新构想》，贵州人民出版社，1988。该书立足于"人是道德的主体"这一核心命题，从道德发生学角度，就道德主体性的根据、内容、表现、重要性以及人与道德的关系等方面，系统勾勒了主体论伦理学的基本观点，向传统的道德理论提出挑战，并轮廓性地展望了未来道德的前景）。所有这些事实，明确地反映出 80 年代的中国知识界存在着一种广泛的主体论思想与心理期待。在一个新的历史时期已然呈现之际，随着社会结构的变迁，中国知识者和思想者的观念正处在整体性的变动之中。

②　把"后"字作为一个前缀词来使用，笔者一直是谨慎的。利奥塔说："'后'字意味着一种类似转换的东西：从以前的方向转到一个新方向"（〔法〕让—弗朗索瓦・利奥塔：《后现代性与公正游戏——利奥塔访谈、书信录》，谈瀛洲译，上海人民出版社，1997，第 143 页）。这揭示了"后"字的转折性意义。在新版《艰难的选择》（上 （转下页注）

的思想面貌；没有"文革"，也许在 80 年代的中国就不大可能形成影响深远的文学主体性理论现象。

　　研究文学主体性理论形态及其现象的形成，方法显然是重要的。有论者指出，世界各民族对自身历史文化的研究大致都可以区分出历史解说与思想重构两个方向：前者着眼于分析传统的形成，或者说致力于对传统的形成过程作知性的把握；后者则致力于揭示传统的普遍意义。当然，价值或思想重构也是相对于历史解说而言的。不过，对传统的形成过程作知性把握的历史解说又可以表现为不同的方式和方法，如余英时倡导进行"内在理路"的解释，它意在从传统文本中显示的问题入手，探讨思想史中观念与方法的承继与变迁；传统的马克思主义者从一个方面着眼于社会历史背景，注重对思想的意义做外部解释；此外，当代西方的一些学者从知识社会学角度入手，把社会科学训练引入这一领域，从而给历史解说带来了新的活力。② 笔者以为，如果把第二种方式（它包含着对马克思理论方法的一定程度上的误解或者说对之进行了简单化的处理）往深处开掘成社会历史研究法，那么，对文学主体性理论形态及理论现象的形成的探

（接上页注②）海文艺出版社，2001）一书的"后记"中，赵园把"后文革时期"指称为激情的 80 年代。一定程度上受此启发，笔者所说的"后文革时期"大致地指从十一届三中全会以来至 80 年代末这十几年的时间，因而它首先是一个历史分期概念，同时它更标志着在这一时期的中国思想和知识状况较之于"文革"时期出现了裂变，与 90 年代之后的思想和知识状况也呈现出巨大的差异。此不详论。在笔者的理解中，"后文革时期"不同于单纯地指涉中国当代文学（文化）史分期的"后新时期"概念的使用（参见王宁《后新时期与后现代》，《文学自由谈》1994 年第 3 期），但有点类似于既用于政治分期也用于文学分期的"新时期"概念的命名。当年"后新时期"命名者有一种相对共识："新时期"总不能永远延续下去而没有完结（参见王宁《后新时期：一种理论描述》，《花城》1995 年第 3 期）。有了这样的前提性思考，应该说，"后新时期"概念的提出是有它的一定的合理性的。但基于对文化事实的考察，笔者显然不会赞同张颐武的"后新时期作为九十年代以来中国大陆整个文化进程的总的概括被广泛地使用"的说法（参见张颐武《反寓言/新状态：后新时期文学新趋势》，《天津社会科学》1994 年第 4 期）。笔者对"后文革时期"之后的历史时段用一般意义上的"90 年代后"来称谓，这一时期的中国思想和知识状况缺乏一种内在的统一性，用任何一种具有相对特定蕴涵的名称来为它命名都是困难的。"90 年代后"的用语消除了"后文革时期"这一名称上的强烈色彩。当然，由于它是与"后文革时期"相承而来，或许它还会间接地激发中国知识分子的"文革"记忆以及对"后文革时期"的思想现象进行理论描述的努力。

② 参见陈少明《从庞朴的"智慧说"看中国传统的价值重构》，《学术月刊》1997 年第 10 期，第 34～37 页。

讨同样可以采取以上三种方法。当然，这三种方法尽管存在着各自的主要指向，但它们之间也并不是完全孤立的，而是存在着一定的联系。

在具体讨论当然也是有选择性地并且详略侧重存在差异地探讨这些问题之前，笔者还须指出的是，本书于此探索文学主体性理论现象形成的研究方法问题并不显得孤立或游离于中心论题之外，而是期望：一方面借此呈示学界在文学主体性理论现象研究中往往容易忽视的问题，或者说研究者由于受到特定研究视角——一个研究者研究视角的确立，往往反映出其观察事物的方式，也制约着在研究中他能观察和发现的东西并在其思想中怎样构建它——的限制导致一些在文学主体性理论现象形成中的重要问题被遮蔽①，在尽可能趋于丰富的研究中它们需要被彰显出来；另一方面，也是更为重要的目的，在前此基础上，通过方法问题的探讨，进一步拓展和加深对文学主体性理论现代性价值诉求相关方面问题的讨论与确定。

第一节　文学主体论的产生："内在理路"
研究与社会历史研究

一　文学主体论产生问题的审视与"内在理路"研究

事实上，文艺学界以往对文学主体性理论形成问题的习惯性历史解说大致即是采取笔者在上面所提及的三种研究方法中的前两种路向。至于有

---

①　B. 费伊在 1996 年出版的《当代社会科学的哲学》一书中指出："视角主义是当代理智生活的占统治地位的认识论方式。视角主义是这样一种观点，它认为一切知识本质上都是视角性的，也就是说，知识的要求和知识的评价总是发生在一种框架之内，这种框架提供概念手段，在这些概念手段中，并通过这些概念手段，世界得到了描述和解释。按照视角主义的观点，任何人都不会直接观察到作为实在本身的实在，而以他们自己的倾向性来接近实在，其中含有他们自己的假定和先入之见"（转引自〔美〕约翰·塞尔（John R. Searle）：《心灵、语言和社会：实在世界中的哲学》，李步楼译，上海译文出版社，2001，第 21 页）。以特定视角来研究诸如文学主体性理论这样的对象是必要的，在具体研究中它也是切实可行的；但问题的另一面是，正因为按照任何一种视角切入具体问题的讨论都会不可避免地含有研究者的"假定"和"先入之见"，受到个人一己倾向性和局限性的困扰和制约，某些问题被遮蔽或说进入不了研究者的视野就是一件很自然的事情了。不必讳言的是，笔者以下主张的以知识社会学方法来考察文学主体性理论现象的形成同样必然地也有一些问题被遮蔽。

的论者在进行文学主体性理论形成问题的历史解说时是否自觉地意识到这两种路向，以及他们的解说是否深入或者说是否存在问题，笔者不予评价。但为了对它们展开适度而合理的解释，在此，我们对余英时的"内在理路"说以及马克思所主张的社会历史研究方法及其相关问题分别作出简要的阐述就成为一种必要。

余英时的"内在理路"说是在其祈望自己对清代思想史作出与以往主要从外缘因素来讨论清代学术思想演变的做法存在迥然差异的"新"解释中提出来的。他认为，考虑到清代思想史研究的现状，需要对清代思想史重新加以解释。在余英时看来，在他之前的清代思想史研究中，主要存在着两大类理论：一是反满说，这是政治观点的解释；二是市民阶级说，这是从经济观点来解释的。"无论是政治的解释或是经济的解释，或是从政治解释派生下来的反理学的说法，都是从外缘来解释学术思想的演变，不是从思想史的内在发展着眼，忽略了思想史本身的生命"①。他赞成西方学界思想史研究中的一个重要观念，即认为思想史本身存在其生命和传统。而这个生命和传统的成长并不是完全仰赖于外在刺激的，因此单纯地从外缘方面来解释思想史不够完备，也不能令余英时信服。由此，他主张，研究思想史时，在关注外缘因素之外，还要特别探讨思想史的内在发展。余英时称之为"内在的理路"（inner logic），这也就是说，"每一个特定的思想传统本身都有一套问题，需要不断地解决；这些问题，有的暂时解决了；有的没有解决；有的当时重要，后来不重要，而且旧问题又衍生出新问题，如此流传不已。这中间是有线索条理可寻的"②。余英时的《论戴震与章学诚：清代中期学术思想史研究》一书的基本立场就是从学术思想史的"内在理路"阐明理学转入考证学的过程。余英时强调，他的研究采取"内在理路"说并不是要把它与"外缘影响"对立起来，更不是要用前者来取代后者；"内在理路"说意在展示学术思想的变迁也有它的自主性，当然，这种自主性又只是相对的，而不是绝对的。他坚持认为，思想史研究如果仅仅从外缘入手，而不深入其内在理路，则终不能

---

① 余英时：《论戴震与章学诚：清代中期学术思想史研究》，生活·读书·新知三联书店，2000，第325页。

② 余英时：《论戴震与章学诚：清代中期学术思想史研究》，第325页。

尽其曲折，甚至舍本逐末。① 除以上著作之外，他的《清代学术思想史重要观念通释》② 和《〈中国哲学史大纲〉与史学革命》③ 等文章也都持明显的"内在理路"的阐释立场。

笔者注意到，有不少研究者在对文学主体论形成问题的探讨上就大体采用了揭示其内在理路的做法。杜书瀛、张婷婷二位论者认为，文学主体论的提出存在其哲学来源和文艺学自身的历史脉络："80 年代中期刘再复及其同道所宣扬的'文学主体性'理论，就其基本内容、主要精神、理论指向、思维模式等而言，可以说是李泽厚哲学主体性和美学主体性思想在文学领域里的具体运用，只是多了一些文学家常常喜欢流露出来的文采和掩饰不住的情感色彩，个别地方甚至有些'艺术夸张'"；"文学主体性理论的出现不但有其哲学的来源，而且就文艺学自身历史来看，也有它自己的发展理路——它是近代以来'人的文学'和'文学是人学'话语发展和深化的结果，是与'人的解放'、'人的觉醒'相联系、相伴随的'文的解放'和'文的觉醒'的结果。主体的呼唤、回归和展现，是一个由潜在到显在的历史过程"④。尹昌龙把刘再复的主体性思想看成是 20 世纪中国文学中以"人"的话语为核心的一整套叙事的一部分。他挖掘出百年文学历程中以"人"的话语为核心的文学知识谱系。在他看来，当代文学在新时期与"五四"文学有意识的对接，很大程度上就是"人"的话语在复归之中的对接。尹昌龙认为，人道主义文学话语在新时期得以恢复并逐步成为主流话语是依靠两条有效的途径而达到的：其一是从内在性角度对这一话语加以丰富和完善；其二就是从主体性角度把这一话语推向极致。当然，这两条途径同时也相互印证和促进。主体性话语的代表性发言人无疑是刘再复。"刘再复从'文学是人学'这一命题出发来阐明文学的主体性，实际上就表明了他的理论努力，即把文学和人联系起来考察，把文学的主体性与人的主体性加以贯通，这也可

① 参见余英时《论戴震与章学诚：清代中期学术思想史研究》，"增订本自序"第 2～3 页。
② 参见余英时《中国思想传统的现代诠释》，江苏人民出版社，1995，第 228～290 页。
③ 参见余英时《中国近代思想史上的胡适》，台北联经出版事业公司，1984，第 77～91 页。
④ 杜书瀛、张婷婷：《文学主体论的超越和局限》，《文艺研究》2001 年第 1 期，第 16 页。

以看作是前此的人道主义思想的继续"；"从现代文学的'人的文学'潮流到当代文学的'文学是人学'命题，再到'文学的主体性'论纲，形成了横贯 20 世纪的'人'的话语的知识谱系。"① 就笔者阅读所见，除以上著述之外，《20 世纪的中国：学术与社会·文学卷》一书的第十一章"人文主义话语和主体性理论"② 在论及刘再复的文学主体论时在一定程度上也是沿着揭示其内在发展线索的路向来展开其解说和评价的，此不详论。

从思想承接上的"内在理路"来揭示文学主体性理论的产生有利于最便捷地把握其思想渊源以及文艺学自身知识的发展脉络；显然，这样的研究路向的确立和运用是有着重要的方法论意义的。但是，这似乎仅仅探讨了文学主体性理论赖以产生的广泛意义上的文化基础，而对与文化基础有着密切关联的社会基础却关注不够；而且，我们更为需要注意到的是，文学主体性理论在提出之后，其作为一种理论现象事实的问题并没有有效而明确地进入这一研究路向的视野之内。

二　从社会历史角度看文学主体性理论的提出

在《〈政治经济学批判〉序言》中，马克思对其唯物史观进行了经典性表述。其中，他这样说道："物质生活的生产方式制约着整个社会生活、政治生活和精神生活的过程。不是人们的意识决定人们的存在，相反，是人们的社会存在决定人们的意识"③。由此，我们可以认识到，任何文学现象的产生是受制于特定的社会存在的，因而，对文学现象的形成的研究需要结合它得以出现的社会历史状况来进行。但是，马克思这种由以上原理所开创的文学研究方法——马克思主义的社会历史研究法——并不是一般意义上所理解的仅局限于对相关文学现象产生的社会历史背景作简单揭示，而是更意味着通过对文学"背后"的社会结构的分析而引申

---

① 尹昌龙：《1985：延伸与转折》，第 111～112、113 页。需要略作说明的是，这里直接引述的尹昌龙的第一段文字在本书第一章第一节的第三部分曾经提及，但为了使得此处问题的讨论更为明晰化，笔者还是再次引之为据。

② 韩毓海主编《20 世纪的中国：学术与社会·文学卷》，第 381～437 页。

③ 〔德〕马克思：《〈政治经济学批判〉导言》，《马克思恩格斯选集》第 2 卷，人民出版社，1995，第 32 页。

出变革现实的革命性结论①。变革现实是马克思思想的基本诉求。在《关于费尔巴哈的提纲》中，马克思指出："哲学家们只是用不同的方式解释世界，而问题在于改变世界"②；在随后撰写的《德意志意识形态》中马克思更是强调："对实践的唯物主义者即共产主义者来说，全部问题都在于使现存世界革命化，实际地反对并改变现存的事物"③。基于此，即依据于对马克思社会历史研究法丰富、深刻蕴涵的挖掘和体味，我们才能够真正理解马克思对于莎士比亚、巴尔扎克及其作品的有关评价。

由于社会情势的变化，也由于受到自身理论视界的制约，一些研究者在运用马克思的以上文学研究方法进行问题的探讨时，往往更主要地是直接诉之于对问题的社会历史背景的考察，习惯于对思想的意义做外部解释。尽管这种方式自有它的存在价值，但不能不说其中表现出了一种对于马克思思想进行简单化理解的理论动向。显然，这是一个需要引起注意的问题。在采取社会历史研究法对文学主体性理论的形成进行探讨时，我们可以首先考察这一理论提出的社会历史背景，但更应该把这种考察与分析它的思想类型、它对于改变社会现实存在一种潜在的理念诉求等方面结合起来。应该说，这是对单纯地揭示文学主体性理论形成的内在理路的方式的有力补充。事实上，有很多研究者就从分析这种理论得以产生的一般历史状况出发来展开自己的阐述，也有论者在主要探讨文学主体性理论及其知识谱系之间的内在理路的同时略微表现出对它赖以形成的社会历史背景的关注。此不举例。应该说，这一研究路向是延续了马克思的文学研究方法的基本思想的，尽管论者们各自的研究进行得是否深入是另外一个问题，也是一个有待探讨的问题。当然，我们还注意到，余英时特别指明，他倡导"内在理路"研究法，并不是排斥外缘说，而是对后者的一种补充和修正；学术思想的动向受到外在环境的影响是不可否认的客观事实。因此，根据研究对象的不同以及研究着重点上的差异，我们需要审慎地选择不同的研究方法；而且，面对特定的研究对象，揭示其内在理路或进行

① 认识到这一点是极为重要的。参见胡经之、王岳川主编《文艺学美学方法论》，北京大学出版社，1994，第30页。
② 〔德〕马克思：《关于费尔巴哈的提纲》，《马克思恩格斯选集》第1卷，第61页。
③ 〔德〕马克思、恩格斯：《德意志意识形态》，《马克思恩格斯选集》第1卷，第75页。

社会历史分析这两种方法有时还是可以一并加以运用的。

其实，如前面所隐约提到的，采取社会历史研究法来看待诸如文学主体性理论的形成这样的问题是当代文艺学中的习惯性方式。众所周知，社会历史研究法在当代中国文艺学界一度出现过十分兴盛的景象。这一景象的出现，除了受马克思主义经典作家思想的形成性影响之外，也与我国文学研究的传统密切相关。从社会历史视角看待文学问题的做法，在先秦时代即已存在。《尚书·尧典》载：

> 帝曰："夔，命汝典乐，教胄子，直而温，宽而栗，刚而无虐，简而无傲，诗言志，歌永言，声依永，律和声，八音克谐，无相夺伦，神人以和。"……①

尧的这一在对夔的训示中流露出来的思想表明，他要求文学艺术具有强烈的社会功利性，以使被教化的人们凝聚成一体。孔子确认《诗》可以兴、观、群、怨②，也是因为他认识到文学可以产生深远的社会效果。先秦诗学中这些观点的出现是以中国古代重实行、功利和伦理的思想传统作为其哲学基础的。后人采用孟子的"知人论世"研究法，在"论世"时，注重考察作家、作品得以产生的社会历史状况，而且其中更为重视的是具体的"世"的政治、伦理、实行等功利内涵。这使我们注意到，历代文学研究中强调社会历史研究法的运用事实上蕴含着一个实用的、功利的意图，即期待和强化文学能够在伦理道德等方面更有力地影响人，进而以之影响乃至改造社会。尽管具体的价值观和对未来社会图景的理解等方面都存在根本性差异，但仅就其对文学的功能要求而论，它与我们在前面所说的马克思的文学研究方法是存在相通之处的③，甚至在运思方式上还具有

---

① （清）皮锡瑞撰《今文尚书考证》，盛冬铃、陈抗点校，中华书局，1989，第 82~84 页。
② 语出《论语·阳货》篇。参见钱穆《论语新解》，生活·读书·新知三联书店，2002，第 451 页。
③ 需要特别指出的是，在这里所论及的中国历代文学研究中的社会历史研究与马克思文学研究方法之间的"相通"性是仅就它们对于文学功能的要求来说的。笔者认为，它们都包含着一种改变或变革现实的潜在指向；当然，在这个方面二者的程度是存在差异的，而且，更为关键的是，它们所内含着的对于未来社会的理解存在本质上的不同。

一致性。近代以来，由于中国社会的极度变故，这种古代方法论传统更得以强调和运用，因为在那样的历史条件下，人们尤为要求文学研究注重挖掘文学特有的影响人和社会的力量。梁启超在《论小说与群治之关系》（1902 年 11 月 14 日）一文的起始部分如是说：

> 欲新一国之民，不可不先新一国之小说。故欲新道德，必新小说；欲新宗教，必新小说；欲新政治，必新小说；欲新风俗，必新小说；欲新学艺，必新小说；乃至欲新人心，欲新人格，必新小说。何以故？小说有不可思议之力支配人道故。[1]

在此，梁启超从文学与人生、社会之间的关系视角入手，把作为文学样式之一的小说看成是"支配人道"、新民和改造社会的重要工具。笔者认为，正是因为在中国文学研究中具有社会历史研究的方法论传统，而且，正如我们以上所说的它与马克思文学研究方法之间存在着相通性，甚至是在运思方式上的一致性，更为支撑了建国之后一段时期内社会历史研究法作为主导性文学研究方法的确立。由此，我们也就看到，社会历史研究法的主导性地位之所以在中国当代文艺学界得以确立，从学术思想史的角度来省察，实际上也是存在着其发展的内在理路的。

第二节　文学主体性理论现象形成的
知识社会学考察

如果把一种理论看成是一种知识，那么，揭示这一知识得以形成的内在理路或者采取社会历史研究法主要探讨其"出场"的社会历史状况以及它可能存在的对于改变现实的理论诉求，并不能把一种知识与社会之间的双向互动关系完整地纳入研究的视野之内；而这，正是知识社会学方法所具有的优势。尤其是当某一理论，如文学主体性理论，由于其影响较大而在其被提出后随之成为了一种理论现象时，更有必要采用知识社会学方法来对它进行研究。

---

[1]　李华兴、吴嘉勋编《梁启超选集》，上海人民出版社，1984，第 349 页。

一　作为理论与方法的知识社会学略说①

尽管有论者认为"真正意义上的知识社会学研究是由法国社会学家迪尔凯姆开始的"②，但显然谁也不会否认马克思的思想对于知识社会学形成的重大价值。③ 德国著名社会哲学家曼海姆的知识社会学就主要来源于马克思的社会决定论；当然，曼海姆认为自己比马克思走得更远。④ 可以确认的是，正是在对马克思的思想和其他社会思想学说的深入研究和探讨中，曼海姆发展出了自己的知识社会学理论。

曼海姆持论，知识社会学试图分析知识与存在之间的关系，它力求获得对社会存在与思想之间关系的系统理解。知识社会学的兴起在于人们努力发展那些在现代思想的危机中已经变得明显和重要的多重相互联系，尤其是发展理论与思维方式之间的社会联系，将它们作为自己适当的研究领

---

① 以下是为了行文的需要，对知识社会学所作的一些极为简略的概说；关于这一问题的较为充分的讨论，可参阅拙文《作为理论与方法的知识社会学论略》（载《理论与改革》2005 年第 2 期，第 36～37 页）。

② 刘珺珺：《科学社会学》，上海人民出版社，1990，第 38 页。

③ 柏格（Peter L. Berger）和乐格曼（T. Luckmann）认为，知识社会学源自于马克思的基本命题，即："人的意识乃是由他的社会存有所决定的"（〔美〕彼得·伯格、〔德〕汤姆斯·乐格曼：《知识社会学：社会实体的建构》，邹理民译，台北巨流图书公司，1991，第 12 页）。曼海姆（K. Mannheim）也说："知识社会学实际上伴随马克思而出现，他的深刻的富于提示性的洞察，深入到了事物的核心"（Karl Mannheim, *Ideology and Utopia：An Introduction to the Sociology of Knowledge*, translated by Louis Wirth and Edward Shils, Routledge & Kegan Paul, 1979. p. 278.）。所有这些结论的得出，都植根于马克思提出了知识的社会决定论思想。考虑到可以从马克思和恩格斯的著作中追溯出关于知识社会学的最初表述，美国著名社会学家默顿（Robert K. Merton）这样认为：马克思主义是知识社会学的风暴中心（Robert K. Merton, *Sociology of Science：Theoretical and Empirical Investigation*, The University of Chicago Press, 1973. p. 13.）。

④ 限于篇幅，在此我们仅援引曼海姆的一个方面的论述作为佐证。他说："'庸俗'马克思主义的方法直接将最秘传的精神产品与特定阶级的经济和权利利益联系起来，旨在阐明精神生活的整体结构的社会学研究不会效仿这种粗糙的方法，但却会为了找出马克思主义的历史哲学中的真理因素，而重新考察这种方法假定的每一过程"（〔德〕卡尔·曼海姆：《卡尔·曼海姆精粹》，徐彬译，南京大学出版社，2002，第 54～55 页）。这就正如默顿所指出的：曼海姆思想的主要来源是马克思，但是他扩展了马克思存在基础的概念；为了把个人的观念与其社会学基础相联系，马克思将它们纳入了阶级结构，曼海姆则与"'教条式的马克思主义'不同，他不认为阶级地位是惟一最终的决定性因素"（〔美〕R. K. 默顿：《科学社会学——理论与经验研究》上册，鲁旭东等译，商务印书馆，2003，第 21 页）。

域。知识社会学的根本目的并不是要取代传统认识论，而是努力修正它，因为这种认识论没有充分考虑到思想的社会性质。① 对于曼海姆而言，从根本上说，知识社会学作为理论，就是一种关于实际思维受社会或存在决定的理论。他强调，实际思想的出现，在许多关键方面都受到各种各样超理论而非纯理论因素的影响。以往的思想史研究普遍认为思想的改变只能在思想的层次（内在的思想史）上被理解——这与余英时的"内在理路"说存在诸多的相通之处，曼海姆认为，这种旧方法妨碍着我们认识社会进程对思维领域的渗透。② 此外，在曼海姆的知识社会学理论中的一个重要方面是，与马克斯·舍勒③一样，他也强调知识与社会之间的互动关系。在这种思想前提下，曼海姆试图用因果链将知识与外部世界联结起来，认为知识就其发生学意义而言，既取决于人们的社会地位、身份及阶级利益等因素，也根植于特定的文化类型之中。由此可以看出，在其知识的发生学研究中曼海姆是重视对思想主体的考察的，他说得明白："在由存在决定的思想中，其思想过程部分决定于思考主体的特征"④。

曼海姆强调，知识社会学既是一种理论，同时也是一种历史—社会学的研究方法。⑤ 曼海姆研究专家 A. P. 西蒙斯曾在其题名为《卡尔·曼海姆的知识社会学》的著作中花了较长的篇幅对作为一种解释方法的曼海姆的知识社会学进行过专门研究。⑥ 因而，当我们在上面简要阐述曼海姆的知识社会学理论时，也讨论到了他的这一理论的方法论特征。默顿指出："在知识社会学中，所有方法一致的中心点是这样一个命题，从思想不是内在地决定的来看，并且就思想的某一方面从认识以外的因素中产生

---

① Karl Mannheim, *Ideology and Utopia*: *An Introduction to the Sociology of Knowledge*, p. 45.

② Karl Mannheim, *Ideology and Utopia*: *An Introduction to the Sociology of Knowledge*, pp. 239 – 240.

③ 舍勒反对单向的社会决定论，在他看来，"观念与存在因素之间的主要关系是互动。观念与作为选择媒介的存在因素彼此互动，从而可以放宽或者限制潜在观念得到实际表达的程度。存在因素并不'创造'或'决定'观念的内容；它们仅仅说明可能性与现实性之间的差异；它们阻碍、延缓或者加速潜在观念的现实化"（〔美〕R. K. 默顿：《科学社会学——理论与经验研究》上册，第43页）。

④ 〔德〕卡尔·曼海姆：《卡尔·曼海姆精粹》，第121页。

⑤ Karl Mannheim, *Ideology and Utopia*: *An Introduction to the Sociology of Knowledge*, p. 239.

⑥ A. P. Simonds, *Karl Mannheim's Sociology of Knowledge*, Clarendon Press, 1978. pp. 106 – 132.

出来而言，思想是有一个存在基础的"①。曼海姆以社会学视角研究有关思想，始终都从讨论其存在基础出发。显然，当曼海姆强调知识社会学也是一种历史—社会学方法时，他接受了历史主义的观点。其实，德国历史主义也是曼海姆创立其知识社会学理论和方法的思想源流之一，遵循历史主义的思维路向是曼海姆知识社会学方法的基本特征。②

二　探讨文学主体性理论现象形成的三个重要维度——以知识社会学方法而论

如前所说，文学主体论自被刘再复提出之后，学界即展开了热烈而广泛的讨论；由于这一知识形态与当时的社会文化之间互动关联的推动，不久，它也就赫然成为了一种瞩目的理论现象。从特定角度来看，这完全可以说是一个知识社会学事件。由此，我们可以从知识社会学角度对这一理论现象的形成进行考察。显然，这可以为我们的研究带来一些新思路。通过上文主要是对曼海姆的知识社会学及其方法论特征的简要揭示，笔者认为，运用知识社会学方法对文学主体性理论现象的形成进行研究，至少可以从以下三个方面的问题来探讨：第一，总体讨论文学主体性理论"出场"的存在基础——包括社会基础和文化基础两个向度③，揭示它们对时代观念的制约及其对文学主体论得以现实化的推动；第二，从第一方面分

---

① 〔美〕R. K. 默顿：《科学社会学——理论与经验研究》上册，第 16 页。

② 在伯格和乐格曼看来，历史主义的特色是"着重于人类事物之相对观的不可规避性。历史主义者坚称，如果不依循各历史的脉络，并强调思想的社会情境，则根本无法了解历史情境。……由于历史主义的传统，知识社会学对历史，尤其是史学方法的援用具高度的兴趣"（〔美〕彼得·伯格、〔德〕汤姆斯·乐格曼：《知识社会学：社会实体的建构》，第 14 页）。曼海姆认为，历史主义的体系前提是知识社会学的出发点："历史主义已经发展成为一种具有非凡意义的学术力量。其原理犹如一只无形的手，不仅左右着文化科学工作，而且渗透到了人们日常的思维之中。故而，历史主义既不是昙花一现的时髦风尚，也不是一种学术潮流，而是人们观察和创造社会文化现实的基本出发点"（Karl Mannheim, *Essays on the Sociology of Knowledge*, Routledge, 1952. pp. 84 – 85.）。

③ 默顿指出，精神生产的存在基础包括社会基础和文化基础两大方面的内容。而社会基础又包括社会地位、阶级、世代、职业角色、生产方式、群体结构（大学、官僚机构、科学院、派别、政党）、"历史地位"、利益、社团、种族归属关系、社会流动性、权力结构、社会过程（竞争、冲突等等）；文化基础则包括价值观、精神特质、舆论趋向、大众精神、时代精神、文化类型、文化思想、世界观，等等。参见〔美〕R. K. 默顿《科学社会学——理论与经验研究》上册，第 14 页。

化出来，关注刘再复作为一个社会个体（个体主体）的身份定位和价值选择，并且在此基础上重视刘再复的这一定位和选择与构成其个人思想基础的集体目的之间的张力关系；第三，从知识与社会的双向互动关系入手，考察文学主体性思想的播散及其成为一种理论现象的有关问题。

第一个方面的问题。把上面谈及的三个维度作为参照，检视以往学界习惯性地运用内在理路研究法和从社会历史角度探讨文学主体性理论形成问题的做法，我们不难发现，论者们在研究中关注的其实往往就是以上所说的第一个层面的问题。总体来看，与采取知识社会学方法进行问题讨论的内在要求相比，他们的研究尽管缺少一些社会学特征或社会科学训练，但研究问题的着力点是显明的，那就是集中指向对文学主体性理论得以产生的社会基础和文化基础的考察，只是这种考察是局部性的，而不可能顾及到社会基础和文化基础的方方面面，当然，这种全面的探讨在非社会学乃至包括社会学在内的一切人文社会科学的研究中似乎也是没有必要的。正因为研究者们的惯常做法事实上主要就是探讨在知识社会学研究视角下需要关注的文学主体性理论得以产生或说得以现实化的社会基础和文化基础问题，而且本章此前的一些探讨也关涉到相关结论的提出，故而，在此为了行文的简洁和讨论问题的集中性，我们就没有必要再运用知识社会学方法针对这一维度而进行近乎重复性的研究了。

第二个方面的问题。在以往的关于文学主体性理论的研究中，这一问题普遍关注得很少甚至在有的论者的专题研究中完全被忽视，笔者以为，这种研究现状需要被改变。

考察刘再复作为一个社会个体在80年代的身份定位和价值选择问题，意味着我们的研究对前文已经提及的曼海姆所说的"在由存在决定的思想中，其思想过程部分决定于思考主体的特征"这一思想的关注和认同。但是，笔者并不准备在此对刘再复在20世纪80年代的身份定位和价值选择进行充分的专题讨论，而是想径直指出，刘再复的坚持主体性原则的思想的确立是与其一己的身份定位和由此决定的价值选择密切相关的；而且，笔者认为，总体而言，提出文学主体性理论时的刘再复是一个平民型知识分子①，

---

① 刘再复是一个从山野中走出来的知识分子，山野的品格一定程度上铸造了刘再复的性格和个性。

更准确地说，是一个平民型公共知识分子①。在笔者看来，这就是刘再复

---

① 一般认为，美国学者拉塞尔·雅各比（Russell Jacoby）在 1987 年出版的《最后的知识分子》（Russell Jacoby, *The Last Intellectuals: American Culture in the Age of Academe*, Basic Books, 1987. 这本书国内已有译本，见〔美〕拉塞尔·雅各比《知识分子》，洪洁译，江苏人民出版社，2002）一书中最早提出了公共知识分子的问题。在为其该书 2000 年版所作的序言中，雅各比自己也这样指出："据我所知，'公共知识分子'这词应是由我首创的"（〔美〕拉塞尔·雅各比：《回归公共生活》，成庆译，刘擎校。见许纪霖主编《公共性与公共知识分子》，江苏人民出版社，2003，第 2 页。）。那么，"公共知识分子"概念的具体蕴涵又是什么呢？陈来先生曾在其《儒家思想传统与公共知识分子——兼论现代中国知识分子的公共性与专业性》一文中曾对"公共知识分子"一词作过这样的界定："所谓公共知识分子，是指知识分子在自己的专业活动之外，同时把专业知识运用于公众活动之中，或者以其专业知识为背景参与公众活动。这些公众活动包括政治、社会、文化等各个方面，而这种运用和参与是以利用现代大众媒介等公共途径发表文字和言论为主要方式。无疑，公共知识分子的观念的提出，是要强调专业化的知识分子在以学术为志业的同时不忘致力于对于公共问题的思考和对解决公共问题的参与"（许纪霖主编《公共性与公共知识分子》，第 10 页）。对知识分子问题研究有素的许纪霖指出："现代意义的知识分子也就是指那些以独立的身份，借助知识和精神的力量，对社会表现出强烈的公共关怀，体现出一种公共良知、有社会参与意识的一群文化人。这是知识分子词源学上的原意"（许纪霖：《知识分子是否已经死亡？》，载陶东风主编《知识分子与社会转型》，河南大学出版社，2004，第 29 页）。在《公共知识分子如何可能》一文中，他又说，为了研究公共知识分子问题，我们首先需要明确，公共知识分子中的"公共"究竟何指？他以为，这一词"其中有三个含义：第一是面向（to）公众发言的；第二是为了（for）公众而思考的，即从公共立场和公共利益而非从私人立场、个人利益出发；第三是所涉及的（about）通常是公共社会中的公共事务或重大问题。公共性所拥有的上述三个内涵，也是与知识分子的自我理解密切相关"（许纪霖：《公共知识分子如何可能》，《中国知识分子十论》，复旦大学出版社，2003，第 34 页。）。可以看出，二人在关于"公共知识分子"的具体表达上虽然存在一些差异，但在其根本蕴涵所指上颇为一致。总体而言，笔者也是这样来理解"公共知识分子"概念的，并认为 80 年代的刘再复是一个公共知识分子。关于这一点，我们可以在此略举一例作为论证。90 年代在海外与其女儿的通信中，刘再复曾这样谈到："萨依德的《论知识分子》是部很好的书。他说知识分子不应被自己的专业所困，而应从专业中漂泊出来，这是很精彩的思想。然而，知识分子首先应是专业人，然后才是漂泊者，倘若没有专业基础，仅仅是个门外汉，那么其漂泊也就和非知识分子一样了。他说的'业余人'，指的是知识分子不应当仅仅是个专业主义者，还应当关怀社会。没有关怀，只能算是'专业人'，不能算'知识分子'。这点讲得极好"（刘再复、刘剑梅：《父女两地书》，第 288 页）。刘再复对萨义德把知识分子称作为"业余者"的观点之所以表示认同和赞赏，是因为 80 年代的他大体上也是一个"业余者"；他提出文学主体性理论，祈望个体主体性得以确证和伸张，溢出了文学论的范围，表现出在后文革语境中作为一个学者的对于人的问题的关注，对社会的关注。

在这里，我们不妨对萨义德把知识分子称作为"业余者"的观点再作一些补充说明，以增进对这一问题的认识和理解。1993 年，萨义德应英国广播公司之邀作了瑞思系列演讲（Reith Lectures）。随后其出版的《知识分子论》一书就是由这些演讲编辑而成的。他认为，"从事批评和维持批判的立场是知识分子生命的重大方面"（转下页注）

在那个激情的年代亦即 20 世纪 80 年代自主的根本性身份定位，由此也就决定着他最终的价值选择。

笔者认为，刘再复的身份定位和价值选择具有自主性，他的思想选择首先也是自主的。在第一章我们曾经提及，刘再复在阅读到李泽厚的《康德哲学与建立主体性论纲》一文之后，禁不住内心的激动，并隐约地感到，他将要在文学理论领域中进行一次颠覆性和建设性的变革；显然，要进行这场针对机械反映论的颠覆性和建设性的变革，没有足够的理论勇气和自主的理论探索精神是不可能完成的。而且，他在 80 年代把学术着重点放到"人"的问题的研究上也存在着一个显明的自主性理论探索过程。

然而，我们还要看到，无论是刘再复的身份定位、价值选择，还是其思想选择，尽管都存在较为明显的自主性特征，但显然又是受到广阔的社会基础和文化基础以及由此而产生的集体目的制约的。这也就是说，我们在关注刘再复的身份定位和价值选择的同时也必须要认识到刘再复个人选择的受动性，认识到其个人选择与构成个人思想基础的集体目的之间的张力关系。个体知识分子的声音是孤独的，它必须自由地结合一个运动的真实情况，民族的盼望，共同理想的追求，才能得到回响。[①] 80 年代的刘再复生活在"合唱"的语境中；90 年代的他曾如是说："我的个体存在以往被群体存在所淹没，我的本质也被群体的本质所规定"[②]，这大体就是指他的个人选择受到了集体目的的规定。这也就正如曼海姆的理论所表明

（接上页注①）（Edward W. Said, *The World, the Text, and the Critic*, Harvard University Press, 1983. Adopted from Edward W. Said, *The Edward Said Reader*, edited by Moustafa Bayoumi and Andrew Rubin, Vintage Books, 2000. p. 242. ）。在萨义德看来，知识分子的主要责任是从众多的社会压力中寻求相对的独立，因而，在《知识分子论》一书中，从知识分子的公共角色问题着手，他把知识分子刻画成流亡者和边缘人（exile and marginal）、业余者（amateur）、对权势说真话的人。他强调："今天的知识分子应该是个业余者"，"业余意味着选择公共空间（public sphere）——在广泛、无限流通的演讲、书本、文章——中的风险和不确定的结果"（〔美〕爱德华·W·萨义德：《知识分子论》（Representations of the Intellectual），单德兴译，陆建德校，生活·读书·新知三联书店，2002，第 71、75 页）。从萨义德的具体论述中看得出来，他坚持的业余性指的是知识分子必须永远保持那份公共的关怀，就像席尔斯所说的，知识分子永远是神圣性的，对于普遍的、神圣性的问题永远感兴趣，而且试图做出自己的解答（参见许纪霖《知识分子死亡了吗?》，《中国知识分子十论》，第 23 页）。

① 参见〔美〕爱德华·W·萨义德《知识分子论》，第 85 页。
② 刘再复、刘剑梅：《父女两地书》，第 252 页。

的，构成知识信念的主要是社会而非个人；他主张知识社会学的研究重心
应该放在社会环境中而不是限于个人的思想，个人是不可能单纯地从他自
身的经历中形成世界观的。① 他还说，思想和观念并不是伟大天才的孤立
灵感的结果，一个群体的集体历史经验是构成天才深刻洞见的基础。② 通
过本章前面部分的讨论，我们可以发现，采取内在理路研究法和从社会历
史角度研究文学主体性理论的学者在他们的探讨中，事实上已然广泛地涉
及了对文学主体性理论赖以产生的集体历史经验、社会环境等的关注，虽
然他们也许不曾使用"集体历史经验"等这样的字眼；相对而言，他们
对刘再复的个人选择与构成其个人思想基础的集体目的之间的张力关系却
是缺乏更多和更直接的探索的，尽管他们的习惯性关注也隐含着说明这一
张力关系的若干要素。这主要是由于受到研究方法的限制，以上一些重要
问题并没有真正进入他们中的大多数人的研究视野之内。这是甚为遗憾
的。通过以上简要的探讨，笔者的结论是，文学主体性理论的提出，一方
面是刘再复在前人理论构造（包括"文学是人学"的文学观念的当代确
立和哲学领域里的主体论问题讨论等）的基础上个人理论"突围"、扩张
的结果；同时，作为80年代人道主义话语的构成部分，在更大程度上它
是在中国社会普遍兴起的对现代性价值诉求的运动过程中群体互动和社会
协商的产物，因而也就是历史的产物。由此，特别是从刘再复的在集体目
的规约下的思想选择中可以看出他作为一个80年代公共知识分子在提出
文学主体性理论时的较为自觉的现代性价值认同。笔者在第一章已然指
明，刘再复的文学主体性理论在很大程度上是在进行人的设计；这也就是
说，文学主体性理论的提出是与刘再复对人的现代化问题的思考扭结在一
起的。可以认为，人的现代化是80年代主体论者的根本目的，现代性价
值诉求是他们共同的历史性的思想选择。

第三个方面的问题。其实，这个问题的某一侧面即文学主体性思想的
播散在大多数文学主体论研究者的探讨中也是涉及了的。比如，一般来
说，研究者们都会谈到文学主体性思想的影响，这其中自然就存在着对文

---

① 参见崔绪治、浦根祥《从知识社会学到科学知识社会学》，《教学与研究》1997 年第 10
期，第 44 页。

② Karl Mannheim, *Ideology and Utopia: An Introduction to the Sociology of Knowledge*, p. 241.

学主体性思想播散的关注；也有研究者注意到，在刘再复之后，陆贵山撰写的《审美主客体》① 和畅广元审订的《主体论文艺学》这两部较为重要的论著相继出版了，它们无疑加深了文艺学美学领域中的主体论问题研究。然而，笔者想在此指出的是，由以上这些看法所构成的文字似乎更多的只是对历史中既存的一种思想或知识事实进行描述，而没有显明的理论自觉把主体论思想作为 80 年代的一种知识类型来考察，从而也就不可能从理论上讨论这一知识类型对社会思潮的推动作用以及在知识与社会的双向互动中文学主体性理论得以生长为一种理论现象的事实。知识的生长当然需要动力，"一般而言，知识生长的动力来源于生活世界与知识世界的张力，而这一张力的强弱和伸展方向，则取决于生活世界对知识世界的内在要求，和知识世界对生活世界的反映能力与方式"②。从"文革"中走出来的 80 年代中国社会在广阔的生活世界领域中需要肯定人的主体性地位和个体主体的价值，而主体论知识类型也正适时和恰当地反映出了这一生活世界的要求。这样，从现代中国思想史着眼，我们也就看到，20 世纪 40 至 70 年代知识语码的构造存在一定的同质性，而随着这之后中国社会结构的整体变动，知识语码的构造出现了显著的变化；由知识语码的重新编织而构成的主体论知识转型无疑成为了 80 年代生活世界的内在需求以及中国思想的重要特征。文学主体性思想正是在这一知识语境以及由此而萌生和日趋壮大的社会心理期待中得以播散并成为了一种理论现象。当然，在这里，问题的复杂性也是不容忽视的。因为，这其中至少同时还涉及对受存在制约的知识的功能的研究，这些功能既可以用来说明知识的持久性或变迁，也是对知识"力"——它推动某种思想潮流的兴起甚至是导致社会现实的被改造——的极好证明；由此，即从对知识功能的关注和强调中，我们进而可以从知识社会学方法入手完成对现代知识对于社会的"塑性"乃至控制的一个向度的阐释与理解③。在此背景下，我们也就能够认识到，由包括文学主体性理论现象在内的 80 年代主体论知识转型对中国社会的现代化进程具有不可忽视的影响和推动作用。

---

① 陆贵山的《审美主客体》一书由中国人民大学出版社 1989 年出版。
② 万俊人：《人文学及其"现代性"命运》，《东南学术》2003 年第 5 期，第 22 页。
③ 限于论题中心所指以及篇幅的原因，在这里我们就不对这个问题展开具体研究了。

小　结

　　诚如刘再复所指出的，文学主体性理论的提出以及围绕着它而展开的争论溢出了文学论的范围，它和 20 世纪 80 年代初发生在哲学领域里的主体性问题讨论一道构成了一种思想事件，或者直接说，它是一种显豁的与中国社会的现代化进程相伴随的思想事件。

　　稍微作一下分析，我们可以这样来看待这个问题。作为一种知识理论，文学主体论与当时哲学中的主体性问题讨论可以说引发了当代中国思想史中一种以强调主体价值为根本标志的知识类型的产生。在中国社会全面推进现代化的过程中，为了应对现代化这种造成中国社会整体变迁的运动①，思想需要创生，思想也必然会出现创生局面。文学主体性理论和哲学中的主体性问题在 80 年代的提出暗合了当代中国思想的这一创生要求，或者也可以说，它本身就是这一社会整体变迁的必然结果。而更为关键的是，这种历史地看具有开创性的思想由于它的根本诉求而促成着人们的价值理念和基本存在方式的转变。这正是与 80 年代以来中国社会的世俗化进程相一致的。或者，从某种意义上说，它们还成为了中国社会这一世俗化进程的思想导引剂。王义军在谈到 80 年代的主体性问题讨论时也持相似的观点，但切入的角度不同，他说："由于市场经济在资源配置方面的最优化功能，计划经济转变为市场经济是当代中国现代化进程中经济体制的当然选择，然而，这一转变，并不仅仅是经济体制和资源配置方式的转变，从根本上说，还是人的存在方式的转变。按照马克思的观点，超越'自然经济'的'市场经济'，是人的存在方式由'人对人的依附性到以物的依赖性为基础的人的独立性'的历史转变。马克思认为，正是在这种'以物的依赖性为基础的人的独立性'的存在方式中，'才形成普遍的社会物质交换，全面的关系，多方面的需求以及全面的能力的体系'。在这个人的存在方式的变革过程中，始自八十年代初的主体性问题讨论在强

---

　　① 现代化是社会变迁的一种形式。参见〔美〕伯·霍尔茨纳《知识社会学》，傅正元、蒋琦译，湖北人民出版社，1984，第 5 页。

化人的主动性、积极性和创造性，促进人们对社会变革和新的存在方式的适应方面，发挥了思想先导的作用，呼应了时代要求"①。由此，我们看到，如果把文学主体性问题放置于当代中国社会思想史的进程之中来考察，其在思想史中的意义和价值是显而易见的。

当然，作为文学基础理论问题研究，我们更为重视和直接关注的是，文学主体性理论本身所反映出来的建构路向问题以及由于文学主体性理论的提出而引起的当代中国文学理论领域里的发展和变化。至于后者，在前面的讨论中已有涉及，倘若对它展开充分论述，那就又是另外的论题的内容了，故在这里不再多说。关于前者，本研究也曾简略地直接谈到过；但考虑到本书整体化阐述的需要，在前面论述的基础上，于此特别集中强调这一点显然是必需的。

前文已然阐明，文学主体性思想存在着双重理论指向，看得出来，它沿承了 20 世纪中国文学思想史中的文学是人学命题的思考，这在刘再复自己以及其他众多研究者的讨论中也已经指出过。而我们更需要进一步明了的是，文学主体性理论的提出坚持的其实是一条以文学活动中的主体问题为思考原点并力图使主体的自由得以伸张的文论建构路向。这一路向与 20 世纪 80 年代以前的中国文论的建构路向形成了根本性差异。我们知道，文学主体性理论的提出在文艺学自身发展的脉络中就是直接对于机械反映论的忽视甚至可以说是抹杀主体的文论建构路向的反拨。为了表述的方便，我径直称它为主体伸张的文论建构路向。笔者认为，在文学反映论的四面挤压下"突围"出来的文学主体论是主体伸张建构路向下文论发展的重大收获；正像前面已经论证了的，它模铸了中国状况下"年轻"的现代性价值品格，是 80 年代中国社会与文化现代性焦虑的对应物，明显地表现出对于现代性价值追求的焦虑与执著。

---

① 王义军：《从主体性原则到实践哲学》，中国社会科学出版社，2002，第 21～22 页。

第四章　从主体性文论到主体间性文论的转向

　　近些年来，间性问题逐渐进入国内人文学者的学术视野。总体来看，这并不完全简单地是一个西方理论的中国化移植过程，它的凸显有着 20 世纪 90 年代以来中国文学—文化、社会现实乃至人们思维方式的历史性发展的深层背景。正如金元浦先生所说，90 年代以来我国的文学—文化已经从多范式多话语的共生并在状态进入了复调式多声部全面对话的阶段，对话主义历史性地出场已然成为理论界的共识；这种对话主义的历史性出场既是当代社会变革现实发展的必然要求，又是历史转折时期人类自身思维的内在冲突与内部对话。由此，考虑到比较文学与比较文化作为学科的一种根本特质是对话、沟通和交往理性，他强调，建设并进入合理的对话交往语境，关注和寻找"间"性，重建文学文化的公共场域，就成为比较文学—文化内在逻辑发展的必然，寻找间性是比较文学与比较文化研究的根本指向。① 与这种从"间性"视角出发研究具体问题相关联的是，自 90 年代中期以来，有学者相继着手进行文学的主体间性问题的探讨，金元浦先生就是其

---

① 参见金元浦《"间性"的凸显——比较诗学与比较文化的多元主义与对话交往》，《"间性"的凸显》，中国大百科全书出版社，2002，第 3 ~ 9 页。

中之一①。但本书在这里选取的研究个案是杨春时先生的主体间性文学理

---

① 金元浦在其博士学位论文《文学阅读与文学意义的生成》（1994年）中设有专章论及文学的主体间性问题。在1995年于山东济南召开的中国中外文艺理论学会成立大会暨"走向21世纪：中外文化、文艺理论"国际学术研讨会上，他提交了专题论文《论文学的主体间性》，会后该文被收入会议论文集《文学理论：面向新世纪》（钱中文、李衍柱主编，山东人民出版社，1997）。《论文学的主体间性》一文正式发表在1997年第5期《天津社会科学》杂志。同年5月由东北师范大学出版社出版的其专著《文学解释学》的第一章"文学对话论"中也有"文学的主体间性"一节。后来，其论文集《范式与阐释》（广西师范大学出版社，2003）也收录了《文学的主体间性》这篇文章。与金元浦同时或稍后，在文学研究语境中也有学者在其文章中涉及"主体间性"的话题。比如，曹卫东在《由"交往理性"看比较文学》［载《辽宁大学学报》（哲学社会科学版）1995年第2期］、《Subject（object）（主体［客体］）》（载《读书》1995年第4期）等文章中就论及主体间性问题；畅广元在其《论文艺学的人文价值》［载《陕西师范大学学报》（哲学社会科学版）1996年第1期，该文后收入其论文集《文艺学的人文视界》，首都师范大学出版社，2001，第21~31页］一文中也谈到，他相信，随着文艺学家知识结构和学术人格的完善，将会有一个生气勃勃的、平等对话的学人们的主体间性出现在学界。《广东社会科学》2002年第5期刊有苏宏斌的《现象学与文艺学的方法论变革》一文，在这篇文章中，作者从现象学的主体间性理论出发，把文艺活动看作主体间的理解和交往活动，并以此取代主客体之间的认知关系模式。尤为需要指出的是，《厦门大学学报》（哲学社会科学版）在2002年第1、3、5期上以"主体间性与文学、美学"为主题连续刊载了5篇相关论文，除了本文后面要提及的杨春时的两篇文章之外，还有苏宏斌的《论文学的主体间性——兼谈文艺学的方法论变革》、李咏吟的《审美活动的主体性与主体间性》和张弘的《主体间性：走出审美现代性的悖谬》；该学报2003年第6期又刊载了巫汉祥的《论美学与文艺学的内在主体间性》一文，继续深化文学与美学中的主体间性问题的探讨。而且，近年来，文学与美学语境中的主体间性问题也逐渐成为博士和硕士学位论文选题的关注点之一，比如，有唐新发的《论文学的主体间性和意义生成》（硕士学位论文，2002年，指导老师为杨春时）、韦志国的《主体间性视野中的文学价值观》（硕士学位论文，2004年，指导老师为曹桂方、周进祥）、满兴远的《文学视域中的主体间性问题研究》（博士学位论文，2004年，指导老师为金元浦）、刘连杰的《梅洛－庞蒂的身体主体间性美学思想研究》（博士学位论文，2008年，指导老师为杨春时）等。浙江大学张江南的博士后报告题为《审美活动中的作者与读者：主体间性视角下的美学理论》（2003年）。此外，值得特别提到的是，黑龙江大学哲学系王晓东的博士学位论文选题为《多维视野中的主体间性理论形态考辨》（2002年，指导老师为衣俊卿），该文对传统认识论哲学尤其是现代西方哲学中典型的主体间性理论进行了个案性研究，应该说是国内哲学界对主体间性问题的首次系统梳理之作。我们还需要注意到，由于"间性"问题与20世纪西方对话主义理论之间有着密切的关联，因此，"间性"理论、间性主义主张的提出首先就在于对对话主义理论的借鉴、吸收和超越。在国内，基于对对话主义理论资源的借鉴、吸收而力图超越它并致力于新的理论建设的思考的代表性主张还有钱中文先生提出的"新理性精神"论。可以说，它是钱中文先生创造性地将巴赫金的对话主义与哈贝马斯的交往理论等糅合在一起并根据当下中国的现实需要而发展出来的一种具有中国特色的人文理论。90年代中后期以来，钱中文先生在探索文学"现代性"的命题之下，倡导以"新人文精神"为核心的"新理性精神"，并以此作为"文学艺术价值、精神的重建"的支柱。21世纪初（转下页注）

论思想。这样做的理由主要是：其一，国内学界对文学和美学的主体间性问题的探讨尚处于起步阶段，各论者对它们的理解差异甚大，限于学养，笔者难以对之作整体概括。其二，与目前国内其他研究者从主体间性理论视角出发总体上看是一般性地讨论文学和美学问题不同，杨春时直接提出了主体间性文学理论的建构问题，并说这才是中国文学理论现代性的道路。以此而论，他把主体间性文学理论的建构提升到了当前文艺学建设中的一个带有根本性的问题的高度。由此，我们有必要对之予以批判性关注，通过这一关注，我们也就积极地介入了当前文艺学建设问题的思考。其三，在 20 世纪 80 年代的文学主体性问题论争中，杨春时曾经是一个介入者，也是主体论的重要支持者，确切地说，他参与发起了文学主体性论争①，近年他提出文学理论从主体性到主体间性的转向在很大程度上是其对主体性文论进行直接反思的结果，因而，以杨春时的主体间性文学理论思想为个案，更能保证本书研究问题的针对性与连续性。

第一节　主体间性文论提出之前
杨春时的思想发展

　　近 20 年来，杨春时文学与美学思想的发展是颇为复杂的。在这里，我们考察杨春时在提出主体间性文论之前的思想轨迹并非着眼于其思想进程的整体性专题探讨，而是旨在通过对杨春时文学和美学思想历史性发展的大致描述来看待他提出主体间性文论的属于其个人的学术思想发展的内在知识线索。考虑到这一问题的丰富性或说繁复性，笔者在此的论述策略是，拟以对杨春时文学与美学理论中的若干关键词（主题、概念、命题

　　（接上页注①）他更将之从文艺学扩延到人文学。总体来看，作为一个开放性的理论结构，"新理性精神"论以"现代性"阐述为理论基点和中心问题，以"新人文精神"为精神内涵和价值核心，以"交往对话"的综合思维方式为思考理路和逻辑方法。新理性精神是与旧理性精神相对而言的，它包含有对对话精神和理论综合的内在诉求。可参阅钱中文《新理性精神文学论》（华中师范大学出版社，2000）、钱中文著《文学理论：走向交往对话的时代》（北京大学出版社，1999）、金元浦编《多元对话时代的文艺学建设：新理性精神与钱中文文艺理论研究》（军事谊文出版社，2002）等。

① 参见杨春时《生存与超越》，广西师范大学出版社，1998，"自序"第 4 页。

等）进行阐解的方式纲要性地揭示他的思想进程。既把这些关键词的时间性和历史性还给在历史进程中产生出来的杨春时文学和美学思想，也注重它们之间的横向联系，以此接近杨春时一个时期内文学与美学思想的总体面貌；由是，我们探讨问题的方式也就有了一种尼采哲学研究中的历史学—谱系学方法①的意味。当然，我们在这里关于以上问题的讨论目的仅在于后面论述的合理展开，因此，行文重在尽可能充分、准确地描述这一思想进程，而不拟对它进行特别而集中的评价；此外，以下对这些关键词的阐发将依据本研究侧重点确立的需要而进行详略不同的处理。

一　主体性与超越性

1985 年，在刘再复的《论文学的主体性》一文发表之前，杨春时曾和刘再复谈起过李泽厚发表不多久的《康德哲学与建立主体性论纲》这篇重要文章，两人都感到从中很受启发，并考虑用"主体性"命题来建构新的文学理论。② 那时，杨春时显然是一个文学主体论者，主体性是其学术思想的核心。刘再复的《论文学的主体性》这篇代表着其 80 年代文学学术思想阶段性归宿的长文在《文学评论》杂志刊发出来之后，在学术界随即造成轰动并引发了全国范围内的大讨论，杨春时也就理所当然地加入到了这一学术论争的行列之中。总体而言，那时的杨春时毫无疑问是坚持主体论的，但同时我们也需要注意到，作为 80 年代文学主体论阵营中的一名骨干，杨春时与其他主体性理论倡导者和支持者的思想还是有所差异的——正是这种差异让笔者更为关注这一时期杨春时主要思想命题之间的联系，这首先可以从其在 1986 年第 4 期《文学评论》杂志上发表的《论文艺的充分主体性和超越性——兼评〈文艺学方法论问题〉》这篇在

---

①　在尼采倡导的哲学方法中，历史学—谱系学方法是最为著名的方法。这是尼采针对传统哲学家在哲学研究中或者是缺乏历史感或者是由于对历史的滥用和对历史感的过分强调而忽视对历史要素的横向联系和总体面貌进行把握的严重弊端而提出来的。简而言之，如果说引进历史学方法是为了揭示各哲学主题、概念和命题的纵向联系，那么确立谱系学方法则偏重于阐明它们之间的横向联系。参见刘放桐等《马克思主义与西方哲学的现当代走向》，人民出版社，2002，第 61～62 页。

②　参见刘再复、杨春时《关于文学的主体间性的对话》，《南方文坛》2002 年第 6 期，第 15 页。

文学主体性论争期间颇有代表性的文章中明显地看得出来。

这一差异醒目地表现为杨春时在坚持文艺的主体性的基础上强调文艺主体性的充分性之外，还更为直接明晰地提出了文艺的超越性思想。在《论文艺的充分主体性和超越性》一文中，杨春时首先指出，他以这篇文章参与论争，意在进一步深化文艺主体性理论，提出充分的主体性和超越性是文艺的本质特征的观点。在他看来，文艺的主体性，简明地说，就是肯定文艺体现人的本质力量，那么这就必然导致文艺对现实的超越性，这是一个问题的两个方面。他强调，文艺的主体性和超越性问题的提出，无论是从文艺理论自身的发展来说，还是从文艺实践的发展来说，都有着深刻的历史必然性。同时，杨春时持论，文艺主体性和超越性问题的提出，是基于坚持和发展马克思主义文艺思想，建立和完善马克思主义文艺理论体系的历史要求。这样的学术立场使我们需要注意到以下两点：其一，依据历史的要求进行理论建构对于杨春时来说有一种较为明朗的主观上的自觉，由是，他的理论思考就存在着一种相对于 80 年代中国而言的现实性品格，这要求我们必须在当代中国思想的历史进程中理解其理论提出的意义和价值，同时也需要结合这一进程来省察其思想主张的局限性；其二，这也就必然涉及杨春时对在文学主体性理论提出之前的国内文艺理论现实状况的基本评价。与刘再复的看法类似，他认为，国内过去的文艺理论存在着诸多缺陷，而文艺主体性和超越性问题正是针对过去文艺理论的根本弊病而提出来的。他认为，当时国内流行的传统文艺理论体系，是在马克思主义范围内产生的，是马克思主义文艺理论发展到一定历史阶段的体现；但是，它不是唯一的也不是绝对正确的、永恒不变的马克思主义文艺理论体系。杨春时说，正是在这一点上，他与陈涌有着原则性的区别。由此，为了充分论证文艺的主体性和超越性，他着手于从马克思主义哲学中寻找其理论依据。杨春时认为，马克思主义哲学是以实践论为基础的主体性哲学，它肯定在社会实践中生成、发展的人的本质力量，使世界打上主体性的印记（"人化自然"），成为人的对象世界。同时，他还指出，马克思主义的主体性实践哲学，是认识论与价值论的统一。马克思主义的认识论区别于旧唯物主义和唯心主义的认识论，就在于其实践性，以及由之而来的主体性、超越性。马克思主义价值论同样以其实践性区别于唯心主义价值论，价值论更直接地体现着主体性和超越性。杨春时强调，发展马克思主义，首先就是恢复其实践性、主体性，并发展认识论，建立价值论。确立了马克思主义哲学的主体性、超越性特质，那么，它也就为文艺的主体性、超越性理论的确立奠定了哲学基础。笔者认为，这是杨春时提出文艺的充分主体性和超越性命题的一个至为重要的关节点；但是，能否径直把马克思主义哲学称之为以实践论为基础的主体性哲学却是一个需要特别探讨的问题了，这涉及对马克思哲学的实质及其根本指向等重大问题的确定。综观国内外马克思哲学研究现状，恐怕是很少有人会认同杨春时关于马克思主义哲学性质的以上的总体性判断的。在一己的理解前提之下，杨春时说，从马克思主义的主体性实践哲学出发，就应当承认，文艺像其他一切产品一样，对象化着人的本质力量，打上了主体性的印记；但是，文艺又有其特殊本质，这表现在，它是"自由的精神生产"的产品，体现着充分发展的人的本质力量，因而具有充分的主体性。主体性本质上是超越现实的，超越性是主体性的一种本质规定。充分的主体性必然导致充分的超越性，文艺超越现实，直接进入自由的领域。因而，充分的主体性和超越性是文艺的本质特征。换句话说，文艺是充分发展的人的本质力量的体现，是对存在的真正价值和本质属性的掌握，亦即对人生意义的最高阐释。看得出来，与刘再复一样，文艺与人的问题也是杨春时关注的主题。在根本上是从对这一主题的关注中确立起自己的以上关于文艺的自由品格和本质特征的阐释的同时，杨春时对陈涌在《文艺学方法论问题》[①] 一文中表现出来的反映论文学观念进行了直接批评。[②] 这也是 80 年代主体论文学观与反映论文学观之间的一次影响较大的正面"冲突"。

　　明显地，相对于反映论观点，杨春时在这里总体上是坚持了实践哲学立场的。他说："我的这篇文章由实践论引出主体性概念，从而使文学主体性理论有了合法性，这也是我比其他赞成文学主体性的文章的更深刻有力之处"[③]。实践哲学一度成为了 20 世纪 80 年代中国的主流哲学思潮，

---

① 陈涌的这篇文章载《红旗》1986 年第 8 期，本书第一章第二节已谈及。
② 参见杨春时《论文艺的充分主体性和超越性——兼评〈文艺学方法论问题〉》，《文学评论》1986 年第 4 期，第 12～24 页。
③ 杨春时：《生存与超越》，"自序"第 4 页。

它是历史的产物；杨春时主要以此为哲学基点来看待和阐发文艺的本质特征，也就使其探讨具有了较为坚实的学理基础和一定的历史合理性。此外，在理论探索上更为值得关注的一点是，杨春时在这里已然存在试图走出实践哲学局限的努力，他突出了文艺的超越性问题；而这一问题却是当时的实践哲学和实践美学未曾予以重视的。对此，在后来出版的《百年文心》一书中杨春时有过自我总结与评价。他说，在80年代关于"文学主体性"问题的讨论中，他发表了《论文学的充分主体性和超越性》一文，表明当时他已经出现了力求突破实践哲学框架，超越这个理论的局限的动向；它"在肯定文学主体性理论，并且以马克思主义实践哲学来论证其合法性的同时，更从文学的审美本质出发，论证了文学主体性与实践主体性的区别，即文学具有最充分的主体性和超越（超现实）性，从而充分肯定了文学的自由品格。这篇文章实际上已经把文学的哲学基础从实践论转移到存在论上来。值得注意的是，这篇文章由强调文学的主体性转移到强调文学的超越性上来，从而与其他文学主体性理论有所区别。虽然刘再复文中已经提到文学的超越性，但重点仍在主体性。杨文则把超越性（即文学超现实的审美意义）作为文学的本质，由此把文学与其他意识形态区别开来"①。1988年，作为文学主体性问题讨论的余波和深入，发生了杨春时与王若水之间的争论。在针对王若水的《现实主义与反映论问题》一文而发表的争鸣性文章《也谈文学主体性与反映论问题》② 中，杨春时首先就王文对列宁的反映论表示异议进行了肯定③，但又指出在他看来的其思想的不彻底之处。在进一步表达自己对马克思哲学的理解的基础上，他批判了实体论，认为必须发展与超越实践本体论，在实践基础上肯定存在的个体性、精神性和超越性。由此，他强调了文学对于实现人的主体性的重要意义并再次肯定了文学的超越性。坚持主体论，强调超越性，是杨春时这一时期文艺思想的基本特征。即使是在1990年出版的《艺术

---

① 杨春时：《百年文心——20世纪中国文学思想史》，第169~170页。
② 该文刊载于1988年8月23日《文汇报》。
③ 实际上，无论是王若水还是杨春时在对列宁的反映论的理解上都是存在一些明显的问题的。关于这一点，可参阅本书第一章第二节谈到的王元骧先生对我国的一些理论工作者长期以来对马克思主义反映论的误解和曲解的分析。

文化学》这本专著中，杨春时还辟有"艺术文化的性质"一章①，专题探讨了艺术文化的充分主体性及其超越性问题。显然，这是其对自己在当时已然形成的文艺的充分主体性和超越性思想的坚持和发展。

通过以上的讨论，可以看出，相比于刘再复的《论文学的主体性》一文，如同杨春时自己所说的，他在其当时的著述尤其是在《论文艺的充分主体性和超越性》这篇文章中确实是深化了文艺的主体性理论，他提出了文艺的超越性命题——这在 80 年代刘再复的理论中还未讲述清楚和充分，并且在一段时间内他还坚持和拓展了自己对于超越性问题的学术理解。十几年后，杨春时说："我在接受主体性理论的同时，也保留了自己的思想，就是强调文学的超越性，认为文学的主体性不同于实践的主体性，就在于文学具有充分的主体性，从而具有了超越性。超越性在更高的层次上揭示了文学的本质。正是这种文学超越性思想的发展，才导致 90年代我与实践美学分道扬镳，走向后实践美学"②。

据杨春时对自己"思想的跋涉"的叙述，超越性思想在其整体思想的发展路向中是较早地就存在了的。在 1982 年硕士毕业前，杨春时选择了艺术的审美本质问题作为其学位论文的研究课题。为了批判此前国内学界所遵循的苏联模式的文学理论建构的社会学倾向，他试图从美学角度重新确定文艺的本质。在研究中，他以马克思的《1844 年经济学哲学手稿》为理论指南，像其他实践派一样，沿着"人化自然"及"人的本质力量的对象化"思路来确定美和艺术的本质。但同时他又意识到，"人化自然"或"人的本质力量的对象化"只是对一般实践的规定，他要寻找和界定的是审美的特殊本质。他持论，审美作为"自由的精神生产"虽然要以实践为基础，但它又高于实践，实践是现实活动，审美则是超现实的自由活动，因而"美是全面的人的本质对象化"，相对而言，实践却只是片面的人的本质的对象化。总体来看，这篇论文可以说是杨春时美学思想的一个极为关键的生长点；通过这一课题的研究，他初步形成了自己的美学观。几年后出版的《审美意识系统》③ 一书在很大程度上就是其这些美

①　杨春时：《艺术文化学》，长春出版社，1990，第 48 ~ 62 页。
②　刘再复、杨春时：《关于文学的主体间性的对话》，《南方文坛》2002 年第 6 期，第 15 页。
③　杨春时：《审美意识系统》，花城出版社，1986。

学思想的延续和申发。用杨春时自己的话来说，《艺术的审美本质》这篇
论文成为了他的学术思想的发源地，成为了他自己的《手稿》。①

　　总体上看，在 80 年代，还是杨春时与实践哲学、实践美学结盟的时
期，虽然他对后者已经有所突破，但显然并未丢弃其原有理论框架。80
年代末 90 年代初，杨春时试图走出实践派阵营，尝试确立属于自己的哲
学、美学体系。此一时期他出版了《艺术符号与解释》② 一书。在这本著
作里，杨春时提出了自己的哲学构架，即在批判实体论的基础上建立意义
论，而符号是意义的载体。他建立了与意识结构相对应的符号结构模型，
认为审美和艺术是由现实符号转换生成的，它超越现实符号，消解了现实
意义，而成为对生存意义的解读。可以看出，杨春时的这一对审美和艺
术性质的揭示延续了其在《论文艺的充分主体性与超越性》一文中就已然
表现出来的存在论转向的思想路线。后来他又发表了《生存与超越》、
《中国哲学的失落与重建》③ 等文章，较为具体地阐述了他自己的哲学思
想，自觉地对实践哲学进行反思。

　　这样，从 1993 年开始，杨春时相继发表了一系列文章——《超越实
践美学》，载《学术交流》1993 年第 2 期；《超越实践美学，建立超越美
学》，载《社会科学战线》1994 年第 1 期；《走向后实践美学》，载《学
术月刊》1994 年第 5 期；《再论超越实践美学——答朱立元同志》，载
《学术月刊》1996 年第 2 期——与实践美学论战，对"实践美学"进行
全面的批评。在这些文章中，杨春时在肯定实践美学的历史地位与理论贡
献的基础上，指出其个人认为的实践美学的历史局限和理论缺陷。在他看
来，实践美学的历史局限性主要表现在，其思想渊源是马克思的《1844
年经济学哲学手稿》，未脱离苏联美学体系，而且深受康德、黑格尔古典
美学影响，因而它保留了明显的古典美学的特征，尤其是古典美学的理性
主义，还不属于现代美学。实践美学的理论缺陷则主要在于，它以实践为
基本范畴，把实践与审美同一起来，企图从实践活动中寻找审美的本质，
从而把实践的群体性、物质性、理性、现实性、合规律性当作审美的本

---

① 参见杨春时《生存与超越》，"自序"第 2~3 页。

② 杨春时：《艺术符号与解释》，人民文学出版社，1989。

③ 这两篇文章分别刊载于《黑龙江社会科学》1995 年第 5 期、《求是刊》1995 年第 2 期。

质，抹杀了审美的个体性、精神性、超理性、超现实性和自由性。①

在对实践美学进行批判的同时，杨春时也提出了自己的建构性主张②，这就是他提出要以生存作为哲学起点进行美学建设，并认为生存的本质是自由和超越，审美是自由的生存方式与超越的解释方式。杨春时持论，中国美学建设的迫切任务是综合国内外已有的美学研究成果，创造具有权威性的现代美学体系；而其中的关键，是要找到一个坚实的哲学基础和可靠的逻辑起点，整个美学的范畴体系应该从这个逻辑起点中推演出来。他认为，实践美学没有找到这样一个逻辑起点，审美并不包含在实践概念中，它也不能从实践中推演出来。因而，应该找到一个比实践概念更全面、更基本的范畴作为美学的逻辑起点，它应该把实践包含于其中而不是排斥掉。为此，杨春时主张，我们还是要回到马克思那里去，省察其哲学的逻辑起点。他认为，马克思的哲学可以称为社会存在哲学。因此，应该确认社会存在即人的存在作为逻辑起点。而为了把存在的古典主义和形而下因素剔除掉，杨春时把它改造为生存。他持论，人的社会存在即生存，万事万物都包括于生存之中，它是第一性存在，是哲学反思唯一能够肯定的东西，因而也是美学的逻辑起点。生存的基础是物质实践，但其本质是精神性的。生存是一种社会存在，但其本质是个体性的。生存要立足于现实，但其本身是超越性的，它指向未来，指向自由。审美是最高的生存方式，它最充分地体现了生存的精神性、个体性和超越性。③ 以人的生存为逻辑起点的美学，确立了审美的超越性，因而可以称之为超越的美学。而所谓超越，在杨春时看来，就是指一种本真的生存体验状态，是对

---

①　后来，杨春时更是指出，实践美学建立在实践哲学基础上，而实践并没有解决主客对立的二元论问题，它并不能使人变成审美的主体，因为，实践创造的主体不是自由的主体，而仅仅是现实的、异化的主体，当然，这个主体也具备了成为审美主体的可能性；此外，实践也没有解决自由的问题。参见杨春时《从实践美学的主体性到后实践美学的主体间性》，《厦门大学学报》（哲学社会科学版）2002 年第 5 期，第 26 ~ 28 页。

②　看得出来，在这一点上，杨春时与刘再复是颇为一致的，即在进行理论反思的时候更重视理论本身的建设。这是一种可贵的学术品格。关于刘再复的这一学术思想特征，笔者在本书第一章第二节已然指出过，可资参考。

③　关于杨春时对"生存"概念的理解和界定，另可参阅其《生存与超越》一书第 161 ~ 164 页的相关内容以及杨春时、俞兆平、黄鸣奋合著的《文学概论》（人民文学出版社，2002）一书第一章的第一、二节。后者的导论及第一至第八章由杨春时撰写。

现实生存体验的局限的克服，从而达到对存在意义的领悟。① 他明确地说，他致力于建设的就是这种生存（超越）美学。②

杨春时对实践美学的批判，引起了继 80 年代美学讨论之后中国美学界的又一场较大规模的学术论争。在论争中，论者们围绕着对实践美学的评价和建构新的美学体系问题进行讨论，概括地说，大致形成了三种代表性意见。第一种意见认为，实践美学是马克思主义美学，具有真理性，不可能被超越；第二种意见认为，实践美学的哲学基础和基本框架是正确的，但一些重要理论观点有错误——比如"积淀说"，需要加以修正，也有待于发展，但不能否定；此外就是以杨春时、潘知常（生命美学）、张弘（存在论美学）等人的美学观点为代表的一种意见，这些研究者主张突破实践美学的理论框架，以建立中国现代美学。杨春时称自己以及潘、张二人的美学甚至包括王一川的体验美学为"后实践美学"，显然，它是与"实践美学"相对而言的。总体上看，杨春时的后实践美学主张以完整的人的存在为逻辑起点，把审美确定为一种自由的生存方式和超越的体验方式。③"后实践美学"的提出和建构，打破了实践美学一统天下的局面，使 90 年代以来的中国美学的发展呈现出多元化趋势。

综合以上的考察，我们可以得出一些基本的看法：杨春时文艺的充分主体性和超越性观点的提出有着 80 年代中国社会现实和当代中国思想发展的内在支撑，因而，其历史性以及随之而来的合理性是较为突出的；杨春时强调，超越性是主体性的一种本质规定，其超越性命题是从主体性理论中深化而来的，仅就此而言，文艺超越性命题在文艺主体性理论中存有一种"内生长"性质，而这是 80 年代的其他主体论者不曾明确地意识到的；正是超越性思想的提出和深化，使得杨春时在 90 年代展开了对实践美学的批判从而走向个人理解之下的生存（超越）美学的建构。在杨春时的文学、美学思想中，主体性和超越性命题有着深层的内在关联。而

---

① 参见杨春时《美学》，高等教育出版社，2004，第 44 页。

② 如本节开头部分的文字所已经说明了的，在此，笔者不就杨春时对实践美学的批判及其关于生存（超越）美学的建构性主张展开具体的评价。对此，可参阅学界相关的讨论文章。

③ 参见杨春时《美学》，第 12 页。

且，在后面的论述中我们还会看到，超越性命题的确立对杨春时主体间性文学理论思想的提出有着重大的价值。

二　前现代性、现代性与文学的现代性

杨春时在其《现代性视野中的文学与美学》一书的"序言"中自述，1996 年在写作《百年文心——20 世纪中国文学思想史》一书的过程中，他一直在思考一个问题：五四以来的文学史习惯性地被称为中国现代文学史，这种定性是否合理？随着这一问题意识的萌生，经过较为深入的思考之后，他执笔写作了《论二十世纪中国文学的近代性》（以下简称《近代性》）一文，该文经从事中国现代文学研究的青年学者宋剑华作了史料上的补充，最后联名发表。①

正如杨春时的以上问题意识所表明的，《近代性》一文旨在对 20 世纪中国文学的性质进行反思。文章指出，传统文学史分期以五四为界，五四以前上溯到鸦片战争为近代文学史，五四以后则为现代文学史，这种分期是建立在五四以后文学具有了现代性的固有而且是假定的前提之上的②；而其实，对这一前提的认识却是一个很大的误解，造成这种误解的原因，就在于文学史研究者机械地套用西方文学史的分期于中国文学。杨春时认为，文学史的分期主要应该从文学本身的视角加以确定。由此，该文持论，五四及其以后的文学，引进的是西方 19 世纪文学思潮（浪漫主义、现实主义）和苏联的社会主义现实主义（新古典主义变体），文学主题是社会斗争而非个体生存体验，因而属于近代文学史，而不属于现代文学史。现代主义思潮在中国虽有发生，但一直未成为主流。总体而言，"20 世纪中国文学的本质特征，是完成由古典形态向现代形态的过渡、转型，它属于世界近代文学的范围，而不属于世界现代文学的范围；所以，它只具

---

① 参见杨春时《现代性视野中的文学与美学》，黑龙江教育出版社，2002，"序言"第 2 页。

② 在随后发表的《试论 20 世纪中国文学的前现代性》（载《文艺理论研究》1997 年第 4 期，第 56 ~ 62 页）一文中，杨春时更说，现行的文学史分期，其不合理性是明显的。首先是出现了近代文学史太短的问题，而更为严重的问题是，它预设了五四以后文学的现代性，掩盖了 20 世纪中国文学的前现代性，从而排除了中国文学的现代化问题。"预设"也就是一种假定。

有近代性，而不具有现代性"①。文章同时认为，20 世纪中国文学的近代性
质与 20 世纪中国社会的近代性质是基本一致的；确立 20 世纪中国文学的近
代性，绝不仅仅是澄清概念的问题，也不仅仅是一个历史的分期问题，而
是具有更为重要的理论意义与现实意义，因为它既关系到 20 世纪中国文学
的根本性质，也关系到中国文学今后的发展方向。论者批评文学史研究者
习惯于机械地套用西方文学史的分期于中国文学，却不料自身也流露出这
样的思想倾向。撇开杨春时、宋剑华把 20 世纪中国文学定性为"近代"以
及认为直到现代主义文学思潮的出现才开始了现代文学史等观点是否合理
这些问题不谈，应该认为，他们对 20 世纪中国文学性质问题的考察本身确
实值得重视，其以上对于这一研究的意义的自我估价也是较为恰当的。

　　这篇文章引发了学界关于 20 世纪中国文学性质问题的广泛讨论。在
参与讨论的过程中，杨春时对 20 世纪中国文学性质的认识在前面个人理
解的基础上进一步深化，同时，他自己的与此相关并对其日后提出主体间
性文论思想产生重要而直接影响的某些学术观点——主要是现代性问题意
识，由此他着手进行文学理论现代性和美学现代性的研究工作，正是在此
过程中，他提出了主体间性文学理论的构想——也在讨论中渐趋清晰并得
以明确地提出。由此，我们可以清楚地观察到杨春时学术思想的渐进性以
及在这一思想进程中凸显出来的其理论的几个关键词之间的有机联系。

　　这首先表现于，杨春时在深化探讨 20 世纪中国文学的性质问题时意
识到"近代性"一词的局限，并采用了"前现代性"概念来置换它。在
发表于《文艺理论研究》1997 年第 4 期上的《试论 20 世纪中国文学的前
现代性》一文开篇，杨春时即指出，他和宋剑华在《近代性》中所论及
的现行文学史分期问题其实涉及许多基本理论问题，而《近代性》一文
对此未能充分展开讨论，尤其是袭用了传统的近代与现代概念，得出了
20 世纪中国文学是近代文学的结论，他说，这实质上是一个前现代性问
题。杨春时认为，传统的近代与现代的划分，依据的是一种意识形态标
准，而不是依据社会发展的总体水平（尤其是生产力发展水平），它并不

---

① 杨春时、宋剑华：《论二十世纪中国文学的近代性》，《学术月刊》1996 年第 12 期，第
85 页。

适用于社会历史划分，更不适用于文学史划分。因此，沿用传统的近代与现代划分来谈论 20 世纪中国文学的性质就显得不适当了。而且，他还指出，近代与现代的划分其实并未得到世界公认，故而，关于近代性的提法本身就成为了一个问题。由此，杨春时提出应当对 20 世纪中国文学性质问题讨论的前提加以审查。他主张，更好的做法是，不使用近代性概念，而以前现代性概念代替之。杨春时持论，这样，所谓 20 世纪中国文学的近代性问题就转换成为 20 世纪中国文学的前现代性问题，从而避免了概念混乱而抓住了问题的实质。在《前现代性的 "中国现代文学"》① 一文中杨春时再一次以标题的形式强化了他对 "中国现代文学" 也就是他所说的 20 世纪中国文学的 "前现代性" 性质的认识和判断。在随后发表的其他相关文章中他亦坚持这一看法。

其次，杨春时说，在讨论过程中，他发现，关于 20 世纪中国文学性质的讨论表面上是中国文学史的分期问题，背后其实却是一个文学现代性问题，因为文学现代性是确立现代中国文学史的依据；而这个理论问题是在讨论前期并没有提出来的。于是，他又从文学现代性的角度来考察中国文学史，通过发表文章参与讨论，并把这场讨论引导到文学现代性问题上来。② 在这里，问题的进一步深入自然涉及他对于 "现代性"、"文学的现代性" 等概念的理解和界定。事实上，前面我们谈到他以 "前现代性" 概念置换 "近代性" 一词的问题，就内在地包含着这一方面的内容，他正是在对 "现代性"、"文学的现代性" 进行界定的前提下来确定 20 世纪中国文学的 "前现代性" 的。因而，我们在此分两步来进行阐述，只是为了突出问题域以及行文表述明晰的需要，而并不是说在杨春时的学术思想中 "前现代性"、"现代性" 和 "文学的现代性" 等命题的提出存在着时间上的先后之分。一个顺理成章的逻辑关联是，确立了现代性问题，才有所谓的前现代性问题。笔者注意到，随着个人思考的深入，杨春时在继《近代性》之后发表的《试论 20 世纪中国文学的前现代性》《前现代性的 "中国现代文学"》《文学的现代性与中国现代文学》③ 等文章中着重考察

①　杨春时的这篇文章载《文艺研究》1998 年第 1 期，第 79～80 页。

②　参见杨春时《现代性视野中的文学与美学》，"序言" 第 2～3 页。

③　该文载《学术月刊》1998 年第 5 期，第 102～106 页。

了"现代性"特别是"文学现代性"概念；这种考察是必需的，因为，只有以之为前提，他的文章中的与此相关的其他观点才能确立起来。[①]

其中，在《试论20世纪中国文学的前现代性》一文里，杨春时在提出以"前现代性"概念置换"近代性"之后随即谈到，国外史学界把文艺复兴以来的历史称作现代，而现代概念的核心是现代化和现代性问题；现代化和现代性问题虽然暂无定说，但学界大体上已经就它们达成了基本的共识，因而可以在一定意义上作出界定。概括来说，他是这样来理解的：作为一个社会学的概念，现代化是指西方工业革命以来的对传统社会的全面改造，工业化则成为现代化的基础，由此导致社会组织结构、文化观念等一系列的变革；现代性则是一个哲学领域的概念，它指文艺复兴以来确立的理性精神，其中包括工具理性（科学）和人文精神（对人的价值的确认）。在这种理性精神驱动下，人类文明才发生了反传统的变革，从而走出传统社会，进入现代社会。现代化和现代性两个概念从社会和文化两个层面阐释了现代。由对现代化和现代性概念这样基于个人认识的大致界定，杨春时随即转入了对"文学的现代性是什么？"的问题的探讨。在他看来，社会进入现代史，并不意味着文学获得了现代性，进入了现代史。这其中有两个原因：其一，社会发展与文学发展不平衡、不同步，因而文学现代性的获得要落后于社会的现代化[②]；其二，文学的现代性与社会的现代性具有完全不同的含义，二者性质不同。杨春时分析说，按照传

---

① 本节以下行文重在简要地阐明在杨春时的学术思想中"现代性"、"文学的现代性"这两个概念和命题的基本蕴涵，而不拟对之进行集中讨论。在本书第五章，将会着重谈到在现代性问题上笔者与杨春时之间的差异性理解以及在此基础之上的对于杨春时相关学术思想的一些判断和评价。

② 马克思在《〈政治经济学批判〉导言》中指出："在整个艺术领域同社会一般发展的关系上"存在着不平衡现象（参见《马克思恩格斯选集》第2卷，第28页）。这个发现是符合社会发展史和艺术发展史的事实的。这也就是说，艺术发展与社会一般发展的不平衡现象在人类历史上确实存在；但是，我们也要认识到，它仅是一种确实存在过的现象，而并不表明它具有绝对普遍的意义。事实上，在人类历史发展过程中也是存在着艺术发展与社会一般发展相平衡的"情形"的；比如，意大利文艺复兴时期，资本主义生产关系稳步生长，社会生产力相对提高，而艺术也出现了"出人意料"的繁荣局面（参见〔德〕恩格斯《自然辩证法》，《马克思恩格斯选集》第4卷，第261页）。由此，笔者认为，杨春时在这里显然夸大了文学发展与社会发展的不平衡性问题，而没有注意到在人类历史进程中二者之间也存在着平衡性的一面。

统的文学观，文学是社会现实的反映，是社会意识形态的一种，那么，据
此能够得出结论，社会现代化就会使文学获得现代性，现代性作为一种理
性精神也成为文学现代性的内容。这样，无论是欧洲文艺复兴至 19 世纪
末的文学，还是 20 世纪中国文学，都可以称作现代文学，因为它们都拥
有了理性，从而也获得了现代性。但在他看来，事实却并非如此，因为文
学并不是社会现实的反映，不是现实的某种再现，而是对现实的超越，它
包含着对现实及现实观念（意识形态）的审美批判。因此，现代文学或
文学的现代性不是对现代理性精神的肯定和表现，而是对理性的批判与否
定。由于对理性（现代性）的抗议，文学才获得了现代性，才有了现代
文学。现代化初期，文学尚未反抗理性，反而呼唤理性，因而一直到 19
世纪，文学也没有获得现代性。文学现代性的真正获得属于 20 世纪西方
文学，因为在那时有了现代主义文学。现代主义由于反现代性、反理性而
具有了文学的现代性，因此才能称作现代文学。西方 20 世纪已经进入现
代文学史，而中国五四文学革命却还在引进、接受西方理性（科学、民
主），以后的"革命文学"更是接受了政治理性的统治。因此，20 世纪中
国文学远没有真正确立现代性，20 世纪中国文学史也不是现代文学史。
据此，杨春时总结说，批判现代化、现代性，反抗理性是文学现代性的核
心。同时，文学现代性还包括其他一些内容，这些内容其实也就是现代文
学基本特征的构成要素，主要有反传统、文学独立、关注个体精神世界和
走向世界文学等①。它们正是中国文学现代化的任务，20 世纪中国文学由
于没有完成这些任务，因而现代文学也就姗姗来迟。看得出来，在文学性
质问题上，杨春时在此不仅表现出对于自己在 80 年代已然形成的文学观
念的坚执，而且一定程度上还流露出一种独断论式的本质主义思维倾向。

　　杨春时对"现代性"、"文学现代性"等概念的以上理解是一以贯之
的。当然，在某些篇章中，比如《文学的现代性与中国现代文学》一文，
他对于现代性、文学的现代性问题的认识和判断也有所拓展，同时一些表
述——比如，文学的性质对文学现代性内涵的决定——也更为明晰化了，

---

① 在《文学的现代性与中国现代文学》一文中，杨春时又把这几个"特征"调整概括为
文学独立、反传统、世界文学和文学主体的现代化并形成雅文学与俗文学的分流。另可
参见杨春时《百年文心——20 世纪中国文学思想史》，第 213～214 页。

但这显然也是以在前面一些文章中已经表达出来的根本看法为基础的，并且总体上看他的一些核心观点的基本精神并没有出现什么太大的变化。[①]为了节省篇幅以及讨论问题的集中性，在此，我们就不再多说了。

如上所述，在参与讨论的过程中，杨春时陆续发表的《试论 20 世纪中国文学的前现代性》《文学的现代性和中国现代文学》《前现代性的"中国现代文学"》等文章，着重考察了现代性特别是文学现代性概念，这也就使得由 20 世纪中国文学性质研究而引发的讨论渐次深入到关于文学现代性问题的理论层面了。正像杨春时自己所说的，关于文学现代性问题的讨论[②]的结果是在文艺学界引入了文学现代性理论。笔者以为，不管

---

① 后来，杨春时在《百年文心——20 世纪中国文学思想史》一书的"绪论"、《文学性与现代性——〈一个非文学性命题〉引发的理论问题》（该文载《学术研究》2001 年第 11 期，它针对吴炫在《中国社会科学》2000 年第 5 期上发表的《一个非文学性命题——"20 世纪中国文学"观局限分析》一文而作）、《现代性视野中的文学与美学》一书的"序言"等文章中对"现代性"、"文学的现代性"等概念和问题又表达了类似的看法。值得注意的是，在《"文学现代性"讨论没有意义吗？——对〈现代性言说在中国〉的质疑》（此文原载《文艺争鸣》2001 年第 2 期，后被收入《现代性视野中的文学与美学》一书，同时改题为《"文学现代性"讨论的意义——对〈现代性言说在中国〉的质疑》）这篇同姚新勇进行商榷的文章（《文艺争鸣》2000 年第 4 期载有姚新勇的《现代性言说在中国——1990 年代中国现代性话题的扫描与透视》一文。杨春时认为，该文中对文学现代性讨论的评述不甚妥当，他特撰文进行商讨）中，杨春时在坚持以前的观点的基础上，也表达了一些与此相关的新的看法。姚新勇在其文章中对由《论二十世纪中国文学的近代性》一文所引发的关于 20 世纪中国文学性质的讨论作出了完全否定的评价，他说："此场讨论一开始提出的问题就是一个套错了概念并错置了文化时空的与现代性反思无关的问题"，"因此实事求是地说，由《近代性》所引发的这场讨论，不仅无助于深化现代性问题的认识，而且将问题不必要的混乱化了"。对此，杨春时表示了异议，辩驳之余，他总结和强调了关于文学现代性的讨论的几点意义。在此过程中，杨春时申说到，文学现代性和一切反思的现代性是在现代性发生、发展、成熟过程中的伴生物，它从诞生之日起就是现代性的对立面，或现代性的反思层面，这是由文学、哲学的超越、批判本质决定的。

此外，在《"现代性批判"的错位与虚妄》载《文艺评论》1999 年第 1 期）、《越过现代性的陷阱》[载《厦门大学学报》（哲学社会科学版）1999 年第 3 期)]、《现代性与现代民族国家在中国的断裂和复合》（载《学术月刊》2001 年第 1 期）、《现代性与中国现代性的总体构成》（载《求是学刊》2003 年第 1 期）等文章中，杨春时还集中讨论过自己对现代性尤其是社会现代性的理解，谈及了知识分子的现代性焦虑问题，也表达了自己对于现代性的坚持立场。由于它们与"文学"现代性问题本身存在较大程度的疏离，在此我们不作过多涉及；但显然这些文章也可以作为我们对杨春时的现代性学术思想增进了解的重要思想资料。对此，本研究后面部分笔者在展开关于杨春时的现代性学术思想的相关评论时将会谈到。

② 具体的讨论文章可参见宋剑华主编《现代性与中国文学》，山东教育出版社，1999。

这种理论的合理性到底如何，文学现代性理论视角的切入终究还是拓宽和深化了 90 年代以来学界关于文学史尤其是中国文学史的研究并且在一定程度上引发了文学理论现代性、美学现代性等问题的广泛探讨，其意义是确实存在的。

如前面已经间接指出的，在杨春时的学术思想中，"前现代性"、"现代性"与"文学的现代性"三个概念显然是以"现代性"为中心的，它们之间的内在关联甚为明了。另外，需要加以注意的问题在于，由 20 世纪中国文学性质研究而引发的文学现代性讨论是 20 世纪末中国文学研究中的一种重要思想现象，但是，限于本节论题中心所指——揭示杨春时在提出主体间性文论之前的学术思想的内在知识线索，在此我们不作过多的针对性讨论。

第二节　主体间性文学理论思想概观

在《现代性视野中的文学与美学》一书的"序言"中，杨春时在述及文学现代性问题的讨论之后还谈到："现代性问题也涉及文学理论和美学领域，因此，我也进行了文学理论现代性和美学现代性的研究。在这个过程中，最大的收获是对主体性理论的扬弃和对主体间性理论的接受"①。由杨春时对自身一个阶段内的理论探索历程的如是描述，我们认识到的重要一点就是，没有对现代性、文学理论现代性和美学现代性问题的研究，一句话，没有现代性问题意识在其个人学术视野中的出现，杨春时似乎不大可能展开如他所说的对主体性的深层次反思，从而扬弃主体性理论，接受主体间性理论，也就是开始主体间性文论的建设性思考。于此，我们可以明显地注意到杨春时的从主体性文论到主体间性文论转向的思想和知识线索；这同时也表明我们在本章第一节中对杨春时在提出主体间性文论之前其学术思想中的若干关键词进行具有历史学—谱系学方法意味的阐发和研究是极为必要的。这不仅是为了下文便于展开对杨春时主体间性文论思想的概括和阐释而作的前提性考察，而更为重要的是我们能够以此接近杨

---

① 杨春时：《现代性视野中的文学与美学》，"序言"第 3 页。

春时文学与美学学术思想的总体，并在这一思想总体中更深入地看待和评价杨春时的从主体性文论到主体间性文论思想的转向。

那么，杨春时又是怎样理解文学理论现代性和美学现代性问题的呢？对它们的理解是与杨春时对文学现代性的界定一脉相承的。以下两段引文可以很充分地说明这一点。杨春时说："文学理论的现代性是对文学现代性的认同，是文学现代性的理论形式，它以现代的理论体系批判世俗现代性，支持文学现代性。因此，文学理论的现代性……属于超越的现代性①。文学理论的现代性对世俗现代性的超越……与哲学、美学的超越性相关。……美学是文学理论的核心，文学理论的现代性，本质上就是对文学现代性的肯定，即对文学的非理性和超理性本质的肯定，对理性主义文学观的否定"②。与此密切相关的是，杨春时这样理解审美现代性："审美现代性也不是现代性的肯定形式，而是对现代性的超越甚至否定。这就是说，审美现代性与现代性并不一致，而是现代性的对立物"③。由此，我们可以很清楚地看出，杨春时对文学理论现代性、美学现代性问题的如上理解其实也是其文学现代性理论思想逻辑展开的必然。

在本节的第一处引文之后，杨春时又谈到，在 20 世纪 80 年代，主体性思想无论是对于他自己还是对于国内学术界的影响都是相当大的。他认

---

① 杨春时在这里区分了世俗的与超越的两种现代性。其实，从杨春时的具体论述来看，这二者也就是我们在前面已经论及的他所说的社会现代性和文学现代性。在他看来，现代性既包括世俗的现代性，即现代性的肯定方面，也包括超越的现代性，即现代性的否定方面。世俗的现代性推动着社会的现代化，而超越的现代性则抵制着现代社会的弊端，维护着人的精神自由。杨春时说，他在此处采用了美籍华人学者李欧梵的说法。李欧梵认为，现代性包括两种对立的精神，其一是肯定现代化的理性精神，其二是对现代化的批判意识，哲学、艺术等体现了这种批判意识。这也就是说，现代性既包含着它的肯定形式，也包含着它的否定形式，后者是对现代性的反思力量。参见杨春时《现代性视野中的文学与美学》，第 60 页。

② 杨春时：《现代性视野中的文学与美学》，第 51 页。另可参阅杨春时《中国文学理论的现代性问题》，《学术研究》2000 年第 11 期，第 88 页。这段引文原是《中国文学理论的现代性问题》一文中的内容，但在收入《现代性视野中的文学与美学》一书中时略有改动。

③ 杨春时：《论审美现代性》，《学术月刊》2001 年第 5 期，第 44 页。值得关注的是，在这篇文章中杨春时如此界定审美现代性是在把现代性区分为感性和理性两个层面的前提下来进行的。他认为，感性层面的现代性体现为一种世俗精神，理性层面的现代性则体现为一种现代理性精神。另可参见杨春时《现代性视野中的文学与美学》，第 59～60 页。

为，如果说主体性理论曾经推动了思想解放运动的发展，也推动了中国美学和文学理论的发展，那么在后新时期情况却发生了变化，主体性理论已经不适应新的历史条件，即不适应反思、批判和超越社会现代性和确立审美现代性的需要，而且还可能阻滞文学理论和美学的发展，使其难以进入现代理论的核心领域。杨春时持论，如果说主体性是实践美学和前现代文学理论的基础，那么主体间性就是后实践美学也是现代文学理论的基础。扬弃了主体性，确立了主体间性，不仅深化了对实践美学的批判，而且也找到了现代美学和文学理论的支撑点。他说，由此而言，由主体性到主体间性的转向无论对于他个人还是对于整个国内学术界都具有重要的意义。① 在这里，杨春时不仅进一步直接揭示了其学术思想从主体性到主体间性的转向问题，而且对主体间性文论的意义进行了自我理解前提之下的强调。暂时撇开杨春时对主体性理论和主体间性问题的以上有关评价是否合理和正确不论，下面我们需要直接看待和探讨的问题是，主体间性文论在杨春时的理论阐释中究竟是怎样的一种图景？② 随之我们也就可以由此出发并主要根据本研究侧重的需要而对它进行局部的同时又是根本性的简要评价。

一　主体性理论的缺陷：文学理论由主体性到主体间性转向的前提性思考

如前所论，杨春时早在 20 世纪 80 年代中期提出文艺的充分主体性和

---

① 参见杨春时《现代性视野中的文学与美学》，"序言"第 3～4 页。
② 本节对杨春时主体间性文论面貌的大致概述和阐释主要依据的是其本人自 2002 年以来所发表的若干篇文章——《文学理论：从主体性到主体间性》，载《厦门大学学报》（哲学社会科学版）2002 年第 1 期；《从实践美学的主体性到后实践美学的主体间性》，载《厦门大学学报》（哲学社会科学版）2002 年第 5 期；《中华美学的古典主体间性》，载《社会科学战线》2004 年第 1 期；《从客体性到主体性到主体间性——西方美学体系的历史演变》，载《烟台大学学报》（哲学社会科学版）2004 年第 4 期；《中国美学的主体间性转向》，载《光明日报》2005 年 2 月 22 日第 8 版；《本体论的主体间性与美学建构》，载《厦门大学学报》（哲学社会科学版）2006 年第 2 期；《中国美学的现代转化：从主体性到主体间性》，载《湖北社会科学》2010 年第 1 期；等等——以及他与刘再复的《关于文学的主体间性的对话》（载《南方文坛》2002 年第 6 期）一文。另外也参阅了杨春时《现代性视野中的文学与美学》一书的第四章、附论一以及其《美学》一书的绪论、第一章和第二章等。以下引述除个别情况外不再一一注明。

超越性观点之时，他就与主体性论者保持有一定的距离。在他看来，尽管刘再复在建立主体性理论时已与李泽厚有很大不同，但总体上还是没有突破实践哲学框架。他认为实践哲学存在诸多缺点，因而在文学主体性论争中有了一种力求突破这一框架、超越这一理论局限的思想动向。90 年代他批判实践美学，自然也就直接涉及对作为其思想基础的主体性实践哲学的批评，而当现代性视野在一己的学术思想中已然呈现之际，尤其是随着文学理论现代性和美学现代性问题研究工作的开展，他对主体性哲学、美学缺陷的个人认定也就更为明晰了。正是这种对于主体性理论缺陷的个人确认成了杨春时从主体性文论思想到主体间性文论思想转向的前提性思考。

杨春时认为，主体性是西方启蒙时期的理想，是启蒙哲学的基本理念，它否定了传统实体本体论，肯定了存在的属人本质，从而推动了哲学的发展，并为启蒙提供了理论根据。因而，主体性哲学具有特定的学术价值和历史意义。20 世纪 80 年代中国的主体性哲学同样适应了新时期思想启蒙的需要。由文学主体性论争而建立起来的主体性的文学理论深化了对文学的认识，是中国文学理论的重大进展，其历史意义不容低估。这主要表现在主体性哲学和美学、文学理论适应了 80 年代中国建立社会现代性的需要，因为现代性从根本上说就是理性，而理性精神的核心是对主体性即对人的价值的肯定。主体性理论对传统反映论哲学、美学和文艺理论构成了极大的冲击，并且推动了中国哲学、美学和文艺理论的发展。由此，我们可以认识到，杨春时考察问题的历史性维度是突出的，其对于主体性思想在西方和中国两个不同时期的某些方面的积极性历史价值的评价也较为恰当。从其对现代性问题的理解出发，杨春时同时分析指出，主体性是近代哲学和美学的命题，由于其理性主义的局限，它仅仅呼唤现代性，而没有达到反思、批判现代性的高度，因而是前现代性的理论体系。他说，主体性理论肯定主体性，但没有意识到主体性的负面因素。在启蒙时代，主体性理论具有历史的合理性；但是，在现代性已经来临，需要对现代性进行反思、批判的时代，主体性理论的历史局限性就凸显出来了。在这里，我们看到，在杨春时的学术思想中隐含着一种"预设"，即"现代性"与"主体性"的冲突；笔者以为，这是与杨春时对"现代性"和

"主体性"问题的一己的狭隘性认识密切相关的。详见第五章所论。

由上，杨春时对主体性哲学、美学的缺陷进行了个人的总结式概括。其一，主体性哲学建立在主客对立的二元论基础之上①，它不能解决生存的自由本质问题，即不能回答自由何以可能。对此，杨春时分析认为，在主客对立的前提下，主体性不可能是自由的根据。主体性哲学把生存活动界定为主体对客体的构造和征服，就必然导致唯我论和人类中心主义。由此而形成的主体性文学理论，把文学看作人的自我扩张和自我实现，但自我并不能成为文学的根据。其二，主体性理论局限于认识论，仅仅关注于主客关系，而忽略了本体论，即存在的更本质方面——主体与主体间的关系。在主体性理论主导下，文学也被视为关于客观世界的知识，从而遗忘了文学与生活世界之间的关系。在杨春时看来，文学并不是一种知识，美学也不是知识学，而是一种关于生存体验和生存意义的学问。他要把文学和美学的哲学基础从认识论转移到生存论上来。笔者认为，抛开杨春时认为主体性理论仅局限于认识论这一看法是否正确不论，他的这种思考本身还是不乏积极意义的，它力图开拓关于文学和美学性质问题考察的相对于认识论而言的另一维度的理论言说空间。而且，我们还注意到，这一理论运思方向在杨春时的学术思想中其实是原本就萌生了的，早在《论文艺的充分主体性和超越性》一文中他就考虑并已经在一定程度上把文学的哲学基础从实践论转移到生存论上来了。由此我们也就可以看出杨春时文学和美学思想的延续性及其个人理论建构的内在发展道路。其三，主体性的认识论不能解决认识何以可能的问题。杨春时分析说，在主客二元论的理论框架内，客体不可能被主体所把握；而且，认识论和科学认知方法也不适用于精神现象，它们不能解决生存意义的问题，尤其是不能解释文学活动，文学的审美意义和直觉想象、情感意志特征无法从认识论得到说明。正因为在他看来，"主体性"存在着这样重大的理论缺陷，它不是现代的命题，不能有效地解释文学现象特别是现代文学现象，杨春时持论，中国文学理论需要在80年代主体性理论突破传统反映论的文学体系的基

---

① 对主客对立作为西方哲学中主体性原则得以产生的前提的分析可参阅本书附论三《论西方哲学中主体性原则的确立》一文。

础上进一步更新，亦即由主体性转向主体间性。

通过上面简要的揭示，我们可以看出，在杨春时的理论视野中，主体性依然是单一的；就其对主体性的批判而言，他没有注意到主体性的生成性和历史具体性。这也就明显地反映出他对马克思关于人的主体性思想缺乏深入的了解，也表明其个人的哲学认识存在不小的偏颇。在他看来，主体性哲学把生存活动界定为主体对客体的构造和征服，就必然导致唯我论和人类中心主义。这就不仅表现为他对主体性哲学、对主客二分思维方式的一种片面性理解，同时也包含着对"人类中心论"的一种局限性认识。关于这些问题，我们在后面还将或直接或间接地谈到。

二　西方现代哲学的主体间性转向与主体间性概念的蕴涵

从一己的哲学理解出发，杨春时把西方哲学从古希腊而近代而现代的发展视为一个由前主体性到主体性再到主体间性的历史过程。他分析说，古希腊哲学是实体本体论哲学，存在被当作客体性的实体，如柏拉图的理式（精神实体）和亚里士多德等的质料—形式（物质实体），因而是前主体性的哲学。近代哲学是认识论哲学，存在的根据转移到主体方面上来，因而是主体性哲学。[①] 同时，主体性哲学也经历了从先验主体性到历史主体性的转化过程。现代哲学则扬弃了古代哲学的客体性和近代哲学的主体性，建立了主体间性哲学。这样，存在被认为是主体间的存在，孤立的个体主体变为交互主体。对此，杨春时以几位现代西方哲学家的思想为例进行了简要的解说：胡塞尔尽管还没有超越主体性，但也批判了实体论和传统认识论，并且为了摆脱先验主体的唯我论倾向或说为了避免先验自我的唯我论嫌疑，提出了主体间性概念；海德格尔则开始由历史主体性向主体间性（共在）转化，他建立了存在论哲学，提出了"共同的此在"即共在思想，并且在其晚期哲学思想中把主体间性由认识论提升到本体论领域；伽达默尔以主体间性理论建立哲学解释学，他不是把文本看作客体，

---

① 杨春时近年认为，"所谓主体性是指在主体与客体的关系中主体对客体的优越性，客体被主体所构造和征服，主体成为存在的根据"（杨春时：《美学》，第17页）。看得出来，杨春时在这里对"主体性"概念的界定与他在80年代对它的理解（参见本章第一节有关内容）相比存在一些差异。

而是看作历史的主体，对文本的理解也就成为现实主体与历史主体间的对话而达到的一种"视域融合"；哈贝马斯提出了交往理性的理论，主张通过主体间的交往、沟通而解决主体性的困境。杨春时还谈到，在哲学主体间性转向的同时也建立了相应的人文学方法论，或者说，主体间性哲学的出场也引起了方法论的变革。他认为，狄尔泰建立的精神（人文）科学方法论，主张以体验、理解的方法看待精神现象，从而取代了自然科学的认知方法，这一人文科学方法论的哲学根据就是主体间性。作为一种对西方哲学发展状况的宏观描述，杨春时的这些分析当然有它的合理与可取之处；然而，我们知道，它并不足以对西方哲学的丰富性作出尽可能完整的揭示。此外，他对几位现代西方哲学家的主体间性思想的如上阐述显然也是需要进行深入的讨论的。本书在第五章中的有关探讨就部分地涉及这一问题。

在以上阐述的基础上，杨春时特别说明，主体间性并不是对主体性的绝对否定，而是对主体性的现代修正，是在新的基础上重新确立主体性。主体间性也翻译为交互主体性，杨春时说，后一种译法更能体现它与主体性的关系，即不是反主体性，而是主体间的交互关系。此外，他还更为直接地下定义说，所谓主体间性，"指对主体与主体间的关系的规定，它区别于主体性对主体与客体间关系的规定"[①]。显然，这就直接涉及杨春时

① 杨春时：《现代性视野中的文学与美学》，第95页。在与杨春时就文学的主体间性问题而展开的对话中，刘再复也认为，本来，主体性应该包括主体间性，如此才是比较完整的理论；并说，讲主体性是为了张扬个性，但个性不是原子式的孤立个体，而是在人际关系中存在的。所谓主体间性就是主体的关系的特性，因此它也可译为主体际性。可以看出，在这里，杨春时、刘再复都径直把主体间性视为不同主体间之关系的代名词，并把它看成是对主体性的补充和延续。

此外，刘再复还认为，主体间性可分为外在的主体间性和内在的主体间性，也就是外部的主体间性和内部的主体间性。一般来说，外部的主体间性比较容易看到，比如，胡塞尔、海德格尔、伽达默尔等讲的都是外在的主体间性，而他要特别强调的，是内在的主体间性。所谓内在主体间性，是自我内部多重主体的关系。他认为，自我世界中有无数的自我，他们也形成关系，这也是一种主体间性。看得出来，内在主体间性问题的提出，与刘再复在其《性格组合论》中的"人物性格的二重组合原理"思想一脉相承，而且有所拓展。在他看来，内部主体间性比外部主体间性更重要、更关键，中国文学的一个根本性弱点，就是缺少灵魂的论辩和对话，缺少内在的主体间性。刘再复认为，如果把这个问题探讨得深入了，就会创造出真正属于我们中国的文学主体间性理论。同时，他强调，研究主体间性的一个大题目就是研究主体间性的立场。刘再复提出的内在主体间性问题，确实是一个新认识，是一种应该加以重视和有待于深入探讨的思想。

对主体间性概念具体蕴涵的理解了。

首先，与把现代性概念区别为社会现代性和文学现代性的二分式理解相似，杨春时把主体间性区分为社会学意义上的主体间性和哲学意义上的主体间性。他认为，作为社会学的概念，主体间性指现实的社会关系，但不包括人对自然的关系。现实的社会关系往往会导向异化，因此在这个意义上，主体间性并不是真正人的关系，而只是一种变相的主体与客体的关系，它是对主体的限制。这样，社会学意义上的主体间性就是不充分的主体间性，或者说是片面的主体性的表现形式。哈贝马斯讲的交往理论主要是这种在社会学意义上的主体间性，而海德格尔讲的共在则是哲学意义上的主体间性。哲学意义上的主体间性是本体论的规定，它认为存在是主体间的存在，这不仅体现在人与人之间，也体现在人与自然之间。哲学的主体间性是人与世界关系的根本规定，体现的是真正的主体间性。真正的主体间性在现实生活中并不存在，它只存在于超越的领域。

在这样的前提下，杨春时持论，主体间性——其实就是他所理解的哲学意义上的主体间性——存在三个方面的含义。第一，主体间性具有哲学本体论的意义。主体间性的根据在于生存本身。在杨春时的理解中，生存不是在主客二分的基础上主体构造、征服客体，而是主体间的共在，是自我主体与对象主体间的交往和对话。我们知道，早在 20 世纪初，德国宗教哲学家马丁·布伯就关注过人类相互关系的交往与对话问题。他的哲学体系将人类关系归结为两种基本模式，即"我—它"关系和"我—你"关系，他说，这是由于人执持双重的态度而决定的。[①] 显然。布伯更期望建立后一种关系而摆脱功利的"我—它"的工具关系，以确立人的本真的存在。"人通过'你'而成为'我'"[②]。受此启发，杨春时认为，世界也是主体，因而，在本真的共在中，自我与世界的关系不是主客关系而是我与你的关系，在交往、对话中自我与世界和谐共在。在主客关系中不能达到自由，只有主体间的存在才有可能成为自由的存在。杨春时强调，主

---

① 参见〔德〕马丁·布伯《我与你》，陈维纲译，生活·读书·新知三联书店，1986，第17页。布伯说，在"我—它"关系中，无须改变此原初词本身，便可用"他"和"她"这两者之一来替换"它"。

② 〔德〕马丁·布伯：《我与你》，第44页。

体间性作为本体论的规定就在于它从根本上说是对主客对立的现实的超越。第二，主体间性涉及自我与他人、个体与社会的关系。从主体间性理论出发，自我的存在被看作是与其他主体或说他者的共在。它既是社会性的，又是个体性的，或者说表现出社会性存在的个体性。主体间性理论内在地否定原子式的孤立个体观念，也反对社会性对个体性的吞没。在主体间性关系中，主体既是以主体间的方式存在的，其本质又是个体性的，因而，主体间性也就是强调个性间的共在。在此，杨春时以海德格尔的一段论述为证："由于这种有共同性的在世之故，世界向来已经总是我和他人共同分有的世界。此在的世界是共同世界。'在之中'就是与他人共同存在。他人的世界之内的自在存在就是共同此在"①。这更为强化了主体间性理论对自我与他人、个体与社会之间关系的确立。杨春时指出，由此看来，主体间性并不是反主体性、反个性，而是对主体性的重新确认和超越，是个性的普遍化和应然的存在方式。第三，主体间性还意味着特殊的人文学方法论。杨春时说，与按照自然科学方法论建立起来的传统哲学认识论注重归纳和逻辑推演、强调理性认识不同，现代人文科学则提出了重直觉体验和对话、交往的方法论，这种方法论是建立在主体间性的哲学基础之上的。对人的体认不同于对物的把握，它只能采用人文学的方法去进行。杨春时的如是理论阐释事实上涉及他主张的主体间性文学理论所涵括的学术方法问题，这一对学术方法问题的关注是必要的。

总结来看，杨春时认为，主体间性体现的思想就是，人——主体，只有把世界（包括他人和自然）看成是与自我一样的另一个主体而与之共在，才是本真的存在，才能最终把握世界和达到自由状态。主体间性不仅是一个认识论概念，而且是一个本体论概念，它既解决了认识何以可能的问题，也解决了自由何以可能的问题；然而，这在主体性哲学中却是无法得以解决的。这也就是说，在主客对立关系中，世界不可认识，主体也不能获得自由；而当把世界当成主体时，就可以在与世界的交往和对话中，克服自我与他者的对立，建立和谐的关系，从而达到互相理解和自由。杨

---

① 〔德〕马丁·海德格尔：《存在与时间》，陈嘉映、王庆节译，熊伟校，生活·读书·新知三联书店，1987，第146页。

春时说，这是一种本真的、理想的人与世界的关系。对杨春时这些观点进行具体评价直接涉及对于他的文学和美学学术思想中的主体间性概念的剖析和判断，而关于如何看待杨春时理论中的主体间性概念，笔者将会在随后一章进行集中性讨论。

三　主体间性理论视野下的文学的性质

在本书第一章第一节的第二部分笔者曾论及刘再复对于文学性质的理解问题，他从主体性哲学基点出发对文学的本质作出了解释，这一解释不同于文学反映论关于文学性质问题的解说。在此我们要谈到的，是杨春时在主体间性理论视野下对于文学性质的界定；在以上对哲学意义上的主体间性的蕴涵进行个人揭示的前提下，他又对文学的性质作出了有别于刘再复的阐述。二者的哲学立场存在差别，但其运思方式是一致的。这使我们注意到，文学理论史上不同文论思想的提出，其实在很大程度上就来源于论者站在各自的哲学立场上对于文学本质的差异性理解，对文学本质问题的考察是提出新的文论思想的一个关节点。杨春时指出，主体间性理论为美学、文学理论提供了新的哲学范式和方法论原则，从而也就在新的基础上揭示了文学的性质。他对文学性质的重新揭示是通过阐释文学主体间性含义的形式来进行的，而对文学主体间性含义的阐释自然与他对主体间性概念蕴涵的以上三个方面的理解紧密相连。也正是因为二者之间存在着这一明显的关联，以下笔者对杨春时所说的文学主体间性的几个方面的含义仅作简要述说。

杨春时认为，文学主体间性的第一个含义是把文学看作主体间的存在方式，从而确证了文学是本真的（自由的）生存方式，而这正是传统的文学理论和美学包括 80 年代的实践美学都不曾注意到的①。在杨春时看

---

①　杨春时分析说，传统的文学理论和美学，比如认识论美学、反映论美学、浪漫主义美学、实践美学等，都把文学看作是主体与客体间的活动，这样，就把文学对象客体化、非人化了，并且把文学当作主体与客体对抗中主体的胜利（反映论美学除外）；这些观点除了反映论美学具有非主体性倾向外，都强调文学的主体性，而忽略了文学的主体间性。在此，我们可以看出，杨春时与刘再复的理论认识颇为相似，他们批判文学领域中的机械反映论，但是又都存有把机械反映论等同于反映论本身的理论倾向，而没有明确而全面地认识到马克思主义哲学中反映论的丰富性内容及其实质。

来，从根本上说，文学是一种生存方式，是自我主体与对象主体间的交往活动；总体上看，文学活动就是一个由主体性到主体间性，或者说由不充分的主体间性到充分的主体间性的转化过程，也就是主体性被克服和超越的过程。文学主体间性的第二个含义是，文学是主体间共同的活动而非孤立的个体活动；文学不仅具有个性化意义，还具有主体间性的普遍意义。杨春时说，这就确证了文学是自由个性的创造。通过前面第一章第一节最后一部分展开的对于刘再复文学主体性思想中人学向度的总体评价，我们明白，80 年代的主体性文学理论在对于人的问题的理解上基本上是从原子式的个人出发的①，由是，文学活动也就在很大程度上被视为原子式的孤立个体活动。这就致使主体性文学理论产生了一个致命的弱点，即它不能有效地解决个性与社会性、自我与他人的关系问题，从而带来了这样的困境：如果文学是原子式的孤立个体活动，那么文学经验如何沟通？如何达成共识？在杨春时看来，文学其实并非如此性质的活动，它除了具有个性意义外，还具有普遍意义，也有社会、历史的标准。个中原因就在于文学是主体间性活动。② 在这一活动中，文学主体获得了充分发展的个性形式，文学越有个性，就越有审美价值，从而就越有普遍性。每一个作品作为审美个性的体现，都是独特的，同时又由于共在经验的存在而具有最大的可沟通性，它向一切主体开放，获得最普遍的理解。最优秀的文学作品，毫无疑问获得了最普遍的认同，同时每个接受主体又都保留着自己最独特的理解。在这个意义上说，文学是自由个性的创造，是开放的个性化体验。文学主体间性的第三个含义是，文学是精神现象，属于人文科学研究的对象；它通过对人的理解而达到对生存意义的领悟。杨春时认为，文学的精神性不可抹杀，只有把文学看作是精神现象，归属于人文科学，用人文科学的方法加以研究，才能真正确证文学的审美本质。文学作为精神现象，它面对主体世界，是对人的精神世界的体验。文学体验，是主体与

---

① 王纪人在《对文学主体论的学术反思》（载《河北学刊》2005 年第 1 期，第 142～147 页）一文中也持这样的观点，可作参考。

② 对此的详细分析，可参见杨春时《文学理论：从主体性到主体间性》，《厦门大学学报》（哲学社会科学版）2002 年第 1 期，第 22 页。但是，我们需要注意到，文学在具有个性意义的同时也具有普遍意义这一复杂文化现象显然不是文学作为主体间性活动这一命题就能解释清楚和阐述完备的；尽管杨春时在文章中的逻辑推演似乎并没有太大的问题。

主体之间的最充分的沟通、理解方式。人通过文学等审美活动就能够进入真实的生存体验，从而领悟生存的意义，获得生存的自觉。杨春时说，由此，"文学是人学"命题也就具有了新的意义。从这个层面上来看，杨春时的主体间性文论思想如同刘再复的文学主体性理论一样也接续了"文学是人学"命题的思考。笔者以为，这一思考是从主体向度出发建构起来的文论思想所无法回避的；甚至还可以说，它是这些文论思想之所以能够确立起来的一个根本的理论生长点。

杨春时同时指出，文学作为充分的主体间性，其之所以可能的奥秘在于文学语言。在文学的自我主体与对象主体之间，存在着语言的中介。语言是主体间性存在的场所。不同于工具性的科学语言和功利性的日常语言，文学语言是真正主体间交流的透明的语言，是真正个性化的语言，是超越性的语言，它充分地沟通了人与人、人与世界之间的关系，从而使人获致直接的生存体验并进入自由境界。这涉及对于语言的功能、性质等多方面问题的理解，就杨春时的已有讨论来看，它显然是不充分的，也不够深入，从而也就没有多大的说服力。

以上是杨春时从自我理解之下的主体间性理论视角出发对文学的性质所作出的大致阐述。在此，我们必须认识到的是，如同刘再复以主体性理论来理解文学的性质一样，它也仅仅是对文学性质的一种解释，而没有也不可能对文学的多本质性作出完整的概括。

四 后实践美学的主体间性：美学现代性问题个人研究的深入

在对主体间性理论问题作出个人阐述的基础上，杨春时认为，在他所说的实践美学与后实践美学之间存在着一个非常本质的分歧，即实践美学的主体性与后实践美学的主体间性的对峙。他强调，这关系到美学的现代性问题，需要认真加以研究。从杨春时的整体理论进路来考察，这表现为其在美学现代性问题个人研究上的深入。

在本节第二部分我们已然谈到，从一己的哲学理解出发，杨春时把西方哲学从古希腊而近代而现代的发展视为一个由前主体性到主体性再到主体间性的历史过程。与此密切相关的是，他勾勒出西方美学体系的发展脉络，认为它也经历着一个从客体性到主体性再到主体间性的过程。杨春时持论，西方美学体系的历史演变，以相应的哲学范式的历史演变为基础。具体来说，古代西方哲学关注实体本体论，具有客体性特征，古代西方美学因而表现为客体性，认为美是客体的一种属性；近代西方哲学关注认识论，近代西方美学则由此表现为主体性特征，认为美是主体的创造物或"对象化"。西方古代、近代的哲学和美学都以主客二元对立为前提，这造成了两个时期的哲学、美学的局限性。现代西方哲学超越主客二元的对立结构，转而关注主体间性和生存论，现代西方美学因而把审美视为主体间的自由交往关系和审美主体的本真生存方式。①与对西方哲学的整体发展状况进行宏观描述一样，杨春时在这里对西方美学发展状况的分析也有它的合理和可取之处，但显然也不足以对西方美学的丰富性作出尽可能完整的揭示；而且，在看待哲学与美学之间关系的问题上，存在着一种明显的线性思维特征，对问题的探讨呈现出简单化之弊。

由上，我们明确地看到的是，在杨春时的理论阐释中，西方现代哲学、美学都开始了从主体性到主体间性的转向。同时，他持论，中国的后实践美学相对于实践美学的主体性而言，也开始了主体间性的转向②；或者说，后实践美学扬弃和超越了实践美学，而把主体性改造为主体间性。前面我们说过，在杨春时看来，区别于社会学意义上的主体间性，哲学的主体间性才是真正的主体间性，真正的主体间性只存在于超越的领域；而审美作为超越的生存方式和体验方式，也就真正实现了主体间性。他认为，用主体性不能解释审美的本质，在主客对立的前提下，主体性无法解决审美何以可能的问题，而只有用主体间性才能解释审美的本质。这也就是说，不能从主体性的实践论出发，而必须从主体间性的存在论出发，去论证审美的自由性和真理性。在这里，我们可以看出，杨春时是坚持本

----

① 参见杨春时《从客体性到主体性到主体间性——西方美学体系的历史演变》，《烟台大学学报》（哲学社会科学版）2004 年第 4 期，第 379～383 页。从个人的学术理解出发，杨春时强调，西方美学体系从客体性到主体性再到主体间性范式转变的发展经验是今天建设中国现代美学的重要思想资源。

② 既然要求转向，那也就意味着实践美学存在诸多问题。关于这一点，由于实践美学的哲学基础就是主体性理论，而对杨春时所持论的主体性哲学、美学的弊端以及实践美学的历史局限与理论缺陷，我们在本章前面部分已经多有讨论，故在此就不再赘述了。

质论的，但是，他所提出的只有用主体间性才能解释审美的本质的看法，却显然内在地包含着一种认为主体间性理论具有元理论性质的思想动向。笔者以为，在后面我们要提到的他存有一种把主体间性文学理论视为元文学理论的倾向与此密切相关，或者说，是他的这一思想的必然的逻辑展开。

在前文，我们已经论及，后实践美学认为，审美是自由的生存方式，审美是超越的体验方式；杨春时持论，这都是由审美的充分主体间性所决定的。由于在审美活动中主体间性的充分实现，我进入了自由的存在，并达到了对于世界的最为充分的体验与理解。我体验、理解着世界（自然和人），同时也是自我体验和理解。这样，审美就不只是一种情感活动，它也是一种对存在的体验和对生存意义的理解，是获得真理的一种方式。这种方式超越了现实认识，超越了经验（现象）的领域，从而达到了本体的把握。

杨春时强调，由实践美学的主体性到后实践美学的主体间性的转化，体现了中国美学获得现代性的过程。美学作为哲学的分支，具有反思、批判、超越现实的功能，因此，现代美学也应当对世俗现代性即主体性有所反思、批判和超越；而这也就意味着美学要获得现代性，成为现代美学，必须展开对主体性的批判。在他看来，20 世纪 80 年代实践美学对主体性的强调，实际上是对世俗现代性的认同，而没有对世俗现代性进行批判。他认为，这是由实践美学发生的历史环境——新时期的启蒙运动决定的，也表明实践美学还不具有现代性，还不是现代美学。而从 90 年代开始形成的后实践美学，则对实践美学的主体性展开了批判，把主体性改造为主体间性，从而走上了建立主体间性美学的道路。杨春时说，这是中国美学现代性的道路。

无可置疑的是，杨春时以上所有观点的提出，都是以其对主体性、主体间性、现代性和美学现代性等问题的一己理解为前提的。因而，对它们的评价关涉到对杨春时理论中一些主要的概念、范畴和命题的批判性的学理审视；出于总体的讨论策略的需要，在此笔者还是以呈示其大致面貌为主，而把对于它的特别分析纳入到下一章针对于杨春时主体间性文学理论思想的局部的而又是根本性的简要评价之中。

五　主体间性：中国古典美学、文论与西方现代美学、文论的结合点

如前所论，在杨春时看来，西方现代哲学、美学产生了从主体性到主体间性的转向；或者说，主体间性理论是西方哲学、美学的现代发展。那么，中国哲学、美学的性质又是怎样的呢？杨春时持论，中国哲学、美学早已经是主体间性的了，只是它没有作为一种哲学、美学理论提出，而是作为观念和方法论存在于哲学和审美实践中。这样，我们的讨论就涉及杨春时主体间性思想中的另外一个重要方面的内容，那就是他由对中国古典美学、文论性质的确认出发，而着手进行的对于中国古典美学、文论与西方现代美学、文论的结合点的寻找和确立。他认为，这个结合点就是主体间性；结合的目的是推动中国美学、文论的发展。

中国古典美学的性质历来被确定为表情论，而与西方美学的认识论相对。杨春时说，这种观点似乎自有其根据，但事实上，表情论并不能说明中国美学的特性。出于对表情说的反思，近年来学界又出现了感兴论和天人合一论两种主流观点。感兴论认为中国美学的核心范畴是感兴，而感兴是主体对客体的感应而引发的情致。[①]　天人合一论认为中国美学的哲学基础是天人合一。[②]　对此，杨春时分析说，相对于表情论，感兴论更为准确地抓住了中国美学的关键，天人合一论则揭示了中国美学与中国哲学观的联系，因而可以成为研究中国美学的切入点。但是，感兴和天人合一毕竟是中国古典美学、哲学的范畴，我们不能用它来说明中国古典美学自身，应该说，它正是需要被说明的对象。我们必须以现代美学理论对感兴和天人合一观念进行阐释，从而揭示出中国美学的特性。这样的看法本身当然是有一定的道理的，它代表着一种对思想传统的阐释向度；也正是从这种思路出发进行考察，杨春时持论，天人合一和感兴范畴其实都基于主体间性哲学，都是主体间性的表现，因此，主体间性是中国美学的根本性质。这也就是说，在他看来，只有运用主体间性理论才能对中国美学作出根本

---

① 在这里，杨春时对感兴说显然进行了简单化理解，对它的详细讨论可参见叶朗主编的《现代美学体系》（北京大学出版社，1999）一书的第四章。

② 参见朱立元主编《天人合———中华审美文化之魂》，上海文艺出版社，1998。

性的说明。

　　杨春时认为，中国美学的主体间性植根于中国文化的天人合一性质和中国哲学的主体间性。由于小农经济和家族制度，中国文化具有天人合一的性质，亦即人与自然、个体与社会以及人与神没有充分分离，因此主体未曾获得独立，主体性没有确立。他说，这种前主体性就蕴涵着古典的主体间性，即把自然和社会当作主体而不是客体（自然被人性化），注重主体与主体之间的关系而不是主体与客体之间的关系。在杨春时看来，中国哲学也是主体间性的，它关注主体与主体的关系即人际关系，因此是伦理哲学。孔子的仁学，孟子的"民胞物与"思想，庄子的人与自然和谐同一的逍遥理想，禅宗的物我相通的体验，都基于主体间性。必须指出的是，杨春时在这里对中国文化之所以具有天人合一性质的原因的讨论以及对"天人合一"这一哲学命题的阐释显然都是不充分的，需要在此基础上再作深入性考察；此外，他从对中国文化性质的如是理解出发看待主体性问题和主体间性问题，完全忽视了在古代社会形态下人的主体性特征的特别表现，这同时也就表明杨春时对主体性问题的认识其实十分有限。①

　　杨春时说，中国美学自身也具有主体间性。中华美学是感兴论，其实质是把世界当作有生命的主体，审美是自我主体与世界主体间的交互感应而达到的最高境界。这也就是说，中国美学认为审美是自我与世界的互相尊重、和谐共处与融合无间。杨春时分析指出，由于把自然当作交往的主体，中国艺术早在魏晋时期就发现了自然美，山水田园诗歌和绘画发达；同样，由于对人际关系的重视，中国诗歌也突出了友情、亲情、别离、思乡等人伦主题。在创作论上，中国美学认为艺术活动是主体与外物之间的交流、体验，如刘勰提出的"神与物游"、皎然②所讲的"思与境偕"等命题就包含着这样的思想。在接受论上，中国美学也把艺术活动当作主体与作者之间的对话、交流，如孟子就提出了"以意逆志"说和"知人论世"说。此外，杨春时还持论，基于主体间性，中和之美成为了中国美

---

　　①　笔者在第六章第二节将会谈到马克思关于人的主体性发展的三大历史形态或阶段的理论；对马克思所说的在古代社会形态下人的主体性的表现的分析可参见郭湛在《主体性哲学——人的存在及其意义》（云南人民出版社，2002）一书第3页中的相关论述。
　　②　其实是司空图。

学的审美理想。无须多加辨析，在这里，我们可以明确地看出杨春时的运思路向。为了达到对个人学术思想的圆通说明，他把中国哲学、美学都纳入其预先设定的主体间性视野之中进行理论阐述，而这也就不免会在一些问题上出现认识的偏颇或判断的失误，此不详论。

在以上论述以及讨论其他相关方面问题的基础上，杨春时强调，必须注意的是，中国美学的主体间性是古典的主体间性，属于古典美学的范畴。与现代西方美学的主体间性相比，它具有自己的特点。首先，它是在主体性没有获得独立和充分发展的历史条件下形成的特殊的主体间性，或者说它是前主体性的主体间性。相比之下，西方美学的主体间性却是在主体性已然确立的前提之下对片面的主体性的修正，是后主体性的主体间性。因此，中国美学的主体间性必然要解体，而被主体性所取代，并向现代主体间性转化。五四以后，这个历史过程终于发生了。其次，中国美学的主体间性是不充分的。由于个体没有独立，主体性没有确立，因此，建立在这个基础上的主体间性也必然具有不充分性。再次，中国美学的主体间性表现为主体间的情感关系，而不是如同西方美学的主体间性那样倾向于认识关系。只有在主体间性的前提下谈论表情说，才能切中中国美学的本质。中国美学的表情论主体间性与西方美学的认识论主体间性之间既构成了对立，也构成了互补。由此，杨春时认为，一方面，中国美学的前现代性的主体间性美学必须在现代条件下加以发展改造，使其具有现代性，成为现代主体间性；另一方面，这种前现代性的主体间性是中国美学特有的历史现象，不能不顾历史条件和文化特性而简单地等同于西方美学的主体间性或套用西方主体间性理论来解释，而必须从中国美学的自身特点出发，进行具体的分析，从而确立中国美学的特质。让我们费解的是，为了阐发个人学术理解的需要，杨春时于前文把主体间性区分为社会学意义上的主体间性和哲学意义上的主体间性，在这里他更是提出了主体间性的古典与现代的不同形态之说；但是，在主体性问题上，他除了对文学的主体性和实践的主体性有过明确的区分之外，主体性的不同历史形态问题却始终没有真正进入其理论视野之内。说"没有真正进入"，意指主体性的不同历史形态问题没有真正向杨春时"敞开"，尽管他也曾明确地谈到过主体性的修正和充实甚至是现代转化等问题。

　　由上，杨春时进一步持论，确认中国美学的主体间性，可以解决中西美学沟通、交流的问题，从而推动现代中国美学的建设。应该说，这是他的主体间性美学和文论思想的重心所在，也体现出他作为一个学人的较为可贵的在主观上积极地进行建设性理论思考的品质。杨春时不乏敏锐地认为，长期以来，中国学术界一直在谈论通过中西美学的对话，从而展开现代中国美学的建构，但似乎这只是沦为了一种空谈。在他看来，其中的原因就在于没有确切地认识到中国美学的特殊本质，误以为中国美学的性质是表情论，把它与西方美学的认识说对立起来。这样，中西美学之间由于彼此只有差异而没有相同点，无法沟通，不可能进行对话和交流，故而也就不可能真正进行现代中国美学的建设。杨春时强调，中国美学与现代西方美学沟通的关节点其实就是主体间性，我们现在应该自觉地运用主体间性理论来完成中华美学的主体间性转型，也就是在主体间性的基础上，重建现代中国美学。①

　　在杨春时看来，美学的建设是这样，文学理论的建设同样如此。在与刘再复就文学的主体间性问题而展开的对话中，杨春时明确提出，主体间性也可以成为中国现代文学理论建设的基点。他说，80 年代以主体性作为文学理论建设的基点，实际上是走了第一步。现在我们应该以主体间性力量为基础，建构一个新的理论框架，充实主体性，使之成为交互主体性。主体性文学理论认为文学是主体对客体的创造和征服，是自我的实现。从主体间性理论出发，文学活动则被理解为自我主体与世界主体之间的交往和对话，以达到对生存意义的体验与理解。看得出来，这是杨春时文学与美学总体思想中的在主体性理论和主体间性理论视野下对于文学活动根本性质的不同认定，也是他主张文学理论需要从主体性到主体间性转向的内在依据。他认为，后者显然比前者推进了一步，具有更多的合理性。②

　　如上所间接谈及的，杨春时的这一致力于中国现代美学和文学理论建

----

① 对杨春时在这个问题上的较为具体的分析，笔者在此不作过多的引述，可参见其《现代性视野中的文学与美学》一书第 105 ~ 106 页中的相关讨论。

② 参见刘再复、杨春时《关于文学的主体间性的对话》，《南方文坛》2002 年第 6 期，第 22 页。

设的思考本身无疑是值得肯定的，它反映出讨论者具有一种较为明朗的建构性学术品格；然而，在建设中国现代美学和文学理论的问题上，是否就是应该以主体间性理论为根本性的建构力量却显然是一个必须进行严肃的学理性探讨的问题，因为，它关系到对当前中国美学和文学理论的生长空间及其发展前景的整体性学术考量。

第五章　关于主体间性文学理论思想的简要评析

在前面，笔者从杨春时文学与美学的总体学术思想入手，讨论了其从主体性文论到主体间性文论转向的思想进程；并且根据自己对杨春时主体间性文学理论思想的理解而对其面貌作了一番大致的呈示。看得出来，在一定程度上说，杨春时的主体间性文学理论思想是自成一体的；下面我们需要做的是以此为基础并结合本研究前面的相关论述对它进行一些必要的判断。正像上文已经指出了的，笔者在此对杨春时的主体间性文论思想的评价是局部性的但又是涉及了一些根本问题的，它因本研究侧重的需要而确立。

第一节　对主体间性文学理论的几点总括性判断

一　主体间性文论作为对文学主体论批判的延续和深化

总体来看，主体间性文论的提出是杨春时近 20 年间文学与美学思想发展的必然结果。通过前面的论述，我们可以得出一个基本的结论，即就杨春时个人的思想整体而言，其中存在着一条较为明晰的内在知识和思想线索；或者说，是存在一条个人学术思想发展的内在理路，它因一个核心命题的提出而逻辑地展开。20 世纪 80 年代中后期，杨春时在文学主体性论争中由主体性命题出发而提出了超越性思想。正是文学超越性思想的提出，才导致他在90年代前期与实践美学分道扬镳，而走向他所称谓的后实践美学的建构道路；也还是主要由于对超越性命题的思考，使他在90年代探讨20世纪中国文学的性质时对于现代性和文学现代性问题给予了足够的学术关注，并把由20世纪中国文学性质问题引发的学术讨论引转至关于文学现代性问题的理论层面的探索，进而在此基础上他展开了对于文学理论现代性和美学现代性问题的研究；而又正是在文学理论现代性和美学现代性问题的研究过程中，杨春时扬弃了主体性理论而接受了主体间性理论，从而开始了主体间性文学理论的建构工作。由于在杨春时个人的学术思想中存在着这样的一条内在知识和思想线索，因而，主体性、超越性、现代性和主体间性等问题或命题也就自然而然地成为了其研究的主要论域，并且它们之间还存在着一定的谱系关联。

同时，在这个问题上，我们也还要至少注意到以下两点：其一，杨春时个人的从主体性文论到主体间性文论的转向也是其在此前学界展开文学主体性理论批判的基础上进行再思考的结果。刘再复的文学主体性理论在80年代中期提出之后，近20年间曾遭到了几种主要学术力量的批判。首先自然是文学反映论与文学主体论之间的论争，这在本书第一章第二节已经简要地论及；其次是我们在前文也已然指出的如同夏中义那样对文学主体性理论展开严肃的学理性反思；再次，90年代以来，文学主体性理论还遭到了从西方引进的后现代主义哲学的批判，人们从后现代主义理论视角出发质疑主体概念和主体性理论的合理性，这个问题笔者将会在第六章第一节中谈到。此外，还有一种重要的学术批判力量必须加以重视——尽管它的提出并不完全是直接针对文学主体论的，那就是在80年代文学思想论争中有论者提出来的关于文学本质的"审美反映论"和"审美意识形态论"。它因其较为醒目的综合特质和建构性力量，更因其在文学本质问题上与文学主体性理论的差异性理解而对后者产生着巨大的批判性作用。坚持文学"审美意识形态论"和"审美反映论"的代表人物有钱中文、童庆炳和王元骧等。这些学界前辈在他们的理论阐述中，一方面力图克服传统反映论和意识形态论的僵化性，同时又努力避免主体论和审美论任意否定排斥认识论、反映论与意识形态论的偏颇；他们既肯定文学具有一般的反映和意识形态性质，也强调文学的审美特殊性，也就是说，在他们看来，文学属于特殊的审美反映和审美意识形态。举例来说，钱中文先生就在他其时发表的《论文学观念的系统性特征》一文中专门辟有题名为"文学是审美意识形态"的一部分，他强调指出："把文学视为一种复杂的现象，一个复杂系统，从而对它进行多层次、多角度的综合研究已为不少人所接受。从社会文化系统来观察文学，从审美的哲学的观点出发，把文学视为一种审美文化，一种审美意识形态，把文学的第一层次的本质特性界定为审美的意识形态，是比较适宜的"①。王元骧认为，"我们承认文学艺术是社会生活在作家、艺术家头脑中反映的产物，只不过是从哲学上、原则上对文学艺术性质所作的最一般的、简单的规定，并非是对文学艺术本身的一种全面而完整的概括。过去，我们对这个问题只满足于从一般的、哲学的层次上去认识，并没有深入而具体地揭示它的特殊的、美学的内涵，因而逻辑的起点替代了逻辑的终点，以致造成我们对许多问题认识上的简单化和肤浅化。因此，当我们今天重新审视这个命题的时候，就应该深入到作家、艺术家审美反映（着重号为引者所加）的特征这一层面进行考察"②。这种关于文学本质问题的理论观点进入 90 年代以后影响日增，并成长为国内的一种主流文学观念。钱中文的《文学原理——发展论》在 90 年代末重版时，他修订了著作中原有的一些看法，但依然坚持"文学是审美意识形态"的观点。③稍后，童庆炳先生又著文说："我也是当时较早提出'审美反映'论、'审美意识形态'论的人之一，而且至今仍然坚持这一观点，甚至认为'审美反映'论、'审美意识形态'论是文艺学的第一原理"④。在众多的关于主体性思潮的反思和批判的文章

①　钱中文：《论文学观念的系统性特征》，《文艺研究》1987 年第 6 期，第 18 页。另亦见钱中文《文学原理——发展论》，第 102 页。

②　王元骧：《审美反映与艺术创造》，原载《文艺理论与批评》1989 年第 4 期。见王元骧《审美反映与艺术创造》，杭州大学出版社，1992，第 70～71 页。

③　参见钱中文《文学发展论》，第 112～123 页。另亦可参阅钱中文《新理性精神文学论》，第 125～136 页。

④　童庆炳：《审美意识形态论作为文艺学的第一原理》，《学术研究》2000 年第 1 期，第 105 页。

中，也有学者已然接触到了主体性的现代转化问题，比如，蔡翔在1994年第6期《文艺争鸣》杂志上发表了《主体性的衰落》一文，作者认为，文学创作的主体性理论衰落了，这是主要由于缺乏社会物质实践基础的缘故。他指出，只有在发展起来的市场经济的条件下，现代主体性才能形成并得以确立。这篇文章没有对80年代的文学主体性理论进行直接批评，但已经论及把传统文学主体性转化为现代文学主体性的问题。如前所论，杨春时早在80年代中期，就已经同其他文学主体论者的观点存在一定的疏离，近年他以主体间性思想作为文学理论建构的哲学基点，旨在以现代西方理论修正和充实主体性，这样看来，他显然延续和深化了这种批判。其二，杨春时主体间性文学理论思想的提出也有着第四章起始部分已然谈到的如同金元浦先生所说的语境和场域因素，由于这些因素的存在，对间性问题的关注近年逐渐进入国内人文学者的学术视野；尽管这在杨春时本人的学术论述中是不曾直接提到的。2002年初，刘再复在与杨春时就文学的主体间性问题而展开的对话中曾这样说："主体性是西方古典哲学的概念，现在当然应当加以改造。但我更重视文学理论所处的语境，就是一个基本概念被提出来的场合，它的意义和价值取决于这个场合、语境。文学主体性理论是在前苏联的反映论文学理论长期统治的历史场合下提出的，这个语境不同于西方当代文学理论的语境。在当时，文学主体性理论的提出有很强的历史针对性和历史合理性。人文批评总是具有双重品格：一是客观性的，面对具有真理性的问题提出见解；二是在某种历史情景下与现实作主观性的对话。主体性理论是与当时的整个历史情景相一致的"①。撇开其他相关问题不论，从这里可以看得出来，刘再复对某种理论得以提出的语境考察意识是甚为明确的，这也就要求我们必须关注90年代以来中国社会文化语境的变迁乃至人们思维方式的发展变化，并以此探讨主体间性文学理论提出的合理性与否的问题。也只有这样，我们才能更为全面地看待杨春时和刘再复他们所认为的文学主体性理论需要被加以改造的必要性。

---

① 刘再复、杨春时：《关于文学的主体间性的对话》，《南方文坛》2002年第6期，第14页。

二　主体间性文论与主体性文论：主体伸张文论建构理路之下两个环节的理论书写

当然，就本研究的立意来说，以上的一些总体看法还并不是最为重要的。如同我们在前文对刘再复的文学主体性理论的建构路向及其价值诉求予以明确地表述和提炼一样，在此我们更为重视和直接关注的也是主体间性文学理论的建构路向及其价值诉求问题，并以此看待它与文学主体性理论之间的有机联系。

在第四章第二节中笔者曾经谈到过，杨春时引入主体间性思想致力于文学理论的建设并非要以主体间性概念彻底置换主体性概念，或者说不是要绝对否定主体、主体性和反个性，而是期望以此对主体性进行重新确认和超越，是旨在对主体性进行现代修正，是在新的哲学基础上重新确立主体性。因此，如同刘再复的文学主体论一样，主体问题依然是杨春时文论建构的出发点。在提出文学理论从主体性到主体间性的转向之初，杨春时说得明白，主体性与主体间性之间并不构成对立，不是简单地肯定一个、否定一个的问题。主体间性或交互主体性，实际上是在承认主体性的前提下进一步探究主体间的关系问题。主体性与主体间性是站在不同的角度上看世界，其中，前者是在主客关系的基础上规定存在，后者则是在主体与主体的关系基础上规定存在。他强调，哲学意义上的主体间性是充分的主体间性，它超越了片面的主体性；充分的主体间性不是对主体的限制，而是主体自由的条件。① 后来，在《美学》一书中，他还这样持论："主体

---

① 参见刘再复、杨春时《关于文学的主体间性的对话》，《南方文坛》2002 年第 6 期，第 17 页。在此，我们需要看到，尽管如杨春时所说，他与刘再复就主体间性问题"达成了高度的共识"（杨春时：《现代性视野中的文学与美学》，"序言"第 4 页），但二人其实在一些问题甚至可以说是主要问题的认识上也还是存在重大差别的。在《论高行健状态》一文中，刘再复这样谈到，在 80 年代的语境下，他侧重于实现主体性，还未来得及论述主体间性；"主体性重在自我张扬，而主体间性则重在自我抑制"（刘再复：《论高行健状态》，第 30 页）。以此来看，就主体间性理论的引入而对主体自我构成的影响而言，刘再复持"抑制"说，而杨春时则持非限制说。当然，刘再复主体间性理论的"抑制"也是有特定所指的，它旨在对过于膨胀的主体产生抑制作用，或者说对主体构成抑制以使其不至于出现过度膨胀的可能。这表明在若干年后他对自己在 80 年代中期确立起来的主体观产生了反思性倾向。

间性是指在主体与主体的关系中确定存在，存在成为主体之间的交往、对话、体验，从而达到互相之间的理解与和谐。当然，主体间性并不是非主体性，不是不要主体性，而是超越主体性，克服其片面性，把与客体对立的片面主体转化为与主体交往的全面主体即交互主体，从而使主体成为真正的主体，即自由的主体，也使世界成为真正的人的世界"①。由此，对于主体间性文学理论的建构来说，我们看得更为明晰的也就是，与80年代文学主体性理论的建构相比，不仅二者都是以文学活动中的主体问题为思考原点，而且理论建构的内在目标也是颇为一致的，即都是力图使主体的自由得以确证和伸张，这也就是说，主体的自由是刘再复和杨春时二人文学思想的最高主题。当然，他们对于"主体"和"自由"的理解是存在差异的。关于"主体"，我们在前面已经讨论过，从根本上说，杨春时是在主体间视野中来看待主体问题的，是在主体—主体关系而非主体—客体关系中来界定主体的；至于后者，这就正如杨春时自己所指出的："以往的哲学认为自由是对必然的认识或者是对世界的改造②。但这种认识论的或实践论的自由不是真正的自由。真正意义上的自由是本体论意义上的自由。自由具有本体论的意义，是存在的根本属性。自由是本真的存在的属性，而本真的存在是对现实存在的超越，是自由的精神性创造"③。他认为，马克思所说的"自由王国只是在由必需和外在目的规定要做的劳动终止的地方才开始；因而按照事物的本性来说，它存在于真正物质生产领域的彼岸"④ 这一论断"就是说只有超越物质生产和现实存在领域，通过'自由的精神生产'，才能进入真正的自由王国。所以，自由即超越，超越即自由"⑤。这样看来，主体间性文学理论与文学主体性思想一样，都主张文学显示人类的生存意义，这种着眼于当今人类的精神生存状态问题从而确立起来的文学观念，不能不说是一种现代意识的表现；同时，我

---

① 杨春时：《美学》，第20页。

② 杨春时说，20世纪80年代的主体性实践哲学就是这样来理解自由概念的；为此，他认为李泽厚的自由观是古典的。

③ 杨春时：《美学》，第30页。

④ 〔德〕马克思：《资本论》第3卷，人民出版社，1975，第926页；另见《马克思恩格斯全集》第25卷，人民出版社，1974，第926页。

⑤ 杨春时：《美学》，第30页。

们还要看到，杨春时对"自由"的如上解释如同对于"主体"的界定一样其中包含有一种力图超越和排斥传统哲学惯有的主客、心物、思有二分的致思倾向从而也就使其理论阐释更富于现代①哲学意味②。如是，这也就使得主体间性文学理论的现代性价值诉求——主要表现为确证和张扬主体间视野中的主体意识、个体价值以及现代生存论的自由观念等——相较于文学主体论更为切近于当下我们这个多元共生时代的人的理想性发展和要求。说到底，主体间性文学理论在很大程度上也是一种关于人的存在和发展的可能性的设计。它的最根本诉求是主体的自由，也就是人的主体性的实现。因为，我们知道，所谓自由和解放在很大程度上正是人的主体性的代名词。

这样，笔者也就有理由认为，刘再复的文学主体性理论和杨春时提出的主体间性文学理论其实遵循着同一条文论建构的发展道路，或者说，从文学主体论的提出到主体间性文学理论的建构其间存在着一条内在理路，即前面已经指出的以文学活动中的主体问题为思考原点并力图使主体的自由得以伸张的文论建构路向。在笔者看来，文学主体性理论与主体间性文学理论的相继提出是这一文论建构理路中的两个环节，它们成为一种在这一理路之下的较为突出的文论建构现象。有论者说，从文学主体性理论到主体间性文学理论可以称得上是80年代以来中国文学理论建设上的一次转向，笔者认为，如果"转向"一说成立的话，那也只是在主体伸张这一理路之下的文论建构转向。文学主体性理论和主体间性文学理论是主体伸张文论建构理路之下的有着密切关联的两个环节

---

① 准确地说，其实应该是"现代后期"，可参见本书附论一的有关论述。

② 在此需要略作说明的是，力图超越和排斥传统哲学惯有的主客、心物、思有二分的致思倾向体现出理论言说者一定程度上的超越近代哲学思维方式也就是主客二分的思维方式的理论努力，但我们并不能由此就径直认为其哲学思想表现出了无可置疑的进步性，而只能是如同上面所说，它更富于"现代"意味。因为判定哲学进步程度的标志并不就是思维方式，尽管哲学思维方式的重要性也是我们必须加以关注的。另外，我们还需要认识到，主客二分的哲学思维方式的确立其实也是近代哲学的一个重大进步，二元分立是认识论的基础，否定了二元分立也就取消了认识论，西方现代哲学对主客二分思维方式的超越也并非简单地否定它，而只是超出其界限。参见刘放桐《马克思主义哲学与现代西方哲学比较研究中的几个问题——对〈马克思主义与西方哲学的现当代走向〉一书中若干问题的澄清》，《中国人民大学学报》2004年第1期，第10~18页。

的理论书写。

此外，通过前面的分析，我们还应该认识到，主体间性文学理论是主体伸张理路之下文论建构的一种拓展，它延续了文学理论建构的现代性价值诉求方向，而且在一定程度上还可以认为它在文学主体论诉诸中国状况下"年轻"的现代性价值品格的基础上向前迈了一步，或者说更为强化了自身理论建构的"现代"意味和特征。可以认为，这是对近年来学界中存在着的一种较为普遍的关于文学理论和美学现代性诉求甚至是中国社会整体性的现代性价值诉求的焦虑情绪的回应，抑或说，它自身就是这一"焦虑"中的文论建构努力。主体间性理论对我们克服旧的单一的对象性思维方式显然具有启示作用，这主要表现在它使我们关注的中心不再局限于主客体之间的认识关系，而是一定程度上也转向对主体之间的交往与存在关系的重视，从而有利于拓展我们对于文学性质的理解思路。但是，我们也还要注意到，杨春时的主体间性文学理论在对文学主体论的局限有了一定程度上的克服的同时，自身也出现了一些问题。正是由于这其中一些问题的存在，我们有必要对"主体间性文学理论"的合法性及其可行性问题进行慎重的思考。对这一问题的思考是极为必要的。因为，通过第四章第二节对杨春时主体间性文学理论思想的整体论述，我们能够得出一个基本的结论，即，在他看来，主体间性可以也应该成为当前中国文学理论建设的基点，文学理论从主体性到主体间性的转向也就是当前中国文学理论发展的根本道路。这其中分明表露出了杨春时存有一种把主体间性文学理论视为"元文学理论"的思想动向。

在具体讨论主体间性文论的主要问题之前，于此还要顺便提到的一点是，主体间性文学理论的提出并不再像当年文学主体论出场之后那样备受学界的关注，目前也没有迹象表明它会产生多大的思想史意义，尽管这其中存在着众多的原因，但它也间接地反映出知识分子的社会角色因社会情势的变动而必然会产生转换以及在当下社会形态中人文知识理论与社会发展的互动关联。相较于80年代正在出现微妙的变化的事实，这又是一个需要从知识社会学视角来看待和考察的问题。此不论。

第二节　主体间性文论思想中的主要问题

在这里我们仅谈两个方面的内容。

一　文学理论建构的价值诉求理论视角的缺乏

在第四章笔者已经谈到，杨春时认为，现代化和现代性两个概念从社会和文化两个层面阐释了现代。同时，现代性可以区分为社会现代性和文学现代性，或者说，可以区分为世俗的现代性和超越的现代性①，其中，世俗的现代性是现代性的肯定方面，而超越的现代性则是现代性的否定方面，并认为理性精神是社会现代性的核心，而文学现代性则是对现代性即理性的超越与否定。不难分辨出，这与笔者在本研究中对现代性概念的理解和运用存在着相当大的差异。在笔者看来，杨春时对现代性概念的这种相对于笔者的差异性理解直接造成了其在文论建构问题的思考上出现了两个方面的问题。

首先，由于杨春时不是把现代性视为现代社会的价值体系并体现出一些主导性价值，就导致其在尽管直接谈到文学的现代性甚至是文学理论现代性命题时他也并不能从价值论视野来看待和省察具体的文学理论形态的建构方向问题②，这样，笔者所认为的文学主体论与主体间性文学理论的价值诉求问题就未能进入其理论视野之中。

论述至此，我们有必要引入一个重要话题以深化对这个问题的认识。近年来国内文艺学界较为广泛地讨论过文学理论现代性问题，并由此形成

---

① 后来，在《现代性与中国现代性的总体构成》（载《求是学刊》2003 年第 1 期，第 44 ~ 47 页）一文中，从福柯对于现代性概念的理解出发，杨春时又把现代性区分为感性、理性和反思—超越三个层面。并说，感性现代性是被解放的享乐欲望；理性现代性是理性精神，包括科学精神和人文精神；反思—超越层面的现代性包括艺术、哲学以及宗教等，是对感性现代性和理性现代性的批判。他认为，中国现代性的历史，存在着感性现代性没有充分发育、理性现代性缺乏科学精神和对个体价值的肯定，以及反思—超越的现代性即哲学、审美以及宗教的缺失等根本性的缺陷。他强调，这些问题，在当前的改革开放中必须加以解决。

② 在具体的文学理论形态的建构方向问题上，刘再复的价值论意识很是明朗与自觉。关于这一点，可参见本书前面部分所论述。

了一些在这个问题上的代表性观点。比如，钱中文先生这样指出："文学理论要求的现代性，只能根据现代性的普遍精神，与文学理论自身呈现的现实状态，从合乎发展趋势的要求出发，给予确定。我以为当今文学理论的现代性的要求，主要表现在文学理论自身的科学化，使文学理论走向自身，走向自律，获得自主性；表现在文学理论走向开放、多元与对话；表现在促进文学人文精神化，使文学理论适度地走向文化理论批评，获得新的改造"①。从钱先生对现代性问题的理解②来看，他对"当今文学理论的现代性的要求"的如是主张当然是值得重视的，其对于文学理论建设问题本身的意义也甚为深远。然而，考虑到本研究对"现代性"概念的界定和运用与钱先生对于它的理解的两者间的差异，笔者以为，在钱先生所说的"文学理论现代性"话题之外还需要明确地确立另外一个问题，即文学理论的现代性价值诉求话题。当下，全球化的趋势不可阻挡，但全球化本身并不能带来价值的确立；在全球化浪潮中，中国文学理论的建设应清醒地进行合理的价值选择。直接地说，当下文学理论的建设应该坚持现代性价值诉求的建构方向。③ 如前所论，笔者认为，在主体伸张文论建构理路之下确立起来的文学主体性理论和主体间性文学理论就正是坚持了现代性价值诉求的文论建构方向，尽管杨春时本人由于受到对现代性概念的不同于笔者的理解的理论视野的制约而未曾意识到这一问题。事实上，文学主体性理论和主体间性文学理论表现出了现代性价值诉求的建构方向，才正是笔者对它们在一定程度上予以肯定和认可的最根本原因；当然，正像在前面相关部分所已经指出了的，它们也只是确认和追求现代性主导价值的一些主要方面，而非也不可能是现代性主导价值的全部内容，这是由主体伸张文论建构理路的出发点及其根本目标指向所决定了的。

正因为具体的文论形态的价值诉求问题未能进入杨春时的理论视野之中，他也就无视文学主体性理论的现代性价值诉求品格，并进而造成其对文学主

---

① 钱中文：《文学理论现代性问题》，《文学理论：走向交往和对话的时代》，第 288 页。
② 在钱中文看来，所谓现代性，就是促进社会进入现代发展阶段，使社会不断走向科学、进步的一种理性精神、启蒙精神，就是高度发展的科学精神与人文精神，就是一种现代意识精神，表现为科学、人道、理性、民主、自由、平等、权利、法制的普遍原则。参见钱中文《文学理论现代性问题》，《文学理论：走向交往和对话的时代》，第 279 页。
③ 关于这个问题的思考，另请参见本书第 192 页注释②。

体性理论性质判断的失误，认为它是前现代性的理论建构或者说它属于前现代性的理论体系①，而主体间性文学理论以及以主体间性理论为哲学基点确立起来的后实践美学的建设才是中国文学理论和美学现代性的道路。这样，我们也就看到，尽管杨春时一再说，主体间性并不是反主体性，而是对主体性的现代修正和补充，但其实在他的理论阐释中，由于前现代性命题和现代性命题的对立，主体性文论与主体间性文论之间也就存在着深层次的冲突。造成杨春时理论中这一混乱甚至可以说是一种不小的矛盾的原因还涉及由于他对现代性概念与笔者的差异性理解而导致的第二个方面的问题。

　　对这一问题的揭示，我们不妨先从杨春时自己的论述开始。在第四章第一节中提到的他就文学现代性问题而同姚新勇商榷的文章中，杨春时说："文学现代性只有一个，不存在什么适用于中国文学的'传统的现代性'和一个不适用于中国文学的'后现代的现代性'"②。与这种认为文学现代性是唯一的观念密切相关的是，杨春时认为，现代性是单一的。他说："根本不存在什么东方或中国的现代性，现代性不是中国本土文化的产物，而是西方的舶来品；尽管中国在接受现代性的过程中有所选择、变通，实现现代性的方式、道路有所不同，但作为一种目标，应当有质的确定性和全人类的普遍性。否则，一国有一国的现代性，现代性岂不成了一句空话？"③ 又说："中国现代性是由西方引进的，不是土生土长的，因此，现代性只是西方文化的特产，所谓'反西方现代性的现代性'根本上就不可能存在"④。可以看出，杨春时在这里明确地执持单一而非多元的现代性观念，他否认中国状况下现代性问题的特殊性存在。⑤ 由于不是

---

① 对此，可参见本书第四章第二节第一部分的相关论述。
② 杨春时：《"文学现代性"讨论没有意义吗？——对〈现代性言说在中国〉的质疑》，《文艺争鸣》2001 年第 2 期，第 75 页。
③ 杨春时：《"现代性批判"的错位与虚妄》，《文艺评论》1999 年第 1 期，第 26 页。
④ 杨春时：《现代性与现代民族国家在中国的断裂和复合》，《学术月刊》2001 年第 1 期，第 9 页。
⑤ 后来，杨春时的这种单一的现代性观念略微有些松动，在《现代性与中国现代性的总体构成》（载《求是学刊》2003 年第 1 期）一文中，他说："中国现代性是从西方引进的，在具有现代性的一般性质的同时又有自己的特殊性。"但需要区分的是，杨春时在这里所说的特殊性存在具体所指，它并不等同于笔者在上面提到的中国状况下现代性问题的"特殊性"。

把现代性视为现代社会的价值体系，再加上这种单一的、静止的现代性问题视野，在很大程度上就决定着杨春时不能很好地看待现代性的一些主导价值在历史发展中的逐步生长性质及其在中西不同文化背景中而表现出来的不可避免的差异；尽管在个别场合中杨春时也提到了现代性的发生、发展和成熟问题①，但显然没有迹象表明在他的理论阐述中这一思考是连贯性的。正因为如此，而且从根本上说，是由于缺乏从价值诉求问题来看待文学理论建构方向的理论视角，直接造成了他对文学主体性理论和主体间性文学理论的价值诉求问题的漠视，更不用说能够明确地洞察到主体间性文学理论的价值诉求相对于文学主体论而表现出来的一定程度上的深化或说更富于"现代"意味的性质了。从而，为了确立主体间性文学理论思想的现代合理性，杨春时只能得出文学主体论是前现代性的理论建构而主体间性文学理论的建设才是中国文学理论现代性的发展道路的结论。

二 主体间性文学理论中的核心概念及其主体观

主体间性文论中的核心范畴显然是"主体间性"。讨论杨春时文学和美学思想中的"主体间性"概念，需要从关注这个概念的最初思想源头出发。Intersubjektivität（德文），intersubjectivity（英文），前已述及，中文一般译为"主体间性"，又译为"交互主体性"等，是来自于胡塞尔现象学的一个哲学概念。胡塞尔的主体间性问题意识始于其《逻辑研究》（1901年）的第一研究，此后一直萦绕在他个人的哲学思考中。② 这期间，胡塞尔曾在《笛卡尔式的沉思》（1930年）的"第五沉思"③ 中对他的交互主体性理论做过一个总体性的概述。主体间性或交互主体性问题在胡塞尔现象学中不是一个系统的、自身封闭的论题，相反，它是一个由相

---

① 在《"文学现代性"讨论没有意义吗？——对〈现代性言说在中国〉的质疑》（载《文艺争鸣》2001年第2期）一文中，杨春时曾经谈及，文学现代性和一切反思的现代性是在现代性发生、发展、成熟过程中的伴生物。关于这一点另可参见本书第93页注释①。
② 参见倪梁康《胡塞尔现象学概念通释》，生活·读书·新知三联书店，1999，第256~257页。
③ 〔德〕埃德蒙德·胡塞尔：《笛卡尔式的沉思——先验现象学引论》，E. 施特洛克编，张廷国译，中国城市出版社，2002，第121~206页。

关课题组成的共同论域。倪梁康先生就这样认为：对于胡塞尔的整体思想而言，"交互主体性贯穿在整个现象学中，而一门完整的交互主体性现象学也就是一门完整的现象学一般"①。丹麦学者 D. 扎哈维也指出，事实上，胡塞尔"花了不止 25 年的时间彻底研究了交互主体性问题的不同方面，对此主题的分析可谓汗牛充栋，如仅以数量计，其论述远远超过任何一个后来的现象学家"②。如此来看，我们在前面谈到的杨春时认为胡塞尔提出主体间性命题的目的是使其先验现象学走出唯我论的困境的观点——这也是学界的一般性看法——就成为对胡塞尔思想的一种孤立和割裂式理解了，因为它明显地倾向于把主体间性问题的提出视为胡塞尔对其原有思想理论的一种事后补救，而不是把它看成是胡塞尔现象学哲学中的一个重要的内在要素、一种根本性的构造力量。那么，在胡塞尔的哲学中主体间性的主题或者说这个概念的具体所指又是什么呢？在维克多·维拉德-梅欧看来，要获得对于胡塞尔哲学中主体间性的主题的理解，首先需要关注他的"移情"论题；对胡塞尔而言，移情是自我通达他人的途径，或者说，通过它，我获得对其他自我的体验。"根据胡塞尔的观点，移情达到这样一种结论，即我对我而言是主体，而所有其他自我对我而言也是一种原初活动（包括移情活动）的主体。在此我们便具有了一种现象学的主体间性。概括而言，现象学的主体间性是关于它自身的主体性和另一个主体性的意识。主体间性是主体相互之间的内在统觉（apperception）"③。对于胡塞尔的主体间性概念，倪梁康也作出了这样的概括："在胡塞尔现象学中，'交互主体性'概念被用来标识多个先验自我或多个世间自我之间所具有的所有交互形式。任何一种交互的基础都在于一个由我的先验自我出发而形成的共体化，这个共体化的原形式是陌生经验，亦即对一个自身是第一性的自我—陌生者或他人的构造。陌生经验的构造过程经过先验单子的共体化而导向单子宇宙，经过其世界客体化而

---

① 倪梁康：《胡塞尔现象学概念通释》，第 255 页。
② 〔丹〕D. 扎哈维：《胡塞尔先验哲学的交互主体性转折》，臧佩洪译，《哲学译丛》2001 年第 4 期，第 2 页。
③ 〔美〕维克多·维拉德-梅欧：《胡塞尔》，杨富斌译，中华书局，2002，第 104 页。

导向对所有人的世界的构造，这个世界对胡塞尔来说就是真正客观的世界”①。由此，我们认识到，胡塞尔在其哲学中引入主体间性问题的思考的一个重要目的是通过它而达致对真正客观世界的掌握。因此，胡塞尔的交互主体性概念是一个认识论概念，他关于交互主体性命题的阐述和论证，关于交互主体性构造的分析，从根本上说其希望解决的就是认识的客体性问题，他将交互主体性视为认识的“客体性”的根源或保证。这就正如克劳斯·黑尔德（Klaus Held）教授所持论的：“如果人们期望从这个构造（即交互主体性的构造，引者注）分析中获得对各种集团形式，如友谊、家庭、社会、国家等等的现象学研究，那么人们就误解了这个构造分析的目的所在。在这里，胡塞尔首先感兴趣的是客体性的可能性：尽管各种对象的经验情况不同，它们如何能够以同样的方式显现给不同的人？更彻底地问：不仅每一个个体的意识与一个它独自固有的经验世界打交道，而且所有意识都具有一个对它们来说共同的经验世界，即具有一个包含着它们主观视域的普遍视域，这种情况如何解释？”② 这样来看，胡塞尔现象学中的主体间性概念的界定和交互主体性构造分析的目的指向就与杨春时从其哲学视域出发而达致的对于主体间性概念的理解有着重大的差别了。当然，笔者指明这一点，仅是强调这一差异性事实，而并不是说对于主体间性概念的理解和使用就必须以胡塞尔的哲学思想为唯一标准，对于它的理解模式是多样的；因为，在西方哲学的发展过程中，主体间性理论或思想原本就曾经存在过伦理政治形态或伦理社会形态、认识论形态、生存论形态、社会历史形态等多种形式③，而且，如前所论，杨春时在其一己的对于20世纪西方哲学发展历程的阐说中也注意到了主体间性理论由胡塞尔的现象学而海德格尔的存在主义哲学而伽达默尔的哲学解释学语境的发展轨迹，故此，综合已有的关于主体间性理论阐述的思想资源

---

① 倪梁康：《胡塞尔现象学概念通释》，第255页。
② 〔德〕埃德蒙德·胡塞尔：《生活世界现象学》，〔德〕克劳斯·黑尔德编，倪梁康、张廷国译，上海译文出版社，2002，“导言”（克劳斯·黑尔德撰）第25~26页。黑尔德认为，这个问题对于胡塞尔来说具有特别突出的意义，因为只有回答了这个问题才能阻止现象学的失败。
③ 参见王晓东博士学位论文《多维视野中的主体间性理论形态考辨》（2002年，衣俊卿指导）第30~31页。

而努力得出自己对于主体间性问题的一般性理解是很为必要的，也是展开个人的对于主体间性问题的学术探讨的前提条件。

但问题是，当杨春时径直认为主体间性是对主体性的现代修正，也就是把它看成是对主体性的补充和延续，并把它明确地界定为主体与主体间的关系的规定以区别于主体性对主体与客体间关系的规定时，它就与现今获得较为普遍认可的主体间性概念的严格定义的丰富性蕴涵有着不小的距离。由尼古拉斯·布宁和余纪元编著的《西方哲学英汉对照词典》中关于"主体间性"词条的解释是这样的："如果某物的存在既非独立于人类心灵（纯客观的），也非取决于单个心灵或主体（纯主观的），而是有赖于不同心灵的共同特征，那么它就是主体间的。审美特性与洛克的第二性质思想属于这一范畴。主体间的东西主要与纯粹主体性的东西形成对照，它意味着某种源自不同心灵之共同特征而非对象自身本质的客观性。心灵的共同性与共享性隐含着不同心灵或主体之间的互动作用和传播沟通，这便是它们的主体间性。由此看来，一个心灵不仅体验到其他心灵的存在，而且其中包含着与其他心灵沟通的意向。在胡塞尔看来，主体间的这些特征表明：人们与其说是建构了一个唯我论的世界，毋宁说是建构了一个共享的世界（Lebenswelt）。……主体间性的根本在于……证实他人心灵的存在"①。以此来看，主体间性问题自然与主体之间的关系有关，但显然又不局限于"关系"这种明显地倾向于问题的外在性方面的描述。② 当然，不能否认的是，以上面的定义作为参照，可以看出，杨春时文学和美学思想中对于主体间性问题的阐释也揭示出了西方哲学中主体间性理论的一些合理因素；而且，无论他是否已经自觉地意识到，这些合理因素其实首先就蕴含在胡塞尔的交互主体性理论之中。换句话说，杨春时主体间性理论的合理因素的获致从思想源头上而言首先就是基于胡塞尔的交互主体性理论，当然，它所体现出来的只是与胡塞尔主体间性理论丰富蕴涵中的一个层面的内容相关。对这一问题的认识，我们可以从 D. 扎哈维对于胡

①　〔英〕尼古拉斯·布宁、余纪元编著《西方哲学英汉对照辞典》，王柯平等译，人民出版社，2001，第 518～519 页。

②　对此，另还可以参见满兴远在其博士学位论文《文学视域中的主体间性问题研究》（2004 年，金元浦指导）第 5 页中的相关分析。

塞尔交互主体性理论的相关阐释中来看待。扎哈维强调，胡塞尔的交互主体性理论是一种关注交互主体性的先验（即构造性的）功能的理论，因此，其反思的目的纯粹就是构造一种先验交互主体性的理论；这是一种构造交互主体性的理论，而不是一种关于具体的世间社会性或特定的我—你关系的琐屑考察。在扎哈维看来，胡塞尔的构思借助了三种不可还原和具有等级结构但却又各不相同的先验交互主体性，他分别称之为开放的、具体的和世代性的交互主体性。其中，开放的交互主体性是更为基本的。它为胡塞尔关于视域意向性论著研究中的以下一种观点提供了证据：我的每一个视域性经验不仅隐晦地指涉作为经验主体的我自身，而且也指涉作为共存主体的他者，这是先天的，并且全然先于我对于他们的具体经验。扎哈维认为，要理解这一点，就必须考察胡塞尔的知觉理论。在胡塞尔的知觉理论中，"一个体验是'奠基于'其他体验之中的。这种奠基的思想对于胡塞尔构造分析的系统排列具有决定性作用并且超出这个范围而在整个现象学运动中获得了根本性的方法意义"①。这样，当自我知觉性地意指一个客体时，就不只是对这个客体的预感的一种直觉经验，而是由于一种视域性的共现的存在，在其超越性中，它必然总是同时综合了预感或轮廓。扎哈维指出："这种直觉性地被给予的先验知觉总是萦绕着对不在场的预感的指涉。每一知觉都必定指涉着进一步的可能知觉。这种知觉（原则上与我当下的知觉是不吻合的）是关于可能的他者的知觉。因而，每一种共现及每一客体呈现都由于它们的视域性，预设了一种关于可能的主体的综合来作为相关物。我的视域意向性依赖于胡塞尔有时称为开放的交互主体性的那个东西"②。胡塞尔交互主体性的第二个层次是众所周知的"具体的交互主体性"，扎哈维说，它亦即主体间为肉体身体所调节或说以之为中介的实际联系。这也就是我们在一般意义上所理解的主体间性

---

① 〔德〕埃德蒙德·胡塞尔：《生活世界现象学》，"导言"第7页。
② 〔丹〕D. 扎哈维：《胡塞尔先验哲学的交互主体性转折》，臧佩洪译，《哲学译丛》2001年第4期，第6页。在这一阐释之后，扎哈维随即转引了胡塞尔直接论及"开放的交互主体性"问题的一段论述："所以，每个客体性，即在我眼前的某种经验以及起初的某种感知，都具有一种统摄性的视域，即可能的经验——本己的和陌生的。就本体论而言，我所拥有的每个显现，从开始起就是一个开放的无限过程的环节，但是可能显现的视域并不同样明晰地实现的，进而，这一显现的主体性是开放的交互主体性。"

的内涵。交互主体性的第三个层次是世代性的交互主体性。它所涉及的是交互主体性的历史维度，即交互主体性"世代相传的正常性、常规性及传统这种维度"。在胡塞尔看来，关于自我和世界的某些本质性的理解，只有借助于这一层面的交互主体性才得以可能。对于世代交互主体性的关注，将使我们的研究不仅仅局限于主体间性的协调与一致，而是更为深入到了有关主体间性的冲突与对抗层面。同时，它也有助于我们理解基于主体间性的各类共同体间性乃至文化间性等更为宏观性的间性问题。① 由此，结合前文已经提到的杨春时对于主体间性概念的理解及其对 20 世纪西方哲学中主体间性理论的相关阐发，我们不难看出，杨春时的主体间性思想仅与胡塞尔交互主体性理论中的处于第二个层面的"具体的交互主体性"存在着内在联系；事实上，它也就是由之而来的，当然，在此基础上，杨春时进而对主体间性问题作了生存论哲学意义上的发挥和改造。这也就与我们在下面谈到的问题有关了。

在前文我们曾提及，杨春时认为主体间性既是一个认识论概念，也是一个本体论概念，但是，他通过对社会学意义上和哲学意义上的主体间性的区分，尤其是对真正的主体间性只存在于超越的领域的观点的强化，就导致在其理论中对于主体间性概念的理解和运用其实出现了哲学视域取向上的偏移；也就是说，在杨春时的理论阐述中，主体间性事实上并不首先是一个认识论概念，而是根本上直接被视为一个生存论哲学概念，这样它也就在以此强化和突出"文学作为以审美为导向的生存活动和生存体验活动"② 的同时不可避免地障蔽了文学活动丰富性蕴涵的其他内容——尽管他也曾经谈到过文学的多层面和多重本质问题③，因为它侧重于对文学的性质进行生存论意义上的界定，而缺乏诸如认识论意义上的明确的揭示。这也就是说，杨春时的主体间性理论是无法阐释文学活动的全部内容

---

① 参见〔丹〕D. 扎哈维《胡塞尔先验哲学的交互主体性转折》，臧佩洪译，《哲学译丛》2001 年第 4 期，第 2~9 页；另亦参考了满兴远博士学位论文《文学视域中的主体间性问题研究》（2004 年，金元浦指导）第 17~18 页中的相关论述。

② 杨春时、俞兆平、黄鸣奋：《文学概论》，第 31 页。

③ 可参见杨春时的《文学本质新论》（载《学术月刊》1999 年第 4 期第 67~70 页）一文及其《现代性视野中文学与美学》一书第五章的第一部分"多层面的文学本质观"，后者又以《论文学的多重本质》为题发表在 2004 年第 1 期的《学术研究》杂志上。

的。由于认识论观念的事实上的缺乏，杨春时也就如同刘再复一样，排斥甚至绝对否定反映论文学观，这在他与刘再复就文学的主体间性问题而展开的对话中是可以看出来的。① 把主体间性概念作为一个生存论哲学概念，当然具有它的充分的合理性；然而，在此我们又需要注意到杨春时的主体间性理论由之而出现的其他方面的问题。对此，我们可以从杨春时本人的一段论述出发来展开简略的讨论。在第四章第二节的第二部分，笔者曾论及杨春时的以下看法：在主客对立关系中，世界是不可认识的，主体也无法获得自由；而当在主体间性的视野内把世界当成主体时，就可以在与世界的交往和对话中，克服自我与他者的对立，建立和谐的关系，从而达到互相理解和自由。杨春时说，这是一种本真的、理想的人与世界的关系。这里的主要问题至少表现为：第一，杨春时的如是看法，明显地反映出了其主体间性理论存有一种主观主义和纯粹理想主义的思想倾向，其致思方式完全抛开了对于自由等命题的历史性维度的考察，从而割裂了事物、现象或观念发展的理想性与历史性的统一。第二，主体的泛化倾向，把非人的世界也视为主体。这就涉及对于杨春时的主体间性哲学视野之下的主体观的某些方面的讨论了。从一己的哲学理解出发，在讨论现代西方哲学的主体间性转向时，杨春时也曾提到了法国哲学家萨特的思想，在此，我们不妨就从萨特的主体间性思想出发来看看他对于主体的理解问题。对于萨特而言，主体间性是指作为自为存在的人与另一作为自为存在的人的相互联系与和平共存。这也就是说，主体间性存在于人与人之间，人才是主体。当然，我们也要注意到，萨特的这一思想认识的得出其实也经过了一个发展过程，在《存在与虚无》（1943 年）中，萨特曾提出与主体间性意义相反的"为他存在"的观点，认为人与人之间的联系就是冲突；这就犹如他所说的，"他人就是地狱"。后来，在《存在主义是一种人道主义》（1946 年）这篇长文中萨特又提出用主体间性代替为存在，以克服他先前的人与人之间只有冲突的观点。他认识到，人在我思中不仅发现了自己，而且也发现了他人，他人和我自己的自我一样真实，而且我

---

①　在 80 年代中后期，作为文学主体论者的杨春时对反映论文学观的态度也基本上是这样的。对此，可参见本书前面部分的有关论述。

自己的自我也是他人所认为的那个自我，因而要了解自我就要与他人接触，通过他人来了解自己的自我，通过我影响他人来了解我自己，由此，他把这种人与人相联系的关系称为主体间性的世界。① 被萨特誉之为我们这个时代不可超越的马克思主义哲学同样认为主体是人。马克思说："人始终是主体"②；又说，在实际生产中，"主体是人，客体是自然"③，并且，作为主体的人必须是其出发点④。在此，主体指实践活动和认识活动的承担者，与客体相对而言，它是在认识论意义上被使用的。当然，在非认识论意义上，比如在本体论意义上，马克思也曾使用过主体概念，用以指非人的对象，在《神圣家族》中马克思就这样指出："物质是一切变化的主体"⑤。但是，我们必须看到，马克思在这里把"物质"称为"主体"是就它作为事物变化以及所有其他东西的基础而言的，它与杨春时在主体间性视野下把世界视为主体的观点有着迥然的差别。事实上，就连杨春时自认为的与他在文学主体间性问题上达成了高度共识的刘再复也是持主体就是指人的观点的⑥。主体是人，而且是在一定社会关系中从事实践、认识等活动的"现实的人"和"现实的人类"⑦，是在具体活动中展现出来的自由自觉的人；这也就是说，在人的特定活动中，主体是特定的人。这是必须坚持的基本看法。⑧ 当然，说主体是人，并非就认为任何一

① 参见〔法〕让 - 保罗·萨特《存在与虚无》，陈宣良等译，杜小真校，生活·读书·新知三联书店，1997；〔法〕让 - 保罗·萨特：《存在主义是一种人道主义》，周煦良·汤永宽译，上海译文出版社，1988。需要说明的是，此处对萨特主体间性思想的讨论特别参考了冯契主编的《哲学大辞典》（修订本）第 2037 页中关于"主体间性"词条的解释。

② 〔德〕马克思：《1844 年经济学哲学手稿》，人民出版社，2000，第 91 页。

③ 〔德〕马克思：《〈政治经济学批判〉导言》，《马克思恩格斯选集》第 2 卷，第 3 页。

④ 参见〔德〕马克思《1844 年经济学哲学手稿》，第 82 页。

⑤ 〔德〕马克思、恩格斯：《神圣家族》，《马克思恩格斯全集》第 2 卷，人民出版社，1957，第 164 页。

⑥ 参见本书第一章第一节。即使是在提出文学主体性理论之后近 20 年之久，刘再复在与杨春时展开文学的主体间性问题的对话时他也没有认为世界是主体的看法。

⑦ 〔德〕马克思、恩格斯：《神圣家族》，《马克思恩格斯全集》第 2 卷，第 177 页。

⑧ 金惠敏在谈到主体所具有的若干重要性质时也持论，任何关于主体的讨论都潜在地指向具体的、历史的，或是个体的或是集体的人。为此，他分析说，虽然在笛卡尔的公式"我思故我在"中主体表现为纯粹之思，在康德主体拒绝被实体化或个体化，它只被允许作为思想的功能或形式，但无疑这种作为思想的主体就是新兴的资产阶级。参见金惠敏《孔子思想与后现代主义——以主体性和他者性而论》，载金惠敏主编《差异》第 1 辑，河南大学出版社，2003，第 9 页。

个个人都可以成为主体，任何自然都是客体，这是一个近乎马克思主义哲学的常识问题了。黄枬森先生说："主体是人，但并不等于人，人只有作为某种活动的发出者才是主体。……客体是世界，但就人的活动来说又不等于世界，世界只有作为某种活动的接受者或被指向者，才是客体。"①总体上看，这一说法是符合马克思主义哲学主体观的基本精神的，具有较为充分的合理性，但显然也还需要继续深化，它并没有抽象出主体的质的规定性，因而对于主体的理解依然显得含糊。有论者指出："总结前人的思想成果，我们可大致得出这样的结论：主体一定是人，但又是具有特殊规定性的人。（1）从外在关系上看，主体是相对于一定的客体而存在的人；（2）从内在本质上观，主体是从事自由自觉活动的人，即主体一定能够自作主张，自主活动，能够利用客体，能够知道自己在干什么，为何如此，结果怎样，并且明白自己行为的社会权利和责任，能够担负责任"②。笔者认为，这一对"主体"内涵的具体界定是甚为恰当的。讨论至此，我们必须由之而更为重视的一个问题是，马克思不仅把唯物论、辩证法和实践观，而且将历史唯物论引入了其主体思想，从而他就把主体理解为具体的历史性的主体。这与康德等人的抽象的主体观是完全不同的。在马克思这里，主体是具体的丰富性的存在，它既表现为多种存在形式，而且又总是体现为历史的产物，尤其是历史性的生产的产物；马克思的"生产不仅为主体生产对象，而且也为对象生产主体"③的著名论断显然就包含着这一重要思想。而正是从这一点出发，我们又看到，事实上，在前面的论述中也已经提到，除了把主体予以泛化之外，杨春时在主体观问题上，也还存在着与刘再复一致的一个方面，那就是，就他的阐述而言，主体依然是非历史性的，他同样忽视了人的主体性建构的过程性；在他的理论中没有任何的对于主体和主体性的历史规定性的讨论的事实足以证明这一点。笔者认为，这是在从文学活动中的主体问题出发而致力于文学理

---

① 黄枬森：《论人的活动的主体性》，《阵地》1991 年第 6 期，第 19 页。
② 李为善、刘奔主编《主体性和哲学基本问题》，中央文献出版社，2002，第 12 页。这是杨金海关于"主体"蕴涵的基本看法，相对于以前他在这个问题上的观点（参见杨金海《人的存在论》，广西人民出版社，1995，第 192～194 页），其认识显然更见深化了。
③ 〔德〕马克思：《经济学手稿（1857～1858）》，《马克思恩格斯全集》第 46 卷（上），人民出版社，1979，第 29 页。

论建构的过程中或者说乃至于在一切的关于文学理论的建构性思考的过程
中都必须加以关注的一个重要问题。谈论主体和主体性问题，而无视它的
时代性和历史性，这显然是不足取的，也反映出讨论者的理论思维存在着
不小的缺陷。

小　结

如前所论，文学主体性理论和主体间性文学理论是在主体伸张文论建
构理路之下存在密切关联的两个环节的理论书写。在当代文学理论领域，
从主体性到主体间性的理论建构，一定程度上是对文学活动中的主体和主
体性问题讨论深化的结果。基于本研究前面的探讨，对从主体性文论到主
体间性文论的发展进行总体描述，笔者认为可以用"三"、"二"、"一"
来指称。"三"即三个环节：反映论文论和意识形态文论、文学主体性理
论、主体间性文学理论。这三个环节中的第一、第二种文论样态分别构成
了第二、第三种文论样态提出的直接知识前提。"二"即二度否定。文学
主体论对反映论文论和意识形态文论的否定、主体间性文学理论对文学主
体论的否定。"否定"阐释在此被赋予了一种特定的方法论意义。我们知
道，任何领域的发展不可能不否定自己以前的存在方式。但是，我们更需
要明白："辩证法的特征和本质的东西不是单纯的否定，不是徒然的否
定，不是怀疑的否定、动摇、疑惑，——当然，辩证法自身包含着否定的
要素，并且这是它的最重要的要素，——不是这些，而是作为联系环节、
作为发展环节的否定"①。由是，我们还注意到，这两个不同阶段针对不
同对象的"否定"是存在程度上的差异的。文学主体论的提出首先直接
针对的是机械反映论，但随后其倡导者也就出现了完全否定反映论的理论
偏向。而对杨春时来说，主体间性文学理论对文学主体性理论的"否
定"，是在肯定主体性建构的历史成果基础之上的对其的一种"超越"。
"一"是一条主体伸张的文论建构理路、一种根本性的"焦虑"。文学主
体性理论和主体间性文学理论遵循的是同一条文论建构理路，它们共同体

① 〔俄〕列宁：《黑格尔〈逻辑学〉一书摘要》，《列宁全集》第 55 卷，第 195 页。

现出一种对于现代性价值祈求的焦虑，并且后者还体现出相较于前者的对于现代性价值诉求的一定程度上的深化特征。

笔者以为，就文学理论的建设问题而言，坚持现代性的价值取向，是文学主体论和主体间性文论这两种在近 20 年间产生出来的知识形态的最为值得重视和借鉴的方面。在笔者看来，确立文学理论的价值诉求方向是文学理论建设中的一个极为重要的问题，甚至可以说是压倒一切的根本问题。这个问题不明朗，其他许多问题也就会随之变得模糊起来，甚至造成文论建构问题探讨本身的价值和意义的弱化。坚持现代性价值诉求的发展方向是当下中国文学理论建设的根本选择。如是，才能让文学理论的建设同当前中国社会文化的整体推动保持总体发展方向上的一致性，因而，事实上这也是使得建设中的文学理论具有现实性品格的基本保证。

当然，基于现代性问题是一种双重现象，我们在追求现代性价值的同时，还必须充分吸纳一些西方理论家批判现代性的有价值的合理思想以有效遏制"现代性"中的负面因素的蔓延，并根据中国国情的需要发展现代性价值观念。① 这样，我们关于文论的建构性思考也就应当建立在对健全而又充分的现代性的认识和诉诸的基础之上，或者干脆换句话说，建构中的文论应该体现出对健全而又充分的现代性价值观念的诉求。后现代主义者利奥塔主张"重写"现代性，也就是祈望将现代性建立在更为合理的基础之上。② 这应该为我们的现代性价值诉求的文论建构的思考带来足够的启示。

以上是笔者由针对文学主体性理论和主体间性文学理论的总体审视而得出的关于文学理论建构问题的一个方面的认识，此外，我们还必须注意到问题的其他重要方面。

首先，钱中文先生指出："文学的主体性思想，引发了拥护者们的'主体性文艺学'的构思。在我看来，探讨文艺思想中的主体性问题，不仅可能，而且必要，但是否存在'主体性文艺学'，就难说了，因为文学理论里的各种问题并不是全由主体性来阐明的"③。通过上文对杨春时主

---

① 这一问题在本书第二章第三部分已有较为充分的讨论，可作参考。
② 对利奥塔"重写"现代性主张的简要分析，可参见本书附论一中的相关阐述。
③ 钱中文：《文学理论现代性问题》，《文学理论：走向交往对话的时代》，第 312 页。

体间性文学理论思想基本面貌的揭示，以及对杨春时主体间性概念的针对性讨论，我们也已经得出一个结论，杨春时的主体间性理论同样并不能对文学理论中的所有问题作出解答，甚至它还障蔽了关于文学本质的多层面的思考。其次，杨春时文学和美学思想中的主体间性概念只是揭示和提炼出了 20 世纪西方哲学中主体间性理论的一些合理因素，或者说，他对"主体间性"的界定远不是西方哲学中具有丰富性蕴涵的主体间性概念及其理论本身，而只是对其的一种简约化处理并在此基础上作了一定程度上的改造。再次，也是一个极为重要的方面是，现代西方哲学家主张以主体间性取代主体性，就其合理性、科学性和彻底性来说也是很成问题的①，这一问题本身还有待于更深入的思考。主要基于以上三个因素的考虑，笔者认为，"主体间性文学理论"的提法就显得很有问题有待于慎重讨论了，尤其是与文学主体性理论一样不可作为一种"元文学理论"来看待。然而，我们由此又应该明白的是，主体论文艺学和主体间性文学理论的提法需要重新考察，但这显然并不是说文学理论的建构本身就无须考虑到主体问题。本研究选题的确立，首先就来自于对文学主体性理论和主体间性文学理论从文学活动中的主体问题出发并力图使得主体的自由得以伸张的建构理路的关注。"文学是人学"，尽管这一论断也同样不能对文学的多本质性作出全面的概括，然而，对文学活动中的人——主体问题的重视却是文学理论建构的永恒主题。关注文学活动中的主体以及随之而来的人的主体性问题，也就是关注现实的人本身，笔者一直以为，文学以及文学理论的创建应该始终包含着这一重要维度。这也是笔者从文学主体性理论和主体间性文学理论这两种当代知识形态中得到的重要启迪之一。因此，从本研究此前对文学主体性理论和主体间性文学理论这两种知识形态的近乎于学术史意义上的梳理与探讨出发，考虑到它们各自存在的主要局限尤其是在主体性问题上的重大理论欠缺，笔者以为，我们的着力点，其实并非如同杨春时所说，要使得当前中国文学理论的建设以主体间性理论为根本性建构力量完成从主体性文论到主体间性文论的转向，或者说，我们探讨

①　参见刘放桐等著《马克思主义与西方哲学的现当代走向》，第 246～247 页。本书第六章第二节起始部分还将间接谈及这个问题。

的主题并不是对在主体伸张的文论建构理路中确立起来的"主体间性文学理论"这种倾向于使之具有元文学理论性质的理论形态的构建，而是应该转向对文学活动和文学思想中的主体性问题的深度关注，亦即重视和深化文学活动中的主体和主体性问题的当下中国语境中的思考。在笔者看来，这才是我们从文学活动中的主体出发考察文学问题的具有充分合理性的努力方向。

重视和深化文学活动中的主体和主体性问题的当下思考，我们不能无视当代中国思想文化中的一个基本事实。在前面，我们曾谈及，文学主体性理论在20世纪80年代中期被提出之后，经受过几种重要学术力量的批判；其中之一是，人们从后现代主义哲学视角出发，质疑主体概念与主体性理论的正当性和合理性。检视"文革"之后的中国学术思想史，我们会愕然发现，90年代初西方后现代主义文化思潮的登陆似乎一夜之间便改写了70年代末以来我们对于主体性的十余年的执著诉求，它遭到了冷落甚至被猛烈批判；当然，我们也不能据此就认为人们在主体和主体性问题认识上的这种转变完全是由于后现代主义视角介入的缘故，这其中也还存在着其他方面的深层次原因。① 只是，由此我们必须注意到这样的一种事实的存在，即，90年代以来，后现代主义哲学是一种对于主体性理论和文学主体论的重要的批判性力量。在这个问题上，杨春时显然出现过判断上的重大失误。他曾经这样认为："对文学主体性理论的批评，还来自后现代主义。后现代主义（尤其是解构主义）以语言取代主体成为意义的根源。国内也有人以这种后现代观点批评文学主体性理论，认为主体性已不复存在，主体已经被消解掉了。由于后现代主义离中国实际太远，因而这种观点影响不大"②。笔者以为，国内学界一些学人对主体性问题抱持极端的否定态度，很大程度上就来源于对西方某些后现代主义哲学家的

---

① 参见金惠敏《主体的浮沉与我们的后现代性》，《外国文学》2001年第6期，第12～13页。另亦可参见金惠敏《孔子思想与后现代主义——以主体性和他者性而论》，载金惠敏主编《差异》2003年第1辑，第7～8页。高瑞泉在《主体性及其分化——当代中国哲学的基本面相》（载《甘肃社会科学》2004年第1期，第3～9页）一文中也谈到，20世纪80、90年代之交，中国社会思潮的主流发生了巨大的转折，主体性思想随之出现了分化。显然，这也导致人们在主体性问题的认识上产生转变。
② 杨春时：《百年文心——20世纪中国文学思想史》，第194～195页。

消解主体思想的简单的横向移植，确实没有充分考虑到当下具体的中国国情①；但是，我们也不能由此而无视它的力量的存在。事实证明，西方后现代主义哲学在当前中国思想文化领域里的影响是甚为深远的。由此，面对后现代主义哲学在主体性问题上的态度和立场就成为了我们在今天重视和深化文学活动中的主体性问题的中国语境中的思考的一个基本前提。

---

① 需要补充说明的是，不仅如此，而且他们也还没有洞察到后现代主义思潮的复杂性，即使是杨春时以上对于后现代主义在主体和主体性问题上的立场的描述也未免过于简单化了；其实，在整体的后现代主义阵营内部，思想家们在对待主体和主体性的问题上存在着具有很大的差异性的看法和主张。参见第六章第一节所论。

第六章　人的主体性与文学活动中
主体性问题的当下思考

——面对后现代主义哲学的批判与理论重建

我们明白，深化文学活动中的主体和主体性问题的当下中国语境中的思考，根本的是要努力在一个科学的哲学视域里对人的主体性问题进行具体而合理的考察；这一考察的逻辑前提之一当然就是需要确认人的主体性问题的真实存在。而后现代主义哲学对主体性的批判却在很大程度上导致人们对于主体性问题产生误解甚至是动摇了人们对于主体性的信念，因此，如前所论，我们在这里首先需要做的是力求对后现代主义哲学视野下的主体与主体性问题的态度和立场作出全面的审视，尤其是必须对后现代主义哲学的主体性批判作出必要的回应。

第一节　后现代主义哲学视野下的主体性
批判及其重建倾向

在谈论后现代主义哲学的思想来源问题时，很多学人几乎都要提及尼采以及海德格尔和维特根斯坦两人的后期哲学。也有学者持论，对后现代主义哲学产生直接影响的是三位都并非后现代主义者的法国思想家：乔治·巴塔耶、勒维纳斯和布尔迪厄。他们的哲学思想不仅成为后现代主义哲学的基本题材，而且也影响了后现代主义哲学的理论风格。① 倡导建构后现代世界观的大卫·格里芬则认为：与文学艺术中的后现代主义密切相关的哲学上的后现代主义"发端于实用主义、物理主义、维特根斯坦、海德格尔、德里达以及其他一些近期的法国思想家。如果用这一运动中特殊派别的话来说，它可称之为解构性的后现代主义或消除性的后现代主义"②。如是一些关于后现代主义哲学产生问题的见解当然是各有其道理的。但我们转换一个角度来看，就后现代主义哲学对西方传统哲学视野的批判和超越倾向而言，主体性原则、主体性哲学的思维方式显然是它的主要批判对象。主体性哲学的困境，是后现代主义哲学的重要生长点之一。

　　应该认识到，西方哲学中主体性问题的形成有其历史必然性，同时这也就表明其存在一定的历史局限性。当主体性原则在近代理性主义哲学中完成了它的确立③之后，其以理性为基本依据的主体性的思维方式也就遭受到了持差异立场的哲学家们的不同程度的批判。后现代主义思想家就是其中的重要代表。美国学者弗莱德·R. 多尔迈持论：在当代，"主体性观念已在丧失着它的力量，这既是由于我们时代的具体经验所致，也是因为一些先进哲学家们的探究所致"④。可以认为，所谓"时代的具体经验"，是指曾经给予人以力量并允诺给人带来自由的主体性由于它的扩张而引发了现实生活中的诸多问题甚至是灾难性后果的出现，这一人类生活的切实困境引起了人们对于主体性观念的普遍反思；而"一些先进哲学家的探究"，则主要是指一些后现代主义思想家在探讨现代性问题时表现出来的对于人的普遍本质的质疑以及由此而展开的对于主体性的激烈批判。所有这些，从根本上动摇了主体和主体性自笛卡尔时代以来确立的合法性地位。当然，我们还需要认识到，正像在前面的小结中所已然指出的，在后现代主义哲学阵营中，思想家们在主体和主体性问题上的理论主张其实是很复杂的，一些后现代主义者更多地看到的是主体性的困境而对它进行彻

---

① 参见冯俊等《后现代主义哲学讲演录》，陈喜贵等译，商务印书馆，2003，第151~288页。

② 〔美〕大卫·格里芬编《后现代科学——科学魅力的再现》，马季方译，中央编译出版社，1995，第17页（英文版序言）。

③ 请参阅本书附论三。

④ 〔美〕弗莱德·R. 多尔迈：《主体性的黄昏》，万俊人、朱国钧、吴海针译，上海人民出版社，1992，第1页。

底的否定，此外，在后现代主义的哲学视野下，也还存在着一种重建主体和主体性的理论潜流。

一 后现代主义哲学的主体性批判

与自己所称谓的解构性的后现代主义相区别，大卫·格里芬把他和他的同道者主张的新体系命名为建设性或修正的后现代主义。这使我们注意到了后现代理论的"多样性"。事实上，一些西方学者在研究后现代主义问题时，大都注意到了后现代理论的这一特征并试图对具有极其丰富和复杂理论内涵的后现代思想进行清晰的分类①，其中斯蒂文·贝斯特和道格拉斯·凯尔纳就把它区分为相互冲突的"两翼"："极端的后现代理论"和"重建性的后现代理论"。用后现代主义的表达方式来说，前者是"否定性的后现代话语"，后者则是"肯定性的后现代话语"。无论是极端的后现代理论，还是重建性的后现代理论，都是对当代资本主义的发展作出的反应。它们"同现代性与现代理论决裂"，总之就是"批判现代性及其话语"②。如果认可斯蒂文·贝斯特和道格拉斯·凯尔纳对后现代思想的这种区分，那么，我们对后现代主义哲学视野下的主体性批判问题的考察面自然是包括这两翼都在内的后现代主义的整体图景。

当代德国哲学家曼弗雷德·弗兰克在其论述后现代主义的哲学基础——后结构主义（作者称"新结构主义"）——的重要著作《正在到来的上帝——关于一种新神话的讲演录》（初版于1982年）中指出：后结构主义的先驱是尼采的悲观主义哲学、弗洛伊德的精神分析学和海德格尔的存在主义哲学，其理论核心是对古典结构主义的形而上学的批判。这种批判集中在历史、主体和意义（真理）三个根本问题上。后现代哲学家认为，所谓的主体性只是形而上学思维的一种虚构。在他们中的一些人看

---

① 参见〔美〕波林·玛丽·罗斯诺《后现代主义与社会科学》，张国清译，上海译文出版社，1998，第21页注释①。罗斯诺本人把后现代主义区分为肯定论的和怀疑论的两种，并强调了自己的分类与他人的分类之间的差异，在本节第二部分我们将会谈到这一问题。

② 〔美〕斯蒂文·贝斯特、道格拉斯·凯尔纳：《后现代理论——批判性的质疑》，张志斌译，中央编译出版社，1999，第385页注释〔1〕，第18～19页，第40页。

来，如果要说存在主体，那应当说存在两种主体，一种是"真正的主体"，一种是"虚假的主体"。真正的主体，即本我或本能的欲望冲动或无意识，并不存在于意识哲学、认识论和自我心理学所试图寻找的地方，也就是说不存在于反思的思辨游戏中，因为反思的主体已经是一种"异化了的主体"，而不是真正的主体。由于社会文明的产生和发展以及人的社会化进程的推动，真正的主体始终处在被统治、被禁锢的状态；因而，事实上，真正的主体性并不存在。这样，真正的主体，就犹如戴着荆冠的受苦受难的基督，但同时它又是真正意义上的叛逆者，在本质上是桀骜不驯的、颠覆的和反秩序的。①

　　当代法国思想对主体性的批判无疑是具有代表性的。为了对后现代主义哲学的主体性批判的基本面貌有着一个相对于以上的笼统说法而更为明晰的了解，在此，我们有必要在这个问题上结合两位法国思想家关于主体问题的若干具体论述做一番简明的申说。有论者指出，有关主体性的各种理论都无可置疑地涉及"主体"这一现代西方思想的关键人物②。这是一种很有见地的看法，因为，简单地说，主体性其实就是指主体之所以作为主体的特性，或者说是它所具有的性质、功能和状态，故而，关于主体性的理解与对待主体问题的态度和立场密切相关。否定主体的存在，也就意味着对主体性的批判。

　　列维－斯特劳斯在进行人类学研究时，提出了新的观察方法，即结构的方法；由此，他的人类学又被称为结构人类学。其实，他的人类学也是一种文化人类学、艺术人类学。由于结构方法的运用和贯彻，列维－斯特劳斯的美学自然也就是"结构美学"了。他认为，必须借助符号来看待艺术；这也就是说，结构美学把符号的意指作用当作审美的基础。这样，"意指作用的美学，自然就以作品作为符号系统的概念，代替了唯心主义所热衷的论题：主体概念"③。在结构美学中，主体被驱逐了。列维－斯

---

① 参见中国社会科学院外国文学研究所、《世界文论》编辑委员会编《后现代主义》，社会科学文献出版社，1993，第88～90页。

② 参见〔美〕J. 弗拉克斯《后现代的主体概念》，王海平译，《国外社会科学》1994年第1期，第11页。

③ 〔法〕若斯·吉莱莫·梅吉奥：《列维—斯特劳斯的美学观》，怀宇译，中国社会科学出版社，1990，第24页。

特劳斯指出，他的研究的终极目标不是"去构造人而是去消解人"①。由是，我们也就能够理解列维—斯特劳斯为什么会坚持以下的立场：必须抛弃主体这个令人讨厌的宠儿，它占据哲学舞台的时间已经太久了。在接受法国《快报》的访问时，他表达了同样的意思："萨特主要发展了一种主体哲学。实际上，自笛卡尔以来，法国的哲学一直受主体这一概念的左右。如果要获得别的什么真理，就必须选择另一种观点，一种不同的观点"②。这种不同的观点主要就体现为在对世界的观察和把握中运用结构方法而达到对主体的拒绝与抛弃。米歇尔·福柯在自己的哲学思考中沿承了列维—斯特劳斯这一消解主体的思想主张。他的《词与物》（《事物的秩序》）这本研究有关人性话语③的著作的主旨之一是对人类学主体主义的批判。人类学主体主义是近现代西方哲学的主要理论形态，福柯始终怀疑和敌视那个至高无上的、起着构造和奠基作用的、无所不在的主体。④需要指出的是，总体而言，福柯的主体思想是从他对现代性的批判中体现出来的，而这种批判又是通过一种他称之为"考古学"的新史学研究方法来展开的。从知识型（episteme，又译为认识型）理论出发，福柯宣告了主体的诞生和死亡。在福柯看来，人的出现是知识的基本排列发生变化的结果。⑤通过考察文艺复兴时期、古典时期和现代时期的三种知识型，福柯得出结论：在古典知识内部不可能产生人，"在18世纪末以前，人并不存在"⑥。他以其人类思想之考古学表明，作为既是知识的客体又是认知的主体的人是伴随着生物学、经济学和语文学——生物学注重从功能方面界定人，经济学注重从需求方面说明人，语文学注重从意义载

---

① Claude Lévi-Strauss, *The Savage Mind*, University of Chicago Press, 1966. pp. 247 – 255. 另可参见〔美〕波林·玛丽·罗斯诺《后现代主义与社会科学》，第66页。
② 转引自王治河《扑朔迷离的游戏——后现代哲学思潮研究》，社会科学文献出版社，1993，第130页。
③ 参见〔英〕约翰·斯特罗克编《结构主义以来：从列维—斯特劳斯到德里达》，渠东等译，辽宁教育出版社，1998，第106页。
④ 参见〔法〕福柯《词与物——人文科学考古学》，莫伟民译，上海三联书店，2001，"译者引语"第7页。另可参阅莫伟民《主体的命运——福柯哲学思想研究》，上海三联书店，1996，第三章、第四章。
⑤ Michel Foucault, *The Order of Things: An Archaeology of the Human Sciences*, Vintage Books, 1973. p. 387.
⑥ Michel Foucault, *The Order of Things: An Archaeology of the Human Sciences*, p. 308.

体设定人①——的崛起而产生的 19 世纪现代知识型的产物，"人是近期的发现，并且也许正接近其终点"②。主体是在如此晚近的时期诞生，然而，福柯又迅速地宣布了它的死亡。他从尼采的"上帝之死"的宣言中意识到"人的死亡"的必然。上帝的不存在，毋宁说就是人的终结；人杀死了上帝，人的杀戮本身就决定了人之死。"上帝之死不意味着人的出现而意味着人的消失；人和上帝有着奇特的亲缘关系，他们是双生兄弟同时又彼此为父子；上帝死了，人不可能不同时消亡，而只有丑陋的侏儒留在世上"③。福柯认为，我们现在生活在一个权力话语不断从统一学说中分离出来的时代，这是一个随着这种分离趋势的继续而人的必要性也将会消耗殆尽的时代。他强调，为了加速现代主体稳定身份之终结的进程，人们应该采取一种策略；为此，他诉之于导致现代知识型配置坍毁的努力："如果那些（知识的）系列如其出现那样走向消失，如果一些事件……引发它们的崩溃，正如在 18 世纪末古典思想的根基坍塌一样，那么，一个人就能确实地保证：人将被抹去，如同在海边的沙滩上画的一张脸"④。但是，我们需要认识到，被福柯宣布死亡了的人，是那个大写的"主体"，是作为知识的起源和基础的主体、自由的主体、语言和历史的主体。在一个正在诞生的新世界中，主体依然存在，但它不是完整的、自主的，不是一个绝对起源；而是分裂的、依靠性的，是一种不断被修正的功能。⑤ 这就涉及福柯晚期思想中伦理主体的自我构建论问题了⑥。

---

① 在福柯看来，居维埃（Cuvier）、李嘉图和博普（Bopp）分别是这三个新研究领域的真正开创者，这三门科学是发现"人"、建立现代人文科学的重要根基。福柯所说的"人文科学"（human sciences），既包括传统的古典教育（狭义的"人文科学"），也包括经典时代开始逐渐形成的现代社会科学，这些科学都可以概括为"人的科学"，中文里的惯用语"人文科学"的广义说法与这个含义较为接近。参见〔英〕约翰·斯特罗克编《结构主义以来：从列维—斯特劳斯到德里达》，第 106 页译者注。

② Michel Foucault, *The Order of Things: An Archaeology of the Human Science*, p. 387.

③ 杜小真编选《福柯集》，上海远东出版社，1998，第 80 页。

④ Michel Foucault, *The Order of Things: An Archaeology of the Human Sciences*, p. 387.

⑤ 参见〔美〕艾莉森·利·布朗《福柯》，聂保平译，中华书局，2002，第 71 页。

⑥ 福柯的思想是极为丰富的，在晚期著作中他对自己早年的主体观进行了修正，试图恢复理性和主体等现代观念的地位，并期望开创一个自由空间，以便"将我们自己构造为自主的主体"（Michel Foucault, *The Foucault Reader*, p. 43.）。这也就是说，在晚期，福柯转向了对于主体的构建。这一转向表明他开始脱离其早期的"主体之死"的观念，而有了一种在后现代状况中重塑主体的潜在思想努力。这就和我们将会在后面谈到的后现代主义哲学视野下的主体重建问题有关了，也说明了一些后现代主义者在主体和主体性问题上的复杂态度。

　　建设性后现代主义者同样批判主体性。大卫·格里芬持论：尽管现代概念有无数的进步因素，但"我们可以，而且应该抛弃现代性，事实上，我们必须这样做，否则，我们及地球上的大多数生命都将难以逃脱毁灭的命运"①。大卫·格里芬之所以把问题提到这样的高度，是因为他认为现代主义世界观存在着严重的局限。这种局限主要是由作为现代性内在支撑的主体性观念及其赖以产生的前提即二元论造成的，在他看来，具有后现代精神的后现代的个人必须超越现代世界观。而超越现代世界观也就意味着超越现代社会中存在的个人主义、人类中心论、民族主义等思想和观念。个人主义，由于主体性的扩张而在现代社会生活中产生的个人主义，是大卫·格里芬对现代性、现代精神的基本概括；他持论，现代精神和现代社会就是以个人主义为中心的。② 格里芬说，几乎所有现代性的解释者都强调个人主义的中心地位。无论如何解释，现代性总是意味着对自我的理解由群体主义向个人主义的一个重大转变。就其哲学意义而言，个人主义意味着否认人本身与其他事物之间具有内在的联系。当然，现代性也不得不承认个人的一些关系，尤其是与其父母的关系的重要性，但它也只是把这些关系当作例外来看待。作为一种理想，现代人一直强调的是个人独立于他人的重要性。对主体自我的突出和坚执引发现代社会中自我利益至上原则的产生，这也就致使现代道德观念不可避免地会出现新问题。二元论这个词被大卫·格里芬用来表达现代精神与自然世界的关系。他认为，现代性接受了机械主义的自然观；由是，二元论宣称灵魂本质上独立于身体，这样，在与自然的关系上，它也就是不折不扣的个人主义。在二元论的视阈中，主体与客体是分离的，自然界只是主体认识和改造的对象、是毫无知觉的，就此而言，二元论也就为现代性肆意统治和掠夺自然（包括其他所有种类的生命）的欲望提供了意识形态上的理由。人的主体性的膨胀，导致自然处在被统治、征服、控制和支配的地位。③ 这样，个人主义在否认人与人之间存在内在联系的同时也破坏了人与自然世界之间的

① 〔美〕大卫·格里芬编《后现代科学——科学魅力的再现》，第16页（"英文版序言"）。
② 参见〔美〕大卫·格里芬编《后现代精神》，王成兵译，中央编译出版社，1998，第21页。
③ 参见〔美〕大卫·格里芬编《后现代精神》，第4～5页。

和谐秩序。从根本上说,这是由现代思想中伴随着人的主体性理论而出现的人类中心论所决定的。

由上,我们可以认识到:在一些后现代主义哲学家看来,以主客二分为产生前提的主体性观念作为现代性的根基,是一个已经逝去了的时代的遗迹,他们否定主体观念;更有甚者,还有人把西方哲学甚至是人类思维一切谬误的根源,以及人类实践所有错误的根源,都归结于主客二分法,为此,他们极力消解二元论。美国学者约翰·W·墨菲持论:"后现代主义者破坏了他们认为是西方智力传统中普遍存在的二元论"①。国内也有论者认为后现代主义哲学对主体性的批判重要的是对主体性的内源性根据进行了多维度、多视角的"解构",其中之一就表现为对二元论的解构。主客对立的二元论认为主体与客体、人与自然是对立的,其实质在于提升人在世界上的主体中心地位,凸显人的主体性,为人对自然世界的统治和支配提供内在依据。后现代主义思想家则努力消除这个在他们看来是西方哲学步入迷途的根源。后现代主义哲学从现代社会中二元论与主体性的互动以及在互动中相互论证、相互激发的逻辑事实出发,认为解构了主客二元对立结构就使主体失去了藏身之处,而瓦解了主体也就使二元论丧失了意义。因此,后现代主义对主体的颠覆和对二元论的解构实质上是同一个过程。② 这样的评述当然是有其合理性的。但我们还应该由此进一步认识到,后现代主义思想家对二元论的解构内在地体现出了他们在批判主体性时持有一种显明的"去中心"论或"非中心化"哲学立场。事实上,后现代主义哲学对现代主体、主体性的否定正是与其"去中心"论或"非中心化"的思想取向密切相关的。斯蒂文·贝斯特和道格拉斯·凯尔纳指出,极端的后现代理论完全否定主体,由是也就产生了这样一种矛盾:尽管它们在理论上抛弃了个体,然而却又同时以一种后自由主义方式复活了个体,一种唯美化的欲望单子。在他们看来,尽管罢黜了主体,但许多后现代理论却还是极度主体主义的。例如,利奥塔、德勒兹与加塔利等

---

① 〔美〕约翰·W·墨菲:《后现代主义对社会科学的意义》,新蔚译,载王岳川、尚水编《后现代主义文化与美学》,北京大学出版社,1992,第168页。

② 参见李荣海、刘继孟《后现代哲学视野中的"主体性"》,《青海社会科学》2000年第2期,第52~53页。

思想家就把主体的解放视为当代政治的主要任务。由此，也就可以说，极端的后现代理论倾向于推崇一种极度主体主义和唯美主义的微观欲望政治。后现代理论将主体唯美化，这只不过是以另一种方式否认了主体是一种多向度的能动形式和实践形式，将主体还原为一种非中心化的欲望存在。① 那么，"去中心"论或"非中心化"该作如何理解呢？詹明信（又译为詹姆逊等）在《后现代主义，或晚期资本主义的文化逻辑》一文中谈到：在进入后现代境况之后，资本主义文化病态的全面转变可以用一句话进行概括说明，那就是主体的疏离与异化已经被主体的分裂和瓦解所取代。主体解体以后，人再也不能成为万事的中心，个人的心灵也不再处于生命中当然的重点。詹明信指出，这正是"去中心"论所坚持的。在他看来，"去中心"这个概念可以用两种形式来演绎。第一种是属于历史主义的。它认为在过去、在古典资本主义及传统核心家庭的社会文化统制下，人的"主体"曾经一度被置于万事的中心；但一旦身处今日世界，在官僚架构雄霸社会的情况下，"主体"已无法支持下去，而必然会在全球性的社会经济网络中瓦解、消失。第二种演绎法则站在后结构主义的极端立场指出所谓"主体"根本不曾存在，认为那向来只是一种意识形态的幻象。在这两种论说之间，詹明信意属前者。② 我们注意到，更多的极端的后现代主义者显然是在第二向度上来持有他们的"去中心"论立场的。布洛克曼指出：在一些后现代思想家看来，"我"、主体，既不是自己的中心，也不是世界的中心；一直以来它只不过是自以为如此罢了。其实，这样一个中心根本就不存在。福柯、阿尔杜塞、拉康都是根据主体非中心化的观点开始思考的。每一个中心都是系统的一个功能成分；系统并非只有一个中心，它能够任意地和按照变化着的需要，为自己创造中心。③ 确实，后现代主义哲学倾向于认为"主体性不是一个存在于浅层表现之下的、由诸如心理学和社会学等科学来研究的深层的哲学实在。……

---

① 参见〔美〕斯蒂文·贝斯特、道格拉斯·凯尔纳《后现代理论——批判性的质疑》，第363～370页。

② 参见〔美〕詹明信《晚期资本主义的文化逻辑：詹明信批评理论文选》，张旭东编，陈清侨等译，生活·读书·新知三联书店，1997，第447～448页。

③ 参见〔比〕J. M. 布洛克曼《结构主义：莫斯科——布拉格——巴黎》，李幼蒸译，商务印书馆，1980，第24页。

它本身是一个没有深层结构或深度原因需要被解释的表面现象"①。这样，在后现代主义者那里，传统的作为中心的自我也就被非中心化了，人成为了非统一、多元化和相对的存在。

后现代主义哲学对主体性的批判体现出来的这种明显的思想倾向敦促我们在今天必须重新思索和认识人在世界和现实中的地位。考虑到当前人类困境的事实性存在，可以说，这是后现代主义哲学对于人类思想的一个重要贡献。但我们还要注意到，一些后现代主义者站在自己的哲学立场上完全摒弃了主体；对于这种由发现人类沧桑和困境的睿智而走向主体价值虚无甚至是泯灭主体的思维途径，我们不能不说是当代西方思想的一种极端形态。后现代主义哲学家这种颠覆主体的做法，与西方现代语言学的兴起有着重要的思想关联。受"语言的转向"的影响，不少后现代思想家倾向于认为语言的意义"存在于可以称作'语言游戏'的各种语言用法之中"②，而原本作为主体的人只不过是语言借以表达自己的意义的一种工具；于是，人就成为了一种语言学的建构，主体消失了。比如，早年的福柯就这样说："从被体验和经历为语言的语言的内部，在其趋向于极点的可能性的游戏中，所显现出来的，就是人'已终结'了，并且在能够达到任何可能的言语的顶峰时，人所达到的并不是他自身的心脏，而是那能限制人的界限的边缘：在这个区域，死亡在游荡着，思想灭绝了，起源的允诺无限地退隐"③。对于诸如此类的从语言和结构出发否定人的存在的观点，有学者进行过精彩的批评："不管哲学家或文学家要人做什么或说什么，他们都不能把人从语言或历史中驱逐出去"；"新小说"、"新新小说"和结构主义的文学批评"都带有南北极探险家的姿态，这些探险家认为他们已经把他们的正在衰落的历史和过去的世界抛在后面，而且想在白色的地平线上发现语言结构的暗淡烟雾……可是，如果他们再向前走，他们一定会发现在冰山的那一边，即纯粹唯我主义的心灵结构的那一

---

① *After Foucault: Humanistic Knowledge, Postmodern Challenges*, edited by Jonathan Arac, Rutgers University Press, 1988. p. 28.

② 杨雁斌、薛晓源编选《流变与走向——当代西方学术主流》，社会科学文献出版社，2001，第131页。

③ 〔法〕福柯：《词与物——人文科学考古学》，第501页。

边，还有绿色的山谷，在树林和烟囱丛的阴影下，还有许多人在欢笑，在叫喊，在歌唱，或讲故事，他们与其祖先一样，心里怀着长年的恐惧和希望，可他们仍然是活着的人和会死的人，而不是从语言中产生出来的东西"①。人类发展史表明，有了人才产生语言，而不是因为有了语言才有人的存在。人不会消亡，主体意识依然生长。关键的问题是我们要找到一种能够全面合理地说明人这一特殊社会存在物②的生存与发展问题的哲学以深化当下语境中的主体和主体性问题的探讨。对于如前所论从国人的生存结构和历史处境出发，有必要在一个相当长的时期内认识、认同并维护"现代性"——作为现代社会的价值体系并体现出一些主导性价值——的全部内涵的当下中国而言，情形就更是如此了。斯蒂文·贝斯特和道格拉斯·凯尔纳这样敏锐而正确地指出，后现代唯美化的主体主义表现出了一种推崇没有主体的主体政治的悖谬，它使我们注意到了必须去寻找一种能够更加全面地说明主体性的社会理论。后现代对人本主义采取一种完全拒斥而不是重建其核心价值的态度，这种做法剥夺了主体的道德责任和道德自律。"人的消亡"意味着那些受剥削、欺凌和压迫的民众可赖以坚持和捍卫其权利与自由的道德语言也随之消亡了。那些在以这种语言为共同价值的世界中原本可能的政治行为，如今也变得不再可能了。从这一点上说，与启蒙思想的进步性相比较，极端的后现代主义实在是一种倒退。③

二　后现代主义思潮中的主体性重建倾向

对后现代主义哲学的主体性批判问题，国内学界多有讨论，而对后现代主义思潮中存在的主体重建以及与此密切相关的人的主体性的重塑倾向学者们却鲜有涉及。这种情况的出现，当是与学界对西方后现代主义文化思想的否定性维度投入了更多的关注这一事实密切相关的。随着深入研究后现代主义问题的学理要求的提出，后现代主义思潮中的主体性重建倾向

① 〔法〕约瑟夫·祁雅理：《二十世纪法国思潮——从柏格森到莱维—施特劳斯》，吴永泉等译，商务印书馆，1987，第178页。
② 马克思认为，人不仅是自然存在物、社会存在物，而且是"有意识的类存在物"（〔德〕马克思：《1844年经济学哲学手稿》，第57页），但根本上是社会存在物。
③ 参见〔美〕斯蒂文·贝斯特、道格拉斯·凯尔纳《后现代理论——批判性的质疑》，第370~371页。

理应进入人们的视野之内。

后现代主义哲学对主体性的激烈批判使得后者存在的合法性遭遇到了无边的挑战。在这一批判中，"主体之死"、"人之死"等颠覆主体的观念的提出更是催生了人们对于主体和主体性的深刻反思。但是，主体、主体性真的可以并且能够被全盘否定而从人类的整个社会实践活动中"出场"吗？这是一个关系到人的本质及其存在的根本性问题。弗莱德·R.多尔迈指出，他在《主体性的黄昏》一书中所说的正在走向衰落的主体性是现代主体性。他持论："现代主体性的兴起和以人为中心的个体主义"是"一种可以避免的错误，然而却是人的解放和成熟历程中的一个阶段"①。在多尔迈看来，"现代主体性"是指以自我为中心的占有性个体主义、以统治自然为目的的人类中心说和排斥交互主体性的单独主体性。认为现代主体性进入"黄昏"状态，并不表明多尔迈完全排斥人的主体性；他并没有认为一般意义上的或总体意义上的主体性也已然衰落。他说："事实上，依我之见，再也没有什么比全盘否定主体性的设想更为糟糕了"②。出于对人类未来发展的长远思考，多尔迈对现代主体性的衰落进行反思性沉思。从多尔迈这样的学术理念出发，我们有理由认为，他的"沉思"指向当下社会中人的主体性的重塑的思考。法国学者若贝尔·马基奥里在《萨特与富科》一文中认为，关于"人类的死亡"的说法在今天看来是显得过时了，使人感到亲切的倒是萨特这样的提问："人怎样才能创造自己？"以及富科（福柯）在其晚期著作中所提到的：人们如何能够自然而然地向"管理自我"过渡。③这使我们注意到，在当代西方思想界强大的反主体性潮流的背后，人们也已经转向了对重构主体或呼求主体回归的思考。通过本节前面部分对主体与主体性二者之间密切关系的简要讨论，我们可以认识到，重构主体或呼求主体的回归也就意味着在后现代主义思潮下出现了主体性的重建倾向。

对于在后现代主义思潮中存在主体重构的这个问题，美国学者波林·

---

① 〔美〕弗莱德·R.多尔迈：《主体性的黄昏》，"前言"第1页。
② 〔美〕弗莱德·R.多尔迈：《主体性的黄昏》，第1页。
③ 参见〔法〕若贝尔·马基奥里《萨特与富科》，沈默译，《国外社会科学动态》1984年第12期，第7页。

玛丽·罗斯诺曾有过概括性的评述。这一评述得以产生的前提在于她认识到，后现代主义对现代主体持一种基本否定的态度，但是在其内部又存在着某些实质性的变异。① 借助于罗斯诺的评述，我们可以对后现代主义思潮中的主体重构倾向的面貌作一个大致的把握。在看待罗斯诺的有关评述之前，我们首先需要就她对纷繁复杂的后现代主义的区分进行一些简要的了解。因为，她对后现代主义者重构主体或吁求主体回归的思想倾向的评述从根本上看是整体概括式的而非单就某个思想者而论。有论者认为，有多少个后现代主义者，就可能有多少种后现代主义的形式；针对后现代主义者来说，这似乎并不是一个过于夸张的说法。期望对后现代主义这一丰富性思潮做深入的论说，就必须通过区分的方式对它进行总体的把握。

从社会科学所关心的角度出发，罗斯诺在各不相同的，甚至是矛盾的关于后现代主义的各种阐述中勾画出了两种主要的一般性倾向：怀疑论的后现代主义者和肯定论的后现代主义者。这与我们在前面说到的斯蒂文·贝斯特和道格拉斯·凯尔纳把后现代思想区分为“极端的后现代理论”和“重建的后现代理论”这相互对立的两翼是存在差异的。后二者的区分与本·阿格（Ben Agger）的关于后现代主义的划分具有相似性。② 罗斯诺所说的怀疑论的后现代主义者对世界表现出悲观、消极和沮丧的看法，他们认为，如同博德里拉等人所主张的，后现代时代是一个碎片、传统价值观念逐渐淡薄、莫名不安、无意义、含糊不清甚至是一个缺乏道德准则和社会秩序紊乱的时代。这种后现代主义受欧洲大陆哲学家尤其是海德格尔和尼采的激发，它阴暗、绝望；主体的死亡、作者的终结、真理的不可能等是它的主要话题。肯定论的后现代主义者固然也像怀疑论的后现代主义者一样展开对现代性的批判，但是相比之下，他们却对后现代时代持有一种更见希望也更为乐观的态度。相对于欧洲大陆文化，他们更多地受到的是盎格鲁—北美文化的先天熏陶，一般都倾向于变化和过程性。罗斯诺指出，肯定论的和怀疑论的后现代主义都有一系列从极端到温和的形式，而且，这两个维度之间也相互交叉。她认为，这一区分尽管存在其弊端，

---

① Pauline Marie Rosenau, *Postmodernism and the Social Sciences*, Princeton University Press, 1992. p. 42.

② Pauline Marie Rosenau, *Postmodernism and the Social Sciences*, p. 16.

但显然又是有用的，因为它既能够把具有相似观点的个人集中划归到一起，又有利于促进对后现代主义内部存在的显而易见的矛盾的理解。① 从罗斯诺的具体论述来看，应该说，这种效果确实是显露出来了。

罗斯诺注意到，怀疑论的后现代主义者对现代主体持全盘批判的态度；他们对主体的反对受到了尼采、弗洛伊德以及在文学和其他人文科学领域里的更加晚近的结构主义先行者的影响。怀疑论的后现代主义者反对现代主体至少是出于以下三个方面的理由：第一，主体是现代性的一个虚构（invention）；第二，对于主体的任何关注都设想或假定了后现代主义者予以否定的人道主义哲学；第三，主体与客体相对应而存在，现代主体必然地蕴含着某个客体，而所有的后现代主义者都拒绝承认和抛弃这种主一客二分法。怀疑论的后现代主义者认识到主体、主体性与现代性和其他现代价值取向之间的密切关联，因而，在他们看来，取消了现代主体同时也就是消除了与它相联系的所有令人反感的现代观念，包括作为现代性根基的主体性观念。由于有了这样的思想立场，一段时期以来，几乎在社会科学的每个领域里，后现代主义者都一直坚持进行采用一种无主体的方法从事调查或探究的实验。但事实上，在后现代社会科学中对消除主体的做法仍然存在着一定的矛盾态度。于是，无论是怀疑论的还是肯定论的后现代主义者都不得不考虑以下这个问题：与其重新采纳主体，不如给它重新安排一个位置。在这样的思想趋势之下，一些怀疑论的后现代主义者主张以后现代个体取代现代主体。②

罗斯诺认为，怀疑论者构造出后现代个体是一项精致的工作，因为它必须在一个反人道主义的哲学范围内并在不使客体复活的前提下被完成。罗斯诺注意到，有如个别的理论家所说的，如果在社会科学中能够保持主体和个体的意义在分析上的分离，那么，这种构造也就为后现代主义者既抛弃主体又保留一种个体主义的视点提供了一个手段。如是，怀疑论的后现代主义者才能宣告现代主体恰恰死于后现代的个体充满活力之时。后现

---

① Pauline Marie Rosenau, *Postmodernism and the Social Sciences*, pp. 15–16. 此处的译文参考了该著中译本（见〔美〕波林·玛丽·罗斯诺《后现代主义和社会科学》，第18~21页），下面关于该著的某些译文也同样参考了其中译本，不再一一注明。

② Pauline Marie Rosenau, *Postmodernism and the Social Sciences*, pp. 43–52.

代个体究竟具有一些什么特征呢？罗斯诺是这样概括的：他/她松懈而灵活，以感觉和情绪以及内在化过程为旨归，并持有一种"成为你自己"的态度；他/她积极主动，构筑自己的社会现实，进行意义的个人寻求，但不对结果作出真理性的断言；他/她耽于幻想，喜欢幽默，醉心于欲念文化，向往即时的满足；他/她偏爱暂时甚于偏爱永恒，他/她满足于现状，抱着一种"得过且过"的生活态度；他们自然随意，迷恋传统和地方性事件；他们以自己的需要为导向，而逃避现代意义上的集体关系和公共责任，他们甚至把其看成是个人发展的一个障碍和对私人权利的一种威胁。据此，罗斯诺认为，后现代个体以缺乏强大的单一统合（singular identity）为特征，而与个人化的政治学相处融洽。同时，与后现代认识论相吻合，后现代个体要求确实性、推理性判断、现代合理性、客观的现代科学、以法理学为根据的法律和根据规范标准而作出评价的艺术的终结。基于如上特征的存在，罗斯诺为后现代个体的未来表示担忧。由于后现代个体的价值取向，决定着其只能拥有一种无个性特征的生存方式，成为一个人格面具（persona）的碎裂拼合，而且那个人格面具具有一个异类的人格和一个潜在的混乱的统合，真正的个人格调是不可能存在的。因此，后现代个体简直根本就不是主体。正像有的理论家所指出的，在某些情况下，他们倾向于过度的自我批判、怀疑一切（犬儒主义）、兴趣淡薄、自我中心、享乐主义、冷漠无情、自私自利和反智主义。后现代个体的如是一些态度和见解引致一种潜在的危险，那就是它既不能导致一个具有创新性结果的后现代社会，也不可能带来持续或稳定的经济增长。①

　　由对后现代个体价值观的论述，罗斯诺认识到，怀疑论者主张主体以一种后现代个体的形式回归符合于后现代主义的反人道主义的精神旨趣。② 这是一种深刻的见解。确实，后现代主义哲学批判现代性内在地蕴含着对现代人道主义精神的否定和抛弃，后现代主义者尤其是怀疑论的后现代主义者中的极端派提倡的是一种后人道主义哲学。不管后现代个体的未来究竟如何以及后现代个体的价值取向会不可避免地带来怎样的社会后

---

①　Pauline Marie Rosenau, *Postmodernism and the Social Sciences*, pp. 53 – 55.

②　Pauline Marie Rosenau, *Postmodernism and the Social Sciences*, p. 55.

果，但是，正如我们在前面已经论及的，在一门无主体的社会科学里，构造出一个后现代个体终究至少是部分地解决了在怀疑论的后现代主义者的反主体立场和他们对于个体权利与自由的同情态度之间的显豁矛盾；由于后现代个体的存在，即使是在现代主体缺席的情况下，个人主义也还可能维持下去。① 由此，我们注意到，后现代个体的提出，在一定意义上是怀疑论的后现代主义者在消解主体的思想要求下而又祈望保持个人主义价值取向的一种知识策略。这一策略与后现代主义者坚持后人道主义哲学的立场相协调。

在怀疑论者提出以后现代个体替代现代主体的同时，肯定论的后现代主义者在重构主体以便由之而重建人的主体性的道路上更倾向于通过呼唤现代主体以某些革新形式的回归来修正（revise）它。显然，这是肯定论者针对惯常的现代主体死亡的观念而作出的相较于怀疑论者的另一种反应和回答。罗斯诺指出，有迹象表明，至少是在社会科学领域，对主体来说，宣判其死刑是一种过于极端的惩罚。她借用本·阿格的话说，假如曾经存在着一个主体暂时死亡的阶段，那么这个间隙正在走向终结。②

肯定论的后现代主义者不赞成对于自愿的、有意义的和公共的主体认同的全盘解构。他们中的一些人要求主体作为一个人，作为社会中一个重新得到认可的主体来回归。当然，这个回归的主体并不是原来的现代主体，不是一个自觉的、有目的的和有情感的主体。他/她将是一个散乱的主体，一个"突如其来（emergent）"的主体，并且也得不到现代主义者、经验主义者和实证主义者的认可。他/她将是一个具有某种新的非统合感的后现代主体，他/她关注的不是历史上的伟大人物，而是边缘地带的日常生活。这个主体将反对各种总体性解释，反对其中蕴涵着某个统一参照框架的逻各斯中心的观点，但是他/她无需反对人道主义的方方面面。③由此，我们看到，这样的主体与后现代个体存在诸多的相似之处，尽管表现出一定的片面性和折中性，但就它并不反对现代性的所有价值维度而

---

① Pauline Marie Rosenau, *Postmodernism and the Social Sciences*, p. 56.

② Pauline Marie Rosenau, *Postmodernism and the Social Sciences*, p. 57.

③ Allan Megill, *Prophets of Extremity: Nietzsche, Heidegger, Foucault, Derrida*, University of California Press, 1985. p. 203.

言，其借鉴意义还是显明的。总的来看，正像有的肯定论的后现代主义者所认为的，这样的主体的回归与后现代主义的其他知识倾向并不矛盾，它的出现也并不必然导致后现代的认识论或方法论陷入窘境。

罗斯诺指出，后现代主义思潮中这一要求主体回归的运动存在于所有的社会科学领域里。比如，像理查德·阿什利、阿兰·图雷纳、曼弗莱德·弗兰克、弗雷德·达尔迈尔、朱莉娅·克里斯德娃、安东尼·吉登斯、皮埃尔·布尔迪厄等这些处身于不同社会科学领域里的知识者都提出过要求主体回归的思想主张。

建设性的后现代主义者大卫·格里芬自然也被罗斯诺称为肯定论者。在罗斯诺看来，格里芬既要求主体的回归，又力争保留客体和主体范畴。格里芬的这一理论努力是通过否认使主体和客体分离的权力差异来进行的，也正是那种权力差异使主体和客体遭到了后现代主义者的反对。格里芬认为，主体和客体并非在种类上有什么不同，而只是在时间上有所差异而已。这些范畴流动不定，客体能够影响主体。"一个主体的本质（very nature），作为某个一时的经验性事件，在于领会或接纳来自以前事件的各种感受于自身，使之成为它自己在时间上的自我创造的根据"[1]。从这样的规定出发，格里芬下结论说，主体以一种可以接受的装束得到回归并且可以被保持在一种后现代的方法之内。[2] 罗斯诺对大卫·格里芬要求主体回归的思考的如是评述不免单薄，其实，大卫·格里芬及其建设性后现代主义的同道者的主体思想是较为丰富的，也颇有特色。在此，我们不妨结合论题的需要作两点补充性的简要阐述。其一，他们强调个体的构成性和有机性。格里芬认为，现代精神和现代社会以个人主义为中心，后现代精神则以强调内在关系的实在性为特征。依据现代观点，个体生来就是一个具有各种属性的自足的实体，人与他人和他物的关系是外在的、"偶然的"和派生的。与此相反，建设性的后现代主义者则把这些关系描述为内在的、本质的和构成性的。格里芬明确指出：个体与其躯体、与较广阔

---

① David R. Griffin, "Of Minds and Molecules: Postmodern Medicine in a Psychosomatic Universe," in *The Reenchantment of Sciences: Postmodern Proposals*, ed. D. R. Griffin. State University of New York Press, 1988. p. 155.

② 参见 Pauline Marie Rosenau, *Postmodernism and the Social Sciences*, pp. 59 - 60。

的自然环境、与其家庭以及与文化的关系等，都是个人身份的构成性的东西。① 与对内在联系的确认相关联，建设性后现代主义者强调人的有机性。格里芬认为，后现代精神同时超越了现代的二元论和实利主义而主张有机主义；② 这样，建设性后现代主义的主张就体现出了一种有机主义的思维方式，它把人与自然看作是一个有机的整体。这种整体观产生于后现代的整体有机论。乔·霍兰德指出：我们的躯体、自然界和社会这三个经验领域都是一个完整整体的组成部分，"我们乃是扎根于自然之中，人类永远不可能脱离自然；我们同时也扎根于社会的历史和制度之中，我们的个人特征永远也不可能同它们相分离"③。其二，倡导人的创造性。倡导创造性是建设性后现代主义的一个重要特征。建设性后现代主义者认为，因创造而对他人作出贡献的动机同接受性需要和成就需要一样，也是人类本性的基本方面。格里芬持论："从根本上说，我们是'创造性'的存在物，每一个人都体现了创造性的能量，人类作为整体显然最大限度地体现了这种创造性能量（至少在这个星球上如此）"④。对真正的创造的强调以及对于创造作为人类本性的确认使得建设性后现代主义者的创造观超越了持现代世界观的人们对于创造的狭隘理解；而且，这种创造性在建设性后现代思想家身体力行的哲学理论和以此为指导的探索实践中得到了充分的体现。⑤ 笔者以为，考虑到当下人的生存与发展境况，建设性后现代主义者对于主体的如上强调是具有较为重要的理论和现实价值的。

罗斯诺指出，"主体的回归"运动既发生在后现代主义者的阵营之内，也发生在这个阵营之外。这个运动以其蕴涵表明主体的消亡是可能的，但不是必然的；它是一些后现代主义者既想回避现代主体而又希望以某种新颖奇特的方式保留主体的一种手段。⑥ 因而也就是一种重建主体性的曲折方式。总体来看，正如弗雷德里克·詹姆逊所持论的，主体回归主

---

① 参见〔美〕大卫·格里芬编《后现代精神》，第 21~22 页。
② 参见〔美〕大卫·格里芬编《后现代精神》，第 22 页。
③ 〔美〕大卫·格里芬编《后现代精神》，第 84 页。
④ 〔美〕大卫·格里芬编《后现代精神》，第 223 页。
⑤ 参见吴伟赋《论第三种形而上学——建设性后现代主义哲学研究》，学林出版社，2002，第 195 页。
⑥ Pauline Marie Rosenau, *Postmodernism and the Social Sciences*, pp. 60–61.

张的流行，实是来自对昔年"主体的死亡"这一对称命题的矫正。主体的复兴、对"主体性"的再度而来的重视成为当前哲学发展的一种趋势。① 当然，我们也注意到，在后现代主义内部有关主体和主体性问题的争论还在继续，主体的身份在后现代主义者那里还有待解决。这样的争论同时表明，怀疑论者以后现代的个体替代现代主体和肯定论者呼唤主体的回归都还存在着各自的局限和问题；关于这一点，我们在前文中也已经部分地指出过。然而，尽管如此，我们还是应该认识到，在当代西方哲学反主体性的浪潮中，这些后现代主义者的重建主体性的理论努力因其讨论问题的现实针对性以及在讨论过程中体现出来的思想的开拓性而无可置疑地具有突出的思想意义；而且，对于我们在前面已然论及的需要在当下中国语境中深化关于人的主体性问题的探讨而言，其本身也是一种值得重视的理论资源。它使我们认识到，人的主体性问题其实是无可回避的；因为，我们实在是难以想象，"一种非主体的存在、无主体性的存在将会是怎样的存在，如果我们就是这种存在，那么这种存在是否还有意义？"② 而且，作为主体性原则确立的前提的主客二分其实也是人的生存的基本方式，是一种现实存在，它不可能被消解。当前中国要发展健全的市场经济体制，以人为本，构建社会主义和谐社会，就必然肯定主体的地位，发展主体性。张世英先生这样指出："中国当前需要发展科学，发扬民主，故极需西方近代的主客二分思想和与之相联的主体性原则，这一点应该是没有疑义的"③。由此，笔者认为，有论者径直从后现代主义哲学出发质疑主体概念和主体性理论的合理性甚至主张彻底抛弃它们，这完全是一种策略性的意图失误。我们需要看到，如前所论，一些后现代主义者对主体性的激烈批判是存在重大问题的，主体性本身不可消解，也无法从根本上予以消

① 参见〔美〕弗雷德里克·詹姆逊《后现代主义中的旧话重提》，陆扬译，《华中师范大学学报》（哲学社会科学版）1997年第6期，第39页。
② 郭湛：《主体性哲学——人的存在及其意义》，第292页。
③ 张世英：《天人之际——中西哲学的困惑与选择》，人民出版社，1995，第174页。张先生还认为，中国哲学的发展应该在近代以来的继续召唤西方主体性思想的同时，把主客二分和主体性同天人合一结合起来。这即是说，中国哲学的发展前途应该是既要召唤主客二分和主体性，以发展科学，发扬民主，又要超越主客二分和主体性以达到天人合一、人与自然交融的高远的自由境界。（同上书，第99、178页。）

解。法国哲学家莫里斯·梅洛－庞蒂这样正确地指出："即使哲学最终清除主体的思想，哲学也不再是在这种主体的思想之前它之所是。真实的东西一旦构成……就同一个事实一样存在，主体的思想是哲学应该理解的这些实在事物之一。还有，我们说哲学一旦受到某些思想的'感染'，就不可能清除它们；哲学应该在更好的构想中克服它们。……主体性是即使人们超越它们也不能摆脱它们的这些思想之一"①。主体间性理论在 20 世纪西方哲学视域中凸显，我们可以把它理解为是哲学家们试图在一种新的构想中超越主体性的理论努力，但它并不导致对主体性的抛弃；而且，在相当大的程度上，他们力图超越的主体性可以说就是我们在前面曾已提及的多尔迈所论的"现代主体性"。如前所论，多尔迈清醒而警惕地指出，再也没有什么比全盘否定主体性的设想更为糟糕的了，在他看来，正在走向衰落和黄昏的主体性是"现代主体性"；同时，他又深刻地认识到，现代主体性和以人为中心的个体主义本来是一种可以避免的错误，但却是人的解放和成熟历程中的一个阶段。既然把"现代主体性"看作是"人的解放和成熟的历程中的一个阶段"，那么，所谓"人的解放和成熟"也就意味着人的主体性的发展。如此来看，人的主体性应该也必然具有与多尔迈所说的"现代主体性"相区别的更为成熟和健全的发展阶段。

这样，问题的关键其实也就根本不在于对诸如主体和主体性命题是否需要确认这样的问题进行无谓的纠缠和争论，而是必须在当前中国的一般历史状况和特定的社会情势下对主体的新质形态和主体性的新形式作出探索性的思考。事实上，这一理论致思趋向原本就包含在马克思的关于人的主体性的思想之中。

第二节　人的主体性与文学活动中主体性
问题的当下思考

一　论人的主体性——一种马克思哲学视点的考察

有论者指出："20 世纪以来西方哲学家对主体性形而上学的批判并不

---

① 〔法〕莫里斯·梅洛－庞蒂：《符号》，姜志辉译，商务印书馆，2003，第 191 页。

是笼统地否定、事实上也不可能否定主体以及主客关系的存在，他们所作的只是对主体和主客关系的性质进行新的解释。对于多数流派说，主要是以交互主体取代个体主体，以主体间性（主体交互性）取代主体性，以主客的相互作用（生活、实践、过程）代替主客互为独立的实体，以主客不可分割的统一取代主客分离。就合理性、科学性和彻底性来说，西方哲学中的这种变化……远逊于马克思主义在哲学上的革命变革"①。这样的看法显然是具有足够的合理性的，那么，马克思到底是怎样看待人的主体性问题的呢？

在较为具体而且是有针对性地讨论马克思的关于人的主体性的思想之前，我们首先需要明确一个基本问题，即主体性问题的论域，也就是主体性是属于哲学的哪一种层次的问题。其实，主体性问题并非如刘再复所说是本体论问题，它不全是认识论问题，也不全然是历史哲学问题；人的存在的主体性问题当属人和世界关系的根本问题，它属于哲学的总体性问题，是哲学基本问题的进一步发展和具体化。思维和存在的关系本质上是人和世界的关系，它是人所特有的意识性的表现，而人所特有的意识性在其现实性上必然发展和表现为主体性，表现为人所特有的"主观能动性"，从而揭示出，人和世界的关系，从根本上说就是主体和客体的关系。② 明确这一点是我们理解马克思的关于人的主体性思想的一个关键，也让我们明了马克思的主体性思想与马克思哲学本身的整体性关联。

在马克思以前，众多的西方哲学家，无论是唯物主义者还是唯心主义者，曾经各自从不同侧面、在不同程度上探讨过人的主体性问题。尽管明确的"主体"和"主体性"概念直到近代才出现，但凝聚于其中的思想却是由来已久的。③ 马克思的关于人的主体性思想的提出自然需要以此历史的而又是整体性的主体性学说作为其理论资源，但它直接面对的思想前提却又无疑是德国古典哲学中的人学理论，尤其是黑格尔和费尔巴哈的主

---

① 刘放桐等：《马克思主义与西方哲学的现当代走向》，第246～247页。
② 参见李为善、刘奔主编《主体性和哲学基本问题》，第41～45页。
③ 关于这一点，请参见本书附论三《论西方哲学中主体性原则的确立》一文中的有关论述。

体性理论；前者是黑格尔绝对唯心主义体系中的一部分，后者则是建立在费尔巴哈的直观唯物主义的哲学基点之上的。有学者持论，在马克思那里，他一开始对黑格尔和费尔巴哈哲学的批判活动，首先就是从主体性理论入手的。① 这是一种基于对马克思的主体性思想作出总体把握之后而得出的基本判断。

马克思的关于人的主体性的思想，在其于 1845 年所作的《关于费尔巴哈的提纲》的第一条中有着集中性的体现。马克思指出："从前的一切唯物主义（包括费尔巴哈的唯物主义）的主要缺点是：对对象、现实、感性，只是从**客体**的**或者直观**的形式去理解，而不是把它们当作**感性的人的活动**，当作**实践**去理解，不是从**主体**方面去理解"②。在此，马克思的批判对象显然是指包括费尔巴哈在内的所有旧唯物主义者。与此相区别，马克思把他自己的哲学称为"新唯物主义"。我们知道，在马克思之前的许多唯物主义者机械地理解物质决定论，在反对唯心主义者所说的"自由意志"时，也完全否定人的自由的可能性。比如，18 世纪的法国唯物主义哲学家霍尔巴赫就认为，"人的任何行为举止都是不自由的"，"人一生的欲望和行为都是由他的意志不能自由改变的无数事件和偶然性预先决定的。人没有能力对将来未卜先知……人从生到死，没有哪一个瞬间是自由的。"③ 显然，诸如此类的所谓"彻底"的唯物思想不仅把人的自由意志看成是一种纯粹的幻想，而且，它把现实的人的自由即主体性也完全地否定掉了。即使是在经过德国哲学革命之后而出现的唯物主义者费尔巴哈在面对事物、现实世界时也只是对其作纯客观的理解，而不知道要"当作实践"、从"主体方面去理解"。马克思、恩格斯在《德意志意识形态》中批评"不满意**抽象的思维**而喜欢**直观**"④ 的费尔巴哈时这样说："他周围的感性世界决不是某种开天辟地以来就已存在的、始终如一的东西，而是工业和社会状况的产物，是历史的产物，是世世代代活动的

① 参见韩庆祥、邹诗鹏《人学——人的问题的当代阐释》，云南人民出版社，2001，第270 页。
② 〔德〕马克思：《关于费尔巴哈的提纲》，《马克思恩格斯选集》第 1 卷，第 54 页。
③ 〔法〕霍尔巴赫：《健全的思想——或和超自然观念对立的自然观念》，王荫庭译，商务印书馆，1966，第 76、76～77 页。
④ 〔德〕马克思：《关于费尔巴哈的提纲》，《马克思恩格斯选集》第 1 卷，第 56 页。

结果"①。在这里，马克思、恩格斯的思想极为明确，那就是，在批评费尔巴哈"把感性不是看作实践的、人的感性的活动"②、"没有把人的活动本身理解为**对象性的**［gegenständliche］活动"③的同时，他们指出，在承认客观世界外在性的前提之下，必须认识到现实世界并非纯客观的，它是人类世世代代实践活动的结果，是历史的产物，是人的本质力量的对象化呈示，现实世界业已体现并确证了人的主体性。这是对人——主体在同客体发生对象性关系的过程中、在实践活动中获得主体性的一种深刻揭示。通过对象性的活动，能动的主体把人的内在主观目的外在现实化，使作为客体的现实世界或现实事物发生变化并对人呈现出意义，因此，对事物、现实世界和客体必须要"当作人的感性活动，当作实践去理解"，即从主体的能动方面或能动的主体方面去理解。

"和唯物主义相反。能动的方面却被唯心主义抽象地发展了，当然，唯心主义是不知道现实的、感性的活动本身的"④。如前所论，在旧的唯物主义者的理论视野内排斥了人的主体性这一"能动的方面"；但是，它却被唯心主义者"抽象地发展了"。正因为唯心主义者不知道现实的、感性的活动本身，他们也就只能是从人们的主观、精神或意志方面去理解人的主体性。黑格尔在这个方面表现得特别突出。他说："所有的人都是有理性的，由于具有理性，所以就形式方面说，人是自由的，自由是人的本性。""……在近代哲学的原则里，主体本身是自由的，人作为人是自由的；与这个定义相关联，就发生了这样一种观念，认为人有使其自身成为实质物的无限天职，由于人的本性，人就是精神"⑤。这样，我们也就看到，唯心主义哲学和旧唯物主义哲学在对待人的主体性问题的考察上都出现了理论偏向，由于自身的局限，它们未能从人的对象性活动，从主体的实践中去理解人的主体性，从而也就无法真正对人的主体性问题作出正确

---

① 〔德〕马克思、恩格斯：《德意志意识形态》，《马克思恩格斯全集》第3卷，人民出版社，1960，第48页。

② 〔德〕马克思：《关于费尔巴哈的提纲》，《马克思恩格斯选集》第1卷，第56页。

③ 〔德〕马克思：《关于费尔巴哈的提纲》，《马克思恩格斯选集》第1卷，第54页。

④ 〔德〕马克思：《关于费尔巴哈的提纲》，《马克思恩格斯选集》第1卷，第54页。

⑤ 〔德〕黑格尔：《哲学史讲演录》（第1卷），贺麟、王太庆译，商务印书馆，1959，第26、104页。

的阐释。而马克思的"新唯物主义"正是在克服旧哲学的片面性的过程中建立起来的,它从主观和客观、主体和客体、认识和实践、必然和自由的关系中来理解人的主体性,从而达到了对于人的主体性全面、具体的理解。我们必须认识到,在马克思主义哲学中,实践的观点和主体性的观点是连为一体的。离开实践的观点,就不可能真正理解人的主体性;同样,离开主体性的观点,也不可能真正理解实践。① 有论者对马克思关于人的主体性思想的这一根本方面的揭示为我们理解在马克思哲学视域中人的主体性的若干具体规定奠定了理论基础。

国内学界对马克思所谈到的人的主体性的具体规定问题多有研究,这为我们的讨论提供了很好的依据。为了节省篇幅而更集中地看待和讨论马克思的人的主体性思想,在此,笔者就从对前人在这个问题上的有代表性的探讨略作引述和阐释出发以对其进行整体概观。关于人的主体性的具体规定也就是主体的规定性问题,马克思曾经有过许多论述,概括起来主要就是指人作为活动主体在对客体的作用过程中所表现出来的能动性、自主性和自为性。其中,人作为活动主体的能动性包含三个方面的基本含义:第一是主体对于主客体关系的自觉性;第二是主体的选择性;第三是主体的创造性。而创造性显然又是主体能动性的最高表现。同主体的能动性一样,主体的自主性也是人的主体性中的一个重要内容。在马克思看来,真正的主体必然是具有自主性的主体,这种主体既有能力又有权利"作为支配一切自然力的那种活动出现在生产过程中"②。我们明白,主体的自主和自由其实是一个问题的两个方面;"自由的人"也就是自主的人,自由度的大小和自主性的大小是一致的。主体的自为性是主体自主性的逻辑延伸;也就是说,自主是自为的前提,自为是自主的目的。所谓"自为"简单地说就是"为自"。马克思说:"个人总是并且也不可能不是从自己本身出发的"③;又说:"凡是有某种关系存在的地方,这种关系都是为我

---

① 参见郭湛《主体性哲学——人的存在及其意义》,第 34 页。
② 〔德〕马克思:《政治经济学批判(1857～1858 年草稿)》,《马克思恩格斯全集》第 46 卷(下),人民出版社,1980,第 113 页。
③ 〔德〕马克思、恩格斯:《德意志意识形态》,《马克思恩格斯全集》第 3 卷,第 274 页。

而存在的"①。当然，这里的"自"或"我"并不局限于个人，它可以是集体、社会、国家乃至整个人类。确实，我们应该认识到，在现实世界中，主体总是把自己的存在和发展当作一个自明的前提，"从主体方面去理解"事物，"从自己出发"去从事活动，把事物、活动及其结果看作是"为我而存在的"，这是人类特有的生存方式，是人类活动的基本特征。讨论到这里，笔者特别赞同袁贵仁先生在人类中心论问题上的如下看法："客体对主体这种'为我而存在'的关系，在一定意义上也就是'自我中心化'、'人类中心化'。现在有人从维持人与自然关系的协调出发，批评'自我中心化'、'人类中心化'，这有一定道理，但并不全面。生态危机实质上是人与自然关系中'人的危机'（着重号为引者所加）；强调人与自然关系的协调，也是因为只有协调才对人类有利，仍然是以人类为中心的。恩格斯早就指出：'我们只可能有以地球为中心的物理学、化学、生物学、气象学等等，而这些科学并不因为说它只对于地球才适用并因而只是相对的，而损失了什么。如果认真地对待这一点并且要求一种无中心的科学，那就会使**一切**科学都停顿下来'②。所谓'以地球为中心'，也就是以人生存的环境为中心，也就是以人为中心。取消了'以地球为中心'就取消了一切科学，否认了'以人类为中心'就否认了人类的活动，就把人与自然的关系降低到动物的水平"③。以此而言，那些从批判主体性观念出发进而完全否定"人类中心主义"的看法——比如杨春时所论——就存在着明显的认识局限有待于深入反思了。袁贵仁认为，总体来看，马克思关于主体的能动性、自主性和自为性的以上论述是相互联系着的。如前所论，能动性侧重于主体能力，表现为主体活动的自觉选择和创造；自主性侧重于主体权利，表现为主体对活动诸因素的占有和支配；自为性侧重于主体目的，表现为主体活动的内在尺度和根据。只有三者的结合和统一，才是完整的主体和真正的主体性。在马克思看来，主体活动实

---

① 〔德〕马克思、恩格斯：《德意志意识形态》，《马克思恩格斯选集》第1卷，第81页。
② 〔德〕恩格斯：《自然辩证法》，《马克思恩格斯选集》第3卷，人民出版社，1972，第559~560页。在1995年版的《马克思恩格斯选集》中，关于恩格斯这段论述的译文有所变动；对此，可参见《马克思恩格斯选集》第4卷，1995，第339页。
③ 袁贵仁：《马克思的人学思想》，北京师范大学出版社，1996，第110页。

质上是自由活动，主体活动的主体性和自由活动的自由性密切相关。因而，马克思关于人的主体性的规定和他关于人的自由的规定无疑是相通的。以上所论及的主要是马克思在主客体关系中探讨人的主体性，马克思同时认为，主客体关系是以主体之间的交往为中介的，主体性不仅表现在"他们对自然界的一定关系"中，而且表现在"劳动主体相互间的一定关系"① 中。这也就是说，在马克思看来，人的主体性不仅是指主体在主客体相互作用中表现出来的特性，它还包括不同的主体在一定的社会历史条件下为变革某一客体而进行的相互交往的特性。②

　　然而，正像笔者在前面已经指出了的，马克思不仅把唯物论、辩证法和实践观而且还把历史唯物论引入了其主体思想，因此，我们做到的应该不仅只是像上面一样对人的主体性的若干具体规定作出一般的把握，而更还要看到马克思在人的主体性的历史发展问题上所进行的重要思考。这一点正是我们在当下中国语境中致力于人的主体性的历史形态考察的最为直接的思想前提和理论依据。

　　在《政治经济学批判（1857～1858 年草稿）》中，马克思指出："……人的依赖关系（起初完全是自然发生的），是最初的社会形态，在这种形态下，人的生产能力只是在狭窄的范围内和孤立的地点上发展着。

---

① 〔德〕马克思：《政治经济学批判（1857～1858 年草稿）》，《马克思恩格斯全集》第 46 卷（上），第 496 页。

② 参见袁贵仁《马克思的人学思想》，第 103～113 页。此外，在关于人的主体性的具体规定性问题上，韩庆祥也做过有价值的探讨。他指出，综观哲学认识史可以看出，人的能动意义上的主体与受动意义上的客体之间存在几种基本的对应关系，而人的主体性又是在这些关系中得到具体规定的。这几种对应关系分别是：主体的为我目的性与客体的独立自主性；主体的主观应当性与客体的客观实在性；主体自由自觉的创造性活动与客体的律他性；主体的超越性、自主性和选择性与客体对主体的制约性、限制性和决定性。这样，人的主体性也就主要具有以下四种具体规定：为我目的性；主观应当性；实践活动的自由自觉的创造性；超越性、自主性和选择性。其中，实践活动的自由自觉的创造性是人的主体性的本质规定，其他几种规定都是在人的自由自觉的创造性实践活动中得到表现、实现和确证的。人的主体性的这四种基本规定在主客体关系中具有普遍的适用性，具体表现在主客体的基本关系中。（参见韩庆祥《哲学的现代形态——人学》，黑龙江教育出版社，1996，第 251～253 页；亦可参见韩庆祥、邹诗鹏《人学——人的问题的当代阐释》，第 265～267 页。）通过前面的相关讨论，我们可以看出，这些认识显然是站在马克思的哲学基点上从马克思本人的关于人的主体性思想中概括出来的基本结论；或者可以径直说，它本身其实就是马克思所抽象出来的关于人的主体性的若干具体规定。

以**物**的依赖性为基础的人的独立性，是第二大形态，在这种形态下，才形成普遍的社会物质变换，全面的关系，多方面的需求以及全面的能力的体系。建立在个人全面发展和他们的共同的社会生产能力成为他们的社会财富这一基础上的自由个性，是第三个阶段。第二个阶段为第三个阶段创造条件。因此，家长制的，古代的（以及封建的）状态随着商业、奢侈、**货币、交换价值**的发展而没落下去，现代社会则随着这些东西一道发展起来"①。在这里，马克思精辟地阐述了他的在历史唯物论基础之上确立起来的关于人和社会发展的三大形态或阶段的理论。就本质而言，它也是马克思关于人的主体性发展的三大历史形态或阶段的理论。马克思认为，人的生产能力和与之相应的社会关系的状况，制约着人的主体性的现实状况。与一定的社会生产能力相适应，古代社会是建立在人的依赖关系基础上的以人的依赖性为特征的社会形态，现代社会②是建立在物的依赖关系基础上的以人的独立性为特征的社会形态，而未来更高阶段的社会则应是建立在个人全面发展和他们的共同的社会生产能力成为他们的社会财富的基础上的以人的自由个性为特征的社会形态。正因为人的主体性的状况受到人的生产能力和与之相应的社会关系的状况的制约，因而，在人类社会发展的这三大历史形态或阶段中人的主体性也就相应地呈现出不同的面貌③；这也就同时从一个侧面说明，人的主体性并不是单一的，它会随着人类社会的发展而出现不同的存在形式。因此，有关论者的以下说法是值得重视的："和人的本质一样，人的主体性也是具体的、历史的，没有抽象的主体性。实践是人们获得主体地位的基础，由于人们在生产实践过程所结成的社会关系中所处的地位不同，使人具有不同的社会本性，产生不同的利益和需要，有不同的内在尺度，人们往往从不同的思想、观点、方法出发去改造世界，表现出不同性质、不同方向的主体性"④。

---

① 〔德〕马克思：《政治经济学批判（1857～1858 年草稿）》，《马克思恩格斯全集》第 46 卷（上），第 104 页。

② 这主要是指马克思本人所处的社会阶段，而不完全等同于我们今天所说的"现代社会"。

③ 对此，可参阅郭湛先生由马克思的以上关于人和社会发展的三大形态或阶段的理论出发而作的相关分析。参见郭湛《主体性哲学——人的存在及其意义》，第 3～5 页。

④ 薛克诚、洪松涛、吴定求主编《人的哲学——马克思主义人学理论新探》，中国人民大学出版社，1992，第 159 页。

这样，我们也就必须在以下几个方面的问题上达成基本共识。

其一，人的主体性是人的需要，而且是最能体现人的本性的需要。在马克思看来，人的需要是人的本性。"……他们的**需要**即他们的本性，以及他们求得满足的方式，把他们联系起来……"①。需要成为人与人之间联系的中介；人的需要，反映的是人在物质和精神领域里的贫乏状况，它可以被理解为人反映现实的一种形式以及其为克服贫乏状况而采取积极行动的内在动因。人要成其为人，必须在现实生活中实现其主体性。因而，人的主体性是与人的本性、人的本质紧密联系在一起的。人的主体性问题不容回避，更不可抹杀。

其二，需要根除片面、单一、静止地看待人的主体性的存在形式问题的观念，人的主体性是具体的，它始终处于历史性的建构过程之中。弗莱德·R. 多尔迈所说的"现代主体性"只是人类总体社会发展进程里主体性的一种存在形式，不能因为它带来了极大的弊端而完全否定主体性本身。有论者这样指出："……主观与客观之间的辩证法……发生在……一切活动领域中，在一个比较广阔的哲学层面上，它可以被描写成人类活动的外在化过程与人类活动的客观条件的内在化过程的统一。也就是说，一方面，人创造了自己的历史，另一方面，他又为自己的历史所创造；他既是构成社会的现实，而又为社会现实所构成。因此，造成现实困境的原因是多方面的，它是主体性原则客观化过程和主体与客体之间相互作用，相互影响长期积淀的结果，而不只是单纯的人类中心主义，更不是主体性原则，那种把目前人类困境……说成是由于人类中心主义造成的，并主张纯自然主义的观点是站不住脚的。相反，只有强调主体性原则，才能从根本上摆脱人类困境"②。确实，如前所论，人要成其为人，必须保证其主体性在现实生活中得以实现。人的主体性是推动人类社会发展的重要力量，发展人的主体性是力图克服当前人类困境的有效手段，是应对在人与自然关系中"人的危机"的重要方式。

其三，马克思的人的主体性思想对建立在理性主义基础上的西方近代

① 〔德〕马克思、恩格斯：《德意志意识形态》，《马克思恩格斯全集》第 3 卷，第 514 页。
② 周书俊：《主体性原则的解构》，《东岳论丛》2002 年第 6 期，第 78 页。

哲学的主体性理论进行了革命性变革。与以往的哲学家不同，马克思对人的主体性的探讨立足于"现实的人"。我们知道，他是在批判黑格尔头足倒置的国家学说时提出"现实的人"的思想的："……正因为这样，在黑格尔那里才不是从现实的人引伸出国家，反倒是必须从国家引伸出现实的人。……于是人的活动等等在他那里就一定变成其他某种东西的活动和结果，……黑格尔想使人的本质作为某种想象中的单一性来单独活动，而不是使人在其**现实的人**的存在中活动"①。马克思的"现实的人"的思想在提出之后得到了丰富和发展，成为其历史理论的出发点②，也成为他的关于人的学说的重要内容。"现实的人"这一概念具有相当丰富而深刻的意蕴③，其最根本的含义是指在社会关系中从事实际活动的人。马克思和恩格斯说："我们不是从人们所说的、所设想的、所想象的东西出发，也不是从口头说的、思考出来的、设想出来的、想象出来的人出发，去理解有血有肉的人。我们的出发点是从事实际活动的人"④。人是一种感性存在。正因为"现实的人"是在一定的社会关系中从事实际活动的人，因而人——主体也就是一种对象性活动的存在物，他要通过自身的对象自我生成和确证其本质力量。人的主体性的确证也就是对人自身本质力量的肯定，表现为人在自己的有意识的生命活动中遭遇对象而又必然与之共为一体的发展过程。显然，马克思所说的这种植根于从感性活动和从实践出发去理解的人的主体性与弗莱德·R.多尔迈所说的"现代主体性"存在迥然的差别，它不可能被消解，而必然作为人成其为人的基本能力而存在着、生成着，并以合乎人的方式促进人的自由和全面发展。

---

① 〔德〕马克思：《黑格尔法哲学批判》，《马克思恩格斯全集》第 1 卷，人民出版社，1956，第 292 页。

② 马克思说："**历史什么事情**也没有做，它'并不拥有**任何**无穷无尽的丰富性'，它并'没有**在任何战斗中**作战'！创造这一切、拥有这一切并为这一切而斗争的，不是'历史'，而正是人，现实的、活生生的人。'历史'并不是把人当作达到**自己**目的的工具来利用的某种特殊的人格。历史**不过是**追求着自己目的的人的活动而已"（〔德〕马克思、恩格斯：《神圣家族》，《马克思恩格斯全集》第 2 卷，第 118 ~ 119 页）。马克思的历史观是以从事实际活动的现实的人为出发点的。

③ 对马克思"现实的人"这一命题深刻蕴涵的分析，可参见杨金海在其《人的存在论》一书第 102 ~ 105 页中的相关阐述。

④ 〔德〕马克思、恩格斯：《德意志意识形态》，《马克思恩格斯选集》第 1 卷，第 73 页。

其四，文学活动作为一种精神生产，它在肯定、确认和发展人的主体性方面起着很大作用。如马克思所论，现代社会是建立在物的依赖关系基础上的以人的独立性为特征的社会形态，同建立在人的依赖关系基础上的以人的依赖性为特征的古代社会相比，这个社会历史形态中的人们获得了前所未有的独立性，从而在人的主体性的发展历程中取得了长足的进步。而西方近代以来的人类的思想、理论、文学、艺术等观念形态的一个中心内容就正是对于人在现实生活中的这种以"独立性"为基本标志的主体性的揭示和张扬。① 在一定意义上说，当前中国正处在由人的独立性向其自由个性发展的社会转变过程中，我们需要注意到在这一社会形态或发展阶段之下人的主体性的新状况（或者说，这一社会转变对人的主体性提出了新要求），并以此引入对于文学活动中的主体性问题的当下思考。

二　文学活动中主体性问题的当下思考

通过前面的讨论，我们明白，从根本上来说，人的主体性是一个哲学概念。无论是文学的主体性、艺术的主体性，还是实践主体性、认知主体性、评价主体性和决策主体性等，都是就特定领域的活动过程和结果来研究这些活动的主体——人的主体性。只是我们需要意识到，如上所论，人的生产能力和与之相应的社会关系的状况，制约着人的主体性的现实状况；也就是说，人的主体性会随着人类社会的发展而出现不同的存在形式。因而，我们必须对生成中的人的主体性的当下形态予以足够的关注和考察。这也是我们在当下思考文学活动中的主体性问题的一种根本性要求。

杜书瀛、张婷婷二位论者在《文学主体论的超越与局限》一文中讨论到"'文学主体性'的局限"时，曾对当下中国的"主体性"进行过探索性的思考。他们说：

　　……刘再复的"主体性"不是历史地生成的，而是先验地给定

_____

① 参见郭湛《主体性哲学——人的存在及其意义》，第 4 页。

的。因而他的"主体性"似乎总是处于一种不变的、永恒的既定状态。他没有（至少论述"主体性"时没有）用具体的、历史的、发展的观点和方法看问题，这就使得他没有具体论证甚至也没有试图探索80年代中国改革开放的时代条件下，"主体性"有什么新的历史和时代的内涵。譬如，当代的"主体性"既不是西方19世纪以来突出个性，强调个体的权利优先，个体权利压倒社会责任和义务，个体压倒群体（即所谓"个体主义"）；也不是中国传统文化中的那种突出群体，强调社会责任和义务压倒个体权利、群体压倒个人（即所谓"群体主义"）；而是群体与个体、社会与个人、权利和责任及义务等等在新的基础上相结合、达到某种新的平衡的"主体性"。这种"主体性"既强调社会要尊重个体的权利和自由，又强调个体对社会的责任和义务；这是中西、古今价值观念碰撞融合的结果，也是历史选择的结果。最近，英国新工党理论家安东尼·吉登斯的新著《第三条道路：社会民主主义的复兴》提出了一些值得我们注意的思想，如："第三条道路政治的总目标应当是帮助公民安然度过我们时代的主要革命：全球化、个人生活的种种巨变以及我们同自然的关系。第三条道路政治应当保持的关心焦点是社会公正，同时应当承认，左右两派之间的分野所未能涵盖的问题的范围比从前大。在社会民主主义者看来，自由应当意味着行动的自主权，而这又要求社会的广泛参与。""第三条道路政治理论在抛弃集体主义之后，寻求个人和社会之间的一种新关系、权利和义务的重新界定。可以说，这一新政治理论的主要座右铭是：'不承担责任就没有权利'。"看得出来，连西方资产阶级的理论家也不得不注意当代的特点，站在他们的立场上，吸收既往的经验，力图寻求个人与社会、权利和责任的新关系，新的立足点。对于我们来说，当代的"主体性"既应该带有社会主义的精神内涵，也应该带有数百年来在西方逐渐形成的市场经济下富有竞争性、选择性的运动形式；既有面向全球的博大开放的胸怀，又有中华民族的优秀文化的立足基地；既尊重个人的充分自由和权利，又强调社会责任和义务，等等。这样的"主体性"目前在我们的国家正在"生成"着、

"发展"着。①

笔者认为，杜、张二位论者关于"当代的'主体性'"的如是理解无疑表现出了一种积极的理论努力，即深化我们在上面所说的在马克思哲学视域中的人的主体性问题的研究，他们力图揭示和概括出人的主体性的当代规定性。显然，他们是注意到了当前人的生产能力和与之相应的社会关系的状况对于人的主体性的现实状况的制约的；换句话说，这种制约其实也表现为一种对于人的主体性的当下形态的塑造和内在要求。我们应该认识到，这种研究思路的确立使得对于主体性问题的探讨不只是仅仅停留于基础理论的研究，而更体现出面对和应用于现实问题的研究倾向。而且，它还内在地包含着一种把对主体性问题的讨论具体化到对于个人主体性的考察中去的规范力量。相对于人类主体性和群体主体性而言，个人主体性问题的研究在当下中国无可置疑地具有更为重要的现实意义。韩庆祥指出："哲学必须把加强对现代化建设中的具有现实性的主体性问题的研究放在首位，并以此带动和促进主体性的基础理论研究，使这种研究对现代化建设的进展发生积极的影响，这样才能推进主体性问题的研究"②。哲学研究是这样，深化文学领域中的主体性问题研究同样也应该如此。当然，在到底需要确立和伸张什么样的人的主体性的问题上，也就是对人的主体性的当下质素究竟应该作出怎样的抽象和规定，我们完全还可以提出不同于杜、张二位论者的别的差异性意见，但至少他们表达出了一种基于当代中国现实的对于人的主体性的设想和希冀——这本身就体现出论者在探讨问题时持有一种可贵的历史的、建设性的态度；而且，他们所谈到的人的主体性的当代规定性及其总体应然方向对于当下中国而言无疑是可取的，也是需要的，我们对它的实现充满期待。

由马克思关于人的主体性思想出发，面对主体性的多种历史形态，也面对当代主体性的构建和对于未来主体性新质形态的期待，我们显然需要持有这样一种理论主张，即主体性是流动的、多样的。这就如同我们在本

① 杜书瀛、张婷婷：《文学主体论的超越与局限》，《文艺研究》2001年第1期，第24页。
② 韩庆祥：《哲学的现代形态——人学》，第268页；另亦见韩庆祥、邹诗鹏《人学——人的问题的当代阐释》，第283页。

研究前文中主张流动的、多样的现代性观念一样。但同时，笔者认为，仅仅局限于此又是不够的，人的主体性的历史建构还应遵循和符合一个根本的目的，即人类进步也就是人的自由和全面发展的最高目的；在这个基础上，我们才能更为合理地进行流动的、多样的同时也是时代性的主体性的建构。因此，在人的主体性的建构问题上，笔者持有一种目的论；或者说，笔者所主张的主体性是一种目的论视野中的人的主体性的建构过程，并且，笔者认为，这样才能够在建构人的主体性的同时又培植和壮大对由于人的主体意识的伸张而带来的现代性负面因素的抑制性力量，从而使得人的主体性得以优化建构和发展。这是人的主体性的根本发展道路。

康德对人类主体性发展的未来满怀信心。他说："人类物种从长远看来，就在其中表现为他们怎样努力使自己终于上升到这样一种状态，那时候大自然所布置在他们身上的全部萌芽都可以充分地发展出来，而他们的使命也就可以在大地之上得到实现"①。从康德在这里所展示出来的一幅令人欣慰的关于人类未来的远景中，我们没有理由不相信未来的人类是具有新质的主体形态，也没有理由不相信人类终究会走向健康、成熟的主体性发展阶段。当然，"人的未来只能是一种开放的可能性"②，而不必然表现为现实性的存在；为了使得人类走向健康、成熟的主体性发展阶段的期望不至于成为一种空想，就需要人类立足于现实进行共同的创造。这正如美国未来学家尼古拉·尼葛洛庞蒂所说的，"预测未来的最好办法就是把它创造出来"③。而文学活动在这一关乎人的未来发展——在很大程度上它也就是表现为人的主体性的"创造"和实现——的问题中起着其他活动不可替代的重要作用；笔者认为，我们从根本上也正是需要站在这样的理论高度和认识基点上来看待文学活动中的主体性问题。直白地说，文学活动中的主体性问题不是一个孤立的问题，也不是一个可有可无的问题，而是一个直接关涉到人的未来发展的问题，这是由文学作为一种人的有意

① 〔德〕康德：《世界公民观点之下的普遍历史观念》，《历史理性批判文集》，第20页。
② 〔德〕卡尔·雅斯贝斯：《时代的精神状况》，王德峰译，上海译文出版社，1997，第193页。
③ 〔美〕尼古拉·尼葛洛庞蒂：《数字化生存》，胡泳、范海燕译，海南出版社，1997，"译者前言"第9页。以上适当参考了郭湛先生在其《主体性哲学——人的存在及其意义》一书"结语"中的有关论述，特此说明。

识的、自由生命活动的性质所决定了的。

　　在本研究前面部分总体思考的基础上，笔者在此拟就文学活动中的主体性问题再谈谈以下几个方面的认识。

　　第一，文学需要高扬人的主体性。这是文学活动中的主体性问题的一个方面的重要内容。人类不能没有主体和主体性观念。特别是对于像中国这样的后发性现代化国家来说，基于国人的当下生存结构和历史境遇，现在更需要高扬人的主体性。事实上，文学作为人学，它在高扬人的主体性方面具有深厚的传统。在前面，我们就曾提到，西方近代以来，人类的思想、理论、文学、艺术等等观念形态的一个中心内容，就是对于人在现实生活中的独立性这种主体性的揭示和宣扬。总体上看，在毛泽东的《在延安文艺座谈会上的讲话》这一当代文艺"共同纲领"① 精神的影响下，20 世纪 40 年代之后几十年的中国文学，在高扬人民的主体性、群体的主体性方面书写了自己的辉煌，这也是适应了当时的社会现实需要的，具有重大的历史价值。② 80 年代中后期以来，当代中国文学较为广泛地产生了一种关注和张扬个人主体性的自觉意识。笔者以为，对 20 世纪中国文学在高扬人的主体性方面的总体叙述演变作一番学术史梳理，无疑是一件饶有趣味的工作。如前所论，在当前的社会主义市场经济条件下，在继续关注群体主体性问题的同时，也转向个人主体性的探讨，显然更具有现实意义。文学高扬人的主体性的一个重要途径是通过对文学形象——人尤其是个人的塑造来体现的。把文学形象——人作为一个"人"也就是作为一个"主体"来塑造是文学创造的基本要求，尽管它其实只是文学人而非历史人。把文学形象——人作为一个"人"、作为"主体"来创造，显然最为根本的也就是需要关注其主体性的塑形与构建。我们明白，期望具体的文学文本能够达到引导人、感染人、鼓舞人、塑造人的积极社会效果也主要是由此而来。笔者甚至认为，文学文本不能对文学形象——人的主体

---

① 1951 年 5 月 12 日，周扬在中央文学研究所所作的题为《坚决贯彻毛泽东文艺路线》（载《人民日报》1951 年 6 月 27 日第 3 版）的讲演中提到："'在延安文艺座谈会上的讲话'成了新中国文艺运动的战斗的共同纲领。"

② 关于对毛泽东历史地确立在一种具有现代品格的人民本位观的哲学基础之上的文艺思想的分析可参阅笔者在《"人民的"和"为人民的"——毛泽东现代文艺思想略论》（载《理论与创作》2003 年第 6 期，第 8～13 页）一文中的相关阐述。

性的构建投入足够的关注，它也就失去了更为深远的意义；最起码，其意义也是不完整的。此外，作家们还应该进一步认识到，当前的中国文学创作在文学形象——人尤其是个人的塑造中需要努力表现出人的主体性的当下规定性和应然状态，并作出在符合人的自由和全面发展这一根本目的之下的人的主体性的未来新质形态的探索。笔者认为，在文学创作活动中，对人的主体性的当下规定性及其未来新质形态作出表现或探索是对"现代主体性"进行超越性思考的一种有效方式；由此，它也就是诉求健全而成熟的现代性价值的文学发展道路的基本要求。而这，也就显然对文学活动中的创作主体提出了更高的要求和规约；当然，对于文学接受主体而言也同样如此，因为，只有当接受主体具备了充分自觉且处于较高层次品位的文学主体意识时，他才能参与完成具体的文学活动并从根本上因应文学创作主体对于人的主体性的当下规定性的表现及其未来新质形态的探索。深入讨论这个问题，就涉及我们以下的思考。

第二，如前所论，人的主体性根本上是一个哲学概念；讲文学的主体性、艺术的主体性，其实在很大程度上就是就文学艺术的活动过程和结果来研究这一活动的主体——人的主体性。如是，要深化文学活动中的主体性问题研究，就必然需要从关注文学活动的主体出发；而关注文学主体其实根本上就在于关注其从事具体文学活动的观念意识和精神状态，后者决定着文学主体性所能够达到的层次品位。赖大仁先生[①]认为，文学主体究竟以怎样的观念意识和精神状态参与文学活动以及处理文学活动中的相应关系是文学主体性中更深层次的问题。确实，相对于以上所说的第一个方面的重要内容而言，这是文学活动中主体性问题的另外一个方面的题中应有之义。在赖大仁看来，整个的文学活动系统大致包括文学创作、文学接受、文学批评和文学史研究四个子系统；每个子系统，又都各有其相应的、作为其系统中枢的文学主体，即文学创作主体、文学接受主体、文学批评主体和文学史研究主体。而无论是在何种具体的文学活动中，这些文

---

① 以下关于赖大仁有关观点的引述和阐发参阅了其90年代以来发表的三篇文章：《关于文学主体论的思考》、《当代文艺学体系论纲》和《当代文论中几个问题的反思》。其中，前两文可见其论文集《当代文艺学论稿》第1~34页及第47~56页，后一文刊载于《创作评谭》（理论版）2004年2月号第38~42页。行文中不再一一标出。

学主体是否真正具有充分自觉的主体意识和具有怎样的主体意识，直接关涉到文学活动本身的性质或质量，决定主体在这一文学活动中是否有或在多大程度上具有积极的能动性和创造性。这确实是一个重要问题，因为，说到底它是一个关于文学主体的精神生态的问题，而文学主体的精神生态情形又直接关乎具体文学活动本身的价值存在的大小。这就正如赖大仁所始终认为的，一个时代有什么样的文学，归根到底取决于文学主体具有怎样的观念意识和精神状态。笔者以为，从根本上说，赖大仁就是以此为理论支撑来理解文学主体性问题并阐明其关于文学主体性的思想主张的。他持论，文学主体性是指从事文学活动的主体所应当具有的充分自由自觉的品格特性，它是精神特性和实践品格的统一。但必须同时注意到，文学主体性实际上存在有不同的层次品位；文学主体性的品位不同，文学活动所达到的境界也会有很大的差异。他认为，20 世纪 80 年代的文学主体性理论及其"自我实现"的文学观念基本上是以个体自我意识为基础的，而这种建立在个体自我意识基础之上的文学主体性，其意义其实十分有限。他分析指出，如果这种个体意识、个体人格比较高尚，或许可以表现出某些超出个人意义的情感，比如对他人以至对人类的爱；但倘若这种个体意识比较褊狭，则往往会限于表现一己私情，有的甚至可能把某些生命本能、感性情欲当作人的生命本质来表现和追求。因此，基于单纯个体意识的文学主体性虽然也表现为某种自由自觉的特性，但它显然是属于较低层次品位的。而更高层次品位的文学主体性则应是基于充分的个体意识与社会、时代、民族意识的有机统一，即在主体的意识中将自我的生存发展要求与社会、时代、民族的发展要求统一起来。在这种有机统一基础之上形成的文学主体性，由于超越了狭隘的个人自我而获得了更为丰富博大的内涵，升华为一种崇高自觉的社会责任感和使命感。① 可以看出，这与我们在前面谈到的杜书瀛和张婷婷两位论者对人的主体性的当代规定性的概括和要求是存在很明显的相通之处的。确实，以这样的主体性从事文学活动，文学活动就不再只具有个体活动的意义，而是同时也具有深广的社会

---

① 基于对文学主体性层次品位问题的以上思考，赖大仁还探讨了文学主体性的重建途径，此不论。

意义了。因此，我们在谈论文学主体性的时候，如果仅仅笼统地主张以人为思维中心①，强调自我实现、自我解放以及种种主体意识，那还是不尽完备的，而应当进一步区分文学主体性以及种种主体意识的不同层次品位，因为如同我们在上面所已经隐约提到了的，文学主体性的层次品位其实内在地关系到文学本身的进步与否的问题。

也正是出于对文学主体的观念意识和精神状态问题的深度关注，赖大仁不赞同澳大利亚学者西蒙·杜林基于当代文学日益世俗化和边缘化以及传统经典文学所强调的文学价值与文学使命被逐渐消解和抛弃的真实情形而对文学主体性作出的以下"新论"：文学主体性表现为一种对文学的热爱，一种以读书（及写作）为中心的生活，一种对于文学表达和创造力的追求。② 不难看出，杜林先生的如是理解，应当只是对我们所讨论的文学主体性的最为基本的要求，是从事文学事业最起码的前提，称不上是什么新颖而特别的见解。笔者以为，通过以上大致的解说和讨论，其实我们可以把赖大仁所说的文学主体性径直理解成是对包括文学创作主体和文学接受主体在内的文学活动主体的一种品性要求。而且，在笔者看来，只有具备了如他所说的更高层次品位文学主体性的文学创作主体才有可能在文学形象——人尤其是个人的塑造中努力表现出人的主体性的当下规定性和应然状态，并作出在符合人的自由和全面发展这一根本目的之下的人的主体性的未来新质形态的探索。正像前面已经指出了的，对于真正的文学接受主体的要求也理应相应地作如是观。

由此再深入下去并结合现实来思考就还存在着如下这样一个问题。近20年来，在中国社会的整体性变革以及全球化文化潮流的影响和推动下，中国当代文学迅速地走向市场化、世俗化和边缘化并在一定程度上开始汇入当今世界文学与文化的发展潮流之中，面对这一新的历史境遇，已经取得相对独立地位的当下中国文学就必然还有一个需要重视"文学自觉"的问题。这里所说的"自觉"，在赖大仁看来，就是指文学

---

① 在20世纪80年代中期提出文学主体性理论时的刘再复较为明显地存在有这种思想倾向；对此，可参阅本书第一章第一节中的有关论述。
② 参见〔澳〕西蒙·杜林《文学主体性新论》，王怡福译，《文学评论》2001年第2期，第142～147页。

主体应当充分自觉地意识到在"全球化"浪潮中我们国家、民族的现代
化发展所面临的现实，意识到当代中国文学在这一整体格局中所处的地
位以及所应当担负的责任，从这一现实语境出发，必须认真思考和追问
一下：文学的目的与价值何在？当代中国文学究竟需要一种怎样的主体
精神？赖大仁这一"文学自觉"观点的提出受到了费孝通先生对于在全
球化过程中民族文化自觉问题的探讨①的直接启发，从中也体现出其拥
有甚为明朗的学术前沿问题意识和知识分子视野之内的社会"介入"情
怀。确实，文学领域里的以上问题显然是回避不了的。当下中国文学一
方面是多元化的事实存在，另一方面则是文学自觉意识和主体意识的普
遍弱化，在这种情况下，有必要提倡主导性的文学精神，如文学的民族
精神、民主精神、现代理性精神等等，以"疗救"、扭转和克服当前文
学中的精神贫困与匮乏现象。在第四章的起始部分，笔者曾谈到，90 年
代中后期以来，钱中文在探索文学"现代性"的命题之下，倡导以"新
人文精神"为核心的"新理性精神"，并以此作为"文学艺术价值、精
神的重建"的支柱。21 世纪初他更将之从文艺学扩延到人文学。从某种
意义上也可以说，这是钱先生应对文学现实而对主导性文学精神问题的
一种积极性思考，甚至可以理解成是对当前中国文学艺术精神塑造的一
种要求与规约。显然，全球化进程中中国文学自觉问题的提出具有明确
的现实针对性，是有待于进行深入的学理性研究的，更需要相应的文学
主体在具体的文学活动中以一种积极、合理、进步的观念意识和精神状
态创造性地加以实践。

　　第三，从主体论、从文学活动中的主体出发看待文学活动的性质是阐
释文学本质的一条基本途径。

　　展开文学本质问题的研究，显然意味着对哲学上的本质观的一种坚
持；笔者认为，对于事物本质的探讨是无可回避的。但是，如果把"本
质"上升为一种主义，尤其是在传统的本质主义思维方式的制约下认为

---

① 　参见费孝通《百年中国社会变迁与全球化过程中的"文化自觉"——在"21 世纪人类
　　生存与发展国际人类学学术研讨会"上的讲话》，《厦门大学学报》（哲学社会科学版）
　　2000 年第 4 期，第 5~11 页。

每一类事物只有一个既定不变的普遍本质并且由此渴求共性而蔑视个性①时，其不合理性也就显露无疑了，因为，它明确地体现为一种方法论上的绝对主义。② 列宁批判了这种单一本质的哲学观点。他说："真理就是由现象，现实的一切方面的总和以及它们的（相互）关系构成的。""单个的存在（对象、现象等等）（仅仅）是观念（真理）的**一个方面**。真理还需要**现实**的其他方面，这些方面也只是好像独立的和单个的（独自存在着的）。真理只是在它们的总和中以及在它们的关系中才会实现。"③ 又指出："人对事物、现象、过程等等的认识"是一个"从现象到本质、从不甚深刻的本质到更深刻的本质的深化的无限过程"④。在《哲学笔记》中的另一处，列宁也表述了类似的思想："人的思想由现象到本质，由所谓初级的本质到二级的本质，这样不断地加深下去，以至于无穷"⑤。在这里，我们无须对列宁的以上思想做出详细的分析和评价，它强调的根本一点就在于，事物的本质是多层次的。笔者以为，这一认识具有充分的合理性。列宁的这种关于事物本质多层次性观点的提出，启示我们需要注意到文学本质的多层次问题。

事实上，国内学界在文学的多本质性观念方面已经达成了基本共识。在前面我们就曾经谈到，钱中文先生指出，把文学视为一种复杂的现象，一个复杂系统，从而对它进行多层次、多角度的综合研究已为文艺学界不少学者所接受。钱先生强调，对于文学理论研究来说，事实上很难用一个简单的定义来说明文学现象，而应当看到文学观念、文学的本质是一种多层次现象，需要对它们进行多方面的阐述。所谓层次，就是事物整体所表

---

① 奥地利哲学家路德维奇·维特根斯坦曾经把本质主义的要害归结为一句话，即渴求共性，蔑视个性。有学者据此认为，其《哲学研究》一书中从众多案例显示的结构原来也就是一种反本质主义的合理要求。参见张志林、陈少明《反本质主义与知识问题——维特根斯坦后期哲学的扩展研究》，广东人民出版社，1995，第28页。
② 哲学上的本质主义倾向是需要反对的，然而，当前文艺学中的反本质主义思想倾向同样是需要严肃对待的，这是建设性地探讨当代中国文艺学问题的一个基本前提。
③ 〔俄〕列宁：《黑格尔"逻辑学"一书摘要》，《哲学笔记》，人民出版社，1956，第210、209页。
④ 〔俄〕列宁：《黑格尔"逻辑学"一书摘要》，《哲学笔记》，第239页。这是列宁谈到的16条"辩证法的要素"中的第11条。
⑤ 〔俄〕列宁：《黑格尔"哲学史讲演录"一书摘要》，《哲学笔记》，第278页。

现出来的不同方面。它是建立在差别和不同的基础之上的，没有差别就无所谓层次，同时，不同层次自有其量和质的规定性，从而从不同层次可以见到不同本质的表现，一个事物由于其多层次而形成多本质。① 在"文学的多本质性"问题上，钱先生作了这样的理论阐述，顾祖钊先生近年则对之展开了一些具体的尝试性构建工作。其《文学原理新释》一书所做的工作之一就是力图对文学的本质问题作出一些"新"的理解。他根据列宁关于事物本质的多层次性看法、老子的"道生一，一生二，二生三，三生万物"的观点和庄子的事物的本质可以作多侧面呈现的思想，根据古今中外都有关于文学本质的言史、言情和言理的争论的事实，将文学的本质视为一个由初级本质到高级本质的多层次系统。顾祖钊认为，这样做，就使文学现象层面的多元性与历史哲学层面的一元性统一了起来。②

　　总体而言，任何单一方法的研究，显然都难以穷尽文学本质观念的全部意义与全部特点；方法的单一，也必然常常会造成观念的片面性，形成不同程度的局限。在钱中文看来，以单纯的"人本主义"思想为指导的文学观念如同单纯的以"科学主义"思想为指导的文学观念一样就明显地存在着这样的问题。他分析指出，建立在人本主义基础上的 20 世纪的西方各种文学观念都把人的主体性、主观因素发挥到了绝对化的地步，以至于把人的主体性特征和文学的本质特性说成是同一的，在对抗唯物主义、庸俗社会学的同时，陷入了极端的唯心主义，走入了新的庸俗化。这种人本主义倾向在我国 80 年代中后期以来的文学理论中也极为突出，它表现为把主体性、超越性都说成了文学的本质，使文学观念失去了应有的界限。③

　　当然，对以人本主义思想为指导的文学观念提出这样的批评，并不是说在文学活动中不能强调主体性问题。其实，应该肯定的是，在文学活动中，强调主体性不仅必要而且必须，甚至可以说，不加强对文学领域中主体性问题的深入、科学的研究，当前中国的美学和文学理论就很难提出新

　　① 参见钱中文《文学发展论》，第 105～106 页。
　　② 参见顾祖钊《文学原理新释》，人民文学出版社，2002，"自序"第 2～3 页，第11～93页（第一编"文学本质论"）。
　　③ 参见钱中文《文学发展论》，第 107、111 页。

的课题，也很难取得长足的进步。① 可以明显看出的是，以上，笔者对一些相关内容的探讨也就正是在这一研究方向之下的理论努力。关键的问题在于，我们需要认识到，从文学活动中的主体、主体性问题出发，它并不能对文学的多本质性作出全面的阐述，而只能是从一个向度揭示了文学活动的性质。基于这种认识，下面，笔者就从文学活动中的主体和主体性问题入手拟对文学活动的一个方面的性质作一简要的尝试性的思考表述。

在本节的前面部分，我们曾谈及马克思的关于人的感性存在的观点。根据马克思关于人的感性存在及其审美实践的基本理论，我们能够认识到，文学活动是一种感性的人的活动，需要从主体方面去理解。这也就是说，从主体方面去理解是阐发文学性质的一条基本途径。如此，我们也就明白，在文学活动中，文学表现的内容一定是为主体感知、意识到的内容，换个角度并深化开来说也就是，一切为个体主体所感知、意识到的文学内容必然与他现实的感性存在相联系，同时，它最终得以表现出来又是文学主体诉诸审美实践创造的结果。由是，我们也就看到，文学活动其实既是文学主体的一种认识性活动，也是文学主体的与以上认识性活动存在有机关联的审美性活动。文学活动中的创作活动，是创作主体对于社会生活（对象世界）的审美反映，是人的本质力量的对象化活动；在此之中，创作主体得以自我表现和伸张个体的生命意识并由此获得超越现实的个性自由。这是个人性活动，但不是私人性事件，因为它同时也是创作主体（主要）通过作品中作为"主体"的人——文学形象与期望中的文学接受者的心灵间的交往、对话活动。显然，这种交往和对话是以人与人之间共同性的人性基础确保审美共通感的建立作为前提的；意思也就是说，正是有了这种共通感的建立作为前提，文学活动中主体间的经验、情感以及价值交流（更多地表现为认同）才成为可能。人与对象世界本身没有这种共通感，不构成心灵间的契合关系，故不可能形成主体间的交往。文学活动是创作主体与接受主体共同参与完成的。文学活动中的接受活动，是接受主体把文本作为对象（客体）来看待的处于主客关系中的能动的认识

---

① 笔者在这里的表述参考了钱中文先生的相关看法，参见钱中文《文学发展论》，第111页。

—评价活动（而这又必然以接受者对对象世界的经验性感知为前提），是
审美接受者对人的本质力量的审美直观，也是其以文本为中介并（主要）
通过作品中作为"主体"的人与创作主体的心灵间的交往、对话活动。
在此，他一定程度上超越了主客关系，而进入了主体—主体关系的文学场
域之中。由于文学活动具有认识性活动和审美性活动的双重特征，因而，
它既是主客二分的，又是超越主客二分的。换个角度说，它既是主体性的
活动，也表现出一种主体间的心灵交往性质。文学因二者间构成的张力而
"敞亮"，或者说，它处于由二者间构成的张力而诱发的"敞亮"状态中，
它是开放的。当然，如前所论，这只是从文学活动中的主体和主体性问题
出发对文学的一个方面的性质作出的大致解说；它不足以对文学的性质作
出全面的概括。对文学性质所作的任何单一视角下的理论阐释，都是存在
局限性的。

附　论

附论一　"现代性"概念的哲学阐释

无可置疑地，对现代性问题的关注已经成为了一种世界性现象。它在世界范围内的反思与追求的二重主调语境下而变得色彩斑斓。在西方，随着现代社会的到来和现代化进程的推进，尤其是后工业社会的来临，现代性问题被思想家、哲学家乃至深度关注社会问题的一般公众所广泛地讨论着。这其中至少有着两个方面的深刻原因：其一是在当下社会生活中现代性本身凸显出来的重要性；其二表现为现代性在几个世纪以来的社会发展过程中其弊端也日益显露，从而引起后现代主义理论等对之的广泛而激烈的批判，人们在反思现代性问题。对于处在当下社会进程中的中国人来说，如同和波德莱尔处于同一时代的韩波那样异常坚决而又充满激情地宣告自己的立场——"必须绝对地现代！"——恐怕还需要一段时间的酝酿，但无论如何，中国人早就开始了自己的现代、现代化和现代性追求。对于中国知识分子而言，研究现代性问题，不仅只是一种学理性的需要，而更承载着对现代性在当今中国能否实现以及如何实现的深切关怀。这是一种基本的知识分子立场。

在现代性概念的理解问题上，很多思想家、哲学家基于不同的哲学立场和观察视点而各自进行着自己的解释，这其中有相似、有差异也更有冲突。这种局面为我们理解现代性问题带来了难度。然而，为了使我们对现代性问题的探讨和理解更加明朗化和具备坚实的思想基础，显然，我们首先必须面对这些思想资源，从对它们本身面貌的大致揭示和阐释出发来把握现代性概念。也就是说，有选择性地分析一些理论家对现代性问题的理解是我们进行现代性概念的哲学阐释的必要条件。

在西方现代性研究的几种有代表性的观点中，法国哲学家利奥塔对现代性的理解有些特别并且他拥有一种批判乃至颠覆的理论勇气。在成书于1979年的《后现代状况：关于知识的报告》这本"系统探讨了关于知识（科学知识和叙事知识）在后工业社会统一场中面临的畸变、悖谬和可能性"① 的"坚硬"的哲学著作中有一个重要的命题：元叙事是现代性的特征和标志，而后现代则是对元叙事的质疑。利奥塔在1984年2月6日写给塞缪尔·卡辛的信中这样表示："我说的元叙事或大叙事，确切地说是指具有合法化功能的叙事"②。他批判元叙事，一个直接的目的就在于对现代性进行批判。在利奥塔看来，元叙事在现代性那里，是具有合法性功能的叙事，但随着大叙事本身在"后现代"③ 状况中发生信任危机并走向衰落，现代性也就产生了合法化丧失的问题，从而甚至导致整个现代性事业的毁灭。由于"元叙事"在现代性事业中起着如此重要的赋予合法性的作用，因此，对"合法性"的批判也就构成了利奥塔现代性批判的核心内容。④ 利奥塔的思想是丰富而深刻的，他持论："后现代是属于现代的一个组成部分"，"要想成为现代作品，必须具有后现代性。因此，后现代主义并不是现代主义的末期，而是现代主义的初始状态，而这种状态

---

① 〔法〕让－弗朗索瓦·利奥塔：《后现代状况——关于知识的报告》，岛子译，湖南美术出版社，1996，第214页。

② 〔法〕让－弗朗索瓦·利奥塔：《后现代性与公正游戏——利奥塔访谈、书信录》，第169页。

③ 在《后现代状况——关于知识的报告》"引言"部分的一开始，利奥塔就明确地指出："我们研究的主要对象是高度发达社会的知识状况。我决定用**后现代**这个词来描述这一状况"（Jean-Francois Lyotard, *The Postmodern Condition*: *A Report on Knowledge*, "Introduction" p. xxiii.）。应该说，利奥塔的后现代研究的视角是颇具特色的。

④ 参见陈嘉明等《现代性与后现代性》，人民出版社，2001，第14～15页。

是川流不息的。"① 这就似乎意味着利奥塔"反对有现代与后现代之分，认为后现代主义的潜势力是在现代主义中产生与实现，任何把两者加以区分都是后现代主义者之错误"②。作为对自己把现代性理解为元叙事这一特殊的叙事方式的强调，利奥塔在上面提到的信中还这样说："在《后现代状况》中我关心的'元叙事'（meta-narratives），是现代性的标志：理性和自由的进一步解放，劳动力的进步性或灾难性的自由（资本主义中异化的价值的来源），通过资本主义技术科学的进步，整个人类的富有，甚至还有——如果我们把基督教包括在现代性（相对于古代的古典主义）之中的话——通过让灵魂皈依献身的爱的基督教叙事导致人们的得救。黑格尔的哲学把所有这些叙事一体化了，在这个意义上，它本身就是思辨的现代性的凝聚"③。这里的叙述是混杂的，但有一点却又显得明晰，那就是，在利奥塔那里，现代性如同现代、后现代、后现代性和后现代主义这些概念一样都是从叙事的性质和范围的角度而得到意义的揭示的。利奥塔上述对现代性的理解引起我们关注的还有以下两点：其一，利奥塔以后现代视角批判现代性，目的其实在于主张"重写"（rewrite）现代性，也就是祈望将现代性建立在更为合理的基础之上④；其二，利奥塔对现代性的理解包含着一种理性化的批判姿态，这大致暗合了黑格尔运用一种理性批判的形式来把握现代性的做法⑤并规范着当代一些思想家对现代性问题进行反思和批判的基调。这一影响无疑是深远的，它使得对现代性的哲学解释具有并保持着一种理性批判的形式和立场。明显地，这一思想遗产弥足珍贵。

　　"现代性"作为一个历史分期的概念，它被用来描述一个特定的历史

---

① 〔法〕让－弗朗索瓦·利奥塔：《后现代状况——关于知识的报告》，第 207 页。
② 洪鎌德：《人的解放——21 世纪马克思学说新探》，台北扬智文化事业股份有限公司，2000，第 426 页。
③ 〔法〕让－弗朗索瓦·利奥塔：《后现代性与公正游戏——利奥塔访谈、书信录》，第 167 页。
④ 《后现代性与公正游戏——利奥塔访谈、书信录》一书（第 153～166 页）收录了利奥塔的《重写现代性》一文。对利奥塔"重写现代性"主张的这种判断和认识还可参见刘放桐等著《马克思主义与西方哲学的现当代走向》一书第 43 页的相关论述。
⑤ 参见〔德〕尤尔根·哈贝马斯《后民族结构》，曹卫东译，上海人民出版社，2002，第 179 页。

时期，即"现代"时期。与之相关联，"后现代性"则"用于描述据称是紧随现代性之后的一个划时代的历史时期"。由是，美国学者斯蒂芬·贝斯特和道格拉斯·凯尔纳这样认为：现代性"这个词指涉各种经济的、政治的、社会的和文化的转型（transformation）。正如马克思、韦伯及其他思想家建立的理论所表明的，现代性是一个历史断代术语，它指涉紧随'中世纪'或封建主义而来的那个时代。在一些人看来，现代性与传统社会相对立，并且，它被赋予了革新、新奇和具有活力的特征"①。在《后现代转向》一书中，他们继续坚持对现代性作为一个历史时期的理解，这可以从他们对"后"的意义的明确界定中反映出来，"很多人都谈到，我们生活在'后'的时代……术语'后'意指一种历史顺序，在此顺序中先前的事件被替代，因此在最初的例证中其功能是用作为历史分期的术语"②。通过仔细分辨，我们认识到，在凯尔纳和贝斯特看来，现代性首先标志着一种历时性的断裂和一个时期的现在性，在此，它是一个量的时间范畴，一个可以区分出上下阈限的时段，这也是他们在关于现代性的理解中所着重强调的；但同时，它还是一个质的概念，亦即可以根据某种变化的特质来标识这一时段。③ 在有的研究者看来，一些重要思想家也是把"现代性"作为一个历史分期概念来理解的。美国缅因州贝茨学院教授大卫·库尔珀就认为，尽管在黑格尔与海德格尔之间横亘着一个世纪之久的剧烈变迁，但对于这两位思想家来说，"现代性"所指的都是自宗教改革以来的这个时代，即一个在他们自己的日子里就已经达到了顶峰的时代，

---

① Steven Best and Douglas Kellner, *Postmodern Theory：Critical Interrogations*, p. 2.
② 〔美〕斯蒂芬·贝斯特、道格拉斯·科尔纳：《后现代转向》，陈刚等译，南京大学出版社，2002，第1页。
③ 为了深化对这一认识的理解，在此，我们有必要举一个相关的例子来间接加以说明。《中国现代文学三十年》一书中的"现代文学"首先也是一个"时间概念"，它"以1917年1月《新青年》第2卷第5号发表胡适《文学改良刍议》为开端，而止于1949年7月第一次全国文学艺术工作者代表大会在北京的召开"；同时，"在本书的历史叙述中"，"现代文学"也"还是一个揭示这一时期文学的'现代'性质的概念。所谓'现代文学'，即是'用现代文学语言与文学形式，表达现代中国人的思想、感情、心理的文学'"。参见钱理群、温儒敏、吴福辉《中国现代文学三十年》，北京大学出版社，1998，"前言"第1页。

当然，在他们各自的眼光中，这个顶峰的本质是有区别的。① 显然，对现代性的这种理解是很容易把它和在最一般的意义上指称历史时期的"现代"概念混淆起来的。

从社会学角度出发，英国学者安东尼·吉登斯对现代性进行了制度性的分析。他认为，现代性指的是"社会生活或组织模式，它大约 17 世纪出现在欧洲，并且在随后的岁月里，于世界范围内程度不同地产生着影响"②。吉登斯还说，在《现代性与自我认同》一书中，他是在很一般的意义上来使用"现代性"这个术语的，它是指"最初在后封建的（post-feudal）欧洲建立而在 20 世纪日益成为具有世界性影响的行为制度与模式。只要工业主义被认识到并不仅仅是存在于制度层面上，'现代性'就可以被理解为大致等同于'工业化的世界'。在我看来，工业主义是指蕴含在生产过程中的物质力量和机械的广泛应用所体现出来的社会关系。作为这种关系，它是现代性的一个制度轴。现代性的第二个维度是资本主义，在此，这个术语意指把竞争性的产品市场和劳动力的商品化过程都包括在内的商品生产体系"③。那么，具体来说，现代性到底是指什么样的社会生活或组织模式呢？吉登斯持论："在其最简单的形式中，现代性是现代社会或工业文明的缩略语（shorthand term）。比较详细地描述，它涉及：（1）对世界的一系列态度，关于实现世界向人类干预所造成的转变开放的观念；（2）复杂的经济制度，特别是工业生产和市场经济；（3）一系列的政治制度，包括民族国家和大众民主。在很大程度上，正是由于这些特性，使得现代性与任何从前的社会秩序类型相比，其活力都大得多。这个社会——更严格地说，是复杂的一系列制度——与任何以前的文化都不同，它生活在未来而不是过去的历史之中"④。对吉登斯在现代性

① David Kolb, *The Critique of Pure Modernity*：*Hegal*，*Heidegger*，*and After*，The University of Chicago Press，1986. p. 202.

② Anthony Giddens，*The Consequences of Modernity*，Polity Press，1990. p. 1.

③ Anthony Giddens，*Modernity and Self-Identity*：*Self and Society in the Late Modern Age*，Polity Press，1991. pp. 14 – 15.

④ Anthony Giddens and Christopher Pierson，*Conversations with Anthony Giddens*：*making sense of modernity*，Polity Press，1998. p. 94. 此处的翻译参考了该著的中译本，见〔英〕安东尼·吉登斯、克里斯多弗·皮尔森《现代性——吉登斯访谈录》，尹宏毅译，新华出版社，2001，第 69 页。

高强度的风险环境下怀着"超越现代性"的思考①所构造出来的不无乌托邦色彩的未来的社会结构和秩序，我们不做特别的评价。在此，结合论题的需要，我们应该注意到的问题是，吉登斯对作为社会运行模式的现代性的界定或者说他对现代性的制度性分析在相当程度上模糊了它与"现代化"所显现出来的可感知的要素——诸如工业化；民主政治；市场经济；先进的科学技术；合理化、世俗化和都市化等等——之间的区别。

耶鲁大学的宗教哲学教授路易思·迪普雷认为"现代性观念"长期地吸引着评论家们的注意。在他看来，只有当早期的人文主义者的关于人的创造性的观念与唯名论神学的否定性结论形成一种极度的混合时，才导致了我们称之为现代性的观念的文化扩张。在它的强大冲击下，西方传统思想中的有机统一的真实观被摧毁。这样，人们对自然的观念有了一个根本的转变。它的直接结果是，人由作为宇宙的组成部分而成为了它的意义的源泉。也就是说，人成为了一个"主体"，而在传统思想中无所不包的自然则降低为客体。② 由此，迪普雷所理解的现代性的根本方面应当是指人的主体意识的确立和伸张，它与西方思想中传统世界观的解体密切相关。应该说，这触及了现代性哲学的基石问题。③

福柯对"现代性"的理解与迪普雷的理解有一定的关联并扩大了它的意义域。与把现代性经常地说成是"一个时代，或者，至少被说成是作为一个时代特点的一组特征"的观点不同，他把"现代性"理解为一种"态度"。④ 在延承康德关于启蒙问题的回答的《什么是启蒙?》一文

① 参见 Anthony Giddens, *The Consequences of Modernity*, p. 1.
② Louis Dupré, *Passage to Modernity: An Essay in the Hermeneutics of Nature and Culture*, Yale University Press, 1993. pp. 1 - 3. 张辉的《审美现代性批判》（北京大学出版社，1999）一书第 2 页也谈到了路易思·迪普雷教授对现代性问题的这种理解。
③ 一般认为，主体性与理性一道构成了现代性的核心观念。也可以说，主体性是现代性哲学的基石。参见沈语冰《透支的想象——现代性哲学引论》，学林出版社，2003，第 60 ~ 68 页。
④ 吴冠军认为，福柯之所以将现代性理解为一种"态度"，正是要同把它视为"一个历史的时期"的看法相区别。参见吴冠军《多元的现代性——从"9·11"灾难到汪晖"中国的现代性"论说》，第 112 页注释①。

中，福柯并不认为康德的文章《答复这个问题："什么是启蒙运动？"》①
"构建了对于启蒙的一种适当的描述（adequate description）"，但是，在某
种意义上，康德的小文本却正处在批判性的反思与对历史的反思的转折点
上，"它是康德对他自己的艰巨事业的当代状况的反思。"也正是在关于
"今天"的反思中，福柯看到了康德文本的独特之处，"这个'今天'是
作为历史中的差异和作为从事特定哲学任务的动机而存在的"。由是，福
柯认为人们能够找到一个思考问题的出发点，它，也就是一种可称之为
"现代性态度"的纲领（outline）。而所谓"态度"，"在我看来，它是指
一种与当代现实相联系的模式；一种由特定的人们所做的志愿的选择；最
后，它是一种思想和感觉的方式，也是一种行为和举止的方式，同时，这
种方式标志着一种归属关系并把它自己表述为一种任务。无疑，它有点像
希腊人所称之为的社会的精神特质（ethos）。"②而为了简要地描绘这种现
代性的态度，福柯选取了波德莱尔作为例子进行阐述。在此，我们看到，
福柯所说的现代性包括了观念与行为两个方面；但无可置疑的是，福柯与
路易丝·迪普雷对现代性问题的理解都关注到了人的精神维度。显然，这
一对现代性概念精神维度内涵的揭示和把握的理论努力为我们思考现代性
问题提供了参考，现代性被指向了对社会特质和时代精神的抽象规定。

　　和前面三种观点相关的是哈贝马斯对于"现代性"的理解。哈贝马
斯认为，现代性首先是一种挑战。在这样的意义上，现代性指的是一种社
会知识和时代，其中预设的模式或者标准都已经分崩离析了，鉴于此，置
身于其中的人只好去发现属于自己的模式或标准。从实证的观点看，现代
性时代的特征与贡献，是个人自由，它体现在作为科学的自由、作为自我
决定的自由和作为自我实现的自由这样三个方面。哈贝马斯肯定现代性时
代的自由特征，同时也充分意识到了它自身的矛盾和黑暗面。由此，在对
现代性概念作出一番概括时，他强调，第一，现代性并非某种我们已经选

---

①　康德60岁时写的这篇让后人在研究启蒙运动问题时无法绕过的文章最初刊载于《柏林
月刊》1784年第4卷第12期。该作的中文译文见〔德〕康德《历史理性批判文集》，
第22~31页。

②　Michel Foucault, *The Foucault Reader*, pp. 37 – 39. 汪晖、陈燕谷主编的《文化与公共性》
（生活·读书·新知三联书店，1998）一书收录了汪晖翻译的福柯《什么是启蒙？》这
篇文章，可资参考。

择好了的东西，我们不能通过一个决定就能将其动摇甩掉。第二，现代性仍然包含着规范的、令人信服的内涵。他持论，现代性的标准基础，首先是自我决定和自我实现，这可以通过一种不同的、严格后形而上学的形式而保护下来。启蒙思想也并不是简单的结构抽象，它们已然嵌入日常交流实践甚至是生活世界之中，成为了无法避免的、常常与事实相反的预设条件；而且，它们中的一部分以一种破碎不连贯的方式已经在政治体制的机制内得以实现。第三，现代的社会和经济发展中存在着植根于体制性的、自我生成的危险。① 通过以上的论述，我们认识到，哈贝马斯是在个人的理论理解中辩证地看待现代性问题的，他明确揭示了现代性现象的两面性。正因为如此，他强调现代性是一项自启蒙运动以来未竟的方案（project，又可译为"规划"）②。哈贝马斯认为："启蒙哲学家们在 18 世纪系统阐述过的现代性事业含有他们根据各自的内在逻辑来发展客观科学、普遍的道德与法律以及自主艺术的努力。与此同时，这一事业也意图将上述每个领域中的认知潜能从其独有而难以理解的（esoteric）形式中释放出来。启蒙哲学家希望利用这种专门化的文化积累来丰富日常生活——也就是说，合理地组织日常生活"③。而今天的我们，也正是需要充分认识到现代性包含着的规范的、令人信服的进步的内涵，以坚持和深化现代性事业。看得出来，哈贝马斯是力图在历史分期、社会运行模式和精神发展维度的综合基础上来探讨现代性问题的，他把现代性理解为一项包罗万象的、未竟的事业。在他所使用的"现代性"一词中包括了"现代"、"现代化"和"现代主义"三个概念的蕴涵。那也就是说，我们必

---

① 参见〔德〕尤尔根·哈贝马斯《现代性的地平线——哈贝马斯访谈录》，李安东等译，上海人民出版社，1997，第 122~124 页。

② 在本书第二章笔者已经谈到，哈贝马斯是于 1980 年 9 月在获得由法兰克福市颁发的阿多尔诺奖时发表题为《现代性——一项未竟的方案》的受奖学术演讲过程中表明了他的这种看法的。在最初出版于 1985 年的《现代性的哲学话语》一书的"前言"中他强调他从未放弃过这一立场，尽管关于它的理解是多方面的并且引发了争论。参见 Jürgen Habermas, *The Philosophical Discourse of Modernity: Twelve Lectures*, "Preface", p. xix.

③ *Habermas and the Unfinished Project of Modernity: Critical Essays on The Philosophical Discourse of Modernity*, edited by Maurizio Passerin d'Entrèves and Seyla Benhabib, p. 45. 此段文字的中文翻译另可参阅斯蒂文·贝斯特、道格拉斯·凯尔纳著《后现代理论——批判性的质疑》中译本第 301~302 页及王岳川、尚水编《后现代主义文化与美学》（北京大学出版社，1992）第 17 页。

须明白，要理解哈贝马斯的现代性理论就必须得至少先行理解与现代性这一核心概念相关的问题域中的三个问题：现代、现代化和现代主义。各问题的整合带来了表述上的复杂性。哈贝马斯这种整合式的理论取向与他的思想呈现出极大的包容性的特征有密切的关联，同时也与他的理论努力的根本目标相一致，那就是，扩展现代性概念以重建批判理论，由此推进当代资本主义社会的民主改良。① 整合当然是必要的，但也必须注意到理论家在进行整合时是否具有理论上的自觉性和对相关问题进行必要的区分时所应有的明晰性，哈贝马斯似乎没有很有效地做到这一点，尽管他对现代性的理解潜在地包含着一种黑格尔所贯彻的利奥塔也坚持的理性批判的形式。复杂也当然意味着思想的丰富，但同时也可能引致模糊甚至混乱。因而，这促使我们必须采取一种新的视角以便更加明晰地理解现代性问题。

在这个方面，俞吾金教授的研究无疑是具有开创性的，值得借鉴和肯定。受吉登斯的启发，他提出了"现代性现象学"的概念。俞吾金持论，现代性现象学也就是运用现象学的理念和方法，尤其是海德格尔的此在现象学的理念和方法，对现代性现象进行全面的考察。在阐述了现代性现象学的基本立场、观念和方法之后，从现代性现象的总体视域出发，并在对西方思想家现代性研究的几种有代表性的观点进行批判性考察的基础上，俞吾金分析指出：当我们把现代性现象课题化时，在我们的视域中呈现出来的是一组现象，即"现代化"（modernization）、"前现代"（pre-modern）、"现代"（modern）、"后现代"（post-modern）、"前现代性"（pre-modernity）、"现代性"（modernity）、"后现代性"（post-modernity）、"现代主义"（modernism）和"后现代主义"（post-modernism）；而且，当我们对这九个现象中的任何一个进行考察时，其他八个现象都会以共现的方式呈现在我们的视域之中。因此，必须在这一总体视域中来界定现代性的内涵。按照现代性现象学的阐释，"前现代"、"现代"和"后现代"这三个现象主要涉及人类社会不同的历史时期的时间框架的确定；"现代化"这一现象主要涉及现代社会整个生活模式的实际变化；"现代主义"

---

① 参见单世联《哈贝马斯现代性理论述论》，载包亚明主编《现代性与空间的生产》，上海教育出版社，2003，第111页。

和"后现代主义"这两个现象主要涉及文化艺术的风格①；"前现代性"、"现代性"和"后现代性"则主要涉及前现代、现代和后现代三个不同历史时期的主导性价值观念。这样，在他的批判性的理论阐述中，既明确指出了现代性与现代、现代化、现代主义等概念之间的区别，又充分吸纳和整合了前人对现代性基本质素的合理的研究成果。于是，现代性概念的蕴涵也就明朗化了。作为现代这个历史概念和现代化这个社会历史进程的总体特征的最抽象的体现②，或者说，作为对现代社会这一历史时期的主导性价值观念的最为抽象的规定，"现代性"体现为以下的主导性价值：独立、自由、民主、平等、合理性、正义、个人本位、主体意识、总体性、认同感、中心主义、崇尚理性、追求真理、征服自然等。对这些价值的追求尽管会带来一些负面作用，这正如吉登斯所说，曾经推动西方社会文化快速发展的现代性其实是一种双重现象，但对于当下中国，现

---

① 马尔科姆·布雷德伯里和詹姆斯·麦克法兰在《现代主义的名称和性质》一文里也谈到了现代主义作为一种风格的问题，但同时他们也指出，在一定意义上，与其说现代主义是一种风格，倒不如说它是在高度个性意识的基础上对一种风格的探索（参见〔英〕马·布雷德伯里、詹·麦克法兰编《现代主义》，胡家峦等译，上海教育出版社，1992，第 3～38 页）。詹明信在《后现代主义，或晚期资本主义的文化逻辑》一文中说，他在这篇文章里所勾勒的后现代主义，是从历史的角度出发，而并不是把它纯粹作为一种风格潮流来描述（参见〔美〕詹明信《晚期资本主义的文化逻辑：詹明信批评理论文选》，第 500 页）。总的来看，后现代主义本来是指称一种以抛弃普遍性、背离和批判现代主义设计风格为特征的建筑学倾向，后来被移用于指称文学、艺术、美学、哲学、社会学、政治学甚至自然科学等诸多领域中具有类似倾向的思潮。大卫·格里芬是在较为广义的词域中解释后现代主义的："如果说后现代主义这一词汇在使用时可以从不同方面找到共同之处的话，那就是，它指的是一种广泛的情绪而不是任何共同的教条——即一种认为人类可以而且必须超越现代的情绪"（〔美〕大卫·格里芬编《后现代科学——科学魅力的再现》，"英文版序言"第 17 页）。笔者以为，单纯地以文化艺术风格来指称现代主义和后现代主义并不足以最大限度地概括它们的丰富蕴涵。这也就是说，在笔者看来，现代主义和后现代主义不只是涉及文化艺术的风格问题，笔者更倾向于还把它们视为主要是在文化艺术领域中体现出来但显然又不仅只是在文化艺术领域中存在的两种迥然有别的思维方式，甚至可以说它们分别就是现代和后现代的两种生活方式。
② 李智认为：一般而言，"现代性"这个概念，是现代西方社会发展到成熟阶段的当代，思想反思时代的现实"存在"而获得的一个概括本质的产物。它探讨的是内蕴于现代社会、支配着它、并贯穿其始终、使现代之为现代的本质、根源、根据或基础（参见李智《论海德格尔的现代性批判——另一种后现代主义》，首都师范大学出版社，2003，第 8 页）。应该说，这一对"现代性"进行界定的致思倾向与俞吾金先生的理解方式之间存在着一定的相似性。

代性追求却是一种历史发展的必然要求。俞吾金先生指出：中华民族为了能够在当今世界上生存和发展下去，必须追求现代化和现代性，事实上，当代中国社会的改革开放及从计划经济模式向市场经济模式的转型，表明中国人已经义无反顾地选择了这一条道路。作为当代中国人，我们在探索现代性现象之前，必须深刻地领会自己的生存结构和历史处境。① 当然，我们在追求现代性的同时又要认真吸取一些理论家批判现代性的有价值的思想因子，以使得我们关于现代性问题的思考建立在对健全而又充分的现代性的认识基础之上。如是，"现代性"概念就被规定在特定的哲学视角的阐释之中了。当然，对现代性的主导性价值的逐一考察——尤其是对诸如自由、主体性、个人意识、民主等在中西不同文化语境中的理解——也还是极为复杂的问题，这同样需要我们确立一定的哲学研究视野。

最后，有必要由此补充提到的是，针对有学者指出的在国内学界一些学人部分原因也许是出于词义特别是由于译名上的含混而造成的对于当代西方思想家对现代性的批判或反思以及所谓后现代主义思潮的误解这一事实，再结合俞吾金先生对在现象学视域中把现代性现象课题化时所关涉到的一组现象的揭示和区分，在此，笔者想对相关概念的明晰运用作一些说明。当然，我们首先要从"现代性"和"后现代主义"这两个中译词的对应英文开始。它们的对应英文分别是 modernity 和 postmodernism，词根均为 modern，在汉语里，它通常译为"现代"，有时也译为"近代"。在英语等西文中，它通常是泛指西方"现代化"（modernization）运动开始以来以 17 世纪产业革命为标志，甚至可上推至文艺复兴的整个资本主义时代，或说它指的是随着西方资本主义市场经济体制的形成和自由主义等思潮的兴起以来迄今的整个时代，是相对于 ancient（古代）和 medieval（中世纪）而言的。在西方，modern philosophy 指的是中世纪以后的哲学，特指人类理性或者说反省精神开始被倡导以来的哲学，一般以笛卡尔哲学

---

① 以上内容是对俞吾金先生采取一种始源性的视角揭示现代性蕴涵的理路以及在这一理路之下现代性呈现出来的基本蕴涵的大致描述。参见俞吾金等著《现代性现象学——与西方马克思主义者的对话》"导论"第 1～42 页。俞吾金先生的这篇长文另以"现代性现象学"为题连载于《江海学刊》2003 年第 1 期、第 2 期。

为上限，下限至黑格尔时代的哲学，但也可延伸到现当代。由此，黑格尔以后迄今的哲学既可以仍作为 modern philosophy 的组成部分，也可以另称为 contemporary philosophy，但在汉语中，大都称为现代哲学。西方哲学家对现代性的批判或反思指的是对西方资本主义形成以来的整个时代的批判与反思；而后现代主义哲学则是指对笛卡尔以来哲学思维方式采取批判态度的哲学，在西方学者中，只有极少数标新立异、自以为实现了哲学上"伟大变更"的人才把后现代主义哲学仅仅看作 20 世纪中期以来才出现的新思潮。① 为了尽可能避免更多的不必要的误会和混淆，笔者曾试图这样来运用这些相关概念：正如前面所论，从根本上说，现代主义和后现代主义关涉到的是风格和思维方式甚至是生活方式问题；而在对现代化、前现代性、现代性和后现代性四个概念的运用及其具体蕴涵所指上，笔者认同俞吾金先生的看法；前现代、现代和后现代确实是涉及人类社会不同的历史时期的时间框架的确定，但考虑到以下复杂事实——（1）在汉语中"现代"一词的惯常用法（它通常指涉到"当下"，尽管其上限的确定还存在争论）；（2）汉语里通称的"西方现代哲学"往往是指黑格尔以后迄今的西方哲学；（3）以中文"近代哲学"作为译名的 modern philosophy 在西方既特指从笛卡尔到黑格尔时代的哲学，但它又可用来指称黑格尔时代之后的哲学；（4）modernity 译作"现代性"而非"近代性"已为学界普遍采用；（5）面对后现代主义哲学思潮的强势扩张，西方一些思想家如哈贝马斯依然坚持现代性的价值立场；（6）人们对现代主义和后现代主义之间关系的认识无法取得一致——的存在，笔者倾向于主张用前现代、现代前期和现代后期这三个词语和概念来置换它们，而弃用"近代"一词。总体上说，这是一组区分为两个时期四个阶段的概念，它与前现代、现代和后现代这样一组区分为三个时期的概念是存在差异的。前现代，是相对于现代（包括现代前期、现代后期两个阶段）而言的，它所指的当包括古代（ancient）和中世纪（medieval）两个阶段。至于现代前期和现代后期之间的界限，则是一个还有待讨论的问题，或说二者分别对应于一段时期以来常说的工业社会阶段和后工业社会阶段，或者我们还能

---

① 　参见刘放桐等著《马克思主义与西方哲学的现当代走向》，第 42、272、350 页。

以普泛意义上所说的后现代主义思潮的兴起①作为现代后期的上限，亦即现代前期的下限。这样，前现代性、现代性和后现代性作为对特定历史时期的主导性价值观念的最为抽象的规定，它们对应的历史时期从总体而言就分别是前现代、现代前期和现代后期了。但是，我们同时又需要明白，作为风格和思维方式的现代主义与后现代主义并不仅仅对应于现代前期和现代后期这样的时段；在现代后期还保持有甚至在前现代时期都还可能存在着现代主义的文化艺术风格和思维方式，后现代主义的艺术风格和思维方式也存在于现代前期甚至是前现代的社会形态中。同理，作为现代前期和现代后期社会进程特征的体现的现代性与后现代性所说明和涵括的也只是现代社会两个阶段的总体价值取向，在现代后期阶段存在着现代性价值甚至是前现代性价值，后现代性价值理念也存在于现代前期甚至是在前现代社会时期也有一定的体现。当然，这样的对于"前现代"、"现代"、"后现代"等概念的界定本身也许并不重要，关键的是在运用这些概念时，论者要明确其蕴涵的真正所指。因而，考虑到以上概念在国内的通常译法和学界约定俗成的运用情况，更由于这些概念的复杂性，笔者在本书行文中仍旧采取了学界关于它们的一般性用法。以上的一些说明文字只是一种思考，当然是笔者沿用学界关于这些概念的一般性用法的前提性思考。

　　总体而论，当下中国正处于一个从扬弃前现代价值而诉求现代性价值的社会转折时期，在这一社会进程中，多种风格、思维方式和价值理念是并存着的。②

---

① 从普泛意义上来理解，后现代主义思潮可以上推到 20 世纪中期以前。刘放桐先生在发表于《国外社会科学》1996 年第 3、4 期连载的《后现代主义与西方哲学的现当代走向》一文中持论：从"后现代主义"一词的西文语义说，人们有理由把其所指由 20 世纪 60 年代以来的特定思潮扩展为 20 世纪上半期，甚至 19 世纪中期以来西方哲学中一种广泛的思潮。

② 《"现代性"概念的哲学阐释》这篇文章是笔者根据自己曾拟作的题为"现代性与文学理论问题"一文中的一部分扩展而成的。在一定意义上，它也可被视为是对俞吾金先生《现代性现象学》（载《江海学刊》2003 年第 1、2 期）这篇文章的一种阐发。在笔者看来，当前中国文学理论的建设必须体现出对现代性价值的确认与诉求。这与当下中国社会的现代性追求存在着总体发展方向上的一致性；事实上，这也是使得建设中的文论具有现实性品格的基本保证。当然，这其中也还存在着对 20 世纪 80 年代以来若干文论形态现代性价值诉求的不充分的确认以及新的文论形态需要发展和强化健全而又充分的现代性价值诉求的问题，此不论。

附论二　李泽厚的主体性思想要论

在"后文革时期"①，李泽厚主体性实践哲学的提出是一种瞩目的思想现象。李泽厚也称他的主体性实践哲学为人类学本体论②。我们应该从哪里入手来理解李泽厚的主体性思想呢？李泽厚曾经这样概括其个人的学术历程："我自认是承续着康德、马克思晚年的 step（脚步），结合中国本土的传统，来展望下个世纪"③。这句带有总结性质的话蕴涵了重要的信息，它明确地说明了李泽厚哲学的思想渊源和根本的学术立场。这也就要求我们从李泽厚对康德和马克思晚年思想的主题尤其是从李泽厚对康德哲学基本精神的揭示出发来理解李泽厚的主体性实践哲学，亦即他的主体性学说。

马克思在晚年主要研究人类学问题，为此他写有大量的人类学笔记。在《纯粹理性批判》中，康德说："我们理性的一切兴趣（思辨的以及实践的）集中于下面三个问题：1. 我能够知道什么？2. 我应当做什么？3. 我可以希望什么？"④ 康德认为，第一个问题是单纯思辨的，由形而上学回答；第二个问题是单纯实践的，由道德回答；第三个问题是实践的同时又是理论的，由宗教回答。李泽厚注意到，晚年的康德在这三问之后，又

---

① 笔者在本书第三章已经对"后文革时期"一词的使用作过说明。笔者在此把李泽厚的主体性实践哲学的提出视为"后文革时期"的一种瞩目的思想现象，意图是明确的，那就是期望以这样的命名来突出李泽厚哲学学说在这一时期里出现的历史性价值和思想史意义。

② 李泽厚说，二者异名而同义。略有差异的地方表现在：首先，人类学本体论更着眼于包括物质实体在内的主体的全面力量和结构，后者更侧重于主体的知、情、意的心理结构方面。二者的共同点在于强调人类的超生物族类的存在、力量和结构；此外，主体性更能突出个体、感性与偶然。（参见李泽厚《李泽厚哲学文存》下册，安徽文艺出版社，1999，第464页。）1994年3月号的《明报月刊》刊载有李泽厚和高建平二人之间的哲学答问，在对话中，李泽厚又说："我过去讲人类学本体论，现在我更愿意加上'历史'二字，将之概括为'人类学历史本体论'。也许名之为'人类学文化本体论'更通俗"（李泽厚：《李泽厚哲学文存》下册，第489页）。

③ 李泽厚：《李泽厚哲学文存》下册，第457~458页。

④ 〔德〕康德：《纯粹理性批判》，邓晓芒译，杨祖陶校，人民出版社，2004，第611~612页；另可参阅康德该著的蓝公武译本（商务印书馆，1960）第554页。

添了一个由人类学来回答的问题，即："人是什么?"① 康德说，所有这些都可以看作是人类学问题，因为前三问都与最后一问有关。② 李泽厚同样关注"人是什么"的问题，他的众多的研究成果都可以归结为人的理论，即主体性思想。他说：人类学历史本体论恰恰也是"从'人是什么'开始，提出'人活着'（出发点）、'如何活'（人类总体）、'为什么活'（人的个体），而将归结于'活得怎样'：你处在哪种心灵境界和精神状态里？这种状态和境界……关注的是个体自身的终极关怀和人格理想"③。也正是这样，他把他的研究人的本质问题的哲学称之为主体性实践哲学。

一

从思想承续的意义上说，对康德的专门研究直接激发了李泽厚对主体性问题的思考。李泽厚对康德思想的兴趣由来已久，在早年就有"一生守着康德"的想法④，"但从未打算研究论述它"，倒是"文革"时在明港干校期间让他"略有时间读书"，"在当时批林批孔批先验论的合法借口下"，他可以"趁机搞点康德"，从干校回到家里后，他便利用在干校时所做的关于康德问题的笔记正式写起了《批判哲学的批判——康德述评》⑤（以下简称《批判》）。对于自己致力于康德研究的更深层原因，李泽厚有过这样的描述："想改变一下多年来对康德的漠视和抹杀⑥，是写

---

① 参见康德 1793 年 5 月 4 日致哥廷根神学教授卡尔·弗里德利希·司徒林的信（〔德〕康德：《彼岸星空：康德书信选》，李秋零译，经济日报出版社，2001，第 275 页）。需要略作申说的是，康德直接提出这一问题虽然相对较晚，但这并不表明在此之前他就不曾关注过这一问题。事实上，在同一封信里，康德就提到他在写这封信之前的 20 多年来每年都要讲授一遍人类学，这也就是说，康德几乎是在开始其批判哲学时期的同时就在从事着回答"人是什么"这一问题的人类学的研究。
② 〔德〕康德：《逻辑讲义》导论Ⅲ，转参李泽厚《批判哲学的批判——康德述评》，人民出版社，1979，第 324 页。
③ 李泽厚：《李泽厚哲学文存》下册，第 519～520 页。
④ 参见李泽厚《中国古代思想史论》，人民出版社，1984，第 324 页（"后记"）。
⑤ 参见李泽厚《批判哲学的批判——康德述评》（修订本），人民出版社，1984，第 438、440 页。
⑥ 李泽厚在《批判哲学的批判——康德述评》（修订本）后记里简要地谈到了新中国成立后国内康德研究与介绍中对康德的轻视和漫画式的否定局面。杨河、邓安庆在《20 世纪西方哲学东渐史：康德黑格尔哲学在中国》（首都师范大学出版社，2002）一书的第三、第四章中也对新中国成立后至"文革"期间我国康德研究的基本情况作了类似的说明。

作本书的动机之一"；而另一个重要的推动力则在于"当时我对马克思主义哲学的极大热忱和关心。当看到马克思主义已被糟蹋得真可说是不像样子的时候，我希望把康德哲学的研究与马克思主义的研究联系起来。一方面，马克思主义哲学本来就是从康德、黑格尔那里变革来的；而康德哲学对当代科学和文化领域又始终有重要影响，因之如何批判、扬弃，如何在联系康德并结合现代自然科学和西方哲学中来了解一些理论问题，来探索如何坚持和发展马克思主义哲学，至少是值得一提的"①。《批判》在1979年春由人民出版社初次出版。该书涵盖了康德批判哲学时期②的主要著作。全书共分十章。第一章分析康德哲学的思想来源和发展过程；第二章至第七章以"认识论"为总标题，是对《纯粹理性批判》的研究；第八章和第九章以"伦理学"为总标题，是对《实践理性批判》的研究③；第十章讲康德的美学和目的论，是对《判断力批判》的研究。这样，《批判》一书就向读者提供了一个关于康德批判哲学的整体概要。针对《批判》一书所取得的成就，曾有评论者认为：它"是近年来难得的一本研究西方哲学史的专门学术著作，是我国西方哲学史研究中的一个可喜的成果"④。

　　在《批判》中，李泽厚以马克思主义哲学视点在中国哲学界首次系统地从主体性向度来分析和揭示康德哲学的基本精神。选取主体性向度来对康德哲学的基本精神进行分析和揭示，无论是从理论本身还是从当时的现实需要来考虑，其意义显然都是重大的，尽管主体性问题并不足以概括

①　李泽厚：《批判哲学的批判——康德述评》（修订本），第440、441页。
②　康德是以撰写《纯粹理性批判》开始其批判哲学时期的，在1790年第一次出版的《判断力批判》的序言中他说："我以此（即《判断力批判》，引者注）结束我的全部批判工作"（〔德〕康德：《判断力批判》上卷，宗白华译，商务印书馆，1964，第6页）。在此期间，他还完成了其批判哲学的其他重要著作。我们没有理由像有些论者那样把康德的有关历史观点的著作视为其第四批判。在这里，李泽厚的看法是值得重视和借鉴的。他说，康德不可能有这第四个批判，因为这个批判必须是康德全部批判哲学的扬弃和二元论矛盾的解决。而事实上康德的历史观只是蕴含着这个解决的潜在萌芽。（参见李泽厚《批判哲学的批判——康德述评》，人民出版社，1979，第324页。）
③　李泽厚在这里的研究以《实践理性批判》为主，另参照了康德《道德形而上学基础》（苗力田的译本题名为《道德形而上学原理》）一书。
④　黄枬森：《〈批判哲学的批判〉一书简评》，《哲学研究》1980年第5期，第73页。

康德哲学的丰富蕴涵。① 后来，李泽厚在为纪念康德《纯粹理性批判》出版 200 周年而写的《康德哲学与建立主体性论纲》② 一文中更加明确地指出了这一点。在"六经注我"的哲学史研究方法的主导下，李泽厚认为："康德哲学的功绩在于，他超过了也优越于以前的一切唯物论者和唯心论者，第一次全面地提出了……主体性问题，康德哲学的价值和意义主要……在于他的这套先验论体系（尽管是在谬误的唯心主义框架里）。因为正是这套体系把人性（也就是把人类的主体性）非常突出地提出来了"③。在李泽厚看来，一般理解的人性是就人与物性、与神性的静态区别而言，但如果就人与自然、与对象世界的动态区别来说，人性便是主体性的内在方面。人类和动物不同，正如马克思所说的，动物与自然没有什么主体与客体的区别，它们为同一个自然法则支配着；而人类则通过漫长的历史实践终于全面地建立了一整套区别于自然界而又可以作用于它们的超生物族类的主体性。李泽厚说，这才是他所理解的人性。在这里，我们需要重视的问题在于：其一，李泽厚对康德哲学的主体性精神进行了总体认定；其二，他提出了人的内在主体性命题，这显然是受了康德哲学的启发的。

现在，我们简要看看李泽厚对康德哲学主体性精神的具体认识。康德

① 薛富兴也认为，"主体性"并不能准确地概括康德哲学。如果一定要用"主体性"这一概念描述康德哲学，那也只能说它是一种内在主体性的哲学，无论其认识论、道德论，还是审美论，均以人类主体的内在生命——精神心理为范围、为主题，是人类精神现象学。在他那里，人的精神活动不只应是人类哲学的永恒主题，似乎也是一个可以自足的独立王国。进而，薛富兴指出，李泽厚接受康德哲学的意义，并不在其主体性立场，而在于从外在主体论进至内在主体论。（参见薛富兴《新康德主义：李泽厚主体性实践哲学要素分析》，《哲学动态》2002 年第 6 期，第 34 页。）这样的看法显然是值得重视的。

② 该文原载于中国社会科学院哲学研究所编《论康德黑格尔哲学》（上海人民出版社，1981）一书（第 1～15 页）。在《批判哲学的批判——康德述评》1984 年再版时，李泽厚拿下其初版时题为《背弃马克思主义的哲学史标本》的附论而代之以这篇文章，可见他对《论纲》一文的重视。

③ 李泽厚：《批判哲学的批判——康德述评》（修订本），第 424 页。在《批判》（再修订本）中，李泽厚也说："对待康德哲学，最重要的是，深入分析它的唯心主义先验论。因为正是这一方面才是康德哲学的独特贡献"（李泽厚：《李泽厚哲学文存》上册，第 55 页）。继《批判》（修订本）较之于《批判》初版的同一段文字（分别见《批判》1979 年版第 49 页、1984 年版第 49～50 页）已经出现变化之后，李泽厚在这里再次更换了一些措辞，从中体现出他对自己这一判断的坚持和强化。

批判哲学由认识论、伦理学、美学与目的论三部分组成，李泽厚的分析也
依此进行。李泽厚持论，康德认识论的特点在于提出了从时空感性直观到
纯粹知性概念（范畴）的认识形式。康德认为人类得到普遍必然的科学
知识也就是能够认识客观世界的前提在于具有这套主体的认识形式，因为
人类只有先验地具有这一套认识形式，才能把感觉材料组织成知识。这个
表面上看来似乎是荒谬的先验论，实际上比旧唯物论从哲学上要深刻，从
科学上说要正确。近代科学已经证明，在认识活动中，从感觉一开始就有
一整套主观方面的因素在内。李泽厚认为，这种认识中的主观因素，人类
一切认识的主体心理结构都是建立在实践这个极为漫长的人类使用、创
造、更新、调节工具的劳动活动之上的。人性主体性建立在客观历史规律
的基础上，是沉积在感性中的理性。只有从这个基础上来讲人性，才能与
一切唯心主义人性论、人道主义区别开来，这就是主体性的实践哲学。从
哲学史的角度看，这种哲学可以追溯到康德，因为他用唯心论的方式提出
了作为主体性的课题。①康德在伦理学上也突出了主体性问题。在李泽厚
看来，虽然康德对“绝对命令”的解释是唯心主义的，但如果从人类学
本体论的实践哲学看，其价值和意义表现在：它是对个体实践要求树立主
体性的意志结构，是要求个体应有担负全人类的存在和发展的义务和责任
感。这样一种责任感和道德行为作为人类主体的意志结构（心理形式）
是历史的成果、社会的产物。即便是心理形式、意志结构的继承性也同样
如此。这种意志结构是人类理性的凝聚。人类由此而产生的伦理行为和自
觉的理性感情与动物基于本能的牺牲个体、保护群体的特性有着根本的区
别。个体只有通过人的自觉的有意识的理性的建构才存在。这属于建立人
的主体性的范围。它是在人的诸多感性中的理性凝聚（如同在认识论的
感性直观中有理性内化一样），它才是真正的自由意志（与认识论中的自
由直觉相对应）。因此，康德的伦理学表面看来似乎是某种纯形式的原
则，实际上“却比功利主义的伦理学更深入地接触到道德的本质，接触
到人类主体性行为的核心和道德教育以建立意志结构的重要性。哲学所以
不仅是认识论或科学方法论，还应包含主体的理想、意向和责任感，通过

①　参见李泽厚《批判哲学的批判——康德述评》（修订本），第 424～429 页。

伦理学所建立起来的人的自由意志的主体性，这一点更明白了。"① 李泽厚认为，康德写《判断力批判》是为了沟通认识与伦理，以联系自然与人。审美判断力以自然形式的合目的性与人的主观的审美愉快相联系，目的论则以自然具有客观目的与道德的人相联系。处于卢梭和黑格尔的中间，整个康德哲学的真正核心、出发点和基础是社会性的"人"。而《判断力批判》就把以"人"为中心这一特点展现得最为明朗和深刻。康德在晚年提出的"人是什么"的问题的答案就在此处。② 在具体分析中，李泽厚这样认为，康德在美学上的一个重要贡献，就是他在《判断力批判》中把审美愉快与动物的官能愉快以及概念性的理智认识区别开来了。审美愉快是人类主体多种心理因素、功能活动的结果。康德把它叫做审美判断。美作为自由的形式，是合规律和合目的性的统一，是外在的自然的人化或人化的自然。而审美作为与这自由形式相对应的心理结构，则是感性与理性的交融统一，是人类内在的自然的人化或人化的自然。它是人的主体性的最终成果，是人性最鲜明突出的表现。在审美活动中，人能够获得真正的自由感受，它和认识论的自由直观、伦理学的自由意志构成为主体性的三个主要方面和主要内容。

李泽厚认为在康德研究中为批判而批判是没有意义的，应该注意"活的"康德，国际上一些学院派的"康德学"作品不能体现或代表康德哲学在今天的具体作用和历史影响。他强调，"真正揭开康德哲学的秘密，安息这个始终在游荡着的阴魂"的任务历史地落到了马克思主义者的身上。以上对李泽厚关于康德哲学主体性精神的揭示就集中体现了他的这一康德研究的基本立场。较之于《批判》的 1979 年版本，在修订本中李泽厚着重认为，马克思主义哲学不只是革命的哲学，同时更是建设的哲学。建设精神文明就涉及文化—心理问题、文化继承批判问题、历史积淀问题、人性问题、主体性问题，等等。在今天，要为共产主义新人的塑造提供哲学考虑，自觉地研究人类主体自身的建构就成为必要条件。而康德对人类精神结构（认识、伦理、审美）的探索和把握最根本的就是抓住

---

① 参见李泽厚《批判哲学的批判——康德述评》（修订本），第 431～432 页。
② 参见李泽厚《批判哲学的批判——康德述评》（修订本），第 400～401、367 页。

了人类主体性的主观心理建构问题，尽管他是在唯心主义先验论的理论框架里来进行的。《批判》一书的目的就是要揭示康德所提出的这个问题的现代意义，以及马克思主义了解和解决这个问题的方向。李泽厚说，这就正是他所从事的康德的"批判哲学"的批判。① 正是因为存在这样明确的思想理念，李泽厚的由康德研究而建立起来的主体性实践哲学也就具有了强烈而深厚的现实性品格。

二

李泽厚在《批判》中以个人的读解视角揭示康德哲学的主体性精神和发挥自己的认识的同时，也展开了对于主体性问题的直接思考②；显然，这才是其康德研究的根本目的。但当时这些想法并不是很明朗，也没有展开论述，《康德哲学与建立主体性论纲》在受欢迎的同时也引起了一些疑难，这首先表现在"主体性"这个概念上，于是李泽厚又撰写了《关于主体性的补充说明》一文，对他所使用的"主体性"概念做了明确的界定：

> "主体性"概念包括有两个双重内容和含义。第一个"双重"是：它具有外在的即工艺—社会的结构面和内在的即文化—心理的结构面。第二个"双重"是：它具有人类群体（又可区分为不同社会、时代、民族、阶级、阶层、集团等等）的性质和个体身心的性质。这四者相互交错渗透，不可分割。而且每一方又都是某种复杂的组合体。从这种复杂的子母结构系统中来看人类和个体的成长，自觉地了解它们，便是《论纲》提出"主体性"概念的原因。③

从李泽厚以上对"主体性"概念的界定来看，其中存有一个明显的特征，那就是对"结构"的强调，需要在"结构"之下来理解"主体

---

① 参见李泽厚《批判哲学的批判——康德述评》（修订本），第 50～57、259 页。

② 可参见李泽厚《批判哲学的批判——康德述评》（修订本）第 94 页、第 208～209 等页的相关文字。

③ 李泽厚：《李泽厚哲学美学文选》，湖南人民出版社，1985，第 164～165 页。李泽厚的《关于主体性的补充说明》一文还发表在 1985 年第 1 期的《中国社会科学院研究生院学报》上。《李泽厚哲学文存》下册中也收录了这篇文章，但被更名为《主体性的哲学提纲之二》。

性"。由此，我们看到，这是一种限制性的主体性，不仅个体主体性受到这一结构的限制，而且人类主体性也受到这一结构的束缚。有论者据此称这样的主体性为结构主体性。① 这样的看法是不无道理的。事实上，在马克思思想尤其是在康德思想的影响下，李泽厚的哲学中就有一个结构主义式的人性论，即人性的纵二（工艺—社会结构与心理—文化结构）横三（智力结构、意志结构、审美结构）结构理论。其中，后面的人性横三结构实际上分别体现为人类理性能力的三种不同的表现形式：理性的内化、理性的凝聚与理性的积淀，而理性则是统一知、情、意三者的基础。这明显地是对康德关于人类内在精神世界区分为知、情、意三个层面同时又以理性为最终依据的思想的继承、发挥和改造。至于前者，李泽厚说："我提出人类学的两个结构或两个本体世界即工艺—社会结构（工具本体）和文化—心理结构（心理本体）。前者是马克思提出的，但没有在哲学上详论；后者虽然马克思也触及了，但未正式提出"②。事实上，正像我们在前面已经阐述过的，"后者"由康德而来，是康德提出了这个重要问题。

由此，我们看到，李泽厚哲学中的康德思想因素和马克思思想因素确实是浓重的。但这二者在其思想总体中又并不是简单的堆积，而是表现为一种关系和双向的过程。李泽厚说："我的哲学线索是康德→马克思，而不是黑格尔→马克思"③。这正如我们已经指出了的，李泽厚在《批判》中对主体性的阐发和解释无疑渗透着他自己对于问题的理解和认识，而这其中又有着重要的一点，那就是他是从康德讲到马克思，又用马克思的观点来解释康德。但是，在李泽厚的哲学中，这种理论努力表现得最为突出和深刻的是在什么方面呢？笔者以为，这就是他提出的"积淀说"了。

李泽厚的"积淀说"试图解决人的理性从何而来的问题。确实，在康德哲学里，不管是认识理论（思辨理性）还是实践理性都有一个为康德所搁置的来源问题。在《批判》中，李泽厚则反复说明，人的理性的

---

① 参见中英光《评李泽厚的主体性论纲》，《学术月刊》1998 年第 9 期，第 40～42 页。
② 李泽厚：《李泽厚哲学文存》下册，第 464 页。
③ 李泽厚：《李泽厚哲学文存》下册，第 463 页。李泽厚在哲学答问中还提到，作为由历史形成的某种心理形式同时也是一种框架的"心理本体"是他在《批判》中相当明白讲出过的主题。它似乎是由马克思回到康德，其实，是以马克思为基础，重新提出康德的问题，然后再往前走。（同上书，第 474 页。）

最后根源在于实践，并且首先是使用、创造工具的实践。这走的显然是一条马克思哲学的道路。李泽厚说，他所追求的哲学保存了马克思最基本的理论观念，但舍弃了其他的东西。在他看来，马克思最基本的理论观念就是恩格斯在《在马克思墓前的讲话》中所概括的："人们首先必须吃、喝、住、穿，然后才能从事政治、科学、艺术、宗教等等"[①]。李泽厚认为，这看来似乎非常简单，是众所周知的常识，但它具有重大的理论价值，在现代已然成为公共的学术遗产，这就是唯物史观的基本观念，也是他所理解的马克思的实践哲学。在《批判》中，他就反复强调了马克思主义哲学是实践论亦即唯物史观。[②] 对此，刘再复这样评价："李泽厚对经典马克思主义有一种学术性的信念，特别是对他的唯物史观。但是，他对唯物史观又作出自己的阐释"，相对于他人，李泽厚阐释和强调的是"经典马克思主义关于人首先是要吃饭然后才有思想、意识形态这一脉络，即把生产力（科学技术）看作决定性因素，确认这一因素乃是人类通向自由王国的物质前提和基础"[③]。这也就是说，李泽厚是坚持历史唯物主义哲学立场的，在《批判》中他一而再再而三地强调"实践"，强调用使用、制造工具来规定实践，强调用实践观点去具体分析康德哲学，这样，他对康德不懂得实践从而结构主义式地静态分析人类内在精神世界的做法自然也就不会满意了，他要在结构主义的方法中引入动态的历史主义的因素。这集中体现在他在康德研究中继承马克思早期著作《1844 年经济学哲学手稿》里的"自然的人化"思想，强化康德哲学中"自然向人生成"这一命题，最后则表现为"积淀说"。对此，薛富兴这样分析，对李泽厚的积淀说可作多向理解，如果将它与前面提到的人性纵二横三结构理论相对照，就会发现，积淀说的最大特色在于其历史主义的立场。它要集中传达的是人性及人类各种心理能力漫长的逐步生成和发展的动态历史过程，而并不是一个先验的，或一蹴而就的静态结构。李泽厚之所以提出

①　〔德〕恩格斯：《在马克思墓前的讲话》，《马克思恩格斯选集》第 3 卷，人民出版社，1995，第 776 页。

②　参见李泽厚《李泽厚哲学文存》下册，第 457～458 页。

③　李泽厚、刘再复：《告别革命——回望二十世纪中国》，全书"序"（《用理性的眼睛看中国——李泽厚和他对中国的思考》，刘再复作）第 2 页。

"积淀说"，在某种意义上可以理解为是要用人类学、用历史唯物主义、用动态的历史观点来补充、完善自己从康德哲学中继承来的结构主义人性论，冲淡其静态地对待人性的弊端。这正是其结构主义人性论中的动态成分，它彰显出李泽厚要用马克思与黑格尔哲学来补充和深化康德思想的理论努力。以康德哲学丰富马克思主义，用马克思主义深化康德哲学。这样，就既可在历史唯物主义理论中开出内在主体性哲学之新局面，又可为康德先验论、主体性哲学找到一个扎实的人类学基础，使康德哲学静态的结构主义具备了马克思式的历史厚重感与现实品格。从马克思的实践观出发，以历史唯物主义补充、深化康德，以康德的内在主体性扩充马克思实践观之人本精神，李泽厚同时实现了对马克思和康德的辩证否定，主体性实践哲学即在此过程中建立起来。① 然而，我们还要注意到，李泽厚在这里贯彻其历史主义的立场是并不彻底的，他重视的是人的主体性生成的最终根源的哲学论证，而相对忽视了另外一个同样带有根本性质的问题，那就是，主体、主体性的内涵是随着人类实践的发展而历史地展开并被不断地加以丰富和充实的，从而具有很强的时代性。事实上，主体性的建构表现为一个不可穷尽的过程，它在特定的历史时期受到历史要求的导引和制约并因此相应地具有明显的时代特征。我们需要全面地历史地看待主体性以及主体性的建构问题。夏中义认为，李泽厚的"积淀说"是一种阐释人性的历史生成的艺术文化学，他的"主体性"是其"积淀说"的一个重要命题，对它的解说不能脱离积淀说的理论框架。结果是，"主体性"被界定为与独立个体无缘的"社会本位"之内化形态。② 这不能不说是一

---

① 参见薛富兴《新康德主义：李泽厚主体性实践哲学要素分析》，《哲学动态》2002 年第 6 期，第 36~37 页。

② 参见夏中义《新潮学案——新时期文论重估》，第 156、143~144 页。夏中义接着指出，日后刘再复提出文学的主体性问题，但其"主体性"只是沿袭了李泽厚"主体性"这一术语，含义则大变，居然只字不提"主体性"受制于"社会本位"，甚至干脆甩掉了历史具体而纵情夸饰作家心理机能的无限创造性。正是在这一点上，高举"感性—个体本位"旗帜的刘晓波成为了刘再复的同路人，两人皆无顾忌地抛开了李泽厚"主体性"的"社会本位"旨义，都对非历史的"主体"或"个人本位"作煽情性发挥，且后来居上。出于问题分析的需要，这些内容在本书第一章第一节的第四部分也曾谈到过。笔者是赞同夏中义先生的这种看法的，它揭示了李泽厚与刘再复主体性思想之间的巨大差异。后者的文学主体性理论，就其基本内容、主要精神、理论指向、思维模式等而言，并不能径直说就是前者的主体性思想在文学领域里的具体运用和展开。

种具有充分的说服力的见解。但是，我们也需要注意到，李泽厚对个体主体性问题还是做出了一些积极思考的。比如，在《哲学答问》中他说，在《批判》一书、主体性提纲以及关于中国思想史论的著作中，他是在肯定人类总体的前提下来强调个体、感性和偶然的，并且认为，个体、感性和偶然，在今天和未来会愈来愈突出且愈重要；又说，人类的类的主体性早已不成问题，目前的关键是作为个体的主体性；还说，他不同意把"人是一切社会关系的总和"作为马克思对"人"的定义是因为他认为这个说法忽略了人是作为个体、感性的存在，事实上，马克思是重视个体的。① 此外，在《哲学探寻录》一文的第三部分和《主体性的哲学提纲之四》② 中也同样讨论了个体主体性问题。当然，他如此这般的对个体的独立性、主体性的强调由于受到其总体思想的制约而显得不够突出和缺乏力度。

三

在以上对李泽厚主体性思想进行一般分析的基础上，另外有三个问题是需要特别提出并做出简明而必要的讨论的。

其一，自 1976 年秋向出版社交出《批判》书稿以后，李泽厚就"回到了'美学和中国思想史'的原领域，没能再去碰康德这位庞然大物了"③。这一研究领域的转变并不表明李泽厚主体性实践哲学建构工作的中断，它根本上从属于其主体性实践哲学体系，是这一哲学体系建构工程的细化与展开，充实与发展。我们看到，李泽厚的主体性论纲只是一种理论上的假说，它需要得到思想史和美学史方面的实证，因此，研究领域的转向也就是一种必然了。薛富兴持论，某种意义上可以说，李泽厚的主体性实践哲学产生于康德研究，完成于中国古代思想史与美学史研究。《华夏美学》一出，标志着李泽厚主体性实践哲学建构工作的基本完成。④ 事实上，我们也可以转换一个角度来理解，那就是正如李泽厚自己所说的，

① 参见李泽厚《李泽厚哲学文存》下册，第 462～463、472、491～492 页。
② 李泽厚的这篇文章曾以《第四提纲》为题发表在 1994 年第 10 期的《学术月刊》上。
③ 李泽厚：《批判哲学的批判——康德述评》（修订本），第 442 页。
④ 参见薛富兴《新儒家：李泽厚主体性实践哲学要素分析》，《大理学院学报》2002 年第 1 期，第 73 页。

他在建构"展望下个世纪"、展望未来的主体性实践哲学的过程中力图结合着中国本土的传统。他以一种表面看来转换研究领域的方式进行着这样的努力，与此同时，其哲学也获得了中国思想史和美学史的必要的印证和支撑。李泽厚认识到，维特根斯坦的哲学终点正是他的哲学的起点。后期维特根斯坦由语言趋向于实践，指出了真正的本体是社会生活和实践。李泽厚对这一本体进行研究，并认为本体是一历史性和心理性的结构存在。李泽厚说，他提出心理本体问题，就贯注了中国传统精神。确实，儒家心性论传统对其主体性实践哲学的建构如同康德哲学一样重要。康德哲学对李泽厚启发于前，儒家心性论则支撑于后，儒家心性论是其心理本体论的有力支撑。① 他所致力于的新感性的塑造工程就是以儒家乐感文化为底基的。李泽厚明确指出，如果说心理本体的认识论方面融进了一些康德的东西，那么，伦理学和美学方面显然有中国传统的承续。他的三本中国思想史论和《华夏美学》就体现出了这一点。对此，他强调说：中国哲人肯定生命、感性，把道德放在宇宙观和心性论的基础上，强调"内圣外王"，重视人本身的修养和完成而不只是物质生活的满足，提出"参天地赞化育"，由此，特殊性的感性个体与普遍性相合一，而不是否弃个体感性，匍匐在神的旨意下来归依普遍性（亦即审美性的天人合一，而非宗教性的神人合一），等等，对未来世界均有其重大意义。他表示，他的哲学中保存了这些内容，但变了形，不再是宋明理学和现代新儒学的那一套。他希望做的是转换性的创造。哲学原本就是一种创造。它不但是发现，更多的是发明。②

其二，如同李泽厚认为康德哲学的主体性精神是从其认识论、伦理学和美学三个方面体现出来的一样，他自己的主体性思想也是由认识论、伦理学和美学三个部分组成的。在他的思想构建中，认识论和伦理学为美学提供历史的社会的内容，规定着美学的性质和方向，美学则是认识论和伦理学的人性升华。李泽厚说："美的本质是人的本质最完满的展现，美的哲学是人的哲学的最高级的峰巅"③。在主体性的人性纵三结构中，"理性

---

① 参见薛富兴《新儒家：李泽厚主体性实践哲学要素分析》，《大理学院学报》2002 年第 1 期，第 75 页。

② 参见李泽厚《李泽厚哲学文存》下册，第 484 页。

③ 李泽厚：《李泽厚哲学文存》下册，第 631 页。

的积淀——审美的自由感受""构成人性结构的顶峰";"在主体性系统中，不是伦理，而是审美，成了归宿所在：这便是天（自然）人合一。"①"人只有在美的王国中才真正是自由的"②。如是，体验审美、进入审美境界就成为了人的主体性的最终目的和根本的发展要求。在李泽厚看来，人类实践使人把一种外在的普遍规律性内化为普遍的形式结构，包含了理性的积淀从而包含了美的问题的个体的自由直观能够达致对这种普遍形式的感受和发现，他把这叫做"以美启真"。此外，在潜在的超道德的审美本体境界，还储备了能够跨越生死不计利害的道德实现的可能性，他称之为"以美储善"；在这里，作为伦理道德核心的自由意志体现出对个体价值与尊严的确认，它是主体目的性中的崇高与美的显现。这样，认识论和伦理学就都完成了向美学的过渡和转移。因此，无论是自由直观还是自由意志，作为自由的形式，只有统一到审美的自由感受中来，才能获得真正的自由。我们看到，在这里，康德思想的痕迹是明显的。正如中英光先生所说，李泽厚以康德的框架来思考主体性，就不能不先天地具有康德思想的结构矛盾，因而也就不能不以康德的方式去解决。两人的差异是，一个努力用审美去填平认识论与伦理学的鸿沟，一个则试图用审美来实现认识论与伦理学的统一。③然而，审美能否成为人的主体性的最高境界却分明是一个问题，换句话说，审美作为人的主体性的最高境界的合法性依据是需要特别加以检视和证明的。李泽厚的哲学并没有彻底解决这个问题，在此他似乎是不加置疑地接受了康德（包括席勒）的思想。

其三，我们需要认识到，李泽厚对人性作出横二纵三结构的区分，有一个目的是显明的，那就是希望他自己建立起来的主体性实践哲学能够完成从工具本体论向心理本体论的转变。在李泽厚看来，本体是最后的实在，一切的根源。他说，心理本体论的目标是感性的重建，它是一种由外而内和双向进展——普遍性的文化心理结构形式的发展变化和个体自身作为本体动力的不断确认——的形式建构（making form）。④但这一理论建

①　李泽厚:《李泽厚哲学文存》下册，第 645 页。
②　李泽厚:《李泽厚哲学美学文选》，第 222 页。
③　参见中英光《评李泽厚的主体性论纲》，《学术月刊》1998 年第 9 期，第 44 页。
④　参见李泽厚《李泽厚哲学文存》下册，第 654 页。

设及其实际成果究竟如何呢？薛富兴这样认为，马克思的《1844 年经济学哲学手稿》（以下简称《手稿》）是李泽厚主体性实践哲学的思维起点。李泽厚既受惠于《手稿》，也深化了《手稿》。他从马克思《手稿》中继承了"人化的自然"命题、人类学学术视野及群体本位、理性主义立场。这些因素既有益于主体性实践哲学的建构，也对它形成了制约。从根本上说，主体性实践哲学并没有走出《手稿》的人类学视野，仍未完成从工具本体论向心理本体论的过渡，因此，它是一种未完成、不成熟的理论形态。① 对薛先生的判断笔者有些同感，但笔者更愿意把李泽厚的哲学看成是一种发展中的理论，一种以他个人的理论努力和对人的深厚关切而不断修正、改进和提升的学说。他确实做到了他自己所说的，他在展望未来，而这又是以对人的思考和建构这个根本问题来进行的。能做到这一点，其思想就是值得尊重的。

李泽厚主体性实践哲学的建构直接引发了中国思想文化界十余年来对主体性的执著考量和诉求。20 世纪 90 年代以后，由于本土性的文化反思，在较大程度上也是由于后现代主义视角的介入，人们在主体性问题上出现了认识的转变，由此，主体性问题陷入了困境。但只要我们还在延续着对人的存在及其意义的思考，主体性问题尤其是人的主体性的当下建构就不可能被置于我们的理论视野之外。就此而言，李泽厚主体性实践哲学的建构方式及其向度②有着显明的参考价值，其学说无疑是一种值得珍视的思想资源。

---

① 参见薛富兴《李泽厚主体性实践哲学的理论根源——马克思〈1844 年经济学哲学手稿〉对主体性实践哲学之规定》，《贵州师范大学学报》（社会科学版）2003 年第 3 期，第 6～10 页。

② 薛富兴在《新儒家：李泽厚主体性实践哲学要素分析》一文中说，总体而论，关于李泽厚的哲学思想，我们看到的是这样一个系列："以康德为中介，康德哲学为李泽厚提供了一个最基本的理论支点——人类文化学的结构主义式概念——文化—心理结构，此是对主体性的更为具体与特殊性的界定。由此上溯，是由马克思的实践观所构成的人类精神现象学的人类学阶段，即工具本体论的环节；由此往下看，则是后人类学时代的人类精神现象学——文明时代的文化景观——以儒家思想为根本的中国古代文化的独特的文化史实证；由此再往后，则是面向未来的对人类文化—心理结构的理想主义描述——以儒家之乐感文化为底蕴，以审美本体论为支撑的新感性塑造工程。此为主体性实践哲学的基本情形。在这里，马克思主义、康德哲学与儒家思想实现聚汇与交融，共同为主体性实践哲学服务。"这一对李泽厚主体性实践哲学的建构方式及其向度的概括性描述具有充分的依据和合理性，它与我们在本文开头部分提到的李泽厚对其学术历程的自述的思想实质是基本吻合的。

附论三　论西方哲学中主体性原则的确立

主体性原则在西方哲学中的确立是一种极为复杂的思想事件。全面展示其在西方哲学史上的所有丰富性和差异性，当然是极具难度的；但从哲学史角度出发有选择性地讨论这一问题却是一项可以进行也很必要的工作。更为重要的是，这样处理，我们对主体性问题的探究就内在地具有了哲学史的支撑。在此，笔者仅简要谈谈西方哲学的主体性原则在其确立过程中几个阶段的关键性问题，而且，笔者的策略是，主要以对在这个过程中的若干重要人物的学说加以发掘和评价的方式来进行，并注意他们之间存在的思想关联。

一　主体性原则确立的思想渊源

我们知道，人类思想的发展总体上呈现为一个连续的过程，"每一个时代的哲学作为分工的一个特定的领域，都具有由它的先驱传给它而它便由此出发的特定的思想材料作为前提"①。由是，我们需要历史地审慎地对待主体性原则在西方哲学中得以确立的思想渊源。那么，主体性原则的思想来源表现在哪里呢？恩格斯说："在希腊哲学的多种多样的形式中，几乎可以发现以后的所有观点的胚胎、萌芽"②。确实，我们注意到，西方哲学中的主体性原则也肇始于古希腊思想。这里，我们需要着重提及普罗泰戈拉和苏格拉底这两位重要人物。

首先我们需要明确的问题是，古希腊尤其是前苏格拉底哲学家总体上是力图从本体论的角度来解释世界的存在、运动和变化的，因此，他们所关注的是世界的统一性和本体论问题。近代意义上的认识论中的主客体关系问题由于哲学视界的限制并没有完整地进入那个时候的哲学家们的理论视野。笔者这样说，包含着两个方面的意思。第一，西方哲学存在着较为明朗的阶段性发展的品格，这与人类思想的发展乃至整体的人类历史的推

---

① 〔德〕恩格斯：《恩格斯致康·施米特》，《马克思恩格斯选集》第 4 卷，第 703～704 页。

② 〔德〕恩格斯：《自然辩证法》，《马克思恩格斯选集》第 4 卷，第 287 页。

进状况密切相关。第二，亚里士多德以前的古希腊哲学家致力于本体论问题研究，其实他们在研究中也是接触到了一些认识论问题的，只不过他们的认识论研究是以本体论问题为中心来展开的①；为了讨论问题的集中性，此不论。

1. 普罗泰戈拉："人是万物的尺度（权衡者），是存在者如何存在的尺度，也是非存在者如何非存在的尺度。"②

对智者普罗泰戈拉这一被黑格尔称之为"伟大的命题"③ 的解释从柏拉图开始一直争论不断。有论者说："正确理解其中的含意将把我们直接引到公元前5世纪智者运动的核心内容"④。这提醒我们，对普罗泰戈拉命题的考察需要关注它得以产生的丰富的背景域。当时古希腊民主制已然十分兴盛，这种社会政治状况使得哲学思想从早期的一元论向多元论转化。在此前提下，德谟克利特和其老师留基波共同创立了原子论哲学。可以说，这种哲学是对在古希腊哲学领域里存在着的以物质为基础的多元论在古代的最高概括。普罗泰戈拉的这个命题的提出正是原子论哲学原则在古希腊社会生活中的进一步发展和运用的结果。叶秀山认为，普罗泰戈拉的这个"孕育着人本主义的萌芽"的思想，"一方面是自赫拉克利特以来包括德谟克利特在内的认识论上的感觉主义的必然产物，另一方面，也是当时希腊民主制繁荣的自然反映。联系到当时的历史环境，大多数人都会同意这句名言是当时希腊自由民的精神写照"⑤。这是一种富有见地的看法。

普罗泰戈拉对"人"作为"万物的尺度"的强调，突出了一种相异于整体的古希腊哲学的思想品格，那就是人作为主体向度的"出场"。这里的"人"是个体的人、每一个个人。这种"人"在面对对象（存在

---

① 参见朱德生、冒从虎、雷永生《西方认识论史纲》，江苏人民出版社，1983，第63页。

② 汪子嵩、范明生、陈村富、姚介厚：《希腊哲学史》第2卷，人民出版社，1993，第254页。

③ 〔德〕黑格尔：《哲学史讲演录》（第2卷），贺麟、王太庆译，商务印书馆，1960，第27页。

④ 〔英〕G. B. 柯费尔德：《智者运动》，刘开会、徐名驹译，兰州大学出版社，1996，第96~97页。

⑤ 叶秀山：《前苏格拉底哲学研究》，生活·读书·新知三联书店，1982，第317~318页。

者）时表现出能动性。① 同时，我们还看到，在怀疑论的前提下，普罗泰戈拉表现出了一种对于"神"的批判姿态。在他之前甚至是在他以后的一段时间里，古希腊世界普遍将神看作是真假、善恶和正义与否的裁判者。比如，柏拉图在其最后著作《法篇》中针对普罗泰戈拉的命题还说，"神是万物的尺度"，并认为它胜过"人是万物的尺度"这句话所包含的真理。② 然而，普罗泰戈拉却持论："至于神，我既不知道他们是否存在，也不知道他们像什么东西"③。他以不可知为借口，将神是否存在的问题搁置起来，拒绝评说。由此，我们完全可以得出这样的结论：普罗泰戈拉的命题表明"人类第一次意识到自己是自身所属的社会的审判者，自己有资格有力量也有权力重新规范自己和城邦的生活。这是人在原始宗教和自然统治下的第一次觉醒，因此我们有理由将普罗泰戈拉看作是人本主义的先驱"④。反观普罗泰戈拉的总体哲学立场，我们认识到，他的从"人"出发、认为万物只有在与自我的联系中才能获得意义的哲学趋向与在当时占统治地位的从外部来寻求对世界的统一性和确定性的哲学追求形成了对立⑤，甚至可以说，它在一定程度上冲击和瓦解了后者；然而，正是这种对立，昭示了普罗泰戈拉命题的划时代的哲学价值。在一定意义上我们可以说，康德完成的以人为中心的哲学上的"哥白尼式革命"也正是在近代社会和思想的条件下接续并深化和改造这种思想传统而收获到的历史性成果。

2. 苏格拉底与德尔菲神庙的铭言"认识你自己"

苏格拉底的哲学生涯在顺应历史潮流的前提下经历过一个从关注自然

---

① 但是，我们需要明白，作为感觉主义的必然产物，普罗泰戈拉的命题其实可以被理解为，人的感觉是万物的尺度，是世界的规定者，其内容是主观内在的。他对"人"的规定显然缺乏近代哲学以来的对于理想的理性品质的诉求。因而，在他的思想中，作为"万物的尺度"的"人"的能动性也就并不是完备意义上的主体能动性了。对片面的能动性的强调是很容易滑入否定客观真理的相对主义立场的。

② 参见〔古希腊〕柏拉图著《柏拉图全集》第 3 卷，王晓朝译，人民出版社，2003，第 476 页。

③ 北京大学哲学系外国哲学史教研室编译《古希腊罗马哲学》，商务印书馆，1961，第 138 页。

④ 汪子嵩、范明生、陈村富、姚介厚：《希腊哲学史》第 2 卷，第 261 页。

⑤ 当然，这并不表明他的哲学背离了传统规范下的本体论视域；事实上，他的运思方式依然和当时的哲学家们的主导思想倾向一样是在总体的本体论哲学视域中来确立万物与自我的联系的。

到关注人的转变过程。正是在这一历史性的哲学理念的转变过程中，他用德尔菲神庙墙上铭刻的"认识你自己"这句箴言扭转了古希腊哲学的方向。经过哲学转向了的苏格拉底批判早期自然哲学，从自然哲学内部挖掘出了摆脱自然哲学困境的原则，这就是以心灵为本原的原则。在他看来，对"存在的真理"这一本体论领域中的问题的寻求必须从"自己"出发。这样，对苏格拉底而言，"认识你自己"的原则就是规定了一条通过心灵的内在原则来认识外部世界的途径。① 这即是说，外部世界的意义的生成以及对外部世界的认识的获得是通过人、人的心灵而达致的。由之，人的能动性得以被突出和强调。这与普罗泰戈拉的"人是万物的尺度"的命题似乎具有类似的功能指向。但是，在这里，我们需要注意到，苏格拉底的主张较之于智者派流于感觉主义从而无法拒绝对偶然的重视、容易滑入相对主义不同，他自觉地诉诸理性和思维的力量。关于这一点，黑格尔曾经进行过精当的分析。② 与智者派试图瓦解世界的统一性和确定性不同，苏格拉底主张哲学应建立一种出自"自己"的确定性和统一性，这种确定性和统一性的根据是人心中的"善"的意识。"善"是人生的最高目的。苏格拉底所说的心灵的内在原则也就是德性。他认为这是一种每个人都应该而且能够学会、可以确定地知道的原则。在这个意义上，他把德性等同于知识。因而，在苏格拉底那里，"德性即知识"和"认识你自己"就成了两条相互呼应的原则：一个人对他自己的认识，就是关于德性的知识。③ 由此，我们认为，以"自制"作为题中应有之义的"认识你自己"这句箴言就内在地蕴涵着一种伦理要求，它作为一种道德使命规约个体而又以其心灵的内在原则来达成对外部世界的认识和把握。苏格拉底哲学的一个重要目标就是"想在伦理问题中求得普遍真理"④。

出于对苏格拉底哲学思想这样的总体认识，我们认为"认识你自己"这个命题具有了主体性原则的初步萌芽。持这样的观点，是基于两个方面的考虑。其一，主客二分或说对立是主体性原则得以产生的前提；然而，

① 参见赵敦华《西方哲学通史》第1卷，北京大学出版社，1996，第84页。
② 参见〔德〕黑格尔《哲学史讲演录》第2卷，贺麟、王太庆译，第40~41页。
③ 参见赵敦华《西方哲学通史》第1卷，第84~85页。
④ 〔古希腊〕亚里士多德：《形而上学》，吴寿彭译，商务印书馆，1959，第16页。

处于"历史上的人类童年时代"① 的希腊哲学还没有达到把主体与客体自觉对立起来的水平，从而主体性原则也就不可能成为哲学的根本原则。苏格拉底把人作为"主体"的理论努力还不是充分明朗化的，更不用说它在当时是否成为了一种普遍性的社会意识了。其二，和其一密切相关，"认识你自己"这个命题，与"人是万物的尺度"一样，尽管也触及了认识论问题，体现了从本体论研究到人的研究的转向，但总体而言，正如前文所说，它受制于本体论哲学传统的规约，也就是说，哲学家突出人的能动性仍然是依附于本体论原则的，从而也就不可能真正探索主体性原则这一典型的近代认识论的哲学形态。没有从本体论到认识论的转向，个人作为独立主体的地位就不可能得到确认。总之，正是在对"认识你自己"和"人是万物的尺度"这两个命题进行如是整体评价的基础上，笔者认为它们一起构成了西方哲学中主体性原则的重要思想资源。当然，我们还要注意到柏拉图和亚里士多德作为西方哲学主体性原则演进中的必然环节问题。这主要表现为柏拉图哲学和亚里士多德哲学作出了将人进行对象化的理论努力。我们明白，对象意识的形成和发展是思想的而非朴素的主体性原则得以形成和确立的前提。②

二　主体性原则的发端

西方哲学中主体性原则的发端是近代以来的事情。近代是从 15 世纪下半叶开始的，在这个时代里，欧洲社会出现了人类从来没有经历过的一次最伟大的、进步的变革，它"是一个需要巨人而且产生了巨人——在思维能力、激情和性格方面，在多才多艺和学识渊博方面的巨人的时代"③。罗素认为，"近代"这段历史时期的特征，有两点最为重要，"即教会的威信衰落下去，科学的威信逐步上升"④。历史地看，这是伴随着人类精神的发展进入了明确的主体思想阶段才出现的事实。

近代社会承中世纪而来。恩格斯说："中世纪的历史只知道一种形式

①　〔德〕马克思：《〈政治经济学批判〉导言》，《马克思恩格斯选集》第 2 卷，第 29 页。
②　参见王义军《从主体性原则到实践哲学》，第 45～52 页。
③　〔德〕恩格斯：《自然辩证法》，《马克思恩格斯选集》第 4 卷，第 262 页。
④　〔英〕罗素：《西方哲学史》下卷，马元德译，商务印书馆，1976，第 3 页。

的意识形态，即宗教和神学"①。显然，它们是反主体性的。在神本主义世界观的制约下，不仅哲学成为神学的婢女，科学也受到压制，处于停滞状态。历史进入近代，在一般社会状况已然发生变革的条件下，出于对中世纪思想文化的直接反叛，人们从对教会威信的屈从中解放出来。否认教会的威信比承认科学的威信开始得要早。前者与个人主义的发展是同步进行的，而且它还触发了后来在德国和瑞士等国兴起的宗教改革运动。于是，外在的权威出现动摇，人发现了自己，也渴望并致力于认识自己。这样的变化表明人类思想的发展存在着从关注人以外的客体到反观主体自身的转变的必然性；与之相对应，自然界在人面前开始恢复它的本来面目并重新成为人们的研究对象，对象意识在人与自然的新型历史关系中得以牢固地树立。此外，加之于以理性为基础的近代怀疑论的影响，人作为独立性主体的观念在思想领域里蔓延开来，并成为知识者的精神追求。在这样的思想背景下，笛卡尔哲学产生了。

笛卡尔被誉为"近代哲学的始祖"，这主要指他是近代理性主义的主体性哲学的奠基人。近代哲学是以思维为原则的。黑格尔认为，笛卡尔转移了"近代哲学的兴趣"，其关键就在于他提出了"我思故我在"这一原则。②"我思故我在"这个在对经验派的批判中确立起来的原则是笛卡尔"所寻求的那种哲学的第一条原理"③。它对自我主要是在对于科学知识的普遍必然性的理性把握中而体现出来的主体能动性进行了学理确认。由此，他在哲学上"开创了一个全新的方向"，从他起，哲学文化"可以在思想中以普遍性的形式把握它的高级精神原则"④。

笛卡尔以"笛卡尔式怀疑"的方法进行哲学思考。"方法，对于探求事物真理是〔绝对〕必要的"⑤。对一切知识的普遍怀疑是笛卡尔哲学沉思的起点。但"我思"却是无可怀疑的。内在于"我"之中的"我思"

---

① 〔德〕恩格斯：《路德维希·费尔巴哈和德国古典哲学的终结》，《马克思恩格斯选集》第 4 卷，第 235 页。

② 参见〔德〕黑格尔：《小逻辑》，贺麟译，商务印书馆，1980，第 157 页。

③ 〔法〕笛卡尔：《谈谈方法》，王太庆译，商务印书馆，2000，第 27 页。

④ 〔德〕黑格尔：《哲学史讲演录》第 4 卷，贺麟、王太庆译，商务印书馆，1978，第 65 页。

⑤ 〔法〕笛卡尔：《探求真理的指导原则》，管震湖译，商务印书馆，1991，第 13 页。

是思想的第一原则，是人的主体性确立的根据。从这个意义上说，主体性是由意识的"内在性"确证的，是存在于"我"的内部的一种力量。"思维是属于我的一个属性，只有它不能跟我分开"，只有当我思维时"我"才存在，"假如我停止思维，也许很可能我就同时停止了存在"①。因此，在笛卡尔这里，"我"首先是一个思维主体，思维是内在地直接地与"我"在一起的。同时，"我"这个其全部本性或本质就在于思维作用的实体，开始超越自己的对象性，而具有了本体论的意味。因为，它不是知识的对象，而是知识的先决条件，所有的知识都是建立在"我思"这个基础之上的。一些知识之所以可疑，是因为它们没有经过"我思"即没有经过主体的评价。这实际上是说，知识之是否合理取决于人本身，人赋予科学理论以确定性和合理性。由此，我们看到，对传统西方哲学来说，笛卡尔的贡献不在于他进一步揭示了认识过程中的主体性因素，而在于他将主体性原则确立为哲学的第一原则，使主体性原则成为传统西方哲学的阿基米德支点。这样，主体因素从此也就成为认识论只能面对而不可能加以排除的一个本原性存在。②

笛卡尔哲学的第二条原理是"上帝存在"。"上帝存在"是"清楚明白"的确定命题。关于这一点，笛卡尔在第三个沉思里以足够的篇幅进行了证明。随后，他还从"上帝存在"推论出第三条原理：物质世界存在。上帝的安排能够保证物理世界的实在性和关于它的科学知识的确定性。他说："上帝一方面把……规律建立在自然之中，一方面又把它们的概念印入我们的心灵之中"③。作为经验科学的物理学尽管缺乏自明性，但却从上帝把自然规律印入我们的心灵之中而获得确定性，其确定性的获得和数学一样不必经过感觉经验的渠道。他还说："'凡是我们十分清楚、极其分明地理解的都是真的'，其所以确实可靠，也只是由于神是或存在，神是一个完满的是者，我们心理的一切都是从神那里来的"④。人需

① 〔法〕笛卡尔：《第一哲学沉思集》，庞景仁译，商务印书馆，1986，第25~26页。
② 参见王义军《从主体性原则到实践哲学》，第74页。
③ 北京大学哲学系外国哲学史教研室编译《十六—十八世纪西欧各国哲学》，商务印书馆，1975，第152页。
④ 〔法〕笛卡尔：《谈谈方法》，第32页。

要上帝的导引。尽管笛卡尔的上帝并不就是基督教中的上帝，但即使这样，我们还是注意到，上帝观念的引入，从根本上动摇了人的主体地位，它表明笛卡尔的主体概念还未成熟到彻底接纳对象意识的程度。笛卡尔对主体自我能动性的学理探索表现出了它的不彻底性。这也预示着主体性原则的最终确立还有待于后世哲学家的努力，它包含着必须对于人作为主体之为主体的本质规定——自由——进行揭示和确认。当然，我们还需要明白，上帝观念的引入，以上帝存在推论出物质世界存在，这表明笛卡尔对人的理性力量存有一种怀疑的态度，尽管在这一点上也许他只是不自觉的，但无论如何，我们从他的论证中看到了理性的限度。

三 主体性原则的最终确立

主体性原则的真正确立，是从康德开始的。这是经过文艺复兴、宗教改革等重大社会变动并在启蒙运动后期和法国大革命前后而确立下来的哲学原则。思维和存在、主体和客体如何可能是一致的？这是德国哲学革命面临的根本问题。康德是德国古典哲学进程中的第一个环节。其哲学中的主体性原则最终就是确立在对主体与客体之间关系的探讨中。当然，我们还需要从康德哲学的总体性质上来看待主体性原则的确立这个问题。康德哲学是关于人的哲学。在他看来，人要有勇气去运用自己的理智，[①] 而且，人不仅要凭借理性去认知或认识，更重要的在于过一种道德性生活。从根本上讲，他的主体性学说就是在这样的哲学理念中建立起来的。

文艺复兴以来发现了人，康德面临的任务是要在文艺复兴以后，使人权进一步从单纯因果必然性的束缚下解放出来，使人的主体性在笛卡尔已经提出的"我思"的基础上得到进一步发展。康德哲学要说明的问题是：人的独立自主性是如何体现出来的？对此，张世英认为康德是从人具有两重性——人的自然方面和人的自由意志方面——这一判断出发来加以回答的。人的自然方面的属性受因果必然性支配，人的一些行为由自己的意志决定；康德把人的两重性看成是两个世界里面的东西，一个属于不可知领

① 参见〔德〕康德《答复这个问题："什么是启蒙运动？"》，《历史理性批判文集》，第22页。

域的自由境界，一个属于可知领域的必然世界，显然，康德的重点是强调自由，其根本目的是说明人的行为是自我决定的。① 由此，康德提出了自己的主体性思想。这包括人作为实践的主体和人作为认识的主体两个方面。这两个意义上的主体是同一个自我，但作为实践的主体要高于作为认识的主体，这就是实践高于知识，自由高于必然，道德高于知识。自由是人的本质，自我决定是人的本质。② 康德限制必然性的范围而为自由留地盘的目的就在于说明实践理性所把握的东西要比理论理性所把握的要高，只有通过实践理性，通过信仰，把握了自由的主体，才能满足人的理性的最高要求。康德的三个批判哲学主要就是要说明这个问题。总体而言，康德是这样来论证主体性原则的：从对现象界和物自体加以区分的二元论出发，他认为，与本体世界不同，现象世界是从认识主体以理性能力处理和构造感性材料的过程中形成的。通过先天直观形式和先天的知性范畴，认识主体使对象获得普遍必然性，从而后者被认识而成为科学知识。同时，主体在超越感性范围时就成为具有自由意志的实践主体，达到最高的自由。人是自然的立法者，自由本身则成为价值存在的依据。为了对康德的主体性学说有更深入的了解，我们可以从"自我意识"这个既是康德认识论中的基本概念也是贯穿在德国古典哲学整个发展过程中的重要概念入手作简略而必要的讨论。

　　康德对"自我意识"的论述，集中在《纯粹理性批判》"范畴的先验演绎"部分。在《纯粹理性批判》第二版序言中，康德提出了"对象必须依照我们的知识"的"假定"③，这与"知识依照对象"的传统认识论见解形成根本性对立。在康德看来，对象依照知识，并且一致符合，其中的根本原因在于认识主体本身具有一套能动性结构。由于它的存在，主体从感觉开始到获得知识的整个认识活动就是一个主动的构造过程了；而在这套能动性结构系列中，"自我意识"起着主宰性作用。也就是说，在康德哲学中，"自我意识"被视为人类区别于动物的根本标志，也被规定为

　　① 参见张世英《康德的〈纯粹理性批判〉》，北京大学出版社，1987，第 16～17 页。
　　② 参见张世英《康德的〈纯粹理性批判〉》，第 40 页。
　　③ 〔德〕康德：《纯粹理性批判》，邓晓芒译，杨祖陶校，人民出版社，2004，"序"第 15页。

是认识主体的本质属性。它是人类知识真理性的基础，是一切认识活动的最基本前提，它在与对象的关联中构造整个人类知识，并使得人类精神的其他方面得到理解。这远远超过了笛卡尔还需要上帝的帮助才能支撑起人类的整个知识体系的自我意识概念。这样，康德自我意识学说的认识论意义也就凸显出来了。它充分肯定了在认识过程中的人类理性能力的非凡力量。康德让现象世界围绕着理性旋转，"知识依照对象"的传统认识论观念被彻底改造。海涅说得对：康德"把他的哲学和哥白尼的方法相比较并非是不恰当的"①。

康德的自我意识学说肯定了人类的理性能力，借助于它，"对象必须依照我们的知识"这一"假定"也获得了有效的论证，这内在地体现出了康德哲学的人本主义理念。康德肯定理性的力量，同时对理性的限度也有清醒的认识。理性能力被他限定在知识范围内，这样，上帝和神被清除出了科学领域，与此同时，也防止了理性的僭越。理论理性无法企及信仰、道德和实践领域的问题，这使康德哲学存在着一种反科学主义的要求。康德的反科学主义倾向有着特定的内涵。近代科学主义的基本形态是力学世界观。康德的反科学主义主要就是指反抗当时的力学世界观对人的主体性的束缚。力学世界观以遵从单纯的因果必然性为主要特征。其时，力学原理不仅被用来解释整个自然界，而且被用于解释具有精神性的人以及人的思维活动。在此前提下，人成为受制于因果必然性制约的自然物。作为因果必然性链条中的一环，人的一切活动都是不自主的，个人无须为自己的行为负责。这样，人也就丧失了对自由的坚持和信仰，丧失了对道德性生活的向往。与此相反，康德的自我意识学说则以其深刻的人本主义理念致力于敞亮人的自由意识，表达出对于自由的执著。自我意识原则凸显出来的是人的能动性，它揭示出了主体之为主体的本质规定——自由，并且使自由本身具有了本体论地位。康德对自由的如是揭示不仅实现了对笛卡儿等近代形而上学家在主客二分基础上对自由所做的认识论把握的超越，而且还存在着高于黑格尔的地方。主体性原则同样是黑格尔精神哲学

---

① 〔德〕亨利希·海涅：《论德国宗教和哲学的历史》，海安译，商务印书馆，1974，第108页。

中的基本原则，他也致力于对人的自由本质的探讨。康德"主张在必然性的知识领域之上，还有一个自由的本体界"，他"把自由从所谓对必然性的认识的老框框中提升到超必然性知识的领域"，然而，黑格尔在批评康德观点的同时，却"使康德费尽气力从必然性中提升出来的纯粹自由境界又纠缠在必然性的网罗之中，使自由成了一个永远不可企及的幽灵"①。

　　由此，我们看到，康德的自我意识学说对于确立人类的道德生活进而确立人的自由有着深刻的价值。"人是目的"②，这是康德从他的自我意识学说出发得出的重要结论，也是西方哲学中的主体性原则在最终确立时孕育出来的思想硕果。当然，对康德的自我意识学说还需要做更进一步的评价；依康德所论，主体的能动性根源于人的"自我意识"或"统觉"的综合统一作用，马克思曾对这种能动性原则体现出来的抽象性进行过批评。限于论题所指，在此我们不作具体的专题讨论。同时，我们还要认识到，对康德"人为自然立法"的命题不可作孤立式理解，而是需要从康德的整体哲学出发来阐释这个命题从而对他所说的"理性"的力量有一个符合康德原意的准确估价。在康德看来，人的纯粹理性只能认识自然界（现象），而无法达致对物自体的把握；即使是他认为高于理论理性的实践理性要保证其具有客观性和普遍性，那也必须以三个基本公设为前提条件，即意志自由、灵魂不死和上帝存在。由此，我们看到，康德为人的理性是设置了限度的，从而，人的主体性受到了限制。作为近代理性主义集大成者的黑格尔同样对人的主体性进行了限制。他洞察到了康德哲学的主观主义倾向，尤其是反对费希特以自我吞噬非我的人的主体性哲学。在黑格尔看来，康德的理性建构缺乏与现实的感性存在和历史发展的内在关联，由是，理性的自我必须经过外化为自然界、历史这样一个中介化、客观化的过程再回到主体的精神世界，以此无限的螺旋式的上升才能达到绝对理念（绝对精神）。和康德以来的大部分德国哲学一样，对绝对者的把握是黑格尔哲学的目的。绝对者就是一个能用来说明一切、能把一切都归

---

① 张世英：《天人之际——中西哲学的困惑与选择》，第102页。
② 对康德"人是目的"命题的简要说明，请参见本书第一章第一节第一部分相关注释的概述。

结于它的最高根据。在黑格尔哲学中，绝对者就是绝对精神。① 以绝对者来说明一切，显然就限制了人的理性本身的力量。实际上，我们可以把黑格尔所说的绝对者理解为充分理性化的上帝。这样，人不仅应运用自己的理性去认识和实践，而且在这个过程中还应以上帝，更确切地说是绝对与神圣的超验力量，为人的各种实践活动提供认识论与价值论的依据。②

四　结语

从哲学史出发考察西方哲学中主体性原则的确立是一个重要的理论视角。通过本文前面部分动态的和富于关联的论述，我们认识到，对主体性问题的关注是西方近代哲学的重要特征，主体性问题的形成有其历史必然性。近代哲学中的主客二分或对立观念是主体性原则得以产生和确立的根本前提。而且，从最终目的上说，以康德哲学为标志的主体性原则就是要从哲学上证明理性和自由是人的最高本质，在对于这一最高本质的诉求和拥有中，主体积极能动地认识、构造甚至是变革对象或客体。有学者认为，就其在古典哲学中的基本含义来说，主体性原则是指人对自身的独立自主、自由、能动性本质以及对自身的价值和尊严的自我意识与自我觉醒；它是近代新兴资产阶级在反封建斗争中历史发展的产物。③ 这样的概括和总结无疑是具有说服力的。

---

① 参见刘永富《黑格尔哲学解读》，中国社会科学出版社，2002，第3、22页。
② 参见张彭松《西方主体性哲学从传统向现代的转变及其困境》，《烟台大学学报》（哲学社会科学版）2003年第2期，第128页。
③ 参见钟宇人《从黑格尔到海德格尔——对近现代德国哲学代表人物关于人和人的主体性思想及其演变之初步探索与反思》，载张世英、朱正琳编《哲学与人》，商务印书馆，1993，第206页。

参考文献

一　中文文献

A 部

1. 刘再复：《鲁迅美学思想论稿》，中国社会科学出版社，1981。

2. 刘再复：《性格组合论》，上海文艺出版社，1986。

3. 刘再复：《刘再复论文选》，香港大地图书公司，1986。

4. 刘再复：《文学的反思》，人民文学出版社，1986。

5. 刘再复：《论中国文学》，作家出版社，1988。

6. 刘再复：《刘再复集——寻找·呼唤》，黑龙江教育出版社，1988。

7. 刘再复、林岗：《论中国文化对人的设计》，湖南人民出版社，1988。

8. 刘再复、林岗：《传统与中国人——关于"五四"新文化运动若干基本问题的再反省与再批评》，生活·读书·新知三联书店，1988。

9. 刘再复：《刘再复散文诗合集》，华夏出版社，1988。

10. 刘再复：《生命精神与文学道路》，台北风云时代出版公司，1989。

11. 刘再复：《漂流手记——域外散文集》，香港天地图书有限公司，1992。

12. 刘再复：《远游岁月——漂流手记之二》，香港天地图书有限公司，1994。

13. 刘再复：《读沧海——刘再复散文（1979～1989）》，安徽文艺出版社，1999。

14. 刘再复：《论高行健状态》，香港明报出版社有限公司，2000。

15. 刘再复：《独语天涯——1001 夜不连贯的思索》，上海文艺出版社，2001。

16. 刘再复、刘剑梅：《父女两地书》，上海文艺出版社，2001。

17. 刘再复：《高行健论》，台北联经出版事业股份有限公司，2004。

18. 刘再复：《李泽厚美学概论》，生活·读书·新知三联书店，2009。

19. 刘再复：《刘再复文论精选集》，台北新地文化艺术有限公司，2010。

20. 刘再复：《刘再复对话集》，人民日报出版社，2011。

21. 刘再复：《文学十八题》，中信出版社，2011。

22. 杨春时：《审美意识系统》，花城出版社，1986。

23. 杨春时：《艺术符号与解释》，人民文学出版社，1989。

24. 杨春时：《艺术文化学》，长春出版社，1990。

25. 杨春时：《生存与超越》，广西师范大学出版社，1998。

26. 杨春时：《百年文心——20 世纪中国文学思想史》，黑龙江教育出版社，2001。

27. 杨春时：《现代性视野中的文学与美学》，黑龙江教育出版社，2002。

28. 杨春时、俞兆平、黄鸣奋：《文学概论》，人民文学出版社，2002。

29. 杨春时：《美学》，高等教育出版社，2004。

30. 杨春时：《现代性与 20 世纪中国文学思潮》，广西师范大学出版社，2005。

31. 杨春时：《文学理论新编》，北京大学出版社，2007。

32. 杨春时：《走向后实践美学》，安徽教育出版社，2008。

33. 杨春时：《现代性与中国文学思潮》，生活·读书·新知三联书店，2009。

34. 李泽厚：《批判哲学的批判——康德述评》，人民出版社，1979。

35. 李泽厚：《批判哲学的批判——康德述评》（修订本），人民出版社，1984。

36. 李泽厚：《李泽厚哲学美学文选》，湖南人民出版社，1985。

37. 李泽厚、刘再复：《告别革命——回望二十世纪中国》，香港天地图书有限公司，1995。

38. 李泽厚：《李泽厚哲学文存》（上、下册），安徽文艺出版社，1999。

39. 李泽厚：《李泽厚近年答问录》，天津社会科学院出版社，2006。

40. 李泽厚：《批判哲学的批判——康德述评》（修订第六版），生活·读书·新知三联书店，2007。

41. 李泽厚：《中国古代思想史论》，生活·读书·新知三联书店，2009。

B 部

1. 《马克思恩格斯选集》（第1~4卷），人民出版社，1995。

2. 《马克思恩格斯选集》（第3卷），人民出版社，1972。

3. 《马克思恩格斯全集》（第1卷），人民出版社，1956。

4. 《马克思恩格斯全集》（第2卷），人民出版社，1957。

5. 《马克思恩格斯全集》（第3卷），人民出版社，1960。

6. 《马克思恩格斯全集》（第25卷），人民出版社，1974。

7. 《马克思恩格斯全集》第46卷（上），人民出版社，1979。

8. 《马克思恩格斯全集》第46卷（下），人民出版社，1980。

9. 马克思：《资本论》（第3卷），人民出版社，1975。

10. 马克思：《1844年经济学哲学手稿》，人民出版社，2000。

11. 《列宁全集》（第55卷），人民出版社，1990。

12. 《列宁选集》（第2卷），人民出版社，1995。

13. 列宁：《哲学笔记》，人民出版社，1956。

（以上译本均由中共中央马克思恩格斯列宁斯大林著作编译局译）

C 部

1. 包亚明主编《现代性与空间的生产》，上海教育出版社，2003。

2. 北京大学哲学系外国哲学史教研室编译《古希腊罗马哲学》，商务印书馆，1961。

3. 北京大学哲学系外国哲学史教研室编译《十六—十八世纪西欧各国哲学》，商务印书馆，1975。

4. 畅广元：《文艺学的人文视界》，首都师范大学出版社，2001。

5. 陈嘉明等：《现代性与后现代性》，人民出版社，2001。

6. 陈佑松：《主体性与中国文学现代性的缘起》，中国社会科学出版社，2010。

7. 董学文：《文学理论学导论》，北京大学出版社，2004。

8. 杜小真编选《福柯集》，上海远东出版社，1998。

9. 冯俊等：《后现代主义哲学讲演录》，陈喜贵等译，商务印书馆，2003。

10. 冯契主编《哲学大辞典》（修订本），上海辞书出版社，2001。

11. 高鸿：《数字化时代主体间性问题研究》，上海社会科学院出版社，2008。

12. 顾祖钊：《文学原理新释》，人民文学出版社，2002。

13. 郭湛：《主体性哲学——人的存在及其意义》，云南人民出版社，2002。

14. 韩庆祥：《哲学的现代形态——人学》，黑龙江教育出版社，1996。

15. 韩庆祥、邹诗鹏：《人学——人的问题的当代阐释》，云南人民出版社，2001。

16. 韩毓海主编《20世纪的中国：学术与社会·文学卷》，山东人民出版社，2001。

17. 洪镰德：《人的解放——21世纪马克思学说新探》，台北扬智文化事业股份有限公司，2000。

18. 洪子诚、孟繁华主编《当代文学关键词》，广西师范大学出版社，2002。

19. 胡经之、王岳川主编《文艺学美学方法论》，北京大学出版社，1994。

20. 金耀基：《从传统到现代》，中国人民大学出版社，1999。

21. 金元浦：《文学解释学》，东北师范大学出版社，1997。

22. 金元浦：《"间性"的凸现》，中国大百科全书出版社，2002。

23. 金元浦：《范式与阐释》，广西师范大学出版社，2003。

24. 金元浦编《多元对话时代的文艺学建设：新理性精神与钱中文文艺理论研究》，军事谊文出版社，2002。

25. 九歌著、畅广元审订：《主体论文艺学》，中国社会科学出版社，1989。

26. 赖大仁：《当代文艺学论稿》，江西高校出版社，1999。

27. 李华兴、吴嘉勋编《梁启超选集》，上海人民出版社，1984。

28. 李为善、刘奔主编《主体性和哲学基本问题》，中央文献出版社，2002。

29. 李智：《论海德格尔的现代性批判——另一种后现代主义》，首都师范大学出版社，2003。

30. 刘放桐等：《马克思主义与西方哲学的现当代走向》，人民出版社，2002。

31. 刘纲纪主编《马克思主义美学研究》第 2 辑，广西师范大学出版社，1999。

32. 刘纲纪主编《马克思主义美学研究》第 3 辑，广西师范大学出版社，2000。

33. 刘珺珺：《科学社会学》，上海人民出版社，1990。

34. 刘晓波：《选择的批判——与李泽厚对话》，上海人民出版社，1988。

35. 刘永富：《黑格尔哲学解读》，中国社会科学出版社，2002。

36. 陆贵山：《审美主客体》，中国人民大学出版社，1989。

37. 陆梅林、盛同主编《新时期文艺论争辑要》（上、下册），重庆出版社，1991。

38. 罗荣渠：《现代化新论——世界与中国的现代化进程》（增订版），商务印书馆，2004。

39. 美国《人文》杂志社、三联书店编辑部编《人文主义：全盘反思》，王琛等译，生活·读书·新知三联书店，2003。

40. 莫伟民：《主体的命运——福柯哲学思想研究》，上海三联书店，1996。

41. 南帆主编《二十世纪中国文学批评 99 个词》，浙江文艺出版社，2003。

42. 倪梁康：《胡塞尔现象学概念通释》，生活·读书·新知三联书店，1999。

43. 皮锡瑞撰《今文尚书考证》，盛冬铃、陈抗点校，中华书局，1989。

44. 钱理群、温儒敏、吴福辉：《中国现代文学三十年》，北京大学出版社，1998。

45. 钱穆：《论语新解》，生活·读书·新知三联书店，2002。

46. 钱中文：《文学原理——发展论》，社会科学文献出版社，1989。

47. 钱中文：《文学发展论》，经济科学出版社，1998。

48. 钱中文：《文学理论：走向交往对话的时代》，北京大学出版社，1999。

49. 钱中文：《新理性精神文学论》，华中师范大学出版社，2000。

50. 钱中文、李衍柱主编《文学理论：面向新世纪》，山东人民出版社，1997。

51. 沈语冰：《透支的想象——现代性哲学引论》，学林出版社，2003。

52. 宋剑华主编《现代性与中国文学》，山东教育出版社，1999。

53. 陶东风主编《知识分子与社会转型》，河南大学出版社，2004。

54. 汪晖：《汪晖自选集》，广西师范大学出版社，1997。

55. 汪晖：《反抗绝望——鲁迅及其文学世界》，河北教育出版社，2000。

56. 汪晖：《死火重温》，人民文学出版社，2000。

57. 汪晖：《现代中国思想的兴起》（上下两卷，共4部），生活·读书·新知三联书店，2004。

58. 汪晖、陈燕谷主编《文化与公共性》，生活·读书·新知三联书店，1998。

59. 汪子嵩、范明生、陈村富、姚介厚：《希腊哲学史》（第2卷），人民出版社，1993。

60. 王晓东：《西方哲学主体间性理论批判》，中国社会科学出版社，2004。

61. 王义军：《从主体性原则到实践哲学》，中国社会科学出版社，2002。

62. 王元骧：《审美反映与艺术创造》，杭州大学出版社，1992。

63. 王元骧：《探寻综合创造之路》，陕西师范大学出版社，2000。

64. 王岳川、尚水编《后现代主义文化与美学》，北京大学出版社，1992。

65. 王治河：《扑朔迷离的游戏——后现代哲学思潮研究》，社会科学文献出版社，1993。

66. 吴冠军：《多元的现代性——从"9·11"灾难到汪晖"中国的现代性"论说》，上海三联书店，2002。

67. 吴伟赋：《论第三种形而上学——建设性后现代主义哲学研究》，学林出版社，2002。

68. 夏中义：《新潮学案——新时期文论重估》，上海三联书店，1996。

69. 肖雪慧、韩东屏、王磊、涂秋生：《主体的沉沦与觉醒——伦理学的一个新构想》，贵州人民出版社，1988。

70. 许纪霖主编《公共性与公共知识分子》，江苏人民出版社，2003。

71. 许纪霖：《中国知识分子十论》，复旦大学出版社，2003。

72. 薛克诚、洪松涛、吴定求主编《人的哲学——马克思主义人学理论新探》，中国人民大学出版社，1992。

73. 杨河、邓安庆：《20世纪西方哲学东渐史：康德黑格尔哲学在中国》，首都师范大学出版社，2002。

74. 杨金海：《人的存在论》，广西人民出版社，1995。

75. 杨雁斌、薛晓源编选《流变与走向——当代西方学术主流》，社会科学文献出版社，2001。

76. 叶朗主编《现代美学体系》，北京大学出版社，1999。

77. 叶秀山：《前苏格拉底哲学研究》，生活·读书·新知三联书店，1982。

78. 尹昌龙：《一九八五：延伸与转折》，山东教育出版社，1998。

79. 尹岩：《现代社会个体生活主体性批判》，上海人民出版社，2009。

80. 俞吾金等：《现代性现象学——与西方马克思主义者的对话》，上海社会科学院出版社，2002。

81. 余英时：《中国近代思想史上的胡适》，台北联经出版事业公司，1984。

82. 余英时：《中国思想传统的现代诠释》，江苏人民出版社，1995。

83. 余英时：《论戴震与章学诚：清代中期学术思想史研究》，生活·读书·新知三联书店，2000。

84. 袁贵仁：《马克思的人学思想》，北京师范大学出版社，1996。

85. 张辉：《审美现代性批判》，北京大学出版社，1999。

86. 张世英：《康德的〈纯粹理性批判〉》，北京大学出版社，1987。

87. 张世英：《天人之际——中西哲学的困惑与选择》，人民出版社，1995。

88. 张世英、朱正琳编《哲学与人》，商务印书馆，1993。

89. 张婷婷、杜书瀛：《新时期文艺学反思录》，山东文艺出版社，2001。

90. 张志林、陈少明：《反本质主义与知识问题——维特根斯坦后期哲学的扩展研究》，广东人民出版社，1995。

91. 赵敦华：《西方哲学通史》（第1卷），北京大学出版社，1996。

92. 赵海英：《主体性：与历史同行》，首都师范大学出版社，2008。

93. 赵修义，童世骏：《马克思恩格斯同时代的西方哲学——以问题为中心的断代哲学史》，华东师范大学出版社，1994。

94. 赵园：《艰难的选择》，上海文艺出版社，2001。

95. 中国社会科学院外国文学研究所、《世界文论》编辑委员会编《后现代主义》，社会科学文献出版社，1993。

96. 中国社会科学院哲学研究所编《论康德黑格尔哲学》，上海人民出版社，1981。

97. 中国现代化战略研究课题组、中国科学院中国现代化研究中心编《2003中国现代化报告——现代化理论、进程与发展》，北京大学出版社，2003。

98. 中国艺术研究院马克思主义文艺理论研究所《马克思主义文艺理论研究》编辑委员会编《马克思主义文艺理论研究》第9卷，文化艺术出版社，1987。

99. 朱德生、冒从虎、雷永生：《西方认识论史纲》，江苏人民出版社，1983。

100. 朱立元主编《天人合一——中华审美文化之魂》，上海文艺出版社，1998。

　　D部

1. 〔英〕阿伦·布洛克：《西方人文主义传统》，董乐山译，生活·读书·新知三联书店，1997。

2. 〔美〕爱德华·W·萨义德：《知识分子论》，单德兴译，陆建德校，生活·读书·新知三联书店，2002。

3. 〔德〕埃德蒙德·胡塞尔：《生活世界现象学》，〔德〕克劳斯·黑尔德编，倪梁康、张廷国译，上海译文出版社，2002。

4. 〔德〕埃德蒙德·胡塞尔：《笛卡尔式的沉思——先验现象学引论》，E.施特洛克编，张廷国译，中国城市出版社，2002。

5. 〔美〕艾莉森·利·布朗：《福柯》，聂保平译，中华书局，2002。

6. 〔英〕安东尼·吉登斯、克里斯多弗·皮尔森：《现代性——吉登斯访谈录》，尹宏毅译，新华出版社，2001。

7. 〔美〕保罗·费耶阿本德：《告别理性》，陈健、柯哲、陆明译，江苏人民出版社，2002。

8. 〔美〕彼得·伯格、〔德〕汤姆斯·乐格曼：《知识社会学：社会实体的建构》，邹理民译，台北巨流图书公司，1991。

9. 〔美〕伯·霍尔茨纳：《知识社会学》，傅正元、蒋琦译，湖北人民出版社，1984。

10. 〔古希腊〕柏拉图：《柏拉图全集》（第3卷），王晓朝译，人民出版社，2003。

11. 〔美〕波林·玛丽·罗斯诺：《后现代主义与社会科学》，张国清译，上海译文出版社，1998。

12. 〔美〕大卫·格里芬编《后现代科学——科学魅力的再现》，马季方译，中央编译出版社，1995。

13. 〔美〕大卫·格里芬编《后现代精神》，王成兵译，中央编译出版社，1998。

14. 〔美〕戴维·哈维：《后现代的状况——对文化变迁之缘起的探究》，阎嘉译，商务印书馆，2003。

15. 〔美〕丹尼尔·贝尔：《资本主义文化矛盾》，赵一凡、蒲隆、任晓晋译，生活·读书·新知三联书店，1989。

16. 〔法〕笛卡尔：《第一哲学沉思集》，庞景仁译，商务印书馆，1986。

17. 〔法〕笛卡尔：《探求真理的指导原则》，管震湖译，商务印书馆，1991。

18. 〔法〕笛卡尔：《谈谈方法》，王太庆译，商务印书馆，2000。

19. 〔美〕弗莱德·R.多尔迈：《主体性的黄昏》，万俊人、朱国钧、吴海针译，上海人民出版社，1992。

20. 〔英〕G.B.柯费尔德：《智者运动》，刘开会、徐名驹译，兰州大学出版社，1996。

21. 〔美〕赫伯特·施皮尔伯格：《现象学运动》，王炳文、张金言译，商务印书馆，1995。

22. 〔德〕黑格尔：《哲学史讲演录》（第1卷），贺麟、王太庆译，商务印书馆，1959。

23. 〔德〕黑格尔：《哲学史讲演录》（第2卷），贺麟、王太庆译，商务印书馆，1960。

24. 〔德〕黑格尔：《哲学史讲演录》（第4卷），贺麟、王太庆译，商务印书馆，1978。

25. 〔德〕黑格尔：《小逻辑》，贺麟译，北京：商务印书馆，1980。

26. 〔德〕亨利希·海涅：《论德国宗教和哲学的历史》，海安译，商务印书馆，1974。

27. 〔法〕霍尔巴赫：《健全的思想——或和超自然观念对立的自然观念》，王萌庭译，商务印书馆，1966。

28. 〔比〕J. M. 布洛克曼：《结构主义：莫斯科——布拉格——巴黎》，李幼蒸译，商务印书馆，1980。

29. 〔德〕卡尔·曼海姆：《卡尔·曼海姆精粹》，徐彬译，南京大学出版社，2002。

30. 〔德〕卡尔·雅斯贝斯：《时代的精神状况》，王德峰译，上海译文出版社，1997。

31. 〔德〕康德：《纯粹理性批判》，蓝公武译，商务印书馆，1960。

32. 〔德〕康德：《判断力批判》（上卷），宗白华译，商务印书馆，1964。

33. 〔德〕康德：《历史理性批判文集》，何兆武译，商务印书馆，1990。

34. 〔德〕康德：《实践理性批判》，韩水法译，商务印书馆，1999。

35. 〔德〕康德：《彼岸星空：康德书信选》，李秋零译，经济日报出版社，2001。

36. 〔德〕康德：《道德形而上学原理》，苗力田译，上海人民出版社，2002。

37. 〔德〕康德：《纯粹理性批判》，邓晓芒译，杨祖陶校，人民出版社，2004。

38. 〔美〕拉塞尔·雅各比：《知识分子》，洪洁译，江苏人民出版社，2002。

39. 〔美〕路易斯·亨金：《权利的时代》，信春鹰、吴玉章、李林译，知识出版社，1997。

40. 〔英〕罗素：《西方哲学史》（下卷），马元德译，商务印书馆，1976。

41. 〔英〕马·布雷德伯里、詹·麦克法兰编《现代主义》，胡家峦等译，
上海教育出版社，1992。

42. 〔德〕马丁·布伯：《我与你》，陈维纲译，生活·读书·新知三联书
店，1986。

43. 〔德〕马丁·海德格尔：《存在与时间》，陈嘉映、王庆节译，熊伟
校，生活·读书·新知三联书店，1987。

44. 〔德〕马克斯·舍勒：《资本主义的未来》，罗悌伦等译，生活·读
书·新知三联书店，1997。

45. 〔法〕米歇尔·福柯：《性史》（第1、2卷），张廷琛等译，上海科学
技术文献出版社，1989。

46. 〔法〕米歇尔·福柯：《词与物——人文科学考古学》，莫伟民译，上
海三联书店，2001。

47. 〔法〕莫里斯·梅洛-庞蒂：《符号》，姜志辉译，商务印书馆，
2003。

48. 〔德〕尼采：《查拉斯图拉如是说》，尹溟译，文化艺术出版社，
1987。

49. 〔美〕尼古拉·尼葛洛庞蒂：《数字化生存》，胡泳、范海燕译，海南
出版社，1997。

50. 〔英〕尼古拉斯·布宁、余纪元编：《西方哲学英汉对照辞典》，王柯
平等译，人民出版社，2001。

51. 〔意〕欧金尼奥·加林：《意大利人文主义》，李玉成译，生活·读
书·新知三联书店，1998。

52. 〔美〕R. K. 默顿：《科学社会学——理论与经验研究》（上册），鲁
旭东等译，商务印书馆，2003。

53. 〔法〕让-保罗·萨特：《存在主义是一种人道主义》，周煦良、汤永
宽译，上海译文出版社，1988。

54. 〔法〕让-保罗·萨特：《存在与虚无》，陈宣良等译，杜小真校，生
活·读书·新知三联书店，1997。

55. 〔法〕让－弗朗索瓦·利奥塔：《后现代状况——关于知识的报告》，岛子译，湖南美术出版社，1996。

56. 〔法〕让－弗朗索瓦·利奥塔：《后现代性与公正游戏——利奥塔访谈、书信录》，谈瀛洲译，上海人民出版社，1997。

57. 〔法〕若斯·吉莱莫·梅吉奥：《列维—斯特劳斯的美学观》，怀宇译，中国社会科学出版社，1990。

58. 〔美〕斯蒂文·贝斯特、道格拉斯·凯尔纳：《后现代理论——批判性的质疑》，张志斌译，中央编译出版社，1999。

59. 〔美〕斯蒂芬·贝斯特、道格拉斯·科尔纳：《后现代转向》，陈刚等译，南京大学出版社，2002。

60. 〔美〕维克多·维拉德－梅欧：《胡塞尔》，杨富斌译，中华书局，2002。

61. 〔古希腊〕亚里士多德：《形而上学》，吴寿彭译，商务印书馆，1959。

62. 〔德〕尤尔根·哈贝马斯：《现代性的地平线——哈贝马斯访谈录》，李安东等译，上海人民出版社，1997。

63. 〔德〕尤尔根·哈贝马斯：《后民族结构》，曹卫东译，上海人民出版社，2002。

64. 〔美〕约翰·塞尔：《心灵、语言和社会：实在世界中的哲学》，李步楼译，上海译文出版社，2001。

65. 〔英〕约翰·斯特罗克编《结构主义以来：从列维—斯特劳斯到德里达》，渠东等译，辽宁教育出版社，1998。

66. 〔法〕约瑟夫·祁雅理：《二十世纪法国思潮——从柏格森到莱维—施特劳斯》，吴永泉等译，商务印书馆，1987。

67. 〔美〕詹明信：《晚期资本主义的文化逻辑：詹明信批评理论文选》，张旭东编，陈清侨等译，生活·读书·新知三联书店，1997。

E部（部分）

1. 本刊评论员：《为文艺正名——驳"文艺是阶级斗争的工具"说》，《上海文学》，1979年4月号。

2. 蔡翔：《主体性的衰落》，《文艺争鸣》1994年第6期。

3. 曹卫东:《由"交往理性"看比较文学》,《辽宁大学学报》(哲学社会科学版) 1995 年第 2 期。

4. 曹卫东:《Subject(object)(主体 [客体])》,《读书》1995 年第 4 期。

5. 陈恭如:《工具论还是反映论——关于文艺与政治的关系》,《戏剧艺术》1979 年第 1 期。

6. 陈少明:《从庞朴的"智慧说"看中国传统的价值重构》,《学术月刊》1997 年第 10 期。

7. 陈燕谷、靳大成:《刘再复现象批判——兼论当代中国文化思潮中的浮士德精神》,《文学评论》1988 年第 2 期。

8. 陈涌:《文艺学方法论问题》,《红旗》1986 年第 8 期。

9. 程金海:《主体间性与中国美学的拓进之维》,《学术研究》2005 年第 7 期。

10. 崔绪治、浦根祥:《从知识社会学到科学知识社会学》,《教学与研究》1997 年第 10 期。

11. 戴冠青、陈志超:《"主体间性"美学理论对中国美学发展的意义——近年来"主体间性"理论讨论述评》,《学术月刊》2010 年第 1 期。

12. 杜书瀛:《反正—反思—反叛——二十年文艺学美学历程》,《南方文坛》1998 年第 6 期。

13. 杜书瀛、张婷婷:《新启蒙:理性精神下的文论话语》,《文艺理论研究》1999 年第 4 期。

14. 杜书瀛、张婷婷:《文学主体论的超越与局限》,《文艺研究》2001 年第 1 期。

15. 费孝通:《百年中国社会变迁与全球化过程中的"文化自觉"——在"21 世纪人类生存与发展国际人类学学术研讨会"上的讲话》,《厦门大学学报》(哲学社会科学版) 2000 年第 4 期。

16. 高秉江:《中西哲学与文化的主体间性问题》,《天津社会科学》2006 年第 1 期。

17. 高鸿:《现代西方哲学主体间性理论及其困境》,《教学与研究》2006 年第 12 期。

18. 高建平：《现代文艺学几个关键词的翻译和接受》，《陕西师范大学学报》（哲学社会科学版）2004 年第 4 期。

19. 高瑞泉：《主体性及其分化——当代中国哲学的基本面相》，《甘肃社会科学》2004 年第 1 期。

20. 虎小军、张世远：《主体间性：哲学研究的新范式》，《宁夏社会科学》2007 年第 2 期。

21. 黄枏森：《论人的活动的主体性》，《阵地》1991 年第 6 期。

22. 林化：《大争鸣：李泽厚、刘晓波论争及其他》，《文艺争鸣》1989 年第 1 期。

23. 林兴宅：《我们时代的文艺理论——评刘再复近著兼与陈涌商榷》，《读书》1986 年第 12 期、1987 年第 1 期。

24. 金惠敏：《主体的浮沉与我们的后现代性》，《外国文学》2001 年第 6 期。

25. 金惠敏：《孔子思想与后现代主义——以主体性和他者性而论》，《差异》第 1 辑（2003 年）。

26. 金惠敏：《从主体性到主体间性——对西方哲学发展史的一个后现代性考察》，《陕西师范大学学报》（哲学社会科学版）2005 年第 1 期。

27. 金元浦：《论文学的主体间性》，《天津社会科学》1997 年第 5 期。

28. 景海峰：《中国哲学面临的挑战和身份重建》，《深圳大学学报》（人文社会科学版）2003 年第 5 期。

29. 赖大仁：《关于文学主体论的思考》，《中国人民大学学报》1990 年第 1 期。

30. 赖大仁：《当代文论中几个问题的反思》，《创作评谭》（理论版），2004 年 2 月号。

31. 李咏吟：《审美活动的主体性与主体间性》，《厦门大学学报》（哲学社会科学版）2002 年第 3 期。

32. 李泽厚：《关于主体性的补充说明》，《中国社会科学院研究生院学报》1985 年第 1 期。

33. 李泽厚：《第四提纲》，《学术月刊》1994 年第 10 期。

34. 梁冬华：《国内美学、文艺学主体间性研究述评》，《湖北大学学报》

（哲学社会科学版）2010 年第 1 期。

35. 刘放桐：《后现代主义与西方哲学的现当代走向》，《国外社会科学》1996 年第 3 期、第 4 期。

36. 刘放桐：《马克思主义哲学与现代西方哲学比较研究中的几个问题——对〈马克思主义与西方哲学的现当代走向〉一书中若干问题的澄清》，《中国人民大学学报》2004 年第 1 期。

37. 刘小枫：《多元的抑或政治的现代性》，《二十一世纪》（香港），2001 年 8 月号。

38. 刘小新：《论 20 世纪中国文论主体性思想的形成与演变》，《华侨大学学报》（哲学社会科学版）2003 年第 1 期。

39. 刘再复：《论文学的主体性》，《文学评论》1985 年第 6 期、1986 年第 1 期。

40. 刘再复、杨春时：《关于文学的主体间性的对话》，《南方文坛》2002 年第 6 期。

41. 钱中文：《论文学观念的系统性特征》，《文艺研究》1987 年第 6 期。

42. 钱中文：《文学理论现代性问题》，《文学评论》1999 年第 2 期。

43. 钱中文：《再谈文学理论现代性问题》，《文艺研究》1999 年第 3 期。

44. 苏宏斌：《论文学的主体间性——兼谈文艺学的方法论变革》，《厦门大学学报》（哲学社会科学版）2002 年第 1 期。

45. 苏宏斌：《现象学与文艺学的方法论变革》，《广东社会科学》2002 年第 5 期。

46. 苏宏斌：《主体性·主体间性·后主体性——当代中国美学的三元结构》，《湖北大学学报》（哲学社会科学版）2009 年第 2 期。

47. 孙绍振、夏中义：《从工具论到目的论》，《文艺理论研究》1997 年第 6 期。

48. 童庆炳：《审美意识形态论作为文艺学的第一原理》，《学术研究》2000 年第 1 期。

49. 万俊人：《人文学及其"现代性"命运》，《东南学术》2003 年第 5 期。

50. 王纪人：《对文学主体论的学术反思》，《河北学刊》2005 年第 1 期。

51. 王宁：《后新时期与后现代》，《文学自由谈》1994 年第 3 期。

52. 王宁：《后新时期：一种理论描述》，《花城》1995 年第 3 期。

53. 王若水：《现实主义与反映论问题》，《文汇报》1988 年 7 月 12 日、8
月 9 日。

54. 王树人：《中西现代性论纲》，《江苏行政学院学报》2003 年第 2 期。

55. 王元骧：《反映论原理与文学本质问题》，《文艺理论与批评》1988 年
第 1 期。

56. 王元骧：《审美反映与艺术创造》，《文艺理论与批评》1989 年第 4
期。

58. 王元骧：《我所理解的反映论文艺观——读朱立元先生〈对反映论文
艺观的历史反思〉所引发的一些思考》，《马克思主义美学研究》第 3
辑（2000 年）。

58. 巫汉祥：《论美学与文艺学的内在主体间性》，《厦门大学学报》（哲
学社会科学版）2003 年第 6 期。

59. 吴兴明：《文艺研究如何走向主体间性？——主体间性讨论中的越界、
含混及其他》，《文艺研究》2009 年第 1 期。

60. 吴炫：《一个非文学性命题——"20 世纪中国文学"观局限分析》，
《中国社会科学》2000 年第 5 期。

61. 薛富兴：《新儒家：李泽厚主体性实践哲学要素分析》，《大理学院学
报》2002 年第 1 期。

62. 薛富兴：《新康德主义：李泽厚主体性实践哲学要素分析》，《哲学动
态》2002 年第 6 期。

63. 薛富兴：《李泽厚主体性实践哲学的理论根源——马克思〈1844 年经
济学哲学手稿〉对主体性实践哲学之规定》，《贵州师范大学学报》
（社会科学版）2003 年第 3 期。

64. 阎国忠：《关于审美活动——评实践美学与生命美学的论争》，《文艺
研究》1997 年第 1 期。

65. 杨春时：《论文艺的充分主体性和超越性——兼评〈文艺学方法论问
题〉》，《文学评论》1986 年第 4 期。

66. 杨春时、宋剑华：《论二十世纪中国文学的近代性》，《学术月刊》

1996 年第 12 期。

67. 杨春时：《试论 20 世纪中国文学的前现代性》，《文艺理论研究》1997 年第 4 期。

68. 杨春时：《中国文学理论的现代性问题》，《学术研究》2000 年第 11 期。

69. 杨春时：《论审美现代性》，《学术月刊》2001 年第 5 期。

70. 杨春时：《文学理论：从主体性到主体间性》，《厦门大学学报》（哲学社会科学版）2002 年第 1 期。

71. 杨春时：《从实践美学的主体性到后实践美学的主体间性》，《厦门大学学报》（哲学社会科学版）2002 年第 5 期。

72. 杨春时：《论文学的多重本质》，《学术研究》2004 年第 1 期。

73. 杨春时：《中华美学的古典主体间性》，《社会科学战线》2004 年第 1 期。

74. 杨春时：《从客体性到主体性到主体间性——西方美学体系的历史演变》，《烟台大学学报》（哲学社会科学版）2004 年第 4 期。

75. 杨春时：《中国美学的主体间性转向》，《光明日报》2005 年 2 月 22 日。

76. 杨春时：《本体论的主体间性与美学建构》，《厦门大学学报》（哲学社会科学版）2006 年第 2 期。

77. 杨春时：《文学批评理论的主体间性转向》，《中州学刊》2006 年第 3 期。

78. 杨春时：《文学本质的言说如何可能》，《学术月刊》2007 年第 2 期。

79. 杨春时：《同情与理解：中西美学主体间性的互补》，《吉林大学社会科学学报》2009 年第 1 期。

80. 杨春时：《论中国现代性》，《厦门大学学报》（哲学社会科学版）2009 年第 2 期。

81. 杨春时：《中国美学的现代转化：从主体性到主体间性》，《湖北社会科学》2010 年第 1 期。

82. 姚新勇：《现代性言说在中国——1990 年代中国现代性话题的扫描与透视》，《文艺争鸣》2000 年第 4 期。

83. 张弘：《主体间性：走出审美现代性的悖谬》，《厦门大学学报》（哲学社会科学版）2002 年第 3 期。

84. 张颐武：《反寓言/新状态：后新时期文学新趋势》，《天津社会科学》1994 年第 4 期。

85. 张玉能：《评"主体间性美学"——兼答杨春时先生》，《汕头大学学报》（人文社会科学版）2005 年第 2 期。

86. 中英光：《评李泽厚的主体性论纲》，《学术月刊》1998 年第 9 期。

87. 周书俊：《主体性原则的解构》，《东岳论丛》2002 年第 6 期。

88. 刘连杰：《梅洛—庞蒂的身体主体间性美学思想研究》，厦门大学博士学位论文，2008 年，指导教师：杨春时。

89. 满兴远：《文学视域中的主体间性问题研究》，中国人民大学博士学位论文，2004 年，指导教师：金元浦。

90. 唐新发：《论文学的主体间性和意义生成》，厦门大学硕士学位论文，2002 年，指导教师：杨春时。

91. 王晓东：《多维视野中的主体间性理论形态考辨》，黑龙江大学博士学位论文，2002 年，指导教师：衣俊卿。

92. 韦志国：《主体间性视野中的文学价值观》，河北师范大学硕士学位论文，2004 年，指导教师：曹桂方、周进祥。

93. 张江南：《审美活动中的作者与读者：主体间性视角下的美学理论》，浙江大学博士后出站报告，2003 年，合作导师：王元骧。

94. 〔丹〕D. 扎哈维：《胡塞尔先验哲学的交互主体性转折》，臧佩洪译，《哲学译丛》2001 年第 4 期。

95. 〔美〕弗雷德里克·詹姆逊：《后现代主义中的旧话重提》，陆扬译，《华中师范大学学报》（哲学社会科学版）1997 年第 6 期。

96. 〔美〕J. 弗拉克斯：《后现代的主体概念》，王海平译，《国外社会科学》1994 年第 1 期。

97. 〔美〕理查德·罗蒂：《一种关于理性和文化差异的实用主义》，蒋劲松译，《哲学译丛》1994 年第 6 期。

98. 〔澳〕西蒙·杜林：《文学主体性新论》，王怡福译，《文学评论》2001 年第 2 期。

二　英文文献

1. *After Foucault: Humanistic Knowledge, Postmodern Challenges*, edited by Jonathan Arac, New Brunswick: Rutgers University Press, 1988.

2. Allan Megill, *Prophets of Extremity: Nietzsche, Heidegger, Foucault, Derrida*, Berkeley: University of California Press, 1985.

3. Anthony Giddens, *The Consequences of Modernity*, Cambridge: Polity Press, 1990.

4. Anthony Giddens, *Modernity and Self-Identity: Self and Society in the Late Modern Age*, Cambridge: Polity Press, 1991.

5. Anthony Giddens and Christopher Pierson, *Conversations with Anthony Giddens: Making Sense of Modernity*, Cambridge: Polity Press, 1998.

6. A. P. Simonds, *Karl Mannheim's Sociology of Knowledge*, Oxford: Clarendon Press, 1978.

7. Claude Lévi-Strauss, *The Savage Mind*, Chicago: University of Chicago Press, 1966.

8. Daniel Bell, *The Cultural Contradictions of Capitalism*, New York: Basic Books, 1976.

9. David Harvey, *The Condition of Postmodernity: An Enquiry into the Origins of Cultural Change*, Cambridge, MA: Blackwell Publishers Inc. , 1990.

10. David Kolb, *The Critique of Pure Modernity: Hegal, Heidegger, and After*, Chicago: The University of Chicago Press, 1986.

11. Edward W. Said, *The Edward Said Reader*, edited by Moustafa Bayoumi and Andrew Rubin, New York: Vintage Books, 2000.

12. *Habermas and the Unfinished Project of Modernity: Critical Essays on The Philosophical Discourse of Modernity*, edited by Maurizio Passerin d'Entrèves and Seyla Benhabib, Cambridge: Polity Press, 1996.

13. Jean-Francois Lyotard, *The Postmodern Condition: A Report on Knowledge*, Minneapolis: University of Minnesota Press, 1984.

14. Jürgen Habermas, *The Philosophical Discourse of Modernity: Twelve Lectures*,

trans. by Frederick Lawrence, Cambridge: Polity Press, 1987.

15. Karl Mannheim, *Essays on the Sociology of Knowledge*, London: Routledge, 1952.

16. Karl Mannheim, *Ideology and Utopia: An Introduction to the Sociology of Knowledge*, translated by Louis Wirth and Edward Shils, London: Routledge & Kegan Paul, 1979.

17. Louis Dupré, *Passage to Modernity: An Essay in the Hermeneutics of Nature and Culture*, New Haven: Yale University Press, 1993.

18. Michel Foucault, *The Order of Things: An Archaeology of the Human Sciences*, New York: Vintage Books, 1973.

19. Michel Foucault, *The Foucault Reader*, edited by Paul Rabinow, New York: Pantheon Books, 1984.

20. Pauline Marie Rosenau, *Postmodernism and the Social Sciences*, Princeton, New Jersey: Princeton University Press, 1992.

21. Robert K. Merton, *Sociology of Science: Theoretical and Empirical Investigation*, Chicago, Illinois: The University of Chicago Press, 1973.

22. Russell Jacoby, *The Last Intellectuals: American Culture in the Age of Academe*, New York: Basic Books, 1987.

23. Steven Best and Douglas Kellner, *Postmodern Theory: Critical Interrogations*, New York: The Guilford Press, 1991.

24. *The Reenchantment of Sciences: Postmodern Proposals*, ed. D. R. Griffin, Albany: State University of New York Press, 1988.

后　记

　　这篇博士学位论文是在摸索中完成的。它远不是终点；而且，在某种意义上说，它还只能算作是一个开始。当然，它更理应被直接看成是自己在三年博士学业中收获大小的一个主要方面的印证。

　　在几年来的求学和摸索过程中，基于对自身学术视野的狭隘和知识结构的欠缺等方面的明确感受，我曾经产生过一种较长时期的惶恐不安的心绪；即使在今天，这种心绪还依然存在。导师杜书瀛先生一直给予我鼓励，并为增进我的学识和提升我的能力付出了辛勤的劳动。可以说，在为人与为学方面，书瀛师都潜在地影响着我、塑造着我。师母对于我的生活的关心也尤为令我感念。

　　本学位论文从选题、写作到修改，得到了党圣元先生、高建平先生的指点和教正；此外，金惠敏先生、彭亚非先生也提出了很有价值的意见与建议。在这里，我谨向各位老师致以诚挚的谢意。

　　当然，我还要对李泽厚先生、刘再复先生、杨春时先生以及在学位论文中引述、参考到其观点和主张的其他学者表示感谢，是他们的学术思想直接激发了或支撑了我关于主体伸张的文论建构问题的思考。

　　春节前夕，正是在论文写作的紧张时期，主要是由于长期的劳累，我得了一场不轻的病。在此期间，邓万春博士、潘必胜博士、周卫峰博士、姜守诚博士、魏祖钦博士、舒年春博士都给予我真诚的关心和帮助。平时，我也从他们以及乔修峰博士、周正兵博士、温珍奎博士、王云松博士、皇甫风平博士、隋成竹博士、宁德业博士、黄丽莎博士、李媛媛博士、肖锋博士等人身上获益良多。同学和朋友之情对于我是一种可贵的精神财富，弥足珍惜。

在思想求索的道路上，赖大仁先生、陶水平先生和已故的曾子鲁先生是我的启蒙老师。他们的教诲让我最先开始感受到学术探索以及在这一过程中发现智慧、享受智慧和进行立场选择的乐趣。

其实，人生原本就是一个探索或者说摸索的过程。我愿在家人的支持下继续与摸索同行，也期望在此过程中自己能够有所进步。

是为记。

詹艾斌

二〇〇五年五月

本书是在著者博士学位论文的基础上并依据学科最新进展情况稍作修改而成的，它保持了原稿的基本面貌。

本书曾获得江西社会科学研究文库出版资助，但因故一直被搁置并最终未能如愿出版。此次修订之前，书稿中的大部分章节业已在多家学术期刊上发表；在此，本人对各方面的帮助与关照一并表示衷心的感谢。

作者补记。

二〇一二年十二月

图书在版编目（CIP）数据

主体伸张的文论建构/詹艾斌著. —北京：社会科学文献出版社，
2013.8

（江西省哲学社会科学成果文库）

ISBN 978 - 7 - 5097 - 4805 - 3

Ⅰ.①主… Ⅱ.①詹… Ⅲ.①文学理论 - 研究 Ⅳ.①I0

中国版本图书馆 CIP 数据核字（2013）第 142370 号

· 江西省哲学社会科学成果文库 ·

主体伸张的文论建构

著　　者／詹艾斌

出 版 人／谢寿光
出 版 者／社会科学文献出版社
地　　址／北京市西城区北三环中路甲 29 号院 3 号楼华龙大厦
邮政编码／100029

责任部门／社会政法分社（010）59367156　　责任编辑／黄金平　关晶焱
电子信箱／shekebu@ ssap. cn　　　　　　责任校对／白秀君
项目统筹／王　绯　周　琼　　　　　　　责任印制／岳　阳
经　　销／社会科学文献出版社市场营销中心（010）59367081　59367089
读者服务／读者服务中心（010）59367028

印　　装／三河市尚艺印装有限公司
开　　本／787mm×1092mm　1/16　　　　印　　张／15.75
版　　次／2013 年 8 月第 1 版　　　　　　字　　数／248 千字
印　　次／2013 年 8 月第 1 次印刷
书　　号／ISBN 978 - 7 - 5097 - 4805 - 3
定　　价／55.00 元